本书得到中国人民公安大学马克思主义学院学术成果出版资助

二十世纪三十年代中国文学研究

王智慧 著

群众出版社

图书在版编目（CIP）数据

二十世纪三十年代中国文学研究/王智慧著.
北京：群众出版社，2025.3. — ISBN 978-7-5014
-6368-8
Ⅰ.I206

中国国家版本馆 CIP 数据核字第 2024VF4461 号

二十世纪三十年代中国文学研究

王智慧　著

责任编辑：马东方
装帧设计：张　彦
责任印刷：周振东

出版发行：群众出版社
地　　址：北京市丰台区方庄芳星园三区 15 号楼
邮政编码：100078
发　　行：新华书店
印　　刷：北京市泰锐印刷有限责任公司

版　　次：2025 年 3 月第 1 版
印　　次：2025 年 3 月第 1 次
印　　张：17.25
开　　本：787 毫米×1092 毫米　1/16
字　　数：278 千字

书　　号：ISBN 978-7-5014-6368-8
定　　价：78.00 元

网　　址：www.qzcbs.com
电子邮箱：qzcbs@sohu.com

营销中心电话：010-83903991
读者服务部电话（门市）：010-83903257
警官读者俱乐部电话（网购、邮购）：010-83901775
公安业务分社电话：010-83906108

本社图书出现印装质量问题，由本社负责退换
版权所有　侵权必究

目　　录

导　论 ·· 1

第一章　左翼文学 ·· 16
　　第一节　左翼文学的缘起及演进 ······································· 16
　　第二节　左翼文学精神及其流变 ······································· 31

第二章　茅盾：游刃于宏阔时代的社会肌理 ··························· 43
　　第一节　卷舒大革命时代风云 ·· 43
　　第二节　鸿篇巨制《子夜》 ··· 56
　　第三节　茅盾的文艺批评 ·· 76

第三章　巴金：永生在青春的原野 ······································· 87
　　第一节　青春激情的呐喊 ·· 87
　　第二节　中年深沉的叹惋 ··· 108

第四章　老舍：把握市民社会的跳动脉搏 ···························· 123
　　第一节　检视市民文化与社会 ·· 123
　　第二节　庶民文学的经典《骆驼祥子》 ···························· 135
　　第三节　幽默俗白的"京味儿"艺术 ································· 143

第五章　京派文学 ············· 154

　　第一节　京派的界定 ············· 154
　　第二节　京派文学思想 ············· 159
　　第三节　京派文学批评 ············· 165
　　第四节　京派作家的领衔者沈从文 ············· 172

第六章　现代派文学 ············· 194

　　第一节　新感觉派小说 ············· 194
　　第二节　现代派诗歌 ············· 213

第七章　曹禺与三十年代话剧 ············· 226

　　第一节　"说不尽的"《雷雨》 ············· 226
　　第二节　创新的《日出》 ············· 237
　　第三节　谜样的《原野》 ············· 246
　　第四节　话剧艺术的成熟与繁荣 ············· 255

参考文献 ············· 262
后　记 ············· 268

导　论

　　历史的发展是有阶段性的，这个阶段性决定着它的分期。文学史的发展也是有分期的，比如人们就习惯于把"五四"以来的中国现代文学史分为三个阶段，即三个"十年"时期（1917—1927年；1927—1937年；1937—1949年）。虽然近年来学术界对现代文学的这种历史分期方法提出了质疑，但是，中国的现代文学在发展过程中，的确呈现出"十年一变"的特点。也就是说，这三个"十年"的文学景观是独异的，它们拥有各自不同的特点和神韵风采。

　　本书的研究对象是中国现代文学史上第二个"十年"的文学，即通常所称的三十年代文学（1927—1937年）。它以鲜明的时代特征而有别于其前后两个"十年"的文学。三十年代是现代文学发展的重要转折期，由"五四"时期追求个性解放的"人的文学"发展到追求阶级解放的无产阶级文学，实现了从"文学革命"到"革命文学"的转变。同时，三十年代又是现代文学发展的多元分流期，各种思潮激荡碰撞，不同倾向的文学互竞共生，多种流派异彩纷呈。在这种开放性、多样化的文学格局中，中国现代文学有了长足发展，逐渐步入成熟期和丰收期。

　　1927年大革命失败后，酝酿多年的革命文学在后期创造社和太阳社的倡导下开始兴盛起来。革命作家从马克思主义的阶级论出发，主张以文艺为武器，为无产阶级革命事业服务。但对阶级意识的突出强调却衍化为对"五四"新文学作家的全面检查与批判，这就遭到了鲁迅与茅盾的批评与反驳，从而引发了轰动一时的"革命文学论争"。1929年上半年，历时一年多的"革命文学论争"在多方努力下停止，论争双方消除了分歧，酝酿成立统一的左翼文艺组织。1930年2月16日，沈端先（夏衍）、鲁迅、柔石、华汉（阳翰笙）、画室（冯雪峰）等12人召开了左联筹备会，以"清算过去""确定目前文艺运动底任务"为题进行了讨论，并决定筹建"左联"。1930年3月2日，中国左翼作家联盟（简称"左联"）在上海正式成立，它标志着中国共产党领导的无产阶级文艺运动有了更进一步的发展。然而左翼文艺的发展并没有就此走上坦途，而是遭到了来自不同方面的质疑、否定与攻击。左翼文学与右翼文学之间的政治文化斗争，左翼文学与自由主义文学之间的文艺思想论战，以及左翼文学内部开展的几次文艺论争，集中体现了三十年代文坛多元对峙、分流对抗的复杂情势。

"左联"的成立，引起了国民党当局的恐慌，他们采取一系列政策对其加以管制：出台宣传品审查条例、出版法等，查禁进步书刊；指使流氓特务破坏文化机关；逮捕、暗杀左翼作家，不仅秘密杀害了"左联五烈士"柔石、胡也频、殷夫、冯铿、李伟森，还对洪灵菲、潘漠华、应修人、宗晖等"左联""剧联"成员痛下杀手，企图以血腥恐怖手段扼杀左翼文艺运动。此外，国民党当局还投入人力和物力，扶持官方文艺团体和"三民主义文艺"与"民族主义文艺"。1930年，国民党中宣部在一份写给国民党中央的内部报告上，就曾很得意地呈报了他们在扶持官方文艺团体、官方文艺杂志方面的"功劳"："近来本党同志，以及一般有识之士，都感觉到共产党邪说盛行，将来对于人心向背，社会治安，国家前途，影响不浅，于是大家努力提倡三民主义的文艺及社会科学的运动，以谋真理基础的建设，抵制异端邪说之流行。""现在本党同志和一般爱好文艺的青年，纷纷组织阐扬三民主义文学的团体，在上海方面有《前锋月报》，南京方面有《文艺月刊》《开展》月刊及《流露》月刊、《橄榄》半月刊等的发行，更把这乌烟瘴气，几被赤色笼罩了的中国文坛，弥漫着青白的曙光，使一般迷蒙歧途的青年，得走一条正确的出路，在三民主义旗帜之下向前努力。"[①]

左翼文艺虽然遭到了国民党当局的疯狂镇压，但它却以顽强的战斗精神保持着蓬勃的生命力。"左联"作家或积极撰文向国内外民众揭露国民党的暴行，争取道义支持；或不断变换形式继续出版遭禁书刊；或团结进步作家，扩大社会影响，不但在严酷的对敌斗争中赢得了些许生存空间，而且愈挫愈勇，作家阵营不断发展壮大。诚如茅盾所说："国民党反动派对左翼文艺的大举'围剿'，其结果与他们的愿望正相反，革命文艺更加深入人心了！"[②] 就连国民党当局也不得

---

① 《出版史料》1990年第3期。
② 茅盾：《我走过的道路》（中），人民文学出版社1984年版。

不承认这一客观事实。国民党中央宣传委员会1934年召开了全国文艺宣传会议，在其《文艺宣传会议录》中，他们承认查禁书刊的结果是"愈禁愈多""反成为反动文艺书刊最有力量的广告"①。

在左翼文学同"三民主义文艺""民族主义文艺"对峙的格局中，还有一大批既非左翼又非右翼的民主主义文学与自由主义文学。左翼文学作为文学思潮之前锋，承受了国民党统治当局政治和文化的沉重压力，客观上为进步的和处于中间状态的文学争取了广阔的自由发展空间。大革命的失败，给中国知识分子以强烈的精神震动，作家队伍快速分裂与组合，文坛出现了新的结构局面。徘徊于左右之间的自由派作家面临着重新选择而又难以选择的精神危机和价值困境，自由主义作家既不满国民党的法西斯专制，也对日益高涨的工农力量心怀疑惧；他们尽量保留着微弱的反封建思想革命的要求，但对你死我活的政治斗争却采取贵族式的"不介入"的清高姿态，不能容忍文艺成为政治斗争的一翼；他们既反对"为艺术而艺术"的文艺观，但又一再重申艺术的超功利性与独立性。他们这种矛盾的政治观、文艺观、人生观，既有反抗专制的积极作用，也有疏离历史活动的中心并在客观上对抗政治革命的消极作用；既有对艺术本质的严肃探索，从而显示了新文学运动的深入，又有严重的认识失误，从而偏离了文学运动的方向。②虽然民主主义、自由主义作家在政治倾向和思想倾向上未能与左翼作家完全同步，但他们沿着"五四"新文学的道路继续前进，以自身的努力创作丰富了三十年代文学的多样化色彩。

三十年代自由主义文学的主要代表有以梁实秋为代表的"新月派"、以胡秋原为代表的"自由人"、以苏汶（杜衡）为代表的"第三种人"、以林语堂为代表的"论语派"和以朱光潜、沈从文为代表的"京派"。他们在文艺观上与新崛起的左翼文学存在诸多冲突，为此双方展开了激烈论战。二十年代末三十年代初左翼文学与梁实秋的论战，主要围绕文学的人性和阶级性问题展开。梁实秋依持普遍的人性论和天才论对无产阶级文学进行了否定，鲁迅发表《"硬译"与"文学的阶级性"》等文章加以批驳。"这是一场双方都自觉意识到的、争夺文艺阵

---

① 转引朱晓进：《论三十年代文学杂志》，《南京师大学报》1999年第3期。
② 孔范今：《二十世纪中国文学史》（上），山东文艺出版社1997年版，第632-633页。

地与领导权的斗争。"① 左翼文艺与自称"自由人"的胡秋原和自称"第三种人"的苏汶围绕文艺与政治的关系和创作自由问题展开的论战,实际上是一场左翼阵营与同路人之间的论战。胡秋原和苏汶也都反对国民党的"民族主义文学",虽然他们对左翼文艺进行了激烈批评,但目的是提倡文艺上的自由竞争,可惜左翼阵营受"左"倾思潮的影响而对其进行了猛烈挞伐。直到论战接近尾声,左翼阵营才开始反思自身"左"的错误,哥特(张闻天)发表《文艺战线上的关门主义》、何丹仁(冯雪峰)发表《关于"第三种文学"的倾向与理论》,承认左翼作家"往往犯着机械的(理论上)和左倾宗派主义的(策略上)错误",对那些自由创作的作家,不应该排斥,而应该团结他们走向革命。这种及时的反思与批评,显示出左翼文艺的成熟与进步。之后左翼文学又与以林语堂为代表的"论语派"和以朱光潜、沈从文为代表的"京派"展开了论战,这两场论战规模都不太大,本质上也还是前两次论战的延续。

除了与右翼文学、自由主义文学进行论战外,左翼文学内部的文艺论争也不少。"左联"成立之前就有著名的"革命文学论争","左联"成立以后,从1930年到1934年围绕文艺大众化问题展开了三次讨论,讨论涉及文学的形式、内容、语言、作家意识等多个方面,体现了由启蒙文学向革命文学的大幅度话语转型。从1935年底到1936年秋,"左联"内部又爆发了"国防文学"与"民族革命战争的大众文学"两个口号的论争。这场论争表面上看是夹杂着浓厚宗派恩怨的"政治路线"的争执,但实际上是一场如何处理"文学与政治"关系的论争。② 1936年10月,文艺界各方代表联合发表了《文艺界同人为团结御侮与言论自由宣言》,号召文艺界为抗日救国而联合起来,初步形成了抗日民族统一战线。

左翼文学与右翼文学、自由主义文学的分庭抗礼、对峙互渗,催生了许多文学流派与作家群落,开创了三十年代文学流派异彩纷呈的良好局面,其中最典型的就是左翼、海派与京派。左翼作家自觉以现代大工业中的产业工人代言人的身份,对封建的传统农业文明与资本主义工业文明以及西方殖民主义同时展开批

---

① 钱理群、温儒敏、吴福辉:《中国现代文学三十年》(修订本),北京大学出版社1998年版,第203页。

② 田刚:《关于"两个口号"论争的重新检讨》,《中国现代文学研究丛刊》2010年第1期。

判，要求文学更自觉地成为以夺取政权为中心的无产阶级斗争的工具。海派是以上海为中心的东南沿海城市商业文化与消费文化畸形繁荣的产物，他们依托文学市场，既享受着现代都市文明，又感染着都市"文明病"。正是对都市文明既留恋又充满幻灭感的矛盾心境，使他们更接近西方现代派艺术，有着较为自觉的先锋意识，追求艺术的"变"与"新"。而京派是一批学者型的文人，也即非职业化的作家。他们一面陶醉于传统文化的精美博大，又置身于自由、散漫的校园文化氛围之中，天然地追求文学（学术）的独立与自由，既反对从属于政治，也反对文学的商业化：这是一群维护文学的理想主义者。三大文学流派（潮流）创造了不同的文学景观，但又统一生存于三十年代社会、思想、文化的大背景之下，因而在整体文学的张力场上又显示出某些共同的趋向，在整个现代文学历史发展中展现出一种时代文学的特征。①

在不同倾向的文学开展的激烈论战中，在各种流派的相互激荡下，中国现代文学在三十年代开始走向成熟。

就小说而言，中、长篇小说的大量涌现是这一时期最为耀眼的一道风景。在新文学的第一个十年（1917—1927 年）里，经由鲁迅、郁达夫、叶圣陶等人的努力，现代意义上的短篇小说已经取得令人瞩目的成就，至于中、长篇小说，不仅创作的数量很少，而且有影响的作品也寥寥无几，几乎还称不上是一种独立成熟的文学样式。1927 年大革命失败后，剧烈的阶级斗争和不断变化的革命形势，对文学艺术提出了新的要求。时代迫切需要那种能够容纳更为深广的历史内容的宏大作品去及时反映严峻的现实，展示生活更为复杂的情景。短篇小说虽然能较及时迅速地概括生活，但由于篇幅和容量的限制，往往只能摄取一个小的角度或表现一个横断面，这显然是不够的。在这种情况下，中、长篇小说就应时而生，并很快得到了迅猛的发展。据不完全统计，中篇小说有 200 多部，长篇小说有 80 余部。不仅是中、长篇小说的数量增多了，这一时期还出现了一批有影响的较优秀之作，如茅盾的《幻灭》《动摇》《追求》以及《子夜》，巴金的《灭亡》《家》以及《雾》《雨》《电》，丁玲的《韦护》《水》，蒋光慈的《短裤党》《咆哮了的土地》，柔石的《二月》《旧时代之死》，胡也频的《光明在我们的前面》

---

① 钱理群、温儒敏、吴福辉：《中国现代文学三十年》（修订本），北京大学出版社 1998 年版，第209 页。

《到莫斯科去》，沈从文的《边城》，张天翼的《清明时节》《鬼土日记》，萧红的《生死场》，萧军的《八月的乡村》，老舍的《月牙儿》《我这一辈子》《离婚》《骆驼祥子》，李劼人的《死水微澜》《大波》等。这些作品无论在思想内容上还是艺术技巧上，都显示出中、长篇小说在发展中趋于成熟的实绩，由此也形成了现代文学史上中、长篇小说创作的第一次繁荣。

值得提及的是，这一时期的刊物、丛书对中、长篇小说的繁荣起到了很大的推动作用。1934年被称为"杂志年"，茅盾在《所谓杂志年》中说："今年自正月起，定期刊物愈出愈多。专售定期刊物的书店中国杂志公司也应运而生。有人估计，目前全中国有各种性质的定期刊物三百余种。"[①] 文学期刊中不乏知名大家编辑出版的知名刊物，如郑振铎主编的《文学》和《文学季刊》，巴金主编的《文学丛刊》，靳以参编的《水星》《文季月刊》，沈从文主编的《大公报·文艺副刊》等。编辑出版丛书也是这一时期文坛上的一大亮点，如赵家璧主编的《中国新文学大系》《良友文学丛书》《良友文库》《中短篇创作新集》等，巴金主编的《文化生活丛刊》《文学小丛刊》《现代长篇小说丛书》等。文学期刊和文库丛书的繁荣不仅进一步激发了成名作家的创造性，也扶植培育出了大批新人新作，为催动文学园地繁荣昌盛立了大功。以中篇小说为例，这一时期一些主要的文学刊物都辟有"中篇创作""特约中篇"等栏目，如当时影响很大的《文学》杂志，1935年第5卷就先后把张天翼的《清明时节》、沈从文的《八骏图》、严敦易的《摇落》、老舍的《新时代的旧悲剧》、郁达夫的《出奔》等作为"特约中篇"刊出。同时，一些出版社也纷纷出版中篇小说丛书，如文学出版社出版的"小型文库"就是以中篇小说为主，仅1936年就出版了茅盾的《多角关系》、欧阳山的《青年男女》、张天翼的《清明时节》等；而欧阳山的《鬼巢》、白尘的《泥腿子》、奚如的《忏悔》等，则被冠以"中篇创作新集"由出版社出版。在文学刊物的提倡与推动下，中篇小说逐渐发展成为一种独立成熟的小说样式。

中篇小说的崛起，也推动了长篇小说创作的繁荣与发展。创作长篇小说需要作家有较强的结构小说的能力和把握时代的魄力，因此它是新文学中发展相对缓慢的一个文学品种。在第一个"十年"里，长篇小说数目屈指可数，张资平等人的长篇小说无论从思想魄力还是艺术识力上来看，都显得过于简单幼稚，反映

---

① 兰（茅盾）：《所谓杂志年》，《文学》1934年第3卷第2号。

不了时代的风貌。叶圣陶在1929年8月奉献给文坛的长篇小说《倪焕之》，被茅盾称作富有时代性的"扛鼎之作"，因为它"第一次描写了广阔的世间"[1]。而茅盾自己的长篇巨著《子夜》（1931年），则以雄阔的题材与磅礴的气势震撼了文坛，从而被誉为文学革命后第一部表现社会的长篇小说。《子夜》选取了广阔的时代生活的一个截断面，线头铺开交错发展而以主要人物的活动贯穿统领，使结构上呈现纵横捭阖、紧凑流畅之势，它很好地体现了作家结构小说的高超技艺。难怪有文学史家称《子夜》"是我们现代长篇小说最早的成熟的标志"[2]。的确，《子夜》结构艺术的成功，对中国现代长篇小说的艺术发展具有十分重要的意义。与《子夜》先后面世且给时人以意外惊喜的，还有巴金的《家》和老舍的《离婚》，这两部长篇小说虽然题材、风格迥异，但都具有独立的审美价值，是不可多得的艺术珍品。巴金的《爱情的三部曲》虽然受到较明显的无政府主义思想的影响，但浓郁的抒情色彩使巴金的小说独具特色和个性。而《激流三部曲》更是以青春的激情与成熟的艺术魅力奠定了巴金在文学史上的重要地位。老舍则是带着北京市民社会的血泪人生走进文学的，他"在经历了清末民初北京下层旗人社会的沉沦动荡之后，带着深沉的民族情感融入新的国民精神再造和重建的行程中"[3]。他的《离婚》《我这一辈子》《骆驼祥子》等小说，成功表现了北京市民在近代以来沉沦蜕变中的生活与生命变迁，确立了他在中国现代文学史上的独特地位与价值。此外，沈从文的《边城》、李劼人的《死水微澜》、废名的《桥》等长篇小说也都是这一时期的优秀之作。可以说，这一时期的小说创作成为现代小说史上的一个高峰。

衡量一种文学体裁的创作是否出现了繁荣兴旺的新局面，是否在艺术上趋于成熟，更重要的是应从时代的高度，看作品是否从各个不同侧面反映了生活面貌的真实性，是否概括了社会生活的深度和广度。三十年代小说创作的首要成就，乃是作品题材的开拓和作品内容所体现的鲜明时代精神。茅盾在《现代小说导论（一）》里总结第一个"十年"小说创作的情况时，曾指出了两个缺点："第一是几乎看不到全般的社会现象而只是个人生活的小小的一角；第二是观念化。"[4]

---

[1] 茅盾：《读〈倪焕之〉》，《文学周报》1929年第8卷第20号。
[2] 刘绶松：《论茅盾的〈蚀〉与〈虹〉》，《文学评论》1963年第2期。
[3] 吴小美、古世仓：《老舍与中国革命论纲》，《新华文摘》2004年第12期。
[4] 蔡元培等：《中国新文学大系导论集》，上海书店1982年影印版，第94页。

而进入第二个"十年"以后,第一个缺点得到了明显克服,作家的艺术视野开阔了,题材范围与主题选择都得到了空前的开拓,作品真正把握住了时代脉搏,与社会生活更加贴近,具有浓郁的时代气息。在这一时期的最初阶段,好多作家都以大革命的失败为背景,反映知识青年在革命动荡年代里的心路历程。茅盾的《幻灭》《动摇》《追求》,就是这方面的代表作。作者通过透视青年知识分子在大革命过程中的心灵轨迹这一独特视角,来反观大革命时代的历史现实,并对知识分子的命运与前行道路作了深入思考。描写个人走向社会的艰难路程,是这一时期左翼作家的最初选择,并由此掀起了文学创作中的"革命浪漫蒂克"风潮。蒋光慈的《野祭》《菊芬》《少年漂泊者》,华汉的《地泉》,戴平万的《山中》,洪灵菲的《转变》《前线》《流亡》,胡也频的《到莫斯科去》《光明在我们的前面》,丁玲的《韦护》《一九三〇年春上海》等,用小说反映革命题材,但艺术上均跌入了"革命+恋爱"的陷阱,受到左翼批评家的严厉批评。1932年,华汉的长篇小说《地泉》由湖风书局重版,在瞿秋白、茅盾、郑伯奇、钱杏邨为其写的四篇序言和作者的重版自序里,对"革命浪漫蒂克"倾向进行了批评,对初期革命小说的创作模式进行了自觉的反思。

"左联"成立后,主张作家变换文学视域和视角,抛弃"身边琐事""革命的兴奋和幻灭"之类的题材而"注意中国现实生活中广大的题材"。其中一个重要的方面就是要"描写农村经济的动摇和变化,描写地主对于农民的剥削及地主阶级的崩溃,描写民族资产阶级的形成和没落,描写工人对于资本家的斗争,描写广大的失业者,描写广大的贫民生活,等等"①。这些观点无疑会影响左翼小说家的题材取向。而丁玲的小说《水》的出现,则被认为"是从浪漫蒂克走到现实主义,从旧的写实主义走到新的写实主义的一个路标"②。当时的很多作家都十分注重反映农村生活的题材,热衷于表现农民的生活和斗争。这一时期也的确出现了一批较为成功的小说,如茅盾的《春蚕》、叶紫的《丰收》《星》、叶圣陶的《多收了三五斗》、鲁彦的《乡下》、吴组缃的《一千八百担》等。

文学的兴盛与否还有一个重要的评判标准,即是否有文学新人出现。鲁迅在

---

① 《中国无产阶级革命文学的新任务》,《文学导报》1931年第1卷第8期。
② 冯雪峰:《关于新的小说的诞生》,《北斗》1932年第2卷第1期。

"左联"成立大会上曾指出,发展无产阶级文艺"应当造出大群的新的战士"①。国际左翼文艺运动持续高涨的历史际遇,老一代作家的无私扶植,文学刊物的大力栽培,使得中国左翼文学队伍不断发展壮大,丁玲、张天翼、沙汀、艾芜、柔石、叶紫、吴组缃、欧阳山、蒋牧良、葛琴、草明、周文等一大批青年作家涌现出来。他们或重视心理刻画,或擅长讽刺幽默,或喜欢描写异域风情,或进行血泪控诉,以各自的艺术才情与风格特点对生活作了深入挖掘,揭示了当时社会的深刻矛盾。这批文学新人的涌现,无疑为左翼文艺的发展注入了新鲜血液,激发了强劲的生命力与战斗力。

1934年以后,随着民族矛盾的上升和激化,描写人民抗日救亡题材的小说逐渐增多,东北流亡作家群最早描写了东北沦陷区人民的苦难和斗争,首开抗日文学的先河。萧军的《八月的乡村》、萧红的《生死场》、端木蕻良的《科尔沁旗草原》、舒群的《没有祖国的孩子》等,都是其中的代表作。1935年当《八月的乡村》和《生死场》在上海出版后,被人称为"作为东北人民向征服者抗议的里程碑的作品","给上海文坛一个不小的新奇与惊动"②。而萧红的《生死场》确是一篇风格独异的小说,它以充满激情的细腻笔触,真实感人地写出了东北人民在帝国主义和封建主义双重压迫下的深重灾难。正如鲁迅在为《生死场》所作的《序言》中所说:它是"北方人民的对于生的坚强,对于死的挣扎"的一幅"力透纸背"的图画。③它的独异之处还在于,作家并没有仅仅停留在反帝爱国的表面化叙述中,而是同时将批判的笔触伸向中国人自身的生存状态。东北作家群注重挖掘中国人民自身的生存状况和文化环境对于民族解放的决定性意义,透过历史烟云,探寻人民原始的、蓬勃的生命力,批判蚕食人民生机和活力的文化痼疾,从而使现代文学对反帝与反封建、民族解放和民主革命关系的认识较前深化。④

除此之外,作家的创作视域还拓展到了很多新鲜领域。比如,沈从文以其自然恬淡的风格对湘西少数民族民俗风情及美好人性的描写与赞颂,为三十年代文

---

① 鲁迅:《对于左翼作家联盟的意见》,载《鲁迅全集》第4卷,人民文学出版社1981年版,第236页。
② 景宋(许广平):《追忆萧红》,《文艺复兴》1946年第1卷第6期。
③ 鲁迅:《萧红作〈生死场〉序》,载《鲁迅全集》第6卷,人民文学出版社1981年版,第408页。
④ 孔范今:《二十世纪中国文学史》(上册),山东文艺出版社1997年版,第679页。

学增添了无尽的诗情意趣。艾芜、沙汀、周文等人把"时代潮流冲击圈外"的边地人民的生活、心理、命运带入了文学领域,丰富了现代文学的地域色彩与神韵。虽然七七事变后抗日救亡成为文坛的主旋律,但不同流派不同倾向的作家也都致力于探寻适合自己的艺术表达,以充分发挥并张扬自己的艺术个性,从不同的视角管窥时代社会风貌。这样一来,三十年代文坛的面貌就不再单调,而是摇曳多姿、丰富多彩,同时还具有了深刻的时代历史内涵。

这一时期的诗歌发展也呈现多样化的特点。以郭沫若、蒋光慈等革命诗人为代表的后期创造社、太阳社追求诗歌与现实斗争的紧密结合,这一传统为左翼诗坛所继承。左翼诗人始终以澎湃的激情讴歌革命,其中最具代表性的当数殷夫。殷夫的政治抒情诗构思新颖,音韵和谐,感情炽烈,形象鲜明,节奏感强,充满昂扬的战斗激情。《血字》《别了,哥哥》《一九二九年五月一日》等诗篇,被称为"红色鼓动诗"而誉满左翼诗坛。鲁迅对殷夫的诗作给予了高度评价。他说:"这是东方的微光,是林中的响箭,是冬末的萌芽,是进军的第一步,是对于前驱者的爱的大纛,也是对于摧残者的憎的丰碑,一切所谓圆熟简练,静穆幽远之作,都无须来作比方,因为这诗属于别一世界。"[①] 1932 年 9 月成立于上海的中国诗歌会,是"左联"领导下的一个革命诗歌社团,发起人有穆木天、杨骚、任钧、蒲风等。他们的创作纲领在穆木天执笔的《新诗歌发刊词》中得到了很好的体现:"我们要捉住现实,歌唱新世纪的意识。我们要用俗言俚语,把这种矛盾写成民谣小调鼓词儿歌。我们要使我们的诗歌成为大众歌调,我们自己也成为大众中的一个。"他们自觉将反映阶级对立和抗日救亡纳入诗歌表现领域,开掘了诗歌的现实题材。同时,推进诗歌大众化也是他们的一个重要贡献。中国诗歌会在广州、北平、青岛、河北等地都有分会,团结了大批的诗人。蒲风是中国诗歌会的代表诗人,他的《茫茫夜》《六月流火》等,都曾产生过很大的影响。

与左翼诗人讴歌革命致力于阶级斗争和民族解放事业不同,新月派因躲避现实退守"自我"而在三十年代渐趋没落。代之而起的是与其思想倾向相近的现代派。现代派因《现代》杂志而得名,这是一个"不冒政治风险的""采取中间路线"的刊物。[②] 现代派诗人对象征派诗歌和新月派诗歌都有所继承和发展,自

---

① 鲁迅:《白莽作〈孩儿塔〉序》,载《鲁迅全集》第 6 卷,人民文学出版社 1981 年版,第 494 页。
② 施蛰存:《现代杂忆》,《新文学史料》1981 年第 1 期。

觉追求"纯诗"的艺术，大胆进行诗艺的探索与创新。戴望舒是现代派诗人中最重要的代表，他的诗歌既有法国象征派诗歌的朦胧，又有晚唐五代词的意境，在西方现代主义与中国古典诗歌之间架起了一座桥梁，他自由地追寻诗情，探索诗艺，提高了诗歌的艺术品质。《雨巷》《我的记忆》《断指》《我用残损的手掌》等诗作，从个人意绪的浅吟低唱，到满怀激情地歌唱"新的希望""新的力量"，经历了"灾难的岁月"之后，戴望舒的思想倾向发生了巨大变化。除戴望舒外，现代派的重要诗人还有卞之琳、何其芳、李广田、施蛰存等。

在左翼诗歌与新月派、现代派的对立斗争之外，还有一批诗人比较引人注目，他们将诗歌的现实表现功能与艺术创新追求很好地结合起来，创作出了一批坚实的诗歌作品，如臧克家、艾青和田间。臧克家受新月派特别是闻一多的影响颇大，他以"不肯粉饰现实、也不肯逃避现实"①的态度，写出了朴实清新、精炼深刻的《烙印》和《罪恶的黑手》两本诗集。艾青早年赴法国留学，受象征派和印象派诗歌的熏陶，其成名作《大堰河——我的保姆》写得荡气回肠，充分展示了他的诗情才华。抗战爆发后，艾青满怀激情，写出了许多斗志昂扬的诗歌。田间早年东渡日本，深受裴多菲、涅克拉索夫，特别是马雅可夫斯基的影响。抗战爆发后他回到上海，发表了大量宣传抗战鼓舞斗志的诗作，是在抗战风暴中成长起来的诗人。田间的诗作有着"飞进的热情，新鲜的感觉，奔放的想象"②。臧克家、艾青和田间"这三位诗人无疑都是现实主义诗风的代表人物，但他们却是在革命诗派和唯美诗派既相互对立、排斥又相互融会渗透的复杂情况下成长起来的，他们既自觉地继承和发扬了革命诗派的现实主义精神，在表现手法上又各自汲取了唯美诗派的某些富有生命力的艺术技巧"③。他们以鲜明的创作个性和艺术风格崛起于三十年代的诗坛。

三十年代的散文已摆脱了"五四"时期边缘文体的局面，各种体式全面发展，杂文创作出现高潮，报告文学兴起，散文小品式样繁多，大批名家涌现。鲁迅的杂文思想性和艺术性极高，且形式多样，充满战斗力，"不仅在中国文学史

---

① 茅盾：《一个青年诗人的"烙印"》，《文学》1933年第1卷第5期。
② 茅盾：《叙事诗的前途》，载《中国现代诗论》（上），花城出版社1985年版。
③ 郭志刚、孙中田主编：《中国现代文学史》（上），高等教育出版社1989年版，第462页。

和文苑里为独特的奇花,也为世界文学中少有的奇花"①。瞿秋白的杂文擅长用马列主义分析政治问题,显示出极高的理论修养与思想水平。老一代作家如茅盾、郁达夫等写杂感论时政,年轻作家徐懋庸、唐弢、聂绀弩等因深受鲁迅影响而成为杂文新秀。"左联"成立后,号召开展"工农兵通讯运动",提出要"创造我们的报告文学(Reportage)"。1930年9月柔石发表的《一个伟大的印象》,是三十年代最早的报告文学作品。1932年阿英选编出版了《上海事变与报告文学》,这是我国第一部以报告文学命名的作品集。1936年是报告文学的丰收之年,茅盾主编了规模宏大的《中国的一日》报告文学专集。这是从三千多篇征文中精选出近五百篇反映5月21日这一天社会生活事件的稿件结集,富有史料价值和文献价值。夏衍的《包身工》和宋之的的《一九三六年春在太原》一经发表,就得到了广泛好评。"它们的问世,标志着报告文学结束了依附于新闻报道和旅行通讯的历史,开始成为自觉的文学创作,走上了独立发展的道路。"②此外,这一时期的叙事、抒情、哲理散文和随笔游记也有了新的发展、新的收获,如何其芳、李广田、丽尼、陆蠡、吴伯箫等的叙事抒情类散文,丰子恺、梁遇春的哲理散文,以及茅盾、巴金、夏丏尊、朱自清、沈从文等的随笔游记,都达到了较高的艺术水准。三十年代散文是在各派的对立碰撞与交流互渗中发展的,小品文更是如此。以林语堂为代表的"论语派"提倡"幽默""闲适"的小品文,鲁迅对此给予了严厉批评。双方展开了激烈论战,论战催生双方创作了大量的小品文,1933年也因此被称为"小品文年"。

话剧在这一时期也达到了一个新的高度,多幕剧逐渐形成并走向成熟。作为一种舶来的艺术样式,话剧的发展道路显得格外崎岖。从二十世纪初期的"文明戏",到二十年代的"爱美剧"和"小剧场运动",再到三十年代的"职业剧团的建立,长期公演话剧的固定剧场的出现",借用茅盾的话,此乃中国话剧"从幼稚期进入成熟期的标志"。话剧能否在中国站稳脚跟,并获得广大的受众,取决于话剧运动、舞台演出与剧本创作三者之间协调发展、良性互动的程度。在很

---

① 冯雪峰:《关于鲁迅在文学上的地位》,载《中国现代文论选》第3册,贵州人民出版社1984年版,第141页。
② 郭志刚、孙中田主编:《中国现代文学史》(上),高等教育出版社1989年版,第491页。

长时间里，缺乏优秀剧本成了制约中国话剧发展的巨大障碍。① 正如洪深在《中国新文学大系·戏剧集·导言》中所说，话剧家的努力，必须是在其剧本创作不仅可供舞台演出，而且"也可供人们当作小说诗歌一样捧在书房里诵读，而后戏剧在文学上的地位，才算是固定建立了"②。"左联"成立后，由艺术剧社、摩登剧社、剧艺社、南国社、辛酉社、青岛剧社、戏剧协社等组成的左翼戏剧家联盟对话剧的发展，起到了重大的推动作用。随着话剧运动的深入开展，产生了一批含蓄深蕴、风格迥异的剧作，如曹禺的《雷雨》《日出》《原野》，夏衍的《赛金花》《上海屋檐下》，田汉的《名优之死》《回春之曲》，洪深的《五奎桥》，李健吾的《这不过是春天》等，都是能够代表本时期话剧创作水平的优秀剧本。第一个"十年"的话剧，多为独幕剧，剧情简单，人物比较单薄，而本时期的这些剧作均为多幕剧，剧情复杂，构思新颖，充分显示了剧作家在构思戏剧冲突时的杰出才能。三十年代剧作家的创作，把中国的话剧艺术带入了一个高峰，标志着现代话剧已走向成熟。

在新文学的第二个"十年"中，还出现了新的文学体式——三部曲，这种艺术类型在三十年代逐渐流行并发展至成熟。郭沫若最早于1926年用三部曲形式创作了《漂流三部曲》——《歧路》《炼狱》《十字架》，之后又有洪灵菲的《流亡三部曲》——《转变》《前线》《流亡》和华汉的《地泉三部曲》——《深入》《转换》《复兴》，由于这些作品只是对三部曲这种新兴文学体式的尝试，所以艺术上尚显稚嫩粗糙。茅盾的小说处女作《蚀》三部曲——《幻灭》《动摇》《追求》在《小说月报》上连续发表后，产生了极大的影响，成为当时风行一时的读物。可以说，"蚀"是三部曲体式在该时期崛起的发轫之作，它对其后的三部曲创作产生了极大的影响。茅盾后来又创作了《农村三部曲》——《春蚕》《秋收》《残冬》，成熟精练地将当时农村的现实图景描绘出来。而真正将三部曲这种艺术体式引入流行与成熟的，则是巴金，他用三部曲形式创作了大批优秀作品，如《革命三部曲》——《灭亡》《新生》《死去的太阳》，《爱情的三部曲》——《雾》《雨》《电》，《激流三部曲》——《家》《春》《秋》，还有《神》《鬼》《人》三个短篇，以及后来的《抗战三部曲》(《火》第一、二、三

---

① 陈平原：《二十世纪中国文学纪事》(上)，《当代作家评论》2000年第1期。
② 《中国新文学大系·戏剧集》(1927—1937)，上海文艺出版社1987年版。

部)、四十年代创作的《人生三部曲》——《憩园》《第四病室》《寒夜》。巴金创作的一系列三部曲,为中国现代小说体式的发展作出了独特贡献。老舍的《四世同堂》三部曲——《惶惑》《偷生》《饥荒》,无疑也是难得的艺术佳作。李劼人的《死水微澜》《暴风雨前》和《大波》,则以皇皇一百三十五万言创造了三部曲的最长纪录。张天翼在抗战前期所写的三篇以抗战为题材的小说《华威先生》《谭九先生的工作》和《新生》,后也结集为《速写三篇》出版。沙汀的"三记"——《淘金记》《困兽记》《还乡记》也是一种典型的三部曲体式。此外,还有洪深的话剧《农村三部曲》——《五奎桥》《香稻米》《青龙潭》,阳翰笙的历史剧《李秀成之死》《天国春秋》《草莽英雄》,阿英的历史剧《碧血花》《海国英雄》《杨娥传》,等等。

　　三部曲作家具有全方位把握生活的宏阔才情,他们往往能够对整整一个历史时期或一个大革命时代作出全方位、全景式的艺术概括,作品包蕴着极为广博的社会生活含量,历史所能包含的一切丰富、深邃,几乎都被它概括进艺术画卷里了。宏大的构思,取材的渊博,必然带来格局的壮观。三部曲这种文学体式,在艺术架构上显示着群峰连绵的磅礴气势,其中的每一部既自成一体,又连成一气,形成似断实连、首尾贯通的艺术格局,气势恢宏,巍峨壮丽,具有史诗般的庄严雄伟。三部曲作品在三十年代的流行与成熟,密切了文学与时代的关系,增加了文学的厚重感。

　　三十年代还是一个大家林立的时代,鲁迅、茅盾、巴金、老舍、沈从文、曹禺等创作出一批杰作,如《故事新编》《子夜》《家》《骆驼祥子》《雷雨》《日出》《原野》《边城》等,都堪称彪炳文坛的经典。大家之所以为大家,就在于他们成功地捕捉到了适合自己的表现对象,选准一个独特的视角切入,在创作中充分发挥自己的才华,铸成一种独特的艺术风格,从而形成了属于他们自己的艺术世界,如茅盾笔下的大都市生活、老舍笔下的北平小市民世界、巴金笔下激荡的青春、沈从文笔下的湘西边地世界等。这些大家在构建自己的文学世界时,均凸显出了鲜明的艺术个性。他们在取材角度、结构布局、人物塑造、细节描绘以及语言运用等方面,都有自己的独特风格。例如,茅盾偏重在广阔的历史背景中对时代人物进行细致冷静的刻画;巴金的作品洋溢出浓烈的青春激情;老舍在对传统文化的审视中流露出"京味儿"的幽默;沈从文看似散淡的叙述却充满了艺术的张力；曹禺擅用诗意的语言挖掘人物的内心灵魂……这些文学大家的艺术世界光彩夺目，交相辉映，代表了三十年代文学的最高成就。正因如此，笔者在结构本书时，特意把其中的几位文学大家作为专章进行论述，希望从他们的创作世界中，对整个三十年代的文学景观作一反观与折射。

从以上的简单描述中可以看出，三十年代文学呈现一种多元并存、竞相发展的景观态势，不同倾向的文学相互激荡，碰撞争鸣，带来文坛上的百花齐放，异彩纷呈。若从这种态势来看，文学继续向前发展是具有各种可能性的。可是历史的河流却没有一如既往地流淌下去，战争的宿命截断了文学发展的某些可能性。抗战烽火的爆发，燃烧了各派作家的心，他们以各自不同的艺术个性，投身到共同的救亡洪流中去。

第一章 左翼文学

第一节 左翼文学的缘起及演进

一般文学史在描述左翼文学运动时,都会将其历史开端指向1928年的无产阶级"革命文学"运动。其实,左翼无产阶级革命文学运动并非一时突然出现的现象,而是有着一个相当长的酝酿过程。当时就有人指出:"创造社倾向于无产阶级文学,想把革命与文学结婚,明面看着虽然是从今年的新正开始,但仔细地考察起来,却绝不是突然的,他们之所以在今日发酵了,也实是经了很长时期的酝酿。"[①] 下面,笔者就对左翼无产阶级革命文学运动的缘起及演进作一简单追溯。

一、左翼文学的缘起

二十世纪二十年代初,随着中国共产党的成立,劳工运动和继之而起的农民运动迅速开展起来。为适应这种蓬勃发展的革命形势,一些早期共产党人从改造社会的目的出发,希望文学从"吟风弄月""醉罢,美呀"[②] 的唯美派、颓废派及浪漫派中脱离出来,继续发扬"五四"时期"新青年"派反帝反封建的革命功利主义和现实斗争精神,为国民革命服务,成为帮助解决社会问题的工具。

秋士(萧楚女)在《告研究文学的青年》中,批评了当时文坛上有些作家"遨游于高山流水之间,或躺在沙发上,闭着眼睛讴歌爱和美",认为即使那些

[①] 韩侍桁:《评〈从文学革命到革命文学〉》,《语丝》1928年第4卷第19期。
[②] 沈雁冰(茅盾):《"大转变时期"何时来呢?》,《文学》1923年第103期。

"以文学为助进社会问题解决的工具"者,也只是理论上的,形式上的,在实际生活中"仍不免是访胜,探幽,赏花,玩月"①。济川在给恽代英的信中,也对当时那些"歌舞升平,讲自然,谈情爱,安富尊荣不知人间有痛苦事的文学"表示不满,他提出:"现在中国急需要的,有些刺激人的猛剂,使得一般梦人醒来,使得人们静如止水的心起微微波动,此种文学作品在现时中国是急需的。"②邓中夏则把文学看成是"儆醒人们使他们有革命的自觉,和鼓吹人们使他们有革命的勇气"的"最有效用的工具",因此希望"做新诗人的青年们,关于表现民族伟大精神的作品,要特别多做,儆醒已死的人心,抬高民族的地位,鼓励人民奋斗,使人民有为国效死的精神"③。沈雁冰认为,"文学不仅是供给烦闷的人们去解闷,逃避现实的人们去陶醉;文学是有激励人心的积极性的。尤其在我们这时代,我们希望文学能够担当唤醒民众而给他们力量的重大责任"④,因此而热切期盼文学的"大转变时期"快快到来。

  早期共产党人对文学的或批判或期望,与其说是出于对文学自身发展的关心,倒不如说带有浓重的功利目的,也就是说,作为政治家的他们只是把文学当作一种工具,希望以此来推动革命运动发展。他们所不满的,并不只是文坛的浮靡文风,更主要的还是整个社会的低迷情绪。他们不过期望借文坛风气的转变,来提高整个社会的气氛,使之向上、昂扬,符合革命的理想情境。所以,他们格外强调作家必须走出书斋,投身人民与革命当中去。秋士劝告文学青年:"你真有意做文学家吗?朋友,那你就不应该仅知道怎样才算一个文学家,应该去实行你所知道的。你应该像托尔斯泰一样,到民间去,应该像佛一样,身入地狱,应该到一切人到了的地方去,应该吃一切人吃了的苦,应该受一切人受了的辱!"因此他号召青年:"快快抛去你的锦绣之笔,离开你的艺术之宫,诚心去寻实际运动的路径,脚踏实地一步一步走下去!"⑤恽代英说:"倘若你希望做一个革命文学家,你第一件事是要投身于革命事业,培养你的革命感情。"⑥沈泽民也认

---

① 秋士:《告研究文学的青年》,《中国青年》1923年第5期。
② 《今日之文学界》(通讯),《中国青年》1923年第5期。
③ 邓中夏:《贡献于新诗人之前》,《中国青年》1923年第10期。
④ 雁冰(茅盾):《"大转变时期"何时来呢?》,《文学》1923年第103期。
⑤ 秋士:《告研究文学的青年》,《中国青年》1923年第5期。
⑥ 恽代英:《文学与革命》,《中国青年》1924年第31期。

为，一个革命的文学者"如果不曾参加过工人罢工的运动……不曾亲自尝过牢狱的滋味，亲自受过官厅的追逐，不曾和满身油污的工人或农人同睡过一间小屋子，同时做过苦力的工作，同受过雇主和工头的鞭打斥骂，他决不了解无产阶级的每种潜在的情绪，决不配创造革命的文学。"① 因此，他提出了"走到无产阶级的里面去"的口号，这在新文学史上还是第一次。

早期共产党人的这些看法，虽然个别地方尚显片面，但对扭转当时文坛的低迷风气，使之朝着符合时代潮流的方向发展，还是大有裨益的。他们虽然还没有正式提出无产阶级革命文学的口号，却也明白无误地将"无产阶级""革命"等词语和"文学"联系在一起。早期共产党人的呼吁，也引起了当时一些作家的及时响应。1923年5月，郭沫若就提出要以凤凰涅槃式的不妥协精神，"反抗资本主义的毒龙"，"在文学之中爆发出无产阶级的精神，精赤裸裸的人性"②。其精神实质虽然与真正的"革命文学"还相差很远，但已显露出迥异于"五四"文学的革命形态。同年9月他又发表《艺术家与革命家》，提出"艺术家以他的作品来宣传革命，也就和革命家拿一个炸弹去实行革命是一样"③，都对革命具有实际的贡献。1924年8月9日在给成仿吾的信中，郭沫若明确表示："我现在对于文艺的见解也全盘变了。我觉得一切歧伪上的主义都不能成为问题，所可成为问题的只是昨日的文艺，今日的文艺和明日的文艺"。"今日的文艺，是我们现在走在革命途上的文艺，是我们被压迫者的呼号，是生命穷促的喊叫，是斗志的咒文，是革命预期的欢喜。这今日的文艺便是革命的文艺。"④ 蒋光慈在1924年8月1日也发表论文《无产阶级革命与文化》，首次提出了"无产阶级文学"的命题。1925年1月1日又在《现代中国社会与革命文学》一文中，对无产阶级革命文学的性质、特点和作用作了自己的理解与阐释。他说："谁能够将社会的缺点、罪恶、黑暗……痛痛快快地写将出来，谁个能够高喊着人们向这缺点、罪恶、黑暗……奋斗，则他就是革命的文学家，他的作品就是革命的文学。"⑤ 1925年1月，蒋光慈又先行出版了诗集《新梦》，以浩荡的革命激情鼓舞民众，

---

① 沈泽民：《文学与革命文学》，《民国日报》副刊《觉悟》1924年11月6日。
② 郭沫若：《我们的文学新运动》，《创造周报》1923年第3号。
③ 郭沫若：《艺术家与革命家》，《创造周报》1923年第18号。
④ 郭沫若：《孤鸿》，《创造月刊》1926年第1卷第2期。
⑤ 光赤（蒋光慈）：《现代中国社会与革命文学》，《民国日报》副刊《觉悟》1925年1月1日。

讴歌革命，可谓"革命文学"的急先锋。

而 1925 年"五卅"运动的爆发，又为刚刚萌芽的"革命文学"提供了绝佳的历史机缘。"革命文学"不再仅仅是一个文学口号，它更是革命作家与进步作家的共同心向所归。此后，随着革命形势的进一步发展，以及一批作家思想的革命化，"革命文学"终于形成了一定的舆论势力。恰如李何林所说："我们从五卅前一二年的文艺论文和创作里，发现'革命文学'的意识早已渐渐的潜在的萌芽和滋长，不过促其长成并表面化的，是五卅运动以后。"① 这种观察不能不说是准确而精确。经过"五卅"运动的洗礼，"革命文学"的确迸发出了耀眼夺目的光彩。一些作家在创作革命文学的同时，也积极进行理论的探讨与建设。

蒋光慈著文《十月革命与俄罗斯文学》（1926 年 4 月 16 日），对十月革命后苏俄文学的新发展作了系统介绍，这为建设中国的"革命文学"提供了有益借鉴。郭沫若也以《文艺家的觉悟》（1926 年 5 月 1 日）一文，正式跨入无产阶级文艺批评时期。他认为，现在是"第四阶级（指无产阶级）革命的时代"，"我们现在所需要的文艺是站在第四阶级说话的文艺，这种文艺在形式上是现实主义的，在内容上是社会主义的"。② 1926 年 5 月 16 日，郭沫若又发表了一篇重要论文《革命与文学》，对文学与革命的关系作了进一步探讨。他认为，"凡是表同情于无产阶级而且同时是反抗浪漫主义的便是革命文学"。他号召文艺青年："你们既要矢志为文学家，那你们赶快要把神经的弦索扣紧起来，赶快把时代的精神提着……你们要把自己的生活坚实起来，你们要把文艺的主潮认定！你们应该到兵间去，到民间去，到工厂去，到革命的旋涡中去，你们要晓得我们所要求的文学是表同情于无产阶级社会主义、马克思主义的文学，我们的要求已经和世界的要求是一致。"③

这一时期思考更深广、成就更突出的理论家当数沈雁冰。他的文章主要有《告有志研究文学者》《文学者的新使命》与《论无产阶级艺术》等。发表于"五卅"后不久的《告有志研究文学者》，基本还是坚持作者"五四"时期"为人生"的主张，认为"描写现代生活的缺点，搜求它的病根，然后努力攻击那

---

① 李何林：《近二十年中国文艺思潮论（1917~1937）》，陕西人民出版社 1981 年版，第 125 页。
② 郭沫若：《文艺家觉悟》，《洪水》1926 年第 2 卷第 16 期。
③ 郭沫若：《革命与文学》，《创造月刊》1926 年第 1 卷第 3 期。

些缺点和病根，以求生活的改善：这便是现代文学家的责任！"但作者已认识到："自来文学只做了当时的统治阶级保持其特权的工具，并未曾超然过，更说不上独立！"①其中隐约透出阶级性的端倪。到写作《文学者的新使命》时，作者已在运用马克思主义的观点来讨论文学问题了。

1925年，沈雁冰又发表了长篇重要论文《论无产阶级艺术》。这篇论文根据苏联早期的优秀作品，对无产阶级艺术的历史形成、产生条件、概念范畴、内容以及形式等五个方面进行全面、系统的论述，总结出一些建设无产阶级文艺的规律性问题，对我国的"革命文学"理论建设起了先导作用。作者运用马克思主义的阶级论，修正、补充了"为人生"的文学，将先前较为宽泛的"为人生的艺术"，转变为目标更明确、内容更坚实的"为无产阶级的艺术"。在论述无产阶级艺术的范畴时，作者大胆指出："无产阶级艺术非即所谓革命的艺术"，因为"凡含有反抗传统思想的文学作品都可以称为革命文学"②，它的内涵要比无产阶级文学宽泛得多。短短几句话，一针见血地指出"革命文学"这一称谓的含混、空泛与模糊，并以更贴近其实质的"无产阶级文学"来做限定，这就廓清了时人对"革命文学"的混杂理解，显示了作者清醒的超前意识。在这篇文章里，沈雁冰不仅指明了无产阶级艺术的理想形态，也从苏联文学中敏锐独拔地看到无产阶级艺术已出现或将出现的纰漏。譬如无产阶级文学主题、题材的狭仄单调，艺术形式的摒弃继承，对宣传、刺激与煽动的刻意追求以及青年作家的经验匮乏等。所有这些问题，几乎都成了中国"革命文学"的谶语，其后来理论与创作的走向偏至，都不幸而早被他言中。茅盾的革命文学理论，既具大胆的开创性，也有惊人的预言性。他能够运用马克思主义阶级论的观点，对无产阶级艺术进行那样缜密周详的探讨，这在当时的理论界，实属凤毛麟角。正如作者后来所言："半个多世纪过去了，这篇文章的内容，在今天已是文艺工作者普遍的常识，但在当时却成了旷野的呼声。"③《论无产阶级艺术》是沈雁冰对无产阶级革命文学理论建设所作的宝贵贡献，堪称左翼无产阶级革命文学的一座理论丰碑。

蒋光慈、郭沫若、沈雁冰等人的左翼无产阶级革命文学理论，是"'五四'

---

① 《告有志研究文学者》，《学生杂志》1925年第12卷第7号。
② 《茅盾全集》第18卷，人民文学出版社1989年版，第508页。
③ 茅盾：《我走过的道路》（上），人民文学出版社1997年版，第325页。

以来早期共产党人的文学主张的进一步发展和深化,触及左翼文学的性质、内容、形式与时代关系等。注意到世界左翼文学思潮的变化,感受到左翼文学思潮的革命性,被这种世界范围的新鲜思潮所吸引,他们希望中国的文学向世界靠拢,与各国的先进文学思潮同步前进"[1]。

大革命失败后,革命作家云集上海,有的从南昌起义的前线来,有的从北伐后的武汉来,有的是从北京南下的,有的是从日本归来的,鲁迅也从北伐的策源地广州来到上海。他们都深深感受到大革命失败后的痛苦与焦灼,希望开展普罗文学运动以继续革命斗争。同时,大革命的失败,也引发许多人进行深思,他们试图努力从理论上探索失败之源。冯乃超说:"……1927年蒋介石叛变了革命,我们认为,这暴露了中国共产党在幼年期的弱点,主要是缺乏理论指导。因此觉得,很有赶紧向中国的读者——知识阶级,介绍马列主义理论和展开宣传工作的必要。"[2] 这一重任被创造社新成员自觉担负起来。大革命时期,尚在日本留学的李初梨、冯乃超、彭康、朱镜我、李铁声等,就已接受了马克思列宁主义,热心于无产阶级文学运动,关心中国的革命动向与文学前途,希望创造社能够改变立场,提倡无产阶级文学。1927年年底,这支生力军回到上海,对整个中国文坛进行了全面的检阅与批判。在《文化批判》的《祝词》里,成仿吾就引用列宁那句不朽的格言:"没有革命的理论,便没有革命的行动",这说明他们一开始就把扩大马克思主义理论宣传视为己任。此时的"革命文学"运动已成为"一种伟大的启蒙",即马克思主义的启蒙运动。同样自觉担负起此历史文化使命的,还有蒋光慈、洪灵菲、钱杏邨、孟超等人于1928年1月成立的太阳社,他们以《太阳月刊》《时代文艺》《新流月报》《海风周报》《拓荒者》等刊物为理论阵地,积极倡导"革命文学",宣传无产阶级文艺理论。由于后期创造社与太阳社的大力倡扬,尤其是经过与鲁迅、茅盾发生的那次著名的"革命文学论争","革命文学"运动进入一个新的阶段,真正成为一股不可阻挡的时代巨流。

后期创造社、太阳社所提倡的无产阶级革命文学运动,有着不容抹杀的历史功绩。它扩大了无产阶级文学阵地,宣传了马克思主义文艺理论,力图把文学活动与无产阶级领导的革命斗争结合起来;它扫除了革命转折时期文学界普遍存在

---

[1] 郭志刚、李岫主编:《中国三十年代文学发展史》,湖南教育出版社1998年版,第12页。
[2] 冯乃超:《革命文学论争·鲁迅·左翼作家联盟》,《新文学史料》1986年第3期。

的悲观失望情绪，从思想上和组织上准备了左翼作家联盟的成立。①

1930年3月2日，中国左翼作家联盟在上海成立。这是中国现代文学史上的一件大事，标志着左翼文艺运动已从自发的"革命文学"时期发展成为有组织的革命运动。中国共产党不仅从思想上而且从组织上开始领导中国的左翼革命文艺，使之逐渐发展成为三十年代的文学主潮。左翼文学在此后的发展中，不断纠正并克服了"革命文学"时期的偏颇与错误倾向，文学创作也日益走向成熟，取得了可喜的成果，左翼文学终于迎来了它的丰收期。

二、左翼文学的启蒙——"革命文学论争"

1928年年初，太阳社、后期创造社展开了轰轰烈烈的无产阶级文学运动。他们通过大量文章，对文学与经济基础的关系、文艺的宣传作用、文艺的阶级性与革命任务、小资产阶级作家的思想改造等问题，发表了见解与主张。由于他们对中国革命的形势和性质尚缺乏实际研究和全面理解，又受国外"左"倾思想路线的影响，产生了小资产阶级的急性病、宗派情绪与教条主义，于是引发了一场错误地将矛头指向鲁迅和茅盾的"革命文学论争"。

冯乃超在《文化批判》创刊号上发表《艺术与社会生活》一文首先发难，对"五四"以来的新文学进行了全盘的否定。他把鲁迅描绘成一个时代的"落伍者"："常从幽暗的酒家的楼头，醉眼陶然地眺望窗外的人生。世上称许他的好处，只是圆熟的手法一点，然而，他不常追怀过去的昔日，追悼没落的封建情绪，结局他反映的只是社会变革期中的落伍者的悲哀，无聊赖地跟他的弟弟说几句人道主义的美丽的说话。隐遁主义！"紧接着是成仿吾和李初梨，他们在《文化批判》和《创造月刊》上发表文章，继续对鲁迅进行奚落、嘲讽与攻击。"语丝派的标语是趣味，所矜持的是闲暇、闲暇、第三个闲暇，代表着有闲的资产阶级，或睡在鼓里的小资产阶级。"②李初梨则发挥成仿吾《完成我们的文学革命》一文中的观点，进一步论证鲁迅是"趣味文学家"，而"趣味文学家"则是吸引"社会的中间层"的"鱼饵"，"蒙蔽一切社会恶"的"护符"，"麻醉青年"的"鸦片"。该文厉声质问鲁迅"是低级阶级的人，他写的又是低级阶级的文学"，

---

① 王瑶：《中国新文学史稿》（上），上海文艺出版社1955年版，第172页。
② 成仿吾：《从文学革命到革命文学》，《创造月刊》1928年第1卷第9期。

连鲁迅曾经表现过"人民的痛苦"都不承认。①

鲁迅在这一再挑战下，自然不能不出而应战。他发表了《醉眼中的朦胧》，批评"革命文学"倡导者在创作上不敢正视现实，不敢揭露现实的黑暗，特别是不敢触及蒋介石屠杀革命人民的事实。同时还指出他们在理论与实践上往往陷于逻辑上的自相矛盾。

创造社对此文大为恼火，于是对鲁迅发动了总攻击。成仿吾把鲁迅比喻为"中国的唐·吉诃德，不仅害了神经错乱与夸大妄想诸症，而且同时还在'醉眼陶然'"，说他"暴露了自己的朦胧与无知，暴露了知识阶级的厚颜，暴露了人道主义的丑恶"。② 李初梨③竟说鲁迅"'无聊'而且'无知'"，是"一个战战兢兢的恐怖病者"，甚至"对于布鲁乔亚泛是一个最良的代言人，对于普罗列塔利亚是一个最恶的煽动家！"彭康的《"除掉"鲁迅的"除掉"！》④ 也说鲁迅的"朦胧"，"一是对于理论的没理解，一是对于事实的盲目"。此外，还有李一氓的《鲁迅投降我了》⑤ 等，也都类似上面所提到的几篇文章，多半是污蔑和嘲骂，内容上很少理论上的争辩。

鲁迅为此写了《我的态度气量和年纪》，对创造社的战法进行了揭露，认为创造社用鲁迅的"籍贯、家族、年纪来作奚落的材料"，"于是'论战'便变成'态度战'，'气量战'，'年龄战'了"。这对论战是毫无意义的。文章还申述了鲁迅一向的态度。这样一来，就招致了杜荃（郭沫若）《文艺战线上的封建余孽———批评鲁迅的〈我的态度气量和年纪〉》⑥ 一文的发表。这篇文章对鲁迅的诋毁，达到了登峰造极的地步。它一连给鲁迅戴上了三顶大帽子："资本主义以前的一个封建余孽""二重的反革命的人物""一位不得志的 Fascist（法西斯谛）"。

与此同时，太阳社、我们社也踊跃参战，把攻击的矛头对准了鲁迅。钱杏邨

---

① 李初梨：《怎样地建设革命文学》，《文化批判》1928 年 2 月号。
② 成仿吾：《毕竟是"醉眼陶然"罢了》，《创造月刊》1928 年第 1 卷第 11 期。
③ 李初梨：《请看我们中国的 Don Quixote 的乱舞———答鲁迅〈"醉眼"中的朦胧〉》，《文化批判》1928 年第 4 号。
④ 彭康：《"除掉"鲁迅的"除掉！"》，《文化批判》1928 年第 4 号。
⑤ 李一氓：《鲁迅投降我了》，《流沙》1928 年第 6 期。
⑥ 杜荃（郭沫若）：《文艺战线上的封建余孽———批评鲁迅的〈我的态度气量和年纪〉》，《创造月刊》1928 年第 2 卷第 1 期。

连续发表《死去了的阿Q时代》和《死去的鲁迅》等文,说鲁迅的小说没有反映"五四"时代的思潮,里面所写辛亥革命前后的农村与城市生活,不过是"天宝宫女,在追述着当年皇朝的盛事而已"。认为鲁迅"创作的时代"早已死去,"鲁迅的出路只有坟墓"了。文章还骂鲁迅为"个人主义的享乐者","眼光仅及于黑暗",是"没有政治理想的作家";鲁迅的作品除了"无聊的思想,刻毒的谩骂"之外,别无他有,是一种"阴险刻毒的文艺",是一种"滥废的无意义的类似消遣的依附于资产阶级的滥废的文学"。蒋光慈的《关于革命文学》《鲁迅先生》、洪灵菲的《〈我们月刊〉创刊号·编后》等,也与钱杏邨采取同一腔调。后期创造社、太阳社对鲁迅"笔尖的围剿"和"拚命的围攻",到后来则愈演愈烈,连其他社团或非社团的人士也相互呼应。例如,弱水(潘梓年)的《谈现在中国的文学界》、朱彦的《阿Q与鲁迅》、燕生的《越过了阿Q的时代以后》等。一时间鲁迅成了众矢之的,"围剿"他的人数之多,规模之大,手段之强,上纲之高,令人震惊。

后来,瞿秋白在《〈鲁迅杂感选集〉序言》中,对这场著名的"革命文学论争"作出了很精到的分析:

> 《三闲集》以及其他杂感集之中所保留着的鲁迅批评创造社的文章,反映着一九二七年以后中国文艺界之中这两种态度,两种倾向的争论。自然,鲁迅杂感的特点,在那时特别显露那种经过私人问题去照耀社会思想和社会现象的笔调。然而创造社等类的文学家,单说真有革命志愿的(像叶灵凤之流的投机分子,我们不屑去说到了),也大半扭缠着私人的态度,年纪,气量以至酒量的问题。至少,这里都表现着文人的小集团主义。①

创造社、太阳社在攻击鲁迅的同时,也把茅盾视为"革命文学"的敌人而加以攻击。双方论战的起因是,茅盾于1928年1月8日在《文学周报》上发表了《欢迎〈太阳〉!》,对蒋光慈的"革命文学"观点提出了商榷意见。蒋光慈于是发表了《论新旧作家与革命文学(读了〈文学周报〉的〈欢迎太阳〉以

---

① 何凝(瞿秋白):《〈鲁迅杂感选集〉序言》,载《瞿秋白文集》第2卷,人民文学出版社1953年版。

后）》加以论辩。接着茅盾又在《小说月报》上发表了《从牯岭到东京》一文，阐述《蚀》三部曲的创作情况，并对当时的"革命文学"提出了批评意见。这便引起了创造社、太阳社成员的不满。于是，克兴、李初梨、钱杏邨等分别发表了《小资产阶级文艺理论之谬误——评茅盾君的〈从牯岭到东京〉》《对于所谓"小资产阶级革命文学"底抬头，普罗列塔利亚文学应该怎样防卫自己？》《从东京回到武汉——读了茅盾〈从牯岭到东京〉以后》，将茅盾作为"小资产阶级文学的代言人"而加以猛烈的攻击。此后，茅盾于1929年5月12日又在《文学周报》上发表了《读〈倪焕之〉》，对创造社、太阳社的攻击进行了自我辩护，于是钱杏邨又发表《批评与分析》继续对茅盾进行抨击。

创造社、太阳社与茅盾论战的一个核心问题，便是关于如何认识小资产阶级文学的问题。茅盾认为，"革命文学"创作不应该抛弃小资产阶级。他说：

> 我以为现在的"新作品"在题材方面太顾不到小资产阶级了。现在差不多有这么一种倾向：你做一篇小说为劳苦群众的工农诉苦，那就不问如何大家齐声称你是革命的作家；假如你为小资产阶级诉苦，便几乎罪同反革命。这是一种很不合理的事！现在的小资产阶级没有痛苦么？他们不被压迫么？如果他们确是有痛苦，被压迫，为什么革命文艺者要将他们视同化外之民，不屑污你们的神圣的笔尖呢？……几乎全国十分之六，是属于小资产阶级的中国，然而它的文坛上没有表现小资产阶级的作品，这不能不说是怪现象罢！这仿佛证明了我们的作家一向只忙于追逐世界文艺的新潮，几乎成为东施效颦，而对于自己家内有什么主要材料这问题，好像从未有过一度的考量。①

茅盾的这一看法遭到了创造社、太阳社的猛烈反击。他们认为，像茅盾这种"把无产阶级的革命文学的基础植立在小资产阶级的市民中间，这是很显然的笑话……茅盾先生所说的革命文艺……他的立场是'小资产阶级的'！""我们可以断定茅盾先生的目的并不是要推进无产阶级文艺的发展，'图穷匕首见'，他的

---

① 茅盾：《从牯岭到东京》，《小说月报》1928年第19卷第10号。

目的只是打倒无产阶级革命文艺运动来提倡小资产阶级的革命文艺运动罢了。"①这与茅盾的本意相差何其遥远!

茅盾就如何表现小资产阶级、如何认识小资产阶级文学,如何纠正革命文学中的"标语口号化"倾向等问题,都有着独到的见解。这些见解对于处于初创期的"革命文学"来说,是有着重要意义的。只可惜创造社、太阳社并没有对此加以重视,相反,却把茅盾当作"革命文学"的大敌来对待。

直到1929年上半年,太阳社、后期创造社与鲁迅、茅盾这场充满火药味的论战才宣告结束。那么,是什么促成了这次激烈论战最终走向和解呢?很多当事人都曾回忆说,是党命令他们停止对鲁迅的攻击与战骂,建立新的联合阵线。②这固然是其中一个重要原因,但笔者以为,更根本的原因还在于,论战双方在本质问题上态度是一致的。鲁迅在"左联"成立大会上曾说过下面的话:"我以为联合战线是以有共同目的为必要条件的。我记得好像曾听过这样一句话:'反动派且已经有联合战线了,而我们还没有团结起来!'其实他们也并没有有意的联合战线,只因为他们的目的相同,所以行动就一致,在我们看来就好像联合战线。而我们战线不统一,就证明我们的目的不能一致,或者只为了小团体,或者还其实只为了个人,如果目的都在工农大众,那当然战线也就统一了。"③ 事实也正如此,"革命文学论争"之所以能够顺利解决并成立"左联",就是因为双方的"目的相同"。也就是说,鲁迅与茅盾并不反对革命,更不反对"革命文学"本身,而只是对创造社、太阳社的偏颇观点与过激做法表示不满而已。正如冯雪峰所说,鲁迅"至多嘲笑了革命文学的运动(他也并没有嘲笑革命文学的本身),嘲笑了追随者中的个人的言动"④。至于茅盾,他本人早已是"革命文学"的提倡者,就更不会反对"革命文学"了,他主要是从文学层面——文学的内容、标语口号化及描写的技术等问题上提出一些意见及建议而已。就连创造

---

① 钱杏邨:《从东京回到武汉——读了茅盾〈从牯岭到东京〉以后》,载伏志英编:《茅盾评传》,现代书局1931年版。
② 见郑伯奇:《创造社后期的革命文学活动》(《延河》1962年第7、8期合刊)、《阿英忆左联》《冯雪峰谈左联》(以上两篇均载《新文学史料》1980年第1期);夏衍:《懒寻旧梦录·左翼十年(上)》(生活·读书·新知三联书店1985年版);冯乃超:《左联成立前的一些情况》(《冯乃超文集·上卷》,中山大学出版社1986年版,第379页)等文章。
③ 鲁迅:《对于左翼作家联盟的意见》,载《鲁迅全集》第4卷,人民文学出版社1981年版。
④ 冯雪峰:《革命与智识阶级》,《无轨列车》1928年创刊号。

社也认为他"提出了许多现实的具体的问题；这些问题，我们不应该抹杀它，而应该正当的去解决它"①。

"革命文学论争"大大提高了"革命文学"在文坛上的影响力。有人说："一九二八年在中国文坛上真是可纪念的一年。平静的中国文坛，到了这一年，突然掀起了一大波浪。"②"文艺界里起的很激剧的转变和神速的进步。到现在这从事文艺的青年作家，找到了条正确的路径。……这条正确的路径就是——无产阶级文学——大家不约而同的都向着这条路上努力的奔驰。"③"时至今日，所谓革命文学的声浪，日渐高涨起来了。革命文学成为了一个时髦的名词，不但一般急激的文学青年，口口声声地呼喊革命文学，就是一般旧式的作家，无论在思想方面，他们是否是革命的同情者，也没有一个敢起来公然反对。"④"革命文学"成为一股不可阻挡的时代巨流。很多杂志，如《泰东月刊》《现代小说》等，为招徕顾客，都纷纷打出"转向"与"蜕变"的旗帜。甚至连唯美主义的《金屋》，也追潮趋时地发表了"左倾"译作《一万二千万》。为此，邱韵铎还讥讽道："尤其梦想不到的，是素以唯美派自居的《金屋》也竟然印行起这样不唯不美而且凶险的赤色文章……这样看来我们可以大言不惭地说，革命文学已经轰动了国内的全文坛了，而且也可以跨进一步地说，全文坛都在努力'转向'了。"⑤由此可见"革命文学论争"的重大历史作用，它标志着中国左翼无产阶级文学的发展进入了一个崭新的历史时期。

三、"左联"和左翼文学

"革命文学论争"结束后，一些身历此次论战的新文学作家开始静下心来对过去的文艺运动作了检视与反思。1930年2月16日，由鲁迅、沈端先（夏衍）等人邀请在上海的部分文艺工作者，召开了一个以"清算过去"和"确定目前文艺运动底任务"为题目的讨论会。作为讨论会的结果，大家一致认为全国的左

---

① 见克兴：《小资产阶级文艺理论之谬误——评茅盾君的〈从牯岭到东京〉》一文后，"创造社编辑委员会"的附记，《创造月刊》1928年第2卷第5期。
② 魏克特：《鸟笼室漫话》，《海风周报》1929年第4期。
③ 冯润璋：《青年文学家怎样的修养》，《流荧》1928年第2期。
④ 蒋光慈：《关于革命文学》，《太阳月刊》1928年2月号。
⑤ 邱韵铎：《"一万二千万"个错误》，《现代小说》1929年第3卷第1期。

翼作家应该团结起来，共同投入到左翼文艺运动当中去。会上还成立了一个筹备委员会，负责国内左翼作家组织的筹备工作。①

经过一段时间的准备，1930年3月2日，中国左翼作家联盟（"左联"）在上海成立。在"左联"成立大会上，鲁迅作了《对于左翼作家联盟的意见》的重要讲话，他站在辩证唯物主义和历史唯物主义的思想高度，强调作家要深入社会实际，否则"左翼"革命作家就会变成"右翼"作家。这一卓见，既是鲁迅对"革命文学论争"经验教训的深刻总结，又是他对中国无产阶级左翼文学运动的清醒告诫。

从1930年"左联"成立，到1936年"左联"解散，在这六年的时间里，左翼文学有了很大的发展，逐步由"革命文学"时期的幼稚粗糙日益走向成熟，并最终迎来了左翼现实主义文学的丰收期。学术界一般把"左联"六年的时间划分为前期和后期两个阶段，并且以1931年11月"左联"执委会通过的决议《中国无产阶级革命文学的新任务》作为界限。茅盾曾对这个决议作过如此评价："这个决议可以说是'左联'成立以后第一个既有理论又有实际内容的文件，它是对于一九三〇年八月那个左倾决议的反拨，它提出的一些根本原则，指导了'左联'后来相当长一段时期的活动。""这个决议在'左联'的历史上有十分重要的作用，它标志着一个旧阶段的结束和一个新阶段的开始。可以说，从'左联'成立到一九三一年十一月是'左联'的前期，也是它从左倾错误路线影响下逐步摆脱出来的阶段；从一九三一年十一月起是'左联'的成熟期，它已基本上摆脱了'左'的桎梏，开始了蓬勃发展、四面出击的阶段。"②应该说，亲身参加并领导过"左联"的茅盾的这个分析与评价是中肯的，是符合历史事实的。

在"左联"的前期，其理论导向依然没有摆脱"革命文学论争"时期的"左"的错误，这从它的决议和理论纲领中都可以看得出来。比如，1930年8月4日"左联"执委会通过的题为《无产阶级文学运动新的情势及我们的任务》的决议，正式规定："'左联'这个文学的组织在领导中国无产阶级文学运动中，不允许它是单纯的作家同业组合，而应该是领导文学斗争的广大群众的组织。"

---

① 《上海新文学运动者底讨论会》，《萌芽月刊》1930年第1卷第3期。
② 茅盾：《"左联"前期·回忆录十二》，《新文学史料》1981年第3期。

"左联"的组织原则定位为"不是什么艺术流派结合","不是作家的同业组合组织",并对持有不同意见者的建议给予"坚决的克服"和"纠正"。"左联"在成立初期,也完全是按照这个理论纲领和组织原则去检查和衡量自己的工作的。这种理论导向上"左"的倾向直接影响到"左联"前期的文学创作。"左联"前期创作曾一度很不景气,存留文坛的,仍然是所谓的"革命浪漫蒂克"的文本。"革命浪漫蒂克"一词是由瞿秋白提出来的,他在评价华汉(阳翰笙)的《地泉》三部曲时,把这类作品里表现来的小资产阶级知识分子的狂热情绪和不切实际的幻想,叫作"革命的浪漫蒂克"。这种"革命的浪漫蒂克",是左翼文学运动初期的一种特定现象。1931年11月,"左联"执委会通过《中国无产阶级革命文学的新任务》决议。与1930年8月的那个决议相比,1931年11月决议在许多方面都体现出"左联"已基本摆脱了"左"的桎梏,并由此开始摆脱困境走出低谷,逐步进入上升通道,直至蓬勃发展取得反"文化围剿"的胜利。

  几乎所有的左翼批评家都认为1931年秋发表于《北斗》杂志的丁玲的中篇小说《水》,是左翼文学的典范,它标志着左翼现实主义文学走向成熟。《水》取材于1931年震动全国的十六省大水灾,丁玲以粗犷奔放的笔触,真实地再现了农民从与洪水、饥饿搏斗到与政府斗争的逐步觉醒的过程。小说选取重大的现实题材,采用阶级分析的视角和客观写实的方法,全篇没有主人公,而是以灾民群体为主体,人物众多,场面宏大,体现了"人的文学"向"阶级的文学"的转换。冯雪峰盛赞它是"新的小说的诞生",是"唯物辩证法的创作方法的初步'兑现'"。[①] 茅盾也把《水》看作丁玲本人及整个左翼文坛清算了"革命+恋爱"公式的一个界碑。[②] 1931—1932年间,左翼文坛上出现了一大批以重大社会问题为题材,表现工农觉醒斗争的作品,如茅盾的《秋收》、葛琴的《总退却》、楼适夷的《活路》、沙汀的《法律外的航线》、洪深的《五奎桥》等,但这类作品依然是概念化的文本。对重大题材的热衷和哲学理念演绎生活的结果,造成"左联"作家浮光掠影地描述漂浮在生活表层的社会事件。《水》虽为左翼文坛提供了新的文学模式,但作品人物模糊不清,个性被淹没在群体的大海里。沙汀的《法律外的航线》一个短篇框架,却硬塞进二十几个人物,"写出的只是一些

---

① 何丹仁(冯雪峰):《关于新的小说的诞生》,《北斗》1932年第2卷第1期。
② 茅盾:《女作家丁玲》,《文艺月报》1932年第1卷第2期。

点点斑斑的浮面现象"①。张天翼的《二十一个》"没有个别的面貌","差不多成了'一般底影子'"。②这一切,再度使左翼作家陷入创作困惑,他们需要对自身的创作进行彻底的检讨与反思,希望找到创作不振的症结并探寻出路。

  1932年,"左联"的机关刊物《北斗》征文探讨"创作不振之原因及其出路"。鲁迅、郁达夫、茅盾、叶圣陶、陈衡哲、张天翼、戴望舒等21位著名作家、理论家应邀参加了这场讨论,他们大多从社会环境等客观因素和作家思想倾向等方面作了分析,多数人都极力主张用"唯物辩证法的创作方法"来"救治"创作上的"不振"局面。这次征文讨论未能从文学自身的特点与创作规律上进行剖析,忽略了作家艺术个性的问题,说明左翼文学无论是在文学理论还是在创作实践中都未能摆脱"左"的机械论的弊端。然而,左翼作家对文学创作进行的反思与批判无疑是有重要意义的。正如这次活动的策划者、组织者丁玲所言,"这种笔谈式的讨论不能说有多深入,但它多少起了动员作家迎接新的变动、反映时代变动的作用"③。这对改变左翼文学创作不振的局面也是很有益处的。

  1933年,随着文艺界对"唯物辩证法的创作方法"的批判和对"社会主义现实主义"创作方法的提倡,左翼文学开始走向成熟并喜获丰收。左翼作家在进行社会剖析时不再盲目跟风,而是开始注意寻找适合自己的视角与手法。不仅是那些从"五四"走来的老一代作家,如鲁迅、茅盾、叶圣陶、郑振铎等,都不断有新作品奉出,并且还有一大批年轻有为的左翼新作家成长起来或崭露头角,如丁玲、叶紫、沙汀、艾芜、张天翼、萧红、萧军等,他们以坚实而独具个性的创作成为左翼创作队伍的生力军。

  在"左联"的领导下,左翼文学于"白色恐怖"的政治斗争形势下冲出一条血路,不断纠正和摆脱"左倾"思想的影响,由幼稚粗糙逐步走向成熟、繁荣。

---

① 沙汀:《纪念鲁迅先生,检查创作思想》,《新华日报》1951年10月19日。
② 胡风:《张天翼论》,载《胡风评论集》(上),人民文学出版社1985年版,第35页。
③ 颜雄:《丁玲说〈北斗〉》,《新文学史料》2004年第3期。

第二节 左翼文学精神及其流变

有学者指出,"中国现代文学史,如果采用一种高度概括的说法,实际是由两个关键性的文学运动产生的文学的历史。首先是'五四'新文学运动……其次便是中国的左翼无产阶级文学运动,它是在'五四'文学革命的基础上发生的,但却在很多重要的方面改变了'五四'新文学的固有流向,使它向着不完全相同的方向流动和发展了"①。的确,同"五四"新文学运动一样,三十年代的左翼文学运动也形成了自己新的文学传统与创作模式,并在短短几年时间里,便在中国现代文坛上刮起了一股强劲的红色风暴,大大推动了当时文学的发展历程。苏雪林当年曾从反面佐证了左翼文学在三十年代文坛上的威猛势头:"今日新文化已为左派垄断,宣传共产主义之书报,最得青年之欢迎,一报之出,不胫而走,一书之出,纸贵洛阳。"② 不仅如此,左翼文学对其后几十年中国文学的整体面貌也产生了重大而深远的影响,中国现当代文学中的许多重要现象、命题都可以从左翼文学那里找寻到似曾相识的历史印痕,尤其是那些曾经一度造成中国现当代文学发展之路日趋窄化甚至停滞不前的"极左"文艺思潮与文学观念,好像在左翼文学运动中也早已有所孕育。

这就是左翼文学,一个矛盾而复杂的历史存在。

所以,很长一段时间以来,"左翼文学大概有两种截然相反的命运,这就是或者把左翼文学置于唯一具有合法性的地位,认为只有左翼文学才有资格居于现代中国文学的正统地位……或者认为中国文学的'极左'倾向肇始于左翼文学,清算中国文学的'极左'倾向必须从左翼文学做起。于是彻底否定左翼文学在一个时期里曾成为一种'学术时尚'。这是对左翼文学两种不健康的立场和评价"③。我们若想对三十年代左翼文学作出准确而合理的历史定位,只一味地全盘肯定或轻率地予以否定,都不是科学理性的认知态度,只有从根本上弄明白什

---

① 杨占升:《中国左翼文学思潮探源·序》,湖南文艺出版社1991年版。
② 苏雪林:《与蔡子民先生论鲁迅书》,《文学界(专辑版)》2008年第12期。
③ 孟繁华:《左翼文学与当下中国文学》,《中国现代文学研究丛刊》2002年第1期。

么才是真正的左翼文学精神,以及这种左翼文学精神在不同历史时期的消解或流变又对当时的文学产生了怎样的影响,才有可能在中国现当代文学发展史的宏观体系中,对三十年代左翼文学给予公正而客观的历史描述。

一、左翼文学精神

作为二十世纪中国文学发展潮流的重要传统之一,左翼文学经过世界范围内"红色三十年代"文学风暴的洗礼,历练出怎样一种独特的文学精神,并以其强大的气质力量影响了其后一代又一代的文学,这是一个值得探讨的问题。所谓"左翼文学精神",就是指二十世纪二三十年代,以"左联"为文学活动中心,激进的、参加无产阶级文学运动,以及之后受其文学观念和创作模式影响,始终属于革命的、社会主义意识形态规范的文学创作中所贯穿的现实主义文学品格以及创作主体的人格精神。"这是一种已构成二十世纪中国文学强大传统的文学形态所独具的艺术内涵和现代文学意识,同一度造成中国现当代文学,尤其是当代文学发展之路越走越窄甚至停滞的极'左'文艺思潮、文学观念有本质区别。"①

由于左翼文学从诞生的第一天起,就与政治意识形态结下了不解之缘,所以,左翼文学精神突出文学的政治实践品格,强调文学要为无产阶级斗争服务。最初倡导"革命文学"的太阳社和后期创造社成员,就把文学当作阶级的思想感情意志的一个客观载体,当作"组织生活""宣传主张"的工具;而"左联"所有的文件,以及左翼作家阐述文学理念的很多文章,更近乎一种艺术化的政治意识形态宣传纲领。左翼文学的理论观点十分明确:"如果没有共产主义运动,即没有有目的意识性的无产阶级解放斗争运动,无产阶级文学运动是不会有的。"② 在以阶级斗争与政治意识形态决定论为自己的身世进行了明确的自我定性之后,他们自然而然便将左翼文学的终极使命限定为是:"在国际资本主义日趋崩溃而世界无产阶级起来求解放的现在,当然是求无产阶级革命的成功;更具体地说,在文学的领域上,时时刻刻为无产阶级的解放而斗争。"③

左翼文学与政治意识形态的密切关系,使它在其后很长一段时间里都被置于

---

① 赵学勇、李明:《左翼文学精神与20世纪中国文学的现代化论纲》(上),《兰州大学学报》2003年第1期。
② 冯乃超:《中国无产阶级文学运动及左联产生之历史的意义》,《新地月刊》1930年第1卷第6期。
③ 《左联给复旦大学文学系诸教授的信》,《巴尔底山》1930年第1卷第5号。

第一章 左翼文学

中国现代文学的正统地位，当作一种主流话语来对待，其实，这是历史的误解，从根本上就违背了左翼文学的精神实质。左翼文学是共产党领导的文学，但它是明确反对当时政府的，是反对主流政治意识形态的，它以"全面批判"的文学批判精神吸引了很大一批激进、叛逆的革命青年。虽然在"革命文学"的初倡期，太阳社、后期创造社成员对"五四"新文学和以鲁迅为代表的"五四"新文学作家进行过极端错误的全面清算与"文化批判"，显示了左翼文学启蒙时代的莽撞与褊狭，但它所秉持的对抗黑暗统治、瓦解政治霸权的社会批判精神却是值得褒扬的。左翼文学是以推翻当时的社会为准则的，这种文学的政治功利性使它从当时政治生活的黑暗腐败到经济生活的全面崩溃，都进行了全面的批判。

左翼文学的批判精神还有其独特的精神指向。为了给社会主义的前景铺平道路，在文学的意识形态上，大大加强了用集体主义、团体性来批判"个性主义""个人主义"的努力，即左翼文学蕴含着对"五四"人文精神的批判和对知识分子自身价值的消解因素。这点在"革命+恋爱"的作品中体现得尤为明显。蒋光慈于1927年创作的小说《野祭》，开创了"革命+恋爱"的先河，但其开创性更体现在作品深层隐喻的一种独特价值取向——革命高于爱情。蒋光慈抓住了人类生命中最重要的两种需求，将"革命与恋爱进行了巧妙的转换，爱情作为一个初始的能指出现，而革命则最终作为它的转换和补位（Displacement）"[①]。他的许多小说的主人公，如《少年漂泊者》里的汪中、《鸭绿江上》的李孟汉，还有《咆哮了的土地》中的李杰，他们都在爱情受挫后，不约而同地走向革命，将那份爱的深情转化为革命激情，为群众、为自由而献身。蒋光慈小说的这种情节模式，吸引了广大的青年读者。作家荒煤回忆自己初读"革命文学"时的情景："说实话，对那些革命文学所宣传的所谓无产阶级的革命，我并不懂。但是又朦朦胧胧似乎懂得了四个字，那就是'革命'和'爱情'……'革命'和'恋爱'这四个字，概括起来讲，无非就是对美好生活的渴望。对于一个刚刚迈进青年时期的贫困孩子，这都是可以渴望而不能实现的美丽的希望。""这种革命加爱情的作品也就恰好一箭双雕，正中下怀。它至少启发了青年，倘使你要求美好

[①] 旷新年：《1928：革命文学》，山东教育出版社1998年版，第97页。

的生活和幸福的爱情,你都得革命。它终于使我重新感到还是要面向人生,要革命。"① 读者的阅读需求催动、刺激着作家的创作。许多作家,如孟超、洪灵菲、华汉等也积极投身于"革命+恋爱"的制作中。丁玲创作《韦护》时,虽然"没有想把韦护写成英雄,也没有想写革命,只是想写出在五卅前的几个人物",结果就连她自己也承认一不小心而"陷入恋爱与革命的冲突的光赤式的阱里去了"②。左翼作家承继了蒋光慈写人物既革命又恋爱,恋爱失败后即革命的做法,并作了进一步发展。如同孩子们手中变化万端的魔方,作家们也将"革命+恋爱"题材做了多种变形处理,拓展了原有的审美效度。茅盾在《"革命"与"恋爱"的公式》中对"革命+恋爱"的小说类型作了如下归纳:

> 我们这"文坛"上,曾经风行过"革命与恋爱"的小说。这些小说里的主人公,干革命,同时又闹恋爱;作者借这主人公的"现身说法",指出了"恋爱"会妨碍"革命",于是归结于"为了革命而牺牲恋爱"的宗旨。
> 有人称这样的作品为——"革命"+(加)"恋爱"的公式。
> 稍后,这"公式"被修改了一些了。小说里的主人公还是又干革命,又闹"恋爱",但作者所要注重说明的,却不是"革命与恋爱的冲突",而是"革命与恋爱"怎样"相因相成"了。这,通常是被表现为几个男性追逐一个女性,女性挑中了那最"革命"的男性。如果要给这样的"结构"起一个称呼,那么,套用一句惯用的术语,就是"革命决定了恋爱"。这样的作品已经不及上一类那样多了。
> 但是"革命"决定了"恋爱"这样的"方式"依然好似有"修改"之可能。于是就有第三类的"革命与恋爱"小说。这是注重在描写:干同样的工作而且同样努力的一对男女怎样自然而然成熟了恋爱。如果也给这样的"结构"起一个称呼:我们就不妨称为革命产生了恋爱。③

---

① 荒煤:《一个伟大的历程和片断的回忆——纪念"左联"成立五十周年》,载《荒煤选集》第2卷,四川文艺出版社1990年版,第401页。
② 丁玲:《我的创作生活》,载《创作经验》,天马书店1933年版。
③ 《茅盾全集》(第20卷),人民文学出版社1990年版,第337-338页。

茅盾的分析已基本涵盖了"革命+恋爱"的模式类型。其中最突出、影响也最大的无疑还是第一类，即革命与恋爱的冲突。"革命文学"中的人物（尤其是革命知识分子），大都经历过革命与爱情剧烈冲突的精神煎熬，结果也表现出惊人的一致：革命战胜爱情。这一现象颇值得注意。为什么那么多个性不同的作家都"突然"以革命置换爱情，从而涌现出成批的革命"卡里斯马人物"（Charismatic figure）？其中有何深层文化原因？笔者认为，这也许与那个特定的时代有关，与那个特定时代的知识分子的特定情绪有关，即它体现了"左翼知识分子在20年代末所经历的集团性的共同体验：转型再生焦虑"[1]。

不仅是在左翼文学初期的"革命+恋爱"创作中，就是到了抗战时期，原左翼作家依然创作了大量作品以反映青年知识分子如何决心穿上"紧鞋子"以投身时代大潮中。左翼文学这种用集团主义来批判个人主义的做法，体现出它对中国特定历史阶段人们特定的精神思想层面的关注与深切表达。

左翼文学的社会批判意识及其对人们精神层面的关注，使其充满一种浪漫主义精神和理想主义的独特品格。仍以"革命+恋爱"小说为例，左翼作家具有开创性地将革命与恋爱糅合在一起书写，可是革命，这样严肃而神圣的事情怎能与最浪漫也最私人化的爱情糅合在一起呢？其实，这两者在本质上有着相通之处：它们都能够截断日常生活，打破其固有的平衡与稳定，以动荡与激情复活板滞、干涸的心灵，使长期受压抑的人们名正言顺地加入生命的狂欢。这也正能解释为什么人类既厌恶战争，却又在战争面前激动昂扬、亢奋不已。也许作为生物，人类本能里都有一种对激情的渴望与向往吧。尤其是青年人，他们不容忍社会黑暗，厌恶生活的凝固单涩与乏味枯燥，渴望公平与轰轰烈烈，而革命，恰恰在一定程度上满足了他们这一潜意识心态。钱杏邨的小说《人生》，将革命青年这种潜层心态刻画得煞是深刻。主人公秋岩说："人生的经过，是应该像辣椒那样富于刺激性的，我们应该过狂风暴雨的生活，我们应该过低层阶级的生活，我们不应该过平凡的生活。杀人也好，打倒也好，这都是我们要干的事！总之：生活应该是波澜型的，否则太没有意义！……不但要如辣椒，还要和红辣椒一样；红的辣椒，才是血的象征，才是泪的象征，才是光明的象征！"这无疑道出了多数青年不甘平庸、反抗日常的心声与非凡抱负。作为敏感的青年作家，蒋光慈对革命

---

[1] 王一川：《中国现代卡里斯马典型》，云南人民出版社1995年版，第127页。

的理解也就更贴近其浪漫本源:"在现在的时代,有什么东西能比革命还活泼些,光彩些?有什么东西能比革命还有趣些,还罗曼蒂克些?""说起来,革命的作家幸福呵!革命给予他们多少材料!革命给予他们多少罗曼蒂克!"① 也正因如此,他才敢于在"浪漫"受到"围剿"的时候,公然宣布:"我自己是浪漫派,凡是革命家也都是浪漫派,不浪漫谁个来革命呢?"② 正是这种骨子里的浪漫情愫,使革命与恋爱紧紧交结、契合在了一起。

左翼作家作品中那份青春的浪漫与激情,还体现在他们对未来美好生活图景的渴望与描摹追求中。虽然他们生活在那样一个灾难深重的年代,但是他们却是一群用生命创造文学、书写人生激情的理想主义者。也正是他们所胸怀的那份激情与理想,使左翼文学冲决了政治功利主义的理念束缚,以理想主义的精神内核,撼动了当时及后世几代人的心魂。

左翼文学精神还有一个重要的表现,即其价值观的多样性和复杂性,这一点往往容易被人们所忽视。长期以来,左翼文学的丰富性都被实用主义简化、抽取为简单的"革命",这也是对左翼文学精神的极大扭曲。左翼文学固然是阶级的文学、政治化的文学,但这并不就意味着左翼文学仅有政治化一种。三十年代中国文学事实上呈现出很复杂的形态,不仅左翼文学之外存在着非左翼作家的创作,左翼文学内部也不是铁板一块。从历史的角度看,左翼文学价值观是不断发展、逐渐形成的,许多作家对政治、对文学的看法是不断变化着的;横向考察也不难发现围绕主导价值观念,许多作家对文学价值的追求和认识是有差异的,它们有时相互渗透、相互结合,有时甚至互相矛盾、互相冲突,呈现出多层次性与复杂性。③ 所以,左翼文学并不是一个统一的文学,也不能用一个人、一种倾向、一种理论对它作出一个确定无疑的界定,它是有丰富意蕴构成的文学。

左翼文学是为弱势群体代言的文学,它从诞生的那一刻起就把身处社会底层的劳苦大众作为自己写作的主要对象,体现真正的人文关怀与可贵的大众意识。"革命文学"的倡导者已决心"以被压迫的群众作出发点","全心灵地渴望着劳

---

① 蒋光慈:《十月革命与俄罗斯文学》,载《蒋光慈文集》(第4卷),上海文艺出版社1988年版,第62、65页。
② 郭沫若:《创造十年续篇》,载《学生时代》,人民文学出版社1979年版,第243页。
③ 马晖:《左翼文学价值观研究》,《兰州大学学报》2004年第4期。

动阶级的解放"①，并自觉投身工农革命洪流，充当时代的歌者："我们的喉咙要始终为被践踏者而叫号，我们的热血要始终为被践踏的大众而奔流。"② 一时间，"走向大众""获得大众""为大众""服务大众"等口号成为革命文学作家的重要创作主旨。但是，由于他们对底层人民的生活了解很少，对真正的工农群众工作也没有多少经验，革命文学作家往往在创作中缺乏现实的客观描写，对工农大众精神世界的开掘也不够。

"革命文学"对工农的描述虽然存在着这样或那样的偏颇与纰漏，但较之"五四"时期的劳工文学，却有了很大的发展与进步。"五四"劳工文学的一个突出特点，就是知识者视角的醒目存在，即知识者代替工农表述思想。作品虽充斥着对工农的关注与凝视，但工农并不是作品的主体，而只是知识者目光审视下的对象之一，或仅为知识者存在的一个补充。比如对工农贫困这一问题，"五四"作家不是以工农的生存或感觉为本位，揭示血淋淋的剥削现实与社会不公；而更侧重于表达知识者本人的人道主义思想及对劳苦大众的悲悯情怀。也就是说，在"五四"作家替代工农表述思想时，是直接将一切纳入知识者自我位置进行审视、评判，启蒙者那份居高临下的优越感昭然若揭。而"革命文学"对工农口吻的假托，至少显示了革命作家在"方向的转换"途中，其意识形态向无产阶级靠拢、接近的努力。而随着"左联"的成立，左翼作家对工农大众的关注也日益密切，比如"左联"在1931年11月的执行委员会决议中就专门对"大众化问题的意义"作出了详细阐述，并从题材、方法和形式三个方面"提示最根本的原则"。这种近乎行政命令式的"必须如何"的创作，在今天看来有些僵化甚至有违文学创作的艺术规律，但从另一个角度也可以看出左翼作家为文学的大众化而尽职尽责的可贵努力。这种平民意识与大众精神，也恰恰展现了以鲁迅为代表的左翼文学的本质特征。

二、左翼文学的消解及流变

文学精神的生命在于文学历史的承传之中。很多文学史家及研究者都认为，左翼文学精神以其巨大的血脉力量灌注于其后的文学历史当中，并形成了中国当

---

① 蒋光慈：《关于革命文学》，《太阳月刊》1928年2月号。
② 森堡：《送行曲——送宪章、劲锋二兄留日》，《海风周报》1929年第10期。

代文学几十年的文学主潮，致使其他的文学观念与主张几乎都不可能与之争锋。所以，人们在使用"左翼文学"这一概念时，有时会将其对象与范畴扩大到五十至七十年代的文学。其实，这种看法失之偏颇，因为从左翼文学精神的实质内涵来看，左翼文学在进入四十年代初期以后，其精髓就已被逐渐消解了。对于这个问题，王富仁发表了如下看法：

> 我们总是认为在十七年的时候取得胜利的是左翼文学的文学观，从而认为左翼文学到最后成了一种主流文学。实际上不是，左翼文学很早就被解构了。一种文学有产生，有发展，也有消亡。到了四十年代，在解放区文艺里左翼文学就受到了一种压制，除了少数人成了毛泽东思想的阐释者。像萧军、丁玲、王实味，这些左翼文学的人物，直接受到了整改，不是说消灭，是改造，改造成适合毛泽东文艺思想的。这就是说不是左翼文学改造了其他的文学，而是左翼文学被另种文学所改造，这是一种消解形式。在四十年代的抗日战争当中，左翼文学被民族主义文学所消解。抗日了，一些左翼文学家已经不再坚持原来的左翼立场。这就和其他的等同起来，这又是一种消解，被民族主义所消解。在四十年代假如还有左翼文学，我认为是以胡风为代表的，以《希望》和《七月》为核心的左翼文学，这个时候还保留着三十年代左翼文学的基本性质，但是就这个小集团来说，这个性质是在鲁迅已经缺席，周扬、郭沫若已经缺席的条件之下来坚持着左翼文学的基本的理论倾向，但到了五十年代初，胡风集团和他的理论倾向都受到了批判。实际上胡风的被整肃标志着中国左翼文学的最后的消解。最后还有没有左翼文学，当然它的话语形式还保留着，但是在这个话语形式背后所体现的是毛泽东的文艺思想。毛泽东的文艺思想也有它产生的根据，但它已经不是左翼文学的文学观念。到五十年代取得主流文学地位和主流的意识形态地位获得政权支持和经济支持的意识形态不是左翼文学的意识形态，而是政治革命家的文艺观和文艺形态。①

对左翼文学精神的消解，规模最大、影响也最为深远的，是在四十年代的解

---

① 王富仁：《关于左翼文学的几个问题》，《中国现代文学研究丛刊》2002年第1期。

放区——延安。当然，左翼文学在延安的被消解，是有一个过程的。

整风运动之前的延安文艺界，还到处充满着自由民主的气息。鲁迅艺术文学院当时奉行的"教育精神为学术自由"，"各学派学者专家均可在院自由讲学，并进行实际艺术活动"。1941年5月1日发布的《陕甘宁边区施政纲领》中规定："奖励自由研究，尊重知识分子，提倡科学知识与文艺运动，欢迎科学艺术人才。"《解放日报》分别于1941年6月7日和6月9日发表社论《奖励自由研究》和《欢迎科学艺术人才》，肯定思想自由在人类历史发展中的作用，提倡自由独立的研究作风，认为边区的缺点需要从艺术方面加以反映和指责，应该珍视真正的艺术家的勇气。在这种自由的气氛中，从1941年初到1942年延安文艺座谈会召开，延安的文艺创作出现了一个最活跃、最繁荣的时期。

1941年10月19日，丁玲在鲁迅逝世5周年纪念大会上发表讲话。她指出"我们现在仍处于和鲁迅同样的时代"，因此号召大家"要写批评的杂文"。之后，在10月23日的《解放日报》上，丁玲发表了题为《我们需要杂文》的文章。她在文中明确表示不赞同在延安"只应反映民主的生活，伟大的建设"，"不宜于写杂文"的观点，主张要像鲁迅那样撰写批评性的杂文，而不可"陶醉于小的成功，讳疾忌医"。她认为，像延安这样的"进步的地方，有了初步的民主，然而这里更需要督促、监视，中国所有的几千年来的根深蒂固的封建恶习，是不容易铲除的，而所谓进步的地方，又非从天而降，它与中国的旧社会是相联结着的"。其后，文坛上又出现了一批针对延安的批评性杂文，如丁玲的《三八节有感》《干部衣服》，艾青的《了解作家，尊重作家》，罗烽的《还是杂文的时代》，萧军的《论同志之"爱"与"耐"》《杂文还废不得说》，王实味的《野百合花》《政治家·艺术家》，陈企霞的《鸡啼》等。这些小说和杂文，将文学的批判性功能发挥得淋漓尽致，在精神趋归上，无疑是继承了左翼文学的传统的。但是，随着整风运动的深入展开，这些作品受到了程度不同的批判，王实味还因此掉了脑袋。①

1942年延安文艺座谈会召开，毛泽东发表重要讲话。《在延安文艺座谈会上的讲话》是马克思主义文艺理论"中国化"的重要成果，是中国共产党领导中国革命文艺运动历史经验的总结，也是毛泽东个人的理论发现，其中的一些重要

---

① 以上论述见王培元：《左翼文学是如何被消解的》，《中国现代文学研究丛刊》2002年第1期。

思想，显然是从对三十年代左翼文学思想和创作实践的经验总结中推演而来，又融入了政治家对当时当地文学的要求而提出来的。毛泽东提出，文艺要为工农兵服务；作家的世界观必须改造，要克服资产阶级和小资产阶级的意识，对有自由主义倾向的文艺家进行了尖锐的批评；文艺所谓"大众化"，"化"就"化"在"文艺工作者的思想情感和工农兵的思想情感打成一片"，作家也要工农化，才能真正地大众化。强调文艺从属于政治，要求文艺工作者自觉地为无产阶级政治服务。对文艺的艺术性要求也仅仅是为了更好地为政治服务。①

可见，以鲁迅为旗帜和灵魂的左翼文学精神及价值观念，在四十年代的解放区已基本被消解、改造或异化了。

虽然左翼文学精髓在四十年代已基本被消解，以鲁迅为代表的左翼文学传统没有得到发扬光大，但这并不就意味着三十年代的左翼文学对其后的中国现当代文学发展失去了影响力。相反，以茅盾、周扬为代表的三十年代左翼文学的另一传统，即更关注政治性与阶级性的文学价值观，却被延续下来，并在以后的总体发展中日趋极端，终因在五十年代获得政权支持而最终成为唯一可以合法存在的文学形态和规范，取得了主流文学的霸权地位，左翼文学的多样化与丰富性逐渐被一元单质的"一体化"所代替。所以，从1949年到1979年这三十年间的中国文学，是"尊群体而斥个性；重功利而轻审美；扬理念而抑性情"②的文学形态，它的群体性、功利性和理念性在文学层面主要体现为对现实的歌颂和对异端的批判。只是到了八十年代，这一文学格局才逐渐发生了改变，出现了新的历史条件下文学变革的前景。

所以，从文学发展史的角度来看，虽然左翼文学精神在四十年代已基本消解，但其后的中国文学发展依然承继着左翼文学中某些支流的或极端的文艺观念和形态，依然隶属于左翼文学这一大的文学传统，只是其中发生了某些异化或流变而已。下面，让我们对五十至七十年代的中国当代文学作一简单勾勒，并从中探寻左翼文学的历史痕迹，以及左翼文学在当代不同历史时期到底发生了哪些变异。

---

① 赵学勇、李明：《左翼文学精神与20世纪中国文学的现代化论纲》（上），《兰州大学学报》2003年第1期。

② 杨匡汉、孟繁华：《共和国文学50年》，中国社会科学出版社1999年版，第513页。

第一章　左翼文学

首先来看一下 1949 年 10 月至"文化大革命"发生之前的"十七年文学"。它与四十年代的解放区文学是一脉相承的,是在某些左翼文学观念被不断"强化""合理化""政治化""工具化"之后形成的文学形态。1949 年 7 月 2 日至 19 日,中华全国文学艺术工作者代表大会(即第一次文代会)在北平召开,"它在对 40 年代解放区和国统区的文艺运动和创作的总结和检讨的基础上,把延安文学所代表的文学方向,指定为当代文学的方向,并对这一性质的文学的创作、理论批评、文艺运动的方针政策和展开方式,制定规范性的纲要和具体的细则"[1]。周扬指出,"毛主席的《在延安文艺座谈会上的讲话》规定了新中国的文艺方向,解放区文艺工作者自觉地坚决地实践了这个方向,并以自己的全部经验证明了这个方向的完全正确,深信除此之外再没有第二个方向了,如果有,那就是错误的方向。"[2] 在这次大会上,延安文学的主题、人物、艺术方法和语言,以及解放区的文学工作、开展文学运动和文学斗争的经验,作为最主要的经验被继承下来。中国当代文学开始了其"一体化"的进程。

三十年代左翼文学对阶级性、政治性的强调,到"十七年文学"时期已变得愈加僵化,一股"极左"政治功利主义文学思潮狂卷文坛,使新中国的文艺界遭受着高度政治化所带来的疾风苦雨:1951 年对电影《武训传》的批判、对"萧也牧创作倾向"的批判、北京文艺界整风学习动员大会,1954 年对俞平伯《红楼梦》研究的批判、对胡适文学思想的批判,1955 年对胡风文艺思想的大规模批判,1957 年下半年的反右派运动,1957—1958 年"大跃进"时期大放特放"文艺卫星"的新民歌运动,三年困难时期文艺界的反修斗争,"文化大革命"中反对"文艺黑线"的斗争,等等。"十七年文学"中"左"倾思潮的空前泛滥,虽然是对三十年代左翼文学运动中某些极端文艺观念和形态的扩充与放大,但更是继四十年代解放区文学以来对左翼文学精神的一种更为肆虐的扭曲与异化,为"文革文学"登台亮相埋好了伏笔。[3]

而到了"文化大革命"时期,文学的本体性已不复存在,文学彻底沦为政

---

[1] 洪子诚:《中国当代文学史》,北京大学出版社 1999 年版,第 14-15 页。
[2] 周扬:《新的人民的文艺》,载《中华全国文学艺术工作者代表大会纪念文集》,新华书店 1949 年版。
[3] 赵学勇、李明:《左翼文学精神与 20 世纪中国文学的现代化论纲》(下),《兰州大学学报》2003 年第 2 期。

治斗争的工具。三十年代左翼文学精神中的包容性、丰富性和多样化已丧失殆尽，统治文坛的仅是八个样板戏和一个作家的创作，文学的主流完全沦为意识形态话语，知识分子丧失了独立思想和自由精神，被褫夺了发出自己声音的合法性。独领文坛风骚的只能是政治写作、阶级写作、革命写作和专政写作。极端"左"倾的文艺观念与文学形态，已经完全偏离了三十年代左翼文学精神的实质与精髓，是对左翼文学现代独立品格的一种彻底颠覆与瓦解。

第二章 茅盾：游刃于宏阔时代的社会肌理

茅盾是中国左翼文学的代表性作家。他以敏锐的时代意识与雄浑的史诗气魄，对二十世纪上半叶的中国社会及各阶级生活作了精到的分析与刻绘，创作出一系列优秀的中长篇小说，不但于我国现代长篇小说的成熟有开创之功，还成为三十年代最有影响的长篇小说大家。苏联汉学家索罗金说："在中国历史处于重要转折关头的几十年中，茅盾描绘了异常广阔而又丰富多彩的生活图景，塑造了社会各阶层的各式各样的人物形象。在这方面恐怕没有一个中国作家能与之媲美。"[①]茅盾的小说之所以闪耀着鲜明的个性特点并由此形成一个强大的流派——"社会剖析小说"，还得益于他深厚的社会科学理论修养与丰富的生活、思想积累。茅盾毕竟首先是以文艺理论家与批评家的身份步入文坛的，他的理论批评成就也绝非一般人所能比拟，以《鲁迅论》《王鲁彦论》等为代表的作家、作品论，为中国现代文艺批评的建设，以及扩大马克思主义批评的影响，都作出了杰出的贡献。可以这么说，茅盾是中国现代文学史上继鲁迅之后最有影响的文艺理论家、批评家与小说艺术家。

第一节 卷舒大革命时代风云

大革命的骤然失败使热心于政治活动的茅盾堕入苦闷彷徨、矛盾悲哀的境地，他遂以笔为旗，在大时代的旋涡中苦苦思索与挣扎。他说："我是真实地去生活，经验了动乱中国的最复杂的人生的一幕，终于感到了幻灭的悲哀，人生的矛盾，在消沉的心情下，孤寂的生活中，而尚受生活执着的支配，想要以我的生

[①] ［苏］索罗金：《纪念茅盾》，载李岫编：《茅盾研究在国外》，湖南人民出版社1984年版。

命力的余烬从别的方面在这迷乱灰色的人生内发出一星微光，于是我就开始创作了。"① 在这种思想的支配下，他创作了小说《蚀》三部曲、短篇小说集《野蔷薇》和长篇小说《虹》等。这些作品第一次向世人展示了茅盾作为小说家的才华与气魄，以及他反映时代、分析社会的敏锐与深广。捷克学者雅罗斯拉夫·普实克说："茅盾善于抓住和反映时代，他对当前现实倾注了全部注意力，这是他的特点。世界上伟大的作家很少有像茅盾那样始终把自己的创作和当前的现实、和当前的重大的政治与经济事件紧密地联系在一起。茅盾经常从刚刚过去的年代所发生的事件提取素材，把他同时代人记忆犹新的事件刻画成艺术品。"② 其中，《蚀》等作品就以鲜明的时代性和社会感把大革命前后中国的风云变幻呈现出来。

一、绘制大时代面影

《蚀》是大革命历史的记录，由三部中篇小说《幻灭》《动摇》《追求》连缀而成。其中，《幻灭》写于1927年9月中旬至10月底，《动摇》写于11月初至12月初，《追求》写于1928年4月至6月。距离大革命失败还不足一年，茅盾就再现了这一重要历史。虽然这三个作品都有各自的主人翁，情节也不完全连贯，分开来看，是三篇独立的小说，但它们所反映的社会生活却是相互关联的。茅盾择取大革命前后某些小资产阶级知识青年的精神面貌和生活经历为题材，企图表现"现代青年在革命壮潮中所经过的三个时期：（1）革命前期的亢昂兴奋和革命既到面前时的幻灭；（2）革命斗争激烈时的动摇；（3）幻灭动摇后不甘寂寞尚思作最后之追求"③。通过青年知识分子的心灵动荡历程，透视大革命由胜利走向失败这段历史波谲云诡的风云变幻。

《幻灭》写的是主人公章静"不断的在追求，不断的在幻灭"的经历。章静是位受"五四"新思潮激荡和启迪的女性，她不满封建礼教为女子设定的道路，毅然离开富裕的家庭去省城求学。在学校里，她热情地参加了女校反对校长的斗争，但风潮过后，她对革命的幻想很快就破灭了。失望之余来到上海，"只想静静读点书"，怎奈找不到"一个合于读书的地方"，虽然她讨厌上海的喧嚣腐败

---

① 茅盾：《从牯岭到东京》，《小说月报》1928年第19卷第10期。
② [捷] 雅罗斯拉夫·普实克：《论茅盾》，载《茅盾研究》第2辑，文化艺术出版社1984年版。
③ 茅盾：《从牯岭到东京》，《小说月报》1928年第19卷第10期。

第二章　茅盾：游刃于宏阔时代的社会肌理

与"拜金主义化",但对"五卅"周年纪念活动等进步行为也极力回避着,就在这种烦闷孤苦的境地中她开始了对爱情的追求。但最终却发现自己引为"知己"的抱素竟是一个"轻薄女性的猎逐者"和"无耻的卖身的暗探"。爱情幻灭后的静女士躲进了医院,在黄医生的"爱国论"和新的革命形势的鼓舞下又"怀着新的憧憬"投身武汉这座革命的大熔炉中,但她无法忍受革命队伍中的复杂矛盾与消极现象,短短两个月就换了三次工作,但每次都"只增加些幻灭的悲哀"。于是她到伤兵医院当看护,并深深爱上了强连长,但强连长不久就奉命归队,静女士再次遭遇爱情的幻灭,前途一片灰色。

　　静女士的"幻灭",首先是茅盾本人当时苦闷情绪的体现。1927年夏天,茅盾在庐山与党组织失去了联系,被困在牯岭一家旅馆里。此时的茅盾精神上郁闷到了极点:他悲愤于那些残酷血腥的屠杀,更困惑于革命阵营内部的动摇、攻讦与溃散。他对社会政治运动正怀有浓厚的兴趣,却没想到它竟然露出了如此残酷的嘴脸。当然,这种苦闷悲愤的体验也并非茅盾一人独有,它实在是一种非常典型的时代情绪。茅盾曾经坦白地告诉读者:"我只是写一九二七年夏秋之交一般人对于革命的幻灭;在以前,一般人对于革命多少存点幻想,但在那时却幻灭了;革命未到的时候,是多少渴望,将到的时候是如何的兴奋,仿佛明天就是黄金世界,可是明天来了,并且过去了,后天也过去了,大后天也过去了,一切理想中的幸福都成了废票,而新的痛苦却一点一点加上来了,那时候每个人心里都不禁叹一口气:'哦,原来是这么一回事!'这就来了幻灭。这是普遍的,凡是热望着革命的人们都曾在那时候有过这样一度的幻灭……"① 所以,茅盾的《蚀》,反映的是当时一般的人在革命上所感到的幻灭。

　　《动摇》写的是湖北某县县党部执委、商民部长方罗兰在革命政治运动中的摇摆不定。面对土豪劣绅胡国光的投机革命、兴风作浪,方罗兰却一再动摇。方罗兰的动摇不仅表现在政治方面,在爱情上他也"无往而不动摇"。虽然理智上他爱贤惠体贴的妻子陆梅丽,但感情上却无法招架孙舞阳的热情浪漫与活泼妖媚。软弱苍白、优柔寡断的性格最终使方罗兰陷入革命与爱情的双重困境中。茅盾描写方罗兰的动摇主要是为了表现当时错综复杂的革命政治风云,但他对方罗兰在爱情上的动摇却描写得更为细腻,以致使人觉得"作者真侧重的倒是方罗兰

---

① 茅盾:《从牯岭到东京》,《小说月报》1928年第19卷第10期。

与自己太太和孙舞阳之间的感情纠葛,他那种夹在两个女人之间左右为难,缺乏自持的微妙心理,远比他那些政治上的动摇行为更加生动"。这种内容侧重安排上的不协调,在《幻灭》中也同样存在。也就是从这些"不协调"里,王晓明发现了茅盾的矛盾。他说:"我看到了两个茅盾。一个是意识到自己在写小说的茅盾,他似乎天真地以为,既然是面对虚构的世界,那就应该可以用一种比较超脱的态度来分析自己和自己的同类。另一个却是那写小说之前的茅盾,越是重温自己的情绪记忆,他就越觉出它们的沉重,越急不可耐地只想发泄,而不管这发泄是否会破坏那超脱的姿态。"由于当时茅盾迷茫困顿的心境,他就"很难约束住那种原始的宣泄冲动",以致"把写作变成了深夜失眠时的喃喃自语"①。

写完《动摇》后,茅盾好像已从苦闷沮丧的情绪中解脱出来,于是他把第三部中篇小说命名为《追求》。茅盾自己也说:"《追求》原来是想写一群青年知识分子,在经历了大革命失败的幻灭和动摇后,现在又重新点燃希望的火炬,去追求光明了。"② 可是作品完成后所呈现给读者的,却与作家"追求光明"的初衷相去甚远。作品中人物的追求,如同明丽动人的肥皂泡,先后都破灭了。无论是主张"教育救国"的张曼青,还是奉行"半步主义"的王仲昭,无论是极端厌世的怀疑论者史循,还是沉醉于感官刺激的章秋柳,他们的追求全部都失败了。茅盾把每个人物的追求之路都给堵死了,这不能不说是茅盾幻灭情绪逐渐深化的结果。

《蚀》三部曲的发表,震动了当时的文坛。当《幻灭》的第一部分登载出来后,即"引起了读者界的普遍注意,大家要打听这位'茅盾'究竟是谁"③,就连刊登此小说的《小说月报》也为此"确乎哄动一下"④。围绕这部作品,文坛上展开了激烈的评论战,赞扬者、否定者各执一词,他们论争的焦点主要集中在以下两点:一是充分肯定《蚀》在表现时代性方面的成就;二是对作品所流露出的悲观色彩予以批驳。

很多人都承认《幻灭》"是很忠实的时代描写"。当时的读者张眠月就从小

---

① 王晓明:《一个引人深思的矛盾——论茅盾的小说创作》,《中国现代文学研究丛刊》1988年第1期。
② 茅盾:《我走过的道路》(中),人民文学出版社1981年版,第14页。
③ 叶圣陶:《略谈雁冰兄的文学工作》,《新华日报》1945年6月24日。
④ 徐调孚:《〈小说月报〉话旧》,《文艺报》1956年第15期。

说里看到了自己的经历:"搁下了书,垂目回味书中的情味;而一年来我所经历的往事如电影般一幕一幕地反映到我的脑筋里来。""我不由得对于《幻灭》的作者起了一片感谢之心,为的是他把我所欲表现的很精细的强有力地表现了,把我所欲说的话而自己不会说的说出来了。作者对于我有这样伟大的贡献和效力,我应当如何地满足而感谢呀!"① 辛夷也表达了类似的感觉,他说自己读作品时,不自觉地有"一种力量命令我的眼睛一行一行的看下去,……觉得有些地方仿佛是自己亲临其境的,至少限度也应该认识其中的几位"②。林樾也说《动摇》中所描写的情形与他的故乡"委实太相像了",且不说一般的读者,即使是茅盾的论敌钱杏邨,也承认《幻灭》是"一部具有时代色彩的小说",并认为从《动摇》里"就可以看到整个的一九二七年中国革命人物的全部缩影。所表现的不止于上游的一个小城"③。

的确,茅盾是位描写社会、表现时代的能手巨匠,他的作品始终都有对时代性的自觉追求。自开始创作小说,他就十分注意那些反映时代全貌的大题材。他说:"一九二八年以前那几年里震动全世界全中国的几次大事件,我都是熟悉的,而这些'历史事件'都还没有鲜明力强的文艺上的表现……我以为那些'历史事件'须得装在十万字以上的长篇里这才能够抒写个淋漓透彻。"④ 这正是《蚀》,也是此后的《虹》等作品产生的直接原因。

1929年4月至7月,茅盾创作出了长篇小说《虹》。这部作品依然有反映时代全般风貌的雄浑气魄,作家计划反映1919年至1929年间的历史面貌,"欲为中国近十年之壮剧,留一印痕"⑤。但后来因为种种情况,只写了计划的三分之一。小说以梅行素女士在四川和上海的生活经历为主线,反映了从"五四"到"五卅"这段历史时期中国青年知识分子的精神状貌与思想历程。

梅女士是五四运动的产儿,在个性解放与平等自由等新思潮的影响下,毅然摆脱了不自主的家庭生活,离开了自己不爱的柳遇春,谋得了独立的社会职业。但很快她就发现,不论是以新思想为名的学校生活,还是在提倡"新思想"的

---

① 张眠月:《〈幻灭〉的时代描写》,《文学周报》1929年第360期。
② 辛夷:《〈追求〉中的章秋柳》,《文学周报》1929年第360期。
③ 钱杏邨:《茅盾与现实》,《新流月报》1929年第4期。
④ 茅盾:《我的回顾》,载《茅盾论创作》,上海文艺出版社1980年版,第9页。
⑤ 《虹·跋》,载《茅盾文集》第2卷,人民文学出版社1958年版。

军阀惠师长公馆,到处都弥漫着混浊的空气。隐藏在新思想的背后是尔虞我诈、相互攻讦、生活糜烂、道德败坏等陈腐思想。在失望与焦灼中,反叛的烈焰却没有熄灭,最终在"五卅"的暴风雨中,梅女士以勇敢的革命者姿态出现在示威游行队伍中。作家"借梅女士的故事,把这个时代的思潮的变迁以及民众运动的真相显示给我们了。梅女士就是这个时代中的一个青年,她的思想由旧而趋于新……由个人的奋斗而趋于集团的运动。作者把这个急流似的时代反映给我们,而又把在这个时代中青年的思想的蜕变与其实际运动显出"①。梅行素这一形象具有鲜明的时代特点与典型意义。

创作之初,茅盾就本着"能够如何真实便如何真实的时代描写"②的原则,以广阔的场面和宏大的气魄展现了大革命前后的社会现象和文化心理。恰如叶圣陶所说,茅盾写出"《幻灭》之后接写《动摇》,《动摇》之后接写《追求》,不说他的精力弥满,单说他扩大写述的范围,也就可以大书特书。在他三部曲以前,小说哪有写那样大场面的,镜头也很少对准他所涉及的那些境域"③。朱自清也说,在三十年代的长篇小说创作中,"真能表现时代的只有茅盾的《蚀》和《子夜》"④。吴组缃认为,"中国自新文学运动以来,小说方面有两位杰出的作家:鲁迅在前,茅盾在后。茅盾之所以被人重视,最大缘故是他能抓住巨大的题目来反映当时的时代与社会。"⑤

对社会性、时代性的追求使茅盾的作品具有气势宏阔的"史诗传统"。他以描写社会的"全般"见长,把笔触伸展到现代中国社会的各个历史时期,各个生活领域,各个社会阶层,用艺术的雕刀刻绘了现代中国社会的历史长卷。茅盾的这种大手笔、大气魄,即使是在大师林立的三十年代,也依然是罕有其匹的。杨义曾说,在建构三十年代"文学传统"中,巴金为新文学"增加了热度",老舍"增加了轻松宽容的气质",而"茅盾给我国新文学所增添的是史诗的气魄"⑥。而正是这种罕见的"史诗的气魄",使茅盾构制的长篇显示出一种独特的

---

① 贺玉波:《茅盾创作的考察》,《读书月刊》1931年第2卷第1期。
② 茅盾:《从牯岭到东京》,《小说月报》1928年第19卷第10号。
③ 叶圣陶:《略谈雁冰兄的文学工作》,重庆《新华日报》1945年6月24日。
④ 朱自清:《〈子夜〉》,《文学季刊》1934年第2期。
⑤ 吴组缃:《评茅盾的〈子夜〉》,《文艺月报》1933年创刊号。
⑥ 杨义:《文化冲突与审美选择》,人民文学出版社1988年版,第194—196页。

气度，并标志着中国的小说创作已超越"五四"时代而走向完备与成熟。

二、时代情绪：悲观

在《蚀》的时代描写几乎赢得了一致赞誉的同时，作品所流露出来的悲观情绪却遭遇了很多争议与批评。其中反驳最激烈、批评最严厉的，当数以创造社、太阳社为首的"革命文学"的倡导者。

太阳社的主将钱杏邨，最早以批评家的敏锐分别对《蚀》的三部小说作了考察，他觉得在《动摇》中，"作者没有把那些健全的革命党人描写出来对比一下。掩卷而后，不禁令人有茫然之感"。而《追求》则更是"在全书里到处表现了病态，病态的人物，病态的思想，病态的行动，一切都是病态，一切都是不健全。作者客观方面所表现的，思想也仍旧的不外乎悲哀与动摇。所以，这部创作的立场不是无产阶级的"。"从客观方面看来，《幻灭》《动摇》里面多少还藏着一点生机，但是《追求》如何呢？只有悲观，只有幻灭，只有死亡而已。"① 面对如此批驳，茅盾在《从牯岭到东京》与《读〈倪焕之〉》中为自己作了辩护。他首先"承认钱杏邨的观察是不错的：《追求》是暴露了一九二八年春初的知识分子的病态与迷惘。但是钱杏邨说'这部小说的立场是错误的'这个结论，我却不敢赞成"。他说："从《幻灭》至《追求》这一段时间正是中国多事之秋，作者当然有许多新感触，没有法子不流露出来。……所以我只能说老实话；我有点幻灭，我悲观，我消沉，我很老实的表现在三篇小说里。"而写《追求》时，"我那时发生精神上的苦闷，我的思想在片刻之间会有好几次往复的冲突，我的情绪忽而高亢灼热，忽而跌下去，冰一般冷。这是因为我在那时会见了几个旧友，知道了一些痛心的事……这使我的作品有一层极厚的悲观色彩，并且使我的作品有缠绵幽怨和激昂奋发的调子同时存在"②。

茅盾缜密仔细且充满诚挚的解答不但没有赢得批驳者的同情与理解，反而惹来了更多更激烈的批评。钱杏邨撰文《从东京回到武汉》，对茅盾及其作品给予严厉的大批判。他说："我们统观茅盾先生的前后，他所有的只是一种缠绵幽怨的激昂奋发，他所有的只是迷乱灰色的人生，他所有的只是悲观的基调与一片灰

---

① 钱杏邨：《茅盾与现实》，《新流月报》1929年第4期。
② 茅盾：《从牯岭到东京》，《小说月报》1928年第19卷第10期。

色的前途！"并由此推导出了茅盾的"理想"是"以《从牯岭到东京》为理论的基础，以《幻灭》《动摇》《追求》为创作的范本，以小资产阶级为描写的天然对象，以替小资产阶级诉苦并激励他们的热情为目的的'茅盾主义文学'"。"茅盾所表现的倾向当然是消极的投降大地主大资产阶级的人物的倾向"，《蚀》三部曲"是会动摇，迷乱一部分思想不稳定的青年"的，因此，"必得加以详细的批判"①。潘梓年则说"这个茅盾简直是个矛盾的结晶"，并围绕"小说中的出路这个问题"和"无产阶级文学的题材和意义"，对《从牯岭到东京》作了批判，认为这是茅盾意图中伤无产阶级文学运动的表现②。

对茅盾批评最严厉的当数后期创造社的成员克兴，他逐一批驳了茅盾在《从牯岭到东京》中的论点，对《蚀》三部曲也作了全盘否定。他说：

> 《幻灭》本身的作用对于无产阶级是为资产阶级麻痹了小资产阶级革命分子，对于小资产阶级分明指示一条投向资产阶级底出路，所以对于革命潮流是有反对的作用的。也许他所描写的是客观的现实，但是单描写客观的现实是空虚的艺术至上论，是资产阶级的麻醉剂。所以他所描写的虽然是小资产阶级，他的意识仍然是资产阶级的，对于无产阶级是根本反对的。关于他的《动摇》呢……这篇小说除却暴露了他自身机会主义的动摇而外，是没有什么意义的。更进一步讲，它的动摇纯然是动摇，资产阶级底意识完全支配了全作品，对于无产阶级底效果依然是反对的，同《幻灭》的效果是一样的。至于《追求》呢，更无容讲是暴露他自己缠绵幽怨激昂奋发的狂乱的混合物，其余更谈不上。③

从上面的引述中可以看出，太阳社、后期创造社诸君围绕《从牯岭到东京》与茅盾展开的论战，其实涉及好几个文学层面的问题，如"革命文学"的内容、表现对象，以及标语口号化和描写的技术等。但茅盾作品的悲观色彩无疑会为讲求刚健粗犷的革命作家所不齿，也必然会遭遇他们的严厉批驳。

---

① 钱杏邨：《从东京回到武汉》，《海风周报》1929年1月6日。
② 潘梓年：《到了东京的茅盾》，《认识》1929年第1期。
③ 克兴：《小资产阶级文艺力量之谬误——评茅盾君底〈从牯岭到东京〉》，《创造月刊》1928年第2卷第5期。

· 50 ·

第二章 茅盾：游刃于宏阔时代的社会肌理

《蚀》三部曲是当时社会客观形势与作家主观情绪的结合物。坎坷严峻的历史现实的确使茅盾一度陷入失落悲观、迷茫彷徨的境地。这从他的笔名——"茅盾"的由来就可以看出。叶圣陶说："雁冰兄在第一份原稿上署名矛盾，他自有他的意思。可是百家姓中没有姓矛，把矛字改成茅字，算是姓茅名盾，似乎好些，这是我的意思。与他商量，他也不反对，就此写定了。"①

1952年，茅盾曾对《蚀》中所流露的悲观情绪作过自我批判。他说：

《幻灭》等三部小说是有着若干生活经验作为基础的。一九二五——二七年，这期间，我和当时革命运动的领导核心有相当多的接触，同时我的工作岗位也使我经常能和基层组织与群众发生关系，因此，按理说，我应当有可能了解全面，有可能作比较深刻的分析，然而，表现在《幻灭》和《动摇》里面的对于当时革命形势的观察和分析是有错误的，对于革命前途的估计是悲观的；表现在《追求》里面的大革命失败后的小资产阶级知识分子的思想动态，也是既不全面而且又错误地强调悲观、怀疑、颓废的倾向，且不给予有力的批判。②

1957年，茅盾再次谈到自己写作《蚀》时的悲观情绪，他说：

一九二七年上半年我在武汉又经历了较前更深更广的生活，不但看到了更多的革命与反革命的矛盾，也看到了革命阵营内部的矛盾，尤其清楚地认识到小资产阶级知识分子在这大变动时代的矛盾，而且，自然也不会不看到我自己生活上、思想中也有很大的矛盾。但是，那时候，我又看到有不少人思想上实在有矛盾，甚至言行也有矛盾，却又总自以为自己没有矛盾，常常侃侃而谈，教训别人，——我对这样的人就不大能够理解，也有点觉得这也是"掩耳盗铃"之一种表现。大概是带点讽刺别人也嘲笑自己的文人积习吧，于是我取了"矛盾"二字作为笔名。但后来还是带了草头出现，那是

---

① 叶圣陶：《回忆雁冰兄的文学工作》，重庆《新华日报》1945年6月24日。
② 茅盾：《〈茅盾选集〉自序》，载《茅盾选集》，开明书店1952年版。

我所料不到的。①

关于《蚀》所呈现出来的悲观色彩，不仅在作品发表之初，即使是后来的研究者，也同样给予批评。邵伯周的观点具有一定的代表性，他认为："作品所反映的只是革命运动中的消极、阴暗的那一方面，所描写的人物也都是软弱、动摇、悲观、消极，找不到出路的，并且作者只是忠实地加以描绘、而没有站在更高的思想水平上来加以批判，因而作品中就充满着浓厚的悲观色彩，也因而减低了作品的思想意义。"②

由于《蚀》因悲观色彩而受到了激烈批判，茅盾抱着"决计改换一下环境，把我的精神苏醒过来"的愿望东渡日本。他说："我希望以后能够振作，不再颓唐；我相信我一定能的，我看见北欧命运女神中间的一个很庄严地在我面前，督促引导我向前！她的永远奋斗的精神将我吸引着向前！"③《虹》可以说是作家企图克服悲观情绪的努力结果。

三、时代女性

茅盾从创作《蚀》开始，就表露出了他在刻画女性方面的特殊禀赋与才情。而在后来的《虹》《昙》《野蔷薇》《路》《子夜》《霜叶红似二月花》以及《腐蚀》等小说里，又为我们塑造了一系列的小资产阶级女性形象。她们"感应着时代，烙印着时代的伤痕，体验着时代的痛苦"④，形成了中国现代文学史上独特的"时代女性"形象系列。其中，《幻灭》中的章静、周定慧，《动摇》中的孙舞阳、陆梅丽，《追求》中的章秋柳以及《虹》中的梅行素等，共同构成了大革命时期的"时代女性"形象群，她们身上蕴积着太多的时代内涵与历史分量。

茅盾很早就十分关注女性解放问题。1921 年 8 月，他在《民国日报·妇女评论》上发表文章，旗帜鲜明地提出"女性的自觉"这一口号。他说："现代的女性当自觉是一个人，是一个和男性一般的人。……现在的我说'女性的自

---

① 茅盾：《写在〈蚀〉的新版的后面》，载《茅盾文集》（第 1 卷），人民文学出版社 1958 年版。
② 邵伯周：《茅盾的文学道路》，长江文艺出版社 1979 年版，第 35 页。
③ 茅盾：《从牯岭到东京》，《小说月报》1928 年第 19 卷第 10 期。
④ 赵园：《艰难的选择》，上海文艺出版社 2001 年版，第 264 页。

觉'，只是希望女性从这些'异样的''非人的'外壳里自觉过来，献出伊'真人'的我来。"①"女性的自觉"，从根本上说还是人的自觉。茅盾的这种女性解放理论带有鲜明的"五四"印记，也是他在早期小说创作中塑造"时代女性"的核心与依据。

无论是热情豪爽、雄强亢进的周定慧、孙舞阳、章秋柳、梅行素，还是文静柔弱、贤淑温和的章静、陆梅丽、徐绮君，虽然她们是属于不同"型"的"时代女性"，但是在她们身上，或深或浅地都体现了作家的新女性观。她们都是"五四"的产儿，拥有不同程度的个性解放意识。自茅盾塑造出这批"时代女性"开始，她们就更多地被从道德层面而非美学层面进行聚焦评价。这缘于她们对传统道德的强大颠覆力，尤其是在两性关系中，她们的表现更是特立独行、惊世骇俗。梅女士说："天生我这副好皮囊，单为供人们享乐么？如果这般，我就要为自己的享乐而生活，我不做被动者！"这无疑是对几千年来以男性为中心的中国传统道德的反叛与抗拒。慧女士认为"男子都是坏人"，于是以玩世不恭的态度报复所有的男性，"她对于男性，只是玩弄，从没想到爱"。妩媚动人、追求刺激的孙舞阳在性态度上，更是失之随便，她曾直言不讳道："我有的是不少粘住我和我纠缠的人，我也不怕和他们纠缠；我也是血肉做的人，我也有本能的冲动，有时我也不免——但是这些性欲的冲动，拘束不了我。所以，没有人被我爱过，只是被我玩过。"章秋柳甚至认为："女子最快意的事，莫过于引诱一个骄傲的男子匍匐在你脚下，然后下死劲把他踢开去！"她们彻底颠倒了传统的两性秩序，以夸张的方式宣告着现代女性自我意识的内蕴。

其实，茅盾也反对这种"女子中心主义"倾向。他说："要晓得解放不就是女子效男子的样，也可以随便和人发生性欲关系，或也如男子一般，置小丈夫；或也反之道而行之，将男子视为满足女性肉欲的玩物！"又说："（一）切莫认为妇女运动有阶级（男一阶级，女一阶级）战争的意味，因为妇女运动的目的在谋全社会的进步，不是谋一阶级的抢到上风；（二）切莫认为妇女运动是有反抗男子、敌视男子、凌驾男子的意味，爱伦凯（Ellen Key）说得好，妇女运动只不过想得到男子所已享有的权利，和男子一般罢了；（三）切莫认为妇女运动是有

---

① 茅盾：《茅盾全集》第14卷，人民文学出版社1987年版，第232-233页。

呼唤一切妇人出来到社会上,代替男子的地位,而反荒却家内正事的意思。"①既然如此,作家为什么还津津乐道于这些"时代女性"的偏激行为呢?这一方面是由于作家只是客观地再现了某一特定时期的史实,另一方面也表现了作家对因要求女性解放而出现的矫枉过正行为所表示的宽容与理解。

  这些"时代女性"还是典型的"现在主义"者。她们自称"现在教徒",认为"理想的社会,理想的人生,甚至理想的恋爱,都是骗人自骗的勾当",只能"将来的事,将来再说;现在有路,现在先走"!她们"没有幻想","只有紧抓着现在,脚踏实地奋斗"。章秋柳坦白宣称:"人生但求快意而已。我是决心要过任心享乐刺激的生活!我是像有魔鬼赶着似的,尽力追求刹那间的狂欢。"极力追求刺激,追求官能享受成为"现在主义"者的享乐信条。但她们却并非真能快乐,她们只是以肉体的放纵来祈求精神的救赎罢了。大革命的溃败将她们置于焦躁、烦闷的迷雾中。"空虚,空虚,人生万事,原不过是一个空虚!唯其是如此,所以大家拼命地寻欢作乐,满足官能,而最有把握的实际,还是男女间的性的交流!"②用郁达夫介绍英国作家劳伦斯的这段话来概括这些"时代女性"的精神状况,还是很合适的。所以,这些表面上放荡不羁、狂野骄纵的"现在主义"者,骨子里却是痛苦的理想主义。她们的苦闷既是时代造成的,但这苦闷也是个人的,是自我价值不得实现的结果。这种苦闷诚然有自暴自弃的消极成分,但未尝没有痛定思痛向上进取的积极因素和感时伤世的忧患意识。茅盾曾把"时代女性"的特色概括为"发狂颓废,悲观消沉",其实她们还有重要的另一面,那就是"向善的焦灼"。正因如此,她们才会在苦闷中依然充满新的憧憬,新的希望,新的追求。章秋柳在幻灭的悲哀里依旧没有忘记要"切实地做人",在颓废的冲动中,还是尽力去拯救对生活失去希望的史循。尽管她不断追求得来的仍是失望与苦闷,但她毕竟没有向黑暗的环境屈服。梅行素最终也在"五卅"反帝爱国运动中,走上了一幕"历史的壮剧"的战场,从而成为这一时期"时代女性"中的巾帼英杰。茅盾对他笔下的"时代女性"充满同情与偏爱。他说:"……慧女士、孙舞阳,和章秋柳,也不是革命的女子。然而也不是浅薄的浪漫

---

① 茅盾:《茅盾全集》,人民文学出版社1987年版,第128页、第159页。
② 郁达夫:《读劳伦斯的小说》(1934年9月),收入《闲书》。

的女子。如果读者并不觉得她们可爱可同情，那便是作者描写的失败。"① 事实证明，大多数读者的阅读感受已与作家的创作意图相耦合，作家对人物道德评价与审美评价之间的矛盾也就被轻易遮蔽了。

我们在关注茅盾的"时代女性"时，还有一个问题不容忽视。茅盾曾说过，"《幻灭》《动摇》《追求》这三篇中女子虽然很多，我所着力描写的，却只有二型。静女士、方太太属于同型，慧女士、孙舞阳、章秋柳属于又一同型"②。正是《蚀》中的这两类女性形象，为茅盾以后的创作提供了一个模式，此后他作品里的女性形象基本都是这两类女性的延伸与变迁。由于性格、追求等的不同，她们分别有着不同的发展轨迹。以静女士为代表的第一类女性的发展"基本上是一条封闭循环的人生道路。她们从'五四'时期起步，付出了血与泪的代价，好不容易从封建的家庭中挣扎出来，走上了广阔的社会，但是在大革命的风暴中，由于自身与外部的种种原因，又被卷回了家庭之中"。而以慧女士为代表的第二类女性则不同，"当这些女性一旦走出家庭，进入社会便什么样的社会风暴也不能将她们再卷回家庭中了。她们已经成了具有独立自我的社会的人了。"对于这两类女性，作家在"恋爱的外衣"遮掩下作出了不同的价值取舍，即往往是以后者的胜利而告终。这种取舍具有巨大的历史内涵，首先，它表现出来的是一种政治上的选择，即在无情的历史面前逐渐没落的封建阶级的失宠，以及渐渐兴盛的资产阶级的得势。其次，它展现的是一种思想意识的选择，即代表封建禁欲主义理性与代表资产阶级纵欲主义的情感之间的选择。最后，它还体现了两种审美观的选择，即现代的审美观对于传统审美观的胜利。③

《蚀》《虹》《野蔷薇》等之后，茅盾在三四十年代的创作中继续关注着女性，追寻着她们的命运与出路，从而形成了独特的"时代女性"形象系列。它的存在，成为茅盾对中国现代文学的特殊贡献。

---

① 茅盾：《从牯岭到东京》，《小说月报》1928年第19卷第10期。
② 茅盾：《从牯岭到东京》，《小说月报》1928年第19卷第10期。
③ 曹伟：《冲突与抉择——评茅盾笔下两类小资产阶级女性的历史内涵》，载《茅盾研究资料》第5辑，文化艺术出版社1991年版。

第二节　鸿篇巨制《子夜》

《子夜》是茅盾小说创作进入成熟期的标志，也是左翼文坛上难得的鸿篇巨制。自 1931 年 10 月开始写起，1932 年 12 月 5 日脱稿，全书共 19 章，30 多万字。《子夜》原名《夕阳》，第一章发表于 1932 年 1 月号《小说月报》（署名逃墨馆主），该刊刚刚印完即在商务印刷所全部烧毁于"一·二八"的炮火中。第二、四章分别以《火山上》《骚动》为题在"左联"刊物《文学月报》第一卷第一、二期上发表过。1933 年 1 月，由上海开明书店出版单行本，书名正式改为《子夜》。

茅盾说，《子夜》"这部小说的写作意图同当时颇为热闹的中国社会性质论战有关"[①]。1930 年，在中国共产党影响与教育下的革命知识分子"新思潮"派（因文章发表在《新思潮》杂志上而得名）与托派的"动力"派（因文章发表在《动力》杂志上而得名），就中国的社会性质展开了激烈论战。"新思潮"派认为当时的中国社会仍然是半封建半殖民地社会，必须依靠工农，打倒国民党法西斯政权；而"动力"派则认为大革命失败后中国已经走上资本主义道路，反帝、反封建的任务应由中产阶级来担任；还有一些自称"进步"的资产阶级学者认为民族资产阶级应走中间道路，建立欧美式的资产阶级政权。这场论战给茅盾的创作以很大启示。那时的他正因眼疾而不能看书，"每天没事，东跑西走"，倒为实地观察社会现状提供了良好契机。"朋友中间有实际工作的革命党，也有自由主义者，同乡故旧中间有企业家，有公务员，有商人，有银行家，那时我既有闲，便和他们常常来往。从他们那里，我听了很多。向来对社会现象，仅看一个轮廓的我，现在看得更清楚一点了。当时我便打算用这材料写一本小说。……看了当时一些中国社会性质的论文，把我观察得到的材料和他们的理论一对照，更增加了我写小说的兴趣。"[②] 也"就在那时候，我有了大规模地描写中国社会现

[①] 茅盾：《子夜·再来补充几句》，人民文学出版社 1977 年版。
[②] 茅盾：《〈子夜〉是怎样写成的》，《新疆日报·绿洲》1939 年 6 月 1 日。

第二章 茅盾：游刃于宏阔时代的社会肌理

象的企图"①。而这一"企图"，在《子夜》中很好地体现出来。作者说："我那时打算用小说的形式写出以下三个方面：（一）民族工业在帝国主义经济侵略的压迫下，在世界经济恐慌的影响，在农村破产的情况下，为要自保，使用更加残酷的手段加紧对工人阶级的剥削；（二）因此引起工人阶级的经济的政治的斗争；（三）当时的南北大战，农村经济破产以及农村暴动又加深了民族工业的恐慌。这三者是互为因果的。我打算从这里下手，给以形象的表现，这样一部小说，当然提出了许多问题，但我所要回答的，只是一个问题，即是回答了托派：中国并没有走向资本主义发展的道路，中国在帝国主义的压迫下，是更加殖民地化了。"② 这就是《子夜》产生的背景及其创作意图。

《子夜》出版后，引起了极大的轰动。初版三千册，很快脱销，三个多月内，就重印了四次。据北平《晨报》1933 年 4 月的报道，该市某书店竟于一日内售出《子夜》一百余册，这种情形前所未见。③ 文学评论家们也纷纷撰文评价此文。据不完全统计，1933 年至 1934 年专门论述《子夜》的文章达二十多篇，其中既有一般介绍性的文章，如《介绍茅盾的〈子夜〉》《〈子夜〉介绍》等；也有作品的读后感，如《〈子夜〉读后感》《读〈子夜〉》《读茅盾的〈子夜〉》等；还有正式的评论性文章，如《〈子夜〉略评》《关于〈子夜〉略评》等；甚至已有人敏感地发现了《子夜》在非文学领域的特殊贡献，如《〈子夜〉在社会史的价值》《〈子夜〉中所表现中国现阶段的经济的性质》。④ 就连经济学家钱俊瑞也在 1936 年向读者介绍了《子夜》对研究中国经济形态的作用。⑤

有人很早就从形式与内容方面着眼，对《子夜》作出了肯定："在技巧上，作者进一步地走上了写实主义的大道，第一是真实，第二是真实，第三是真实，没有口号，没有标语，也没有丝毫主观的教训主义的色彩。""在立意上，抛弃了那以个人为中心的传奇的方式，很显然的以人与人间的社会背景，和经济的结构为描写的对象。这样庞大的范围，复杂的情节，以至于比较重要的角色，是很少有作品能够比拟得上的，甚至用研究《红楼梦》《水浒》的图解的方法，都很

---

① 茅盾：《〈子夜〉后记》，载《子夜》，开明书店 1933 年版。
② 茅盾：《〈子夜〉是怎样写成的》，《新疆日报·绿洲》1939 年 6 月 1 日。
③ 茅盾：《〈子夜〉的读者》，《文学杂志》1933 年第 1 卷第 2 期。
④ 以上文章见庄钟庆编：《茅盾研究论集》，天津人民出版社 1984 年版。
⑤ 钱俊瑞：《怎样研究中国经济》，上海生活书店 1936 年版。

难适用于一九三〇年的《子夜》。"① 鲁迅也以《子夜》为左翼文学的骄傲,在给朋友的信中,他写道:"国内文坛除我们仍受压迫及反对者趁势活动外,亦无甚新局。但我们这面,亦颇有新作家出现;茅盾作一新小说曰《子夜》(此书将来当寄上)计三十余万字,是他们所不能及的。"② 瞿秋白盛赞《子夜》说:"这是中国第一部写实主义的成功长篇小说。""自然,它还有许多缺点,甚至于错误。然而应用真正的社会科学,在文艺上表现中国的社会关系和阶级关系,在《子夜》不能不说是很大的成绩。"他还预言:"一九三三年在将来的文学史上,没有疑问的要记录《子夜》的出版的。"③ 甚至连与茅盾有过宿怨的吴宓,也从艺术角度给《子夜》以激赏:"近顷小说中最佳之作也。""吾人所为最激赏此书者,第一,以此书乃作者著作中结构最佳之书。……第二,此书写人物之典型性与个性皆极轩豁,而环境之配置亦殊入妙。……第三,茅盾君之笔势具如火如荼之美,酣恣喷薄,不可控制。而其微细处复能委婉多姿,殊为难能而可贵。尤可爱者,茅盾君之文字系一种可读可听近于口语之文字。"④

于一片叫好声里,也夹杂着些许责难的声音。韩侍桁就极力贬低《子夜》,他认为"牵线的主人公被写得过分地理想化,结果成了一本个人悲剧的书了","拿他(它)当作新写实主义的作品而接受的人们,那是愚蠢的。"⑤ 门言也说:"《子夜》中的 hero,实在是令人难以满意的选择。……作者把一个民族资产阶级写的太神乎其神。"而且还指出"作者处理题材之不完善":"显然的,关于占了本书一大部分的'做公债'的知识,作者大部在这半年多'鬼混'中得来,所以内幕于他也是颇新鲜。在《子夜》中他就一味尽量把这知识来传给读者。这是很危险的,倘作者的努力,仅止于把社会上一件新奇事件的内幕知识传给读者,其作品将无异于黑幕小说。"⑥ 而朱明则批评茅盾有近于"同路人"的意识。他说:"茅盾非但对上流社会的人物比对无产阶级的群众来得熟识,他还是根本

---

① 余定义:《评〈子夜〉》,《戈壁》1933 年第 1 卷第 3 期。
② 鲁迅:《致曹靖华》(1933 年 2 月 9 日),载《鲁迅全集》第 12 卷,人民文学出版社 1981 年版,第 148 页。
③ 乐雯(瞿秋白):《〈子夜〉和国货年》,《申报·自由谈》,1933 年 4 月 2 日。
④ 云(吴宓):《茅盾著长篇小说〈子夜〉》,《大公报·文学副刊》1933 年 4 月 10 日。
⑤ 韩侍桁:《〈子夜〉的艺术思想及人物》,《现代》1933 年第 4 卷第 1 期。
⑥ 门言:《从〈子夜〉说起》,《清华周刊》1933 年第 39 卷第 5、6 期。

以小资产阶级的立场来观察社会，来体味生活的"。"总之，在作品的内容方面，显现着茅盾是一个近于同路人的作家，处处流露着他小资产阶级知识分子的形态。"但他依然承认"这是自他三部曲以来的第一篇力作；在我们中国新文坛也是第一次发现巨大著作"。可算是他的"扛鼎"之作。"茅盾的《子夜》于形式既能趋近于大众，而内容尤多所表现中国之特性，所以或者也简直可以说是中国的代表作。"[①]

无论是对《子夜》高度赞誉，还是从不同视角给予严厉批驳，都说明《子夜》已在广大读者心中激起了极大波澜。《子夜》的轰动，引起了当局者的注意与恐惧。《子夜》由开明书店出版后的第二年，就被冠以"鼓吹阶级斗争"的罪名，遭到国民党中央党部电令查禁。经书商活动，才得到上海市党部的批示，准许删改后发行。因此，《子夜》再版时，就被删掉了写双桥镇农民暴动的第四章和写裕华丝厂罢工斗争的第十五章，"成为肢体不全的残废者了"。但是，反动派的企图并没能达到，有一家"救国出版社"翻印了《子夜》，并在翻印版序言中写道："《子夜》是中国现代第一部最伟大的作品。《子夜》的作者，不仅想描写中国现代社会的真相，而且也确能把这个社会的某几方面忠实反映出来。"[②]可见，真正优秀的作品是任何强权都扼杀不了的。

一、吴荪甫形象解读

《子夜》是茅盾创作走向成熟的代表作，也是左翼文艺中里程碑式的作品。它以丰富、复杂的立体化人物形象与史诗般的结构艺术对三十年代的中国社会作了全景式的描绘，从而昭示了"社会分析派小说"的崛起。

《子夜》为我们塑造了一大批新鲜生动的艺术形象。其中，尤以吴荪甫这一形象最为成功，标志着第一个民族资本家的典型形象正式在中国现代文学史上成功诞生。与鲁迅抓住人物主要特征予以传神勾勒的白描手法不同，茅盾更看重人物性格的矛盾、复杂的多面性，从他们的情感、行动、心理等诸多方面进行开掘，将之置于错综复杂的人事关系中予以考察，这样塑造出来的形象就更具"立体化"的油画效果。他曾这样说："'人'——是我写小说的目标。""单有

---

① 朱明：《读〈子夜〉》，《出版消息》1933 年 4 月。
② 唐弢：《〈子夜〉翻译版》，载《书话》，北京出版社 1962 年版。

'人'还不够，必须有'人'和'人'的关系，而且是'人'和'人'的关系成了一篇小说的主题，由此生发出'人'。"①吴荪甫形象的塑造就充分体现了这种创作方法。茅盾以陀斯妥耶夫斯基式的执拗，将吴荪甫置于同中小民族资本家，同买办官僚资本家赵伯韬，同工人、农民以及同自己的家人等一系列的关系网中，让他在各个场合、各种人事纷争中淋漓尽致地表达自己的思想，尽显其矛盾、复杂的个性。他有才干，有魄力，足智多谋，顽强刚毅，称得上是"二十世纪机械工业时代的英雄、骑士和王子"，有着发展民族工业的雄才大略，可惜他生不逢时。作家将各种矛盾的性格要素完好地统一在吴荪甫身上，使这一形象既具有人之为人的复杂内蕴，但也因此而成为文学界的一个争议焦点。

　　吴荪甫究竟是一个什么样的典型形象，至今也很难说有一个定论。一代一代的读者、研究者眼中的吴荪甫是各为相异的，甚至就连茅盾自己也对这一形象作过几次前后不同的解释。1939 年茅盾在《〈子夜〉是怎样写成的》一文中说："中国民族资产阶级中虽有些如法兰西资产阶级性格的人，但是因为一九三〇年半殖民地的中国不同于十八世纪的法国，因此中国资产阶级的前途是非常暗淡的。"② 而 1952 年他在为《茅盾选集》写的序言中却这样谈到《子夜》："这一部小说写的是三个方面：买办金融资本家、反动的工业资本家、革命运动者及工人群众。"③ 1963 年茅盾在致曾广灿的一封信中又写道："《子夜》所写者为半殖民地之中国之民族资产阶级与买办资产阶级之斗争，决与法国之资产阶级之内部斗争有其本质上不同也。"④ 这一说法在 1977 年为新版的《子夜》写的后记中再次得到重申："这本书写了三个方面：买办资产阶级、民族资产阶级、革命运动者及工人群众。"⑤ 从"法兰西资产阶级性格的人"到"反动的工业资本家"，再到"民族资产阶级"，我们可以看出不同时期、不同场合的茅盾对吴荪甫这个形象有着极为不同的评价与判断。茅盾自己对笔下人物形象作出的不同评判，在某种程度上又为他人解读吴荪甫这一艺术形象提供了较为直接、有力的理论根据。所以，虽然很久以来学术界对吴荪甫这个形象一直都是众说纷纭，没有定论，但其

---

① 茅盾：《谈我的研究》，《中学生》1936 年第 61 期。
② 《新疆日报》副刊《绿洲》，1939 年 6 月 1 日。
③ 茅盾：《〈茅盾选集〉自序》，载《茅盾选集》，开明书店 1952 年版。
④ 茅盾：《致曾广灿》，载《茅盾书简》，浙江文艺出版社 1984 年版，第 285 页。
⑤ 茅盾：载《子夜》，人民文学出版社 1977 年版。

中最有代表性的却是以下三种：其一说"吴荪甫是反动的资本家"；其二说"吴荪甫是具有法兰西性格的反帝、反封建与发展民族资本主义的资产阶级英雄人物"；其三说"吴荪甫是在民族资产阶级已经背叛革命、投靠并追随买办资产阶级之后的1930年的特定典型环境中的典型人物"。① 吴荪甫到底是"民族资本家的典型形象"，还是"反动工业资本家"，这两种观点很长时间以来一直都对立存在着。

中华人民共和国成立后，吴荪甫这一形象曾遭到了极大的贬损与鞭挞，几乎成为一个极其丑陋的反动人物。有的文章认为作者"始终是把他当作一个与人民大众尖锐对立的反动的工业资本家来加以揭露的，他的性格的很多方面都写得很丑恶"。甚至说，"吴荪甫自己根本缺乏人类一切美好的感情"，"他的精神面貌极端贫乏和庸俗"，"颓废荒淫地追求着肉欲生活"，"充分显示了资产阶级在道德上的腐败和堕落"。② 诸如此类的论断不一而足。如果说这种对吴荪甫形象的论述是"左"的思潮影响下的产物，是极为偏颇的观点，那么思想解放后的八十年代学者对吴荪甫究竟是不是"反动工业资本家"的探讨，却有着更多的理性思考与事实依据。庄钟庆认为："作者通过'这一个'吴荪甫——色厉内荏的吴荪甫，概括地表现第一次大革命失败后至九一八事变之前，民族资产阶级的动摇性及反动性的特点。"③ 赵开泉则认为："吴荪甫并不是什么具有爱国思想的中国民族工业资本家，而是一个用尽心机扼杀中国的中小民族工业的刽子手。"他"为了巩固与发展'双桥王国'的实力，作为他在上海扩大经营的经济基础，竟残酷镇压中国共产党领导的农民运动"。"为了追求高额利润，始终不顾工人的死活，残酷剥削工人和镇压工人运动。""为了谋取暴利，竟不惜违背国家和民族利益，破坏国计民生。"④

与以上观点截然对立，罗宗义的《吴荪甫试论》⑤ 认为吴荪甫是一个受着帝国主义压迫，而与工农群众有着深刻阶级矛盾的民族资产阶级典型形象。乐黛云

---

① 魏松：《空前的盛会，良好的开端——全国首届茅盾研究学术讨论会评述》，载《茅盾研究》第1辑，文化艺术出版社1984年版。
② 转引冯镇魁：《一个具有法兰西资产阶级性格的资本家》，载《茅盾研究》第1辑，文化艺术出版社1984年版。
③ 庄钟庆：《茅盾的创作历程》，人民文学出版社1982年版，第170页。
④ 赵开泉：《试论吴荪甫形象》，载《茅盾研究》第1辑，文化艺术出版社1984年版。
⑤ 《茅盾研究论文选集》（下），湖南人民出版社1983年版。

也坚持认为:"茅盾在创造吴荪甫这个人物时,决不是把他作为一个'反动工业资本家'来处理的。相反地,他是在塑造一个失败的英雄,一个主要不是由个人的失误而是由历史和社会条件所必然造成的悲剧的主人公。作者曾对他的命运深感遗憾和惋惜,并激起读者同样的感情。"① 这一观点其实并不新鲜,早在《子夜》发表之初,就有人于偏颇中表达了这种真实的感受:"这个英雄的失败被写得像希腊神话中的英雄的死亡一般地使读者惋惜。"②

其实以上两种截然对立的观点,都源于他们对吴荪甫这一艺术形象复杂性格的单方面强调,即把吴荪甫性格中的一个侧面、要素从其性格整体中分割出来考察。王西彦早在五十年代末就看到了吴荪甫性格的矛盾统一性:

> 总之,疯狂地剥削和极端地仇视工农群众而又害怕工农群众,处处表现出倔强好胜而又透露出精神力量的虚弱,再加上亲属关系的虚伪和家庭生活的冷漠,以及在失意时对感官享受和新奇刺激的追求——这一切,看来是如此的矛盾而又统一,对于一个像吴荪甫这种既矛盾而又统一的性格特征,还可以联系到他在"事业"上的全部遭遇:跟帝国主义有深刻的矛盾而最后却不得不投降帝国主义,口头上反对有资本的人做投机买卖而自己也终至钻进了公债市场,希望有个像样的政府来保护民族工业而又勾结别人贩卖军火,甚至为了公债投机盼望军阀混战的继续——这一切,在吴荪甫的"事业"上也是既矛盾而又统一的。③

八九十年代之交,随着一度涌现的重评《子夜》潮流,人们对吴荪甫的评价也带有一些可贵新质。汪晖从文化心理与民族传统的角度开掘,认为《子夜》与"中国古代小说以'天命'统摄人物命运的故事相类似",也"具有了古希腊命运悲剧的特点"。吴荪甫的形象是双重的,既体现了一个民族资本家的一切"本质特征",又在另一个层次上具有悲剧英雄的基本特点。汪晖认为,《子夜》通过吴荪甫这个形象,表现了茅盾的一种潜在的"英雄"模式,它"包含了更

---

① 乐黛云:《〈蚀〉和〈子夜〉的比较分析》,《文学评论》1981年第1期。
② 侍桁:《〈子夜〉的艺术思想及人物》,《现代》1933年第4卷第1期。
③ 王西彦:《论〈子夜〉》,载《茅盾研究资料》(中),中国社会科学出版社1983年版,第262页。

深刻的民族文化心理：把改变命运的期待集中于集智慧、经验与铁腕于一身的力量型的英雄"。这使《子夜》与当代文学中改革题材的代表作，如《乔厂长上任记》《新星》等贯通起来，其中的主人公都"表达了人们的一种期待，一种面对混乱而渴望权威的期待。这种期待寄托在'英雄'身上，寄托在铁腕与知识的结合之中，最终转化为令人目眩神迷的个人理论和由英雄的失败而激起的强烈冲动。从吴荪甫到乔光朴再到李向南，身份的悬殊差异中却隐藏着内在的一致性：专断的铁腕和现代知识。由这样一个身份悬殊的人物支撑起来的系列恰恰说明了我们民族，我们很多知识分子的文化心理。吴荪甫这个形象的封建传统色彩不独说明中国民族资产阶级与封建阶级的密切联系，而且似乎也暗示了某种普泛性的民族心理。"[①]

西方文艺理论中有一个比较有名的论断：一千个读者，就有一千个哈姆雷特。这话也适用于吴荪甫。究竟吴荪甫是一个什么样的人，不同时代、不同人从不同的角度，都会给予不同的解答。所以，这将仍然是一个开放的课题。

除吴荪甫外，《子夜》还塑造了一大批具有典型意义的人物形象，如骄横恣肆、狡诈阴险、权谋多变的买办资产阶级掮客赵伯韬，机警、镇定而多阴谋诡计的得力鹰犬屠维岳，贪利多疑的金融资本家杜竹斋，贪财而又吝啬刻薄的曾沧海，深谙世故的冯云卿，愚昧无知的冯眉卿，逢场作戏的徐曼丽，巧于周旋的刘玉英，以及有奶便是娘的周仲伟，拜金主义的诗人范博文，势利的经济学教授李玉亭，等等。但是，由于作家实践经验的限制，小说对工人形象的塑造则不够丰满动人，像许多学者所指出的那样存在着"概念化"的毛病。茅盾自己也说："这部小说写的是三个方面：买办金融资本家，反动的工业资本家，革命运动者及工人群众。三者之中，前两者是直接观察了其人与其事的，后一者则仅凭'第二手'的材料，——即身与其事者乃至第三者的口述。这样的题材来源，就使得这部小说的描写买办金融资本家和反动的工业资本家的部分比较生动真实，而描写革命运动者和工人群众的部分则差得多了。……《子夜》的写作过程给我一个深刻的教训：由于我们生长在旧社会中，故凭观察亦就可以描写旧社会的人物，但要描写斗争的工人群众则首先你必须在他们中间生活过，否则，不论你的

[①] 汪晖：《关于〈子夜〉的几个问题》，《中国现代文学研究丛刊》1989年第1期。

'第二手'材料如何多而且好,你还是不能写得有血有肉的。"①

所以,茅盾对现代文学人物画廊的独特贡献主要还是在于他提供了两类较有特色的形象系列,即"时代女性"与"民族资产阶级"。至于后者,茅盾在成功塑造了吴荪甫这一形象后,继续以艺术家的热情与史学家的执着塑造了一系列的民族资产阶级典型形象,他们共同完整地构成了这一特定阶级的发生、发展史。冯雪峰在五十年代初期曾指出:"到今天,要寻找自一九二七年至抗日战争以前的这一时期的民族资产阶级和买办资产阶级的形象,除了《子夜》,依然不能在别的作品中找到。……这是《子夜》的成就,因为在文学领域里有它新的开辟。"②

丁玲在悼念茅盾的文章中也指出:"三十年代初,他写了我国民族资产阶级在帝国金融资本的压力下的挣扎与斗争。这一题材在当时是没有另外的什么人敢于涉猎问津的。直到现在,反映我国新兴民族资本家生活史的文学作品还是很少,而足以与《子夜》媲美的更是寥寥。"③ 由此可见茅盾所创造的人物形象的深远意义。

二、结构及其他

茅盾是中国现代文学史上结构长篇小说的巨匠,《子夜》的结构艺术就历来为人所称誉。

与《幻灭》的单线结构、《动摇》的双线结构以及《追求》的三条平行发展线索结构不同,《子夜》采用的是一种"蜘网式的密集结构"。这是由作品本身的特点所决定的。《子夜》里人物众多,直接和间接描写到的人物多达百余人,线索繁复,情节复杂,矛盾丛集,从军阀混战到红军革命根据地热火朝天的斗争,从农民运动到轰轰烈烈的工人罢工,从证券交易所的公债投机到资本家的内部倾轧,从地主资产阶级家庭生活内幕到各式各样"儒林外史式"人物的表演,作品反映的社会生活面十分广阔,几乎涉及当时社会的各种矛盾。如何将这些复

---

① 茅盾:《〈子夜选集〉自序》,载《茅盾论创作》,上海文艺出版社1980年版,第21页。
② 冯雪峰:《中国文学从古典现实主义到无产阶级现实主义发展的一个轮廓》,《文艺报》1952年第17期。
③ 丁玲:《悼念茅盾同志》,《人民文学》1981年第5期。

第二章　茅盾：游刃于宏阔时代的社会肌理

杂的生活内容集中在短短两个月的时间内表现出来，这对作者的结构能力无疑是个很大的挑战，它要求作者具有组织矛盾冲突方面的巨大功力。茅盾巧妙地将众多的矛盾线索密结交织，同时铺开，相辅相成，齐头并进，推向高潮，这就使得《子夜》枝繁叶茂，浓荫覆盖。茅盾的结构艺术之高明，不仅体现在以如椽巨笔描绘众多矛盾，还体现在对这些矛盾的处理上，"把以吴荪甫为代表的民族资产阶级与以赵伯韬为代表的买办资产阶级这对矛盾，作为贯穿始终的情节主线，而把人物刻画、人物关系的表现、生活图景的描绘等，都紧紧地拧在这条主线上，并且紧紧抓住主线，浓笔泼墨，大做文章"。这样就做到了有主有从，疏密谐调，相得益彰。更值得注意的是，"作品中情节的组织和安排不是一马平川，而是峰巅谷涧，大起大落；各种矛盾的变化不是顺流直下，而是千回百转，出人意料；整个作品的布局不是循规蹈矩，而是不时呈现出横云断峰的奇观。作者忽而居高临下，鸟瞰纷繁壮阔的全景，忽而跟踪追击，摄下形形色色绝妙的特写；忽而摆兵布阵，八方紧锣密鼓，忽而单兵深入，一片寂静无声；忽而在哀乐声里密谋，忽而于绝望之中行乐……"① 结构大开大合而不失严谨周密，迂回曲折而又匀称统一，从而使得《子夜》气势宏伟，波谲云诡，舒卷自如，天衣无缝。

由于作品"原来的计划是打算通过农村（那是革命力量正在蓬勃发展的地方）与城市（那是敌人力量比较集中因而也是比较强大的地方）两者的情况的对比，反映出那时候的中国革命的整个面貌……"② 这就决定了它结构上的特点，是故事线索的双重性，即农村与城市方面两条线索的彼此对照。《子夜》企图通过吴荪甫的活动把城市与农村连接起来，从而表现那时的革命形势。正是从这一意图出发，所以在第一、二、三章就把城市方面的线索着重提出来，交代了各种各样的矛盾。从第四章开始，作者着重把农村这一线索展开，"描写了农村的革命力量包围了并且拿下了一个市镇，作为伏笔"③。这样庞大的计划，作者由于生活的限制而没有能够实现，最终只好放弃。所以从第五章开始，作者又沿着写城市的方面继续进一步展开，直到作品结束。为了弥补农村方面革命力量描写的不足这一缺陷，作者采用了侧笔交代的办法。

---

① 骆飞：《略论〈子夜〉的结构艺术》，《中国现代文学研究丛刊》1983 年第 2 期。
② 茅盾：《再来补充几句》，载《茅盾论创作》，上海文艺出版社 1980 年版，第 63 页。
③ 茅盾：《〈茅盾选集〉自序》，载《茅盾选集》，开明书店 1952 年版。

叶子铭认为《子夜》是"网状的结构"与"连环式的结构"两种方法的交叉运用，他在对小说进行逐章的结构分析后，作出了如下总结：

> 《子夜》开头部分的结构，是紧紧围绕作品的主题，运用借题牵线、烘托对照的手法，把小说里的主要人物和主要线索都提了出来，为矛盾冲突的迅速展开打开局面；同时，又以主角吴荪甫为中心，把各类人物、各种矛盾、各条线索串联起来，形成一个严密的结构。……《子夜》主体部分的结构，是采用多线交叉发展，然后两条主线先后发展的结构方法，并运用虚实处理，烘托对比等手法来安排情节场面，从复杂、尖锐的矛盾冲突中，进一步展示吴荪甫性格的特点。……作者在结尾部分比较多地采用这种前后照应的布局方法，在艺术上产生了很大的效果。从全书结构看，可以说开得好，收得好；起得好，落得好。这样一开一合，一放一收，就使得全书波澜起伏而又有条不紊，形成一个完整、统一的结构。①

《子夜》的结构艺术得到了学界普遍肯定，正如赵家璧所言："作者精湛的布局把许多错综混乱的线索，应用了高明的艺术手段，织成了一部成熟的艺术品，像是一幅丝织物般，可以说是没有成条的漏洞足以被人家看出来的。"②

这种成功的结构范式是茅盾摸索求新、精心创造的结果。他谈道："《子夜》的写作方法是这样的：先把人物想好，列一个人物表，把他们的性格发展以及连带关系等等都定下来，然后再拟出故事的大纲，把它分章分段，使它们连接呼应。""有时一两万字一章的小说，常写一两千字的大纲。"③ 茅盾自己还说这种方法是从巴尔扎克那儿学来的。茅盾一直都很重视对中外名家名著的吸收与借鉴。他曾肯定《水浒》"各自独立、自成整体"的编排故事的写法，认为它们"故事的发展，前后勾连，一步紧一步，但又疏密相间，摇曳多姿"，"善于运用变化错综的手法，避免平铺直叙"。④ 他也欣赏《红楼梦》的布局："以贾府的盛极而衰为中心，以宝、黛的婚姻问题为关键，细针密缕地组织进许多大大小小的

---

① 叶子铭：《谈〈子夜〉的结构艺术》，《江海学刊》1962年第11期。
② 赵家璧：《子夜》，《现代》1933年第3卷第6期。
③ 茅盾：《〈子夜〉是怎样写成的》，《新疆日报·绿洲》1939年6月1日。
④ 茅盾：《谈〈水浒〉的人物和结构》，《文艺报》1950年第2卷第2期。

故事，全面反映了那个时代的封建与反封建的斗争，统治集团的腐化、无能及其内部矛盾。这样包举万象的布局，旁敲侧击、前呼后应的技巧，使全书成为巍然一整体，动一肢则伤全体。"①《子夜》宏大严谨的布局，浑然一体而又各自独立的结构就受到《红楼梦》结构"可分可合，疏密相间，似断实联"②的影响。茅盾也很注意借鉴外国文学的优秀因素。他曾说过，"我更喜欢大仲马，甚于莫泊桑和狄更斯，也喜欢斯各德"，"我也读过不少的巴尔扎克的作品，可是我更喜欢托尔斯泰"③。谈到托尔斯泰，茅盾曾说，自己"最爱读的书"是《战争与和平》和《安娜·卡列尼娜》。"关于这两部巨著，值得我们佩服的，就不单是人物性格的描写了。一些大场面——如宴会，打猎，跳舞会，打仗，赛马，都是五彩缤纷，在错综中见整齐，而又写得那么自然，毫不见吃力。这不但《水浒》望尘莫及，即大仲马的椽笔比之亦有逊色。然而托翁作品结构之精密，尤可钦佩。……所以我觉得读托翁的大作至少要做三种功夫：一是研究他如何布局（结构），二是研究他如何写人物，三是研究他如何写热闹的大场面"④。这里，他把学习托尔斯泰"如何布局（结构）"的技术放在了首位。《子夜》头三章的写法，就很容易让人联想到《战争与和平》第一章的写法。茅盾曾经如此评价该书："开卷第一章借一个茶会点出了全书主要人物和中心的故事，其后徐徐分头展开，人物愈来愈多。"⑤ 而《子夜》的第二、三章，就借吴老太爷的丧事，安排了一个特定的环境——灵堂，巧妙地把作品中的主要人物集中在一起，并通过他们的言谈举止，通过他们之间错综复杂的关系，把小说里的几条重要线索都提了出来。这种巧妙的布局以及对热闹场面的描写，都有着托翁的影子。茅盾自己也说："第二章是热闹场面。借了吴老太爷的丧事，把《子夜》里面的重要人物都露了面。这时把好几个线索的头，同时提出然后来交错地发展下去，……在结构技巧上要竭力避免平淡……"⑥ 至于如何写好热闹的场面，茅盾后来谈到自己的独特感受："大凡写这种热闹场面，既要写得错综，又要条理分明，既要有全

---

① 茅盾：《关于曹雪芹》，载《茅盾文艺评论集》（下），文化艺术出版社1981年版，第601页。
② 茅盾：《漫谈文学的民族形式》，载《鼓吹续集》，作家出版社1962年版。
③ 转引庄钟庆：《永不消失的怀念》，《新文学史料》1981年第12期。
④ 茅盾：《"爱读的书"》，载《茅盾文集》第10卷，人民文学出版社1963年版，第145页。
⑤ 茅盾：《"爱读的书"》，载《茅盾文集》第10卷，人民文学出版社1963年版，第145页。
⑥ 茅盾：《〈子夜〉是怎样写成的》，《新疆日报·绿洲》1939年6月1日。

场的鸟瞰图，又要有个别角落及人物的'特写'。"① 《子夜》中的许多场面都达到了这一要求。

敏感的读者早在三十年代就注意到了《子夜》与中外名著的联系。郭云浦认为"《子夜》却受了《红楼梦》的影响，虽然作者是把这一点掩饰在很复杂很错综的结构之内"。而且他还从"（一）在人物的连属上，（二）人格的描写上，（三）故事的穿插上，很容易看出《红楼梦》与《子夜》的关系。"② 林海（郑朝宗）则"疑心茅盾先生是拿托氏的巨著（指《战争与和平》——笔者注）做蓝本的"。而尤其"在结构上，《子夜》和《战争与和平》更是如出一辙，它们都是所谓'全景画式的'（Panotamic）小说"，只是"比较起来，《战争与和平》的规模更庞大，所以内容也更杂乱；《子夜》却于散漫之中仍可看出组织的痕迹"③。而最早把《子夜》与左拉的《金钱》相联系的，是瞿秋白。他说《子夜》"带着很明显的左拉的影响（左拉的'L´argent'——《金钱》）"④。此后很多人都企图从《子夜》中找到左拉"自然主义"的痕迹。曾广灿在《〈子夜〉与〈金钱〉》一文中首先承认："事实上，自然主义的部分阴魂在《子夜》中仍未能全部摆脱干净。比如某些色情描写的细节，对于革命者'左'倾错误的表面化的客观主义的描写等。"但接着他通过对"作者的立场观点""描写的范围与揭示的思想""形象所揭示的典型意义"以及"创作方法"等几方面的比较，得出这样的结论："《子夜》与《金钱》是根本不同性质范畴的两部作品。""《金钱》是左拉自然主义创作方法结出的果实；《子夜》则是一部革命现实主义的巨著，是中国三十年代无产阶级革命文学的重要收获。"⑤ 这一说法是较为确切的。

谈到茅盾艺术上的"拿来主义"精神，很多人都已认识到他批判地吸收、改造自然主义、批判现实主义等方面，更有学者敏锐地注意到茅盾的现实主义与象征主义的联姻。其实自创作《蚀》开始，作家就运用了象征、隐喻等手法。茅盾解释《蚀》的命题时说："这表明书中写的人和事，正像日蚀月蚀一样，是

---

① 茅盾：《读〈新事新办〉等三篇小说》，载《鼓吹集》，作家出版社1959年版。
② 郭云浦：《〈子夜〉与〈红楼梦〉》，《青年界》1935年第8卷第4号。
③ 林海：《〈子夜〉与〈战争与和平〉》，《时与文》周刊第3卷第23期，1948年9月24日。
④ 乐雯（瞿秋白）：《〈子夜〉和国货年》，《申报·自由谈》1933年4月2日。
⑤ 曾广灿：《〈子夜〉与〈金钱〉》，《齐鲁学刊》1980年第4期。

暂时的，而光明则是长久的，最后胜利是必然的。"① 关于《虹》，他也说这"是一个象征的题目"，"取了希腊神话中墨耳库里驾虹桥从冥国索回春之女神的意义"，比喻"主人公经过许多曲折，终于走上革命的道路"。②《宿莽》"暗示蒋政权压迫左翼文艺，虽甚残酷，然而左翼文艺必将发皇张大，有如宿莽之冬生不死或遇冬不枯也"③。至于《子夜》的题目，也是"有点暗示性"的。"《蚀》《虹》《子夜》《霜叶红似二月花》的命题都是自然景象，但作者所寄寓的意象却深远得多，是社会化的，它已是'人化的自然'，是作家思想的物化。"④《子夜》中最富象征意味的当数描写吴老太爷以及他所随身携带的护身"法宝"——《太上感应篇》。在小说第一章，吴老太爷从农村来到都市，突患脑出血而死。茅盾说"吴老太爷好像是'古老的僵尸'，一和空气接触便风化了"⑤。而《太上感应篇》则是附着在这一行尸走肉上的一个灵魂，当这部名贵的《太上感应篇》在一场从窗口打进来的大雨中变成了一堆废纸，就宣告这一僵尸的彻底风化。茅盾赋予这一特殊道具以封建主义意识形态的特定内涵，加浓了作品的象征色彩。《子夜》在描写吴少奶奶林佩瑶与其情人雷参谋相会拥吻时，豪华客厅里的鹦鹉那突然的一声"哥哥呀"，打破了她的迷梦。"鹦鹉笼"所表现的艺术美同样具有象征意义。曾经呼吸过"五四"以后新的"自由"，满脑子是俊伟英武的骑士和王子的吴少奶奶，虽然过着豪华的物质生活，但她总觉得缺了些什么，时时抚摸失去了"自由"的伤痕时，她不就是金丝笼里的一只美丽的鹦鹉吗？

无论是丰富、复杂的人物性格刻画，史诗般宏伟严谨的结构，还是对中外艺术手法的吸收、借鉴，这都是《子夜》成为"中国第一部写实主义的成功长篇小说"的有力明证。正如茅盾盛赞托尔斯泰的创作："以惊人的艺术力量概括了极其纷繁的社会现象，并且揭示出各种复杂现象之间的内在联系，提出许多重大的社会问题。托尔斯泰作品的宏伟的规模、复杂的结构、细腻的心理分析、表现心理活动的丰富手法以及他的无情地撕毁一切假面具的独特手法，都大大提高了

---

① 茅盾：《我走过的道路》（中），人民文学出版社1981年版，第11页。
② 茅盾：《我走过的道路》（中），人民文学出版社1981年版，第36页。
③ 茅盾：《我走过的道路》（中），人民文学出版社1981年版，第37页。
④ 孙中田：《论茅盾小说的艺术风格》，载《茅盾研究》第1辑，文化艺术出版社1984年版。
⑤ 茅盾：《〈子夜〉是怎样写成的》，《新疆日报·绿洲》1939年6月1日。

艺术作品反映现实的可能性,丰富和发展了现实主义的艺术创作方法。"① 用此话来描述茅盾自己的创作,尤其是他的长篇小说《子夜》,恐怕也是十分准确的吧。

三、《子夜》在海外

《子夜》发表以后,在海外也引起了极大的反响。史沫特莱就曾于 1935 年请人把《子夜》译成英文在美国出版,后因抗战爆发而没有出成,但茅盾却应她之邀写成了第一篇详细的自传。苏联于 1934 年就开始翻译茅盾的作品。《青年近卫军》杂志第五期刊载了伊文翻译的《子夜》的一部分——《罢工之前》;1935 年《国际文学》第五期发表了普霍夫根据英文转译的《子夜》中的一章《暴动》;1936 年哈尔科夫出版《中国》文学作品集又转载了这篇译文。1937 年列宁格勒国家文艺出版社又出版了浩夫与鲁德曼合译的《子夜》,萧三还特意用俄文为它写了序言《论长篇小说〈子夜〉》,这是第一个外文译本的《子夜》序。此序开篇就指出:

> 茅盾的长篇小说《子夜》,是近年来中国文坛上的一个独特的现象。甚至保守的和反动的批评家们,也都不得不承认这部长篇小说,不仅是当代中国最伟大的作家茅盾的重大成就,同时也是整个中国文学的重大成就。②

这篇文章不仅较早地向海外读者系统介绍了《子夜》,也因其对当时革命形势与社会状况的细致分析而成为一份重要历史文献。《子夜》传入苏联后,受到了广大读者的喜爱与欢迎,高尔基就对它"很称道",法捷耶夫也说:"我们国内前进的人们以极大兴趣读过《子夜》。"③ 埃德加·斯诺在 1936 年为《活的中国》写的编者序言中就称:"茅盾大概是中国当代最杰出的小说家。他的《子夜》已有英、法译本。"④ 1938 年,德国的弗朗茨·库恩根据 1933 年的开明书店

---

① 茅盾:《激烈的抗议者,愤怒的揭发者,伟大的批判者》,《人民日报》1960 年 11 月 26 日。
② 载《茅盾研究》第 2 辑,文化艺术出版社 1984 年版。
③ 赵景深:《文坛忆旧》,上海北新书局 1948 年版。
④ 埃德加·斯诺:《活的中国》(文洁若译),湖南人民出版社 1983 年版。

第二章 茅盾：游刃于宏阔时代的社会肌理

版本，改书名为《黄昏的上海》，由德累斯顿市威廉·海恩出版社出版了包括原书十九章在内的《子夜》全译本。这个译本具有很高的文学素养，对读者有着极大的吸引力。译者本人也发挥了很强的主观能动性，不仅大段大段地对原书加以概述或总括，并进行了章节方面的移植和调动，还重新命名各章标题，并在各章之前另行设置了可以帮助读者领略全书概貌的人物表。

《子夜》被大量翻译成各国文字，是五十年代以后的事。以日本为例，1951年，千代田书房出版了尾坂德司翻译的《子夜》，他将其命名为《深夜中》。尾坂德司十分欣赏《子夜》的宏大气魄，认为它是"以现代大都市上海为舞台而描写的中国社会的鸟瞰图"，"是中国人用刀子刺入自己的肉体，而用涌出来的鲜血作墨水，在痛苦的呻吟中写成的，实为中国现实社会的解剖图"。[1] 1962年，日本的岩波书店又出版了小野忍、高田昭二翻译的《子夜》上册（下册于1970年出版）。作为译者之一的小野忍肯定了《子夜》在艺术上的突出成就，他在"解说"中如此称赞《子夜》："作品内容丰富，有各种插曲，无法一一列举，而且在作品结构上几乎没有破绽。可以说是充分发挥了茅盾的特色的成功之作。这是他的代表作，同时也可以说是中国现代文学的代表作。"[2]

1963年，平凡社出版了竹内好翻译的《子夜》。竹内好同样也对《子夜》给予了很高的评价，认为它"是一部具有宏大的小说骨架的作品，是中国现代文学中无可比拟的别具一格的作品"，同时，他也指出了《子夜》的缺陷，认为虽然《子夜》"写活了的人物也不少"，"可是在工人中缺少印象鲜明的人物"，"没有摆脱概念化的人物还很多"，而且"结尾收得过于仓促，这是不足之处"[3]。这一批评可谓切中肯綮。

除日本外，亚洲还有许多国家也对《子夜》进行了翻译并研究。蒙古国于1957年出版了《子夜》，译者波·古尔巴扎尔同样给予《子夜》以高度的赞誉，他将《子夜》的内蕴归结为它"反映了：资产者的世界一天天腐烂下去，而无

---

[1] 尾坂德司：《日文版〈子夜〉译后记》，载《茅盾研究在国外》（李岫编），湖南人民出版社1984年版，第147-148页。
[2] 转引松井博光：《黎明的文学——中国现实主义作家茅盾》（高鹏译），浙江人民出版社1982年版，第166页。
[3] 转引松井博光：《黎明的文学——中国现实主义作家茅盾》（高鹏译），浙江人民出版社1982年版，第169页。

产者的世界一天天地兴旺起来，犹如灿烂的阳光一般光照大地。"① 这一评论带有明显的时代印痕。1958年、1960年，越南、朝鲜也分别出版了《子夜》，他们对其评价也非常高，认为《子夜》"是茅盾全部创作中，也可以说是中国近代文学史中最好的反映现实的一部小说"②，"是继伟大鲁迅的不朽之作《阿Q正传》之后在中国现代小说和中国现代文学整个领域里开辟先河的又一巨大收获"③。

五十年代以后，欧、美等国家对《子夜》的关注也愈加密切。1952年，莫斯科国家文学出版社出版了鲁德曼译的《子夜》，1955年，该社出版了由费德林主编的《茅盾选集》，其中便收有《子夜》；1956年，国家文学出版社又出版了由费德林主编的三卷本《茅盾文集》，其中第二卷就是《子夜》。茅盾还为这部文集写了序。捷克在1950年也出版了普实克翻译的《子夜》；匈牙利在1955年出版了《子夜》；波兰在1956年出版了《子夜》；阿尔巴尼亚在1957年出版了《子夜》；保加利亚在1959年出版了《子夜》。值得注意的是，德国在1979年又重版了弗朗茨·库恩翻译并经英格里德和沃尔夫冈·顾彬校订的《子夜》。沃尔夫冈·顾彬在译后记中称赞《子夜》说："茅盾的《子夜》是迄今为止没有丧失它的意义和影响的第一部杰出的中国现代小说。"④ 他还指出了1938年库恩译本的优劣点。比照两个德文译本，我们从中可以看出半个世纪以来海外尤其是德国对《子夜》的认识发展状况。

随着《子夜》被译成各国文字，它就很自然地引起了国外翻译家和研究者的评述。这时期对《子夜》的研究成就最突出的当数捷克斯洛伐克学者雅罗斯拉夫·普实克（J·Prusek）和美国学者夏志清（C·T·Hsia）。

雅罗斯拉夫·普实克将茅盾视为表现时代、解剖社会的伟大作家，而《子夜》就是一部表现时代、解剖社会的经典作品。它"对涉及三十年代中国状况

---

① [蒙古] 波·古尔巴扎尔：《蒙文版〈子夜〉前言》，载《茅盾研究在国外》（李岫编），湖南人民出版社1984年版，第173页。

② 《越文版〈子夜〉前言》，载《茅盾研究在国外》（李岫编），湖南人民出版社1984年版，第179页。

③ [朝鲜] 朴兴炳：《朝文版〈子夜〉前言——茅盾的创作及其代表作〈子夜〉》，载《茅盾研究在国外》（李岫编），湖南人民出版社1984年版，第185页。

④ [德] 沃尔夫冈·顾彬：《德文版〈子夜〉后记》，载《茅盾研究在国外》（李岫编），湖南人民出版社1984年版，第206页。

第二章 茅盾：游刃于宏阔时代的社会肌理

的问题提供了最准确、全面和权威的描写，即使是最彻底的研究也比不上它"①。

同时，普实克也指出了《子夜》的一些缺点，比如在人物塑造方面，"茅盾一方面清楚地刻画了社会上对立的力量，双方各自的拥护者——一边是资本家、投机商和工贼，另一边是造反的农民、罢工的工人等，另一方面那些营垒不清或不好划分的人物就描绘得并不令人信服，没有追踪他们的内心活动，也没有通过他们对不同问题所持的立场和态度来说明当时社会正在酝酿的问题"。普实克不仅注意到许多研究者早已提到的工农等人物形象的模糊与公式化、概念化，还独具慧眼地指出，即使像屠维岳这样重要的人物，《子夜》在艺术塑造上也存在着这种缺点，所以"留在人们心目中的印象也就含糊不清了"②。

普实克是国外较优秀的茅盾研究专家，他写了许多观点新颖、立论扎实的论文与专著，他的茅盾研究有不少的突出发现。

第一，他发现了茅盾作品的"未完成性"。普实克认为茅盾的"很多作品都没有结尾，像是没有完成似的。因而小说《虹》，还有《子夜》，都像未完成的作品"。他的很多小说"结束得很突然"，"好像是对传统中国小说格局的一种模仿"。"不仅茅盾的小说作为一个整体是没有结局的，而且构成故事情节的各个组成部分多数也没有结局。"③

第二，他认为茅盾的作品是一代人的命运展现，即人物形象的集体性。普实克用"个人和社会力量的辩证法"一语来论断茅盾的小说。德国的沃尔夫冈·顾彬对此给予进一步的解释，即茅盾作品中的"每个人，不管是统治者还是被统治者，在这里不是作为社会上一个孤立的阶层、阶级或纯粹的个人来行动，而是在其中发挥影响的那些力量和代表的整体"④。

第三，他看到了茅盾作品所蕴含的悲剧意识。与很多研究者用"悲观"一词来圈定茅盾的一些作品不同，普实克提出"茅盾的作品总是悲剧"。虽然"悲

---

① ［捷克］雅罗斯拉夫·普实克：《论茅盾》，载《茅盾研究》第 2 辑，文化艺术出版社 1984 年版，第 289 页、第 305 页。
② ［捷克］雅罗斯拉夫·普实克：《论茅盾》，载《茅盾研究》第 2 辑，文化艺术出版社 1984 年版，第 306 页。
③ ［捷克］雅罗斯拉夫·普实克：《论茅盾》，载《茅盾研究》第 2 辑，文化艺术出版社 1984 年版，第 298-299 页。
④ ［德］沃尔夫冈·顾彬：《德文版〈子夜〉后记》，载《茅盾研究在国外》（李岫编），湖南人民出版社 1984 年版，第 202 页。

观"与"悲剧"仅一字之别,但两者的本质意蕴却根本不同。前者是一种生活态度,而后者却是对生命、生存等终极问题的关注与追问。他说:"这样茅盾的作品看来似乎和古代悲剧产生于同一根基,产生于这样一种人生悲剧的感情:在命运的磨盘里被碾碎,个人进行抗议或反抗是没有用的。而且由于受影响的从来不是个人或一个家庭,而是庞大的人群,是整个阶级,甚至是一个国家,这种悲剧感情被扩展到巨大的范围。"①

同样意识到茅盾作品的"悲剧意识"的还有美国学者夏济安(Hsia Tsi-an)。他认为茅盾"以其无所不知的现实主义方法和悲剧意识,来描写上海的共产主义者"②。斯洛伐克学者马立安·高利克(Marian Galik)对《子夜》的悲剧意识则有了更进一步的研究。他认为,由于构思和创作《子夜》时,茅盾正在撰写《北欧神话ABC》,所以在《北欧的神话》(H·A·格伯尔著)与《子夜》之间,存在着悲剧与悲剧形态的置换变形。如果说北欧神话中呈现的是众神与恶势力争斗的悲剧,那么《子夜》中悲剧的主人公已从众神的悲剧衍化为人,为英雄的悲剧。③

与普实克等西方学者不同,美国学者夏志清对茅盾及其《子夜》则持严厉的批判态度。1961年,夏志清出版了专著《中国现代小说史》,这是西方出版的第一部内容比较丰富的,系统研究中国现代文学的著作。其中专门辟出一章论述茅盾及其创作。夏志清认为《子夜》是"粗糙的""失败之作",是"为共产党宣传"的作品,"他把共产主义的正统批评方法因利乘便地借用过来,代替了自己的思想和看法"。作者"好像站得高高在上,对他笔下的中产阶级分子,不屑一顾,因此,也就难怪这些角色变成舞台上的傀儡,不时打诨取闹,谈情说爱,一无意思"。而且"就讽刺而言,《子夜》的表现可说是完全失败的"④。

夏志清对《子夜》近乎全盘的否定,与他本人的政治立场大为相关。夏志清在《中国现代小说史》中译本序中,一开头就公开表明了自己的立场:"我自

---

① [捷克] 雅罗斯拉夫·普实克:《论茅盾》,载《茅盾研究》第2辑,文化艺术出版社1984年版,第299页。
② [美] 夏济安:《黑暗的闸门——关于中国左翼文学运动的研究》,载《茅盾研究在国外》,湖南人民出版社1984年版,第560页。
③ [斯洛伐克] 马立安·高利克:《茅盾小说〈子夜〉中的比较成分》,载《茅盾研究》第4辑,文化艺术出版社1990年版,第341页。
④ [美] 夏志清:《中国现代小说史》,香港友联出版公司1979年版,第136页。

己一向也是反共的。"就是这种"反共"的政治倾向影响了他对所谓"共产作家"的客观评价。虽然他一再强调"一部文学史,如果写得要有价值,得有其独到之处,不能因政治或宗教的立场而有任何偏差",并且说"我所用的批评标准,全以作品的文学价值为原则",但在具体的批评实践过程中,夏志清却没能真正摆脱政治倾向的干扰。他自己写道:"虽然我在书里讨论了有代表性的共产党作家,并对共党在文艺界的巨大影响力作详细的交代,可是我的目标是反驳(而不是肯定)他们对中国现代小说的看法。"[①] 对茅盾及其《子夜》的评价,就恰恰体现了夏志清因政治倾向而出现的批评偏差与错误。

普实克为此与夏志清展开论战。他指出夏志清对《子夜》的批评"是不公平的",这种不公源于他反对中国作家过多地注意社会问题。夏志清很快就作出答复:

> 当我强调"无个人目的的道德探索"时,我也就是在主张文学是应当探索的,不过,不仅要探索社会问题,而且要探索政治和形而上的问题;不仅要关心社会公正,而且要关心人的终极命运之公正。一篇作品探索问题和关心公正愈多,在解决这些问题时,又不是依照简单化的宣教精神提供现成的答案,这作品就愈是伟大。[②]

这段话委婉地道出,他之所以否定《子夜》,认为它是一部"失败之作",要么是因为它"探索问题和关心公道"不够多,要么是因为作者茅盾"以教诲的、简单化的精神提供现成的答案"。普实克与夏志清之间的这次激烈论战,成为六十年代西方中国现代文学研究界的一件大事。虽然论战双方都带有明显的政治倾向性与个人情绪,但它的确推动了海外对中国现代文学的关注与研究。

此后,斯洛伐克学者马立安·高利克(Marian Galik)以比较文学的方法将海外的《子夜》研究推向又一新层面。他从小说话语的比较分析中,论证了《子夜》对托尔斯泰、左拉小说的借鉴与超越。他认为《子夜》中某些"场面的

[①] [美]夏志清:《中国现代小说史》,香港友联出版公司1979年版,第425—427页。
[②] [美]夏志清:《论对中国现代文学的"科学"研究——答普实克教授》,转引陈晓明:《"优美作品之发现"的可能性——略论夏志清的现代小说史研究》,《扬子江评论》2016年第5期。

描写虽然在托尔斯泰的作品中找到它的原型，但是与托尔斯泰的作品相比，它们之间存在极大的不同。茅盾的描写比托尔斯泰更少保守，更有生气，更少暗示启发，并更有象征性的作用"。他还认为："如果没有左拉的《金钱》，《子夜》是不会写得出来的。""在描写股票交易和整个交易所的生活方面，左拉是茅盾的直接样板；在某些情况下，茅盾直接沿用了左拉的情节结构原则……不过，茅盾总是对自己充满信心。在接近左拉之后，他又能抛开左拉，走他自己的路，这条路适合他自己的艺术气质和中国民族文学的需要。"[①]

也许从海外学者那些丰富多彩、不拘一格的论述中，我们才可以窥见《子夜》的本来面目，毕竟任何作品都是敞开的。

需提及的是，茅盾的《子夜》等作品之所以能够被世界上那么多的国家所熟识、接受，还与我国诸多翻译家、研究者的功劳密不可分。尤其是新中国成立之后，我国外文出版社用英、法、印地文等多种语言翻译、出版了《子夜》，并于1981年着手翻译、出版茅盾的四卷本选集，其中第二卷就是长篇小说《子夜》，茅盾于1981年2月1日写了外文版《茅盾选集》序。在中外作家、翻译家、研究者的共同努力下，《子夜》现在已被英、法、俄、日、捷克、印尼、朝鲜、越南、匈牙利、保加利亚、蒙古、波兰等十多种文字翻译过，名副其实地成为一部世界名著。

第三节　茅盾的文艺批评

茅盾是中国现代文坛上的伟大作家，也是伟大的文艺批评家，而且作为批评家的茅盾是先于小说家的茅盾的。从二十年代初到七十年代末，茅盾一直怀着巨大的热情从事文艺批评工作，以不辍笔耕换取了数百万字的累累果实，建构起博大精深的文艺批评体系，为中国现代文学批评史的发展作出了伟大贡献。

[①] ［斯洛伐克］马立安·高利克：《茅盾小说〈子夜〉中的比较成分》，载《茅盾研究》第4辑，文化艺术出版社1990年版，第340页。

一、功利与审美的融合统一

茅盾是位务实的文学家，初叩艺术大门，他就十分注重文艺的目的与作用。"为人生"是他文艺思想的核心，也是他从事文艺批评的出发点之一。从"为人生"这一基本观点出发，他十分重视文学的社会功利性。与创造社的"为艺术而艺术"不同，他明确表示"不承认""为纯艺术的艺术"。同时他还指出，以为"功利"云者，"就是'金钱'和'利用'的代名词"，"把凡带有政治意味社会色彩的作品统统视为下品"，"甚至斥为有害于艺术的独立"是不对的。他认为，从历史发展来看，文学和政治社会的关系，有愈来愈密切的趋势。[1] 茅盾早期的艺术功利观带有强烈的民主精神与启蒙色彩。他赞同文艺应"激发国民的精神，使他们从事民族独立和民主革命运动"[2]。茅盾主张文艺的使命是"声诉现代人的烦闷，帮助人们摆脱几千年历史遗传的人类共有的偏心与弱点"，消除隔阂，沟通感情，"使新信仰与新理想"指引人们走向光明[3]。为抗议"社会的腐败""军阀恶吏的敲剥"，刺激"互相吞噬，而又怯弱昏迷"者"将死的心"，"改造人们使他们像个人"，介绍外国文学作品，也是"极应该而有益的事"。[4]这是茅盾早期的文学功利性的内涵。《春季创作坛漫评》《读〈呐喊〉》等文章就是这一理念在文学批评中的体现。从二十年代中期到三十年代中期，从茅盾的一系列文论（如《论无产阶级艺术》《告有志研究文学者》《文学者的新使命》到《中国苏维埃革命与普罗文学之建设》《我们所必须创造的文艺作品》等）中，我们可以看出其艺术功利观已发生了重大变化，他"不是一般地强调社会功利性，而是突出文艺的革命功利性与战斗作用"[5]。

强调时代性与社会性，是茅盾文学观的重心所在，也是他进行理论批评的基本尺度之一。茅盾很早就明确地提出"文学是时代的反映，社会背景的图画"[6]，"表现社会生活的文学才是真文学"，"真的文学也只是反映时代的文学"[7]。在后

---

[1] 雁冰：《文学与政治社会》，《小说月报》1922年第13卷第9号。
[2] 茅盾：《杂感——读恽代英的〈八股〉》，《文学周报》1923年第101期。
[3] 茅盾：《创作的前途》，《小说月报》1921年第12卷第7号。
[4] 茅盾：《介绍外国文学作品的目的》，《时事新报》附刊《文学旬刊》1922年第45期。
[5] 徐越化：《论茅盾的文艺观》，《湖州师专学报》1996年第3期。
[6] 茅盾：《创作的前途》，《小说月报》1921年第12卷第7号。
[7] 茅盾：《社会背景与创作》，《小说月报》1921年第12卷第7号。

来的著名论文《论无产阶级艺术》中,茅盾再次强调:"艺术必须忠实地反映现实,适应时代的要求,才能被社会所承认;离开了当时的社会生活,艺术'就不能存在和扩大'。"文艺批评是文艺思想的直接体现,因此,茅盾的批评文章也就不可避免地带上了明显的"趋时"性。

在评价具体的作家作品时,茅盾强烈要求他们关注社会,表现出应有的时代性。所谓时代性,茅盾认为,除了表现时代空气而外,还有两个要义:"一是时代给予人们以怎样的影响,二是人们的集团的活力又怎样地将时代推向了新方向。"① 并据此对叶圣陶的长篇小说《倪焕之》作出了具体批评。他既肯定这部小说在人物描写和反映社会生活方面所取得的成就,也指明其不足之处。而对庐隐及其创作进行评论时,茅盾赞赏她第一次跨上"文艺的园地",就"满身带着'社会运动'的热气","时代的暴风雨的震荡",使她"颇想从自己的'海滨故人'的小屋子里走出来"。从她的作品中,"就仿佛在呼吸着'五四'时期的空气","看见一些'追求人生意义'的热情的然而空想的青年们在书中苦闷地徘徊","又看见一些负荷着几千年传统思想束缚的青年们在书中叫着'自我发展',可是他们的脆弱的心灵却又动辄多所顾忌。这些青年是'五四'时期的'时代儿'"。这里,茅盾深情地赞赏庐隐"是'五四'的产儿",称赞她形象地刻画了"五四"时期青年知识分子的开放思想、沉重负累与苦闷彷徨。但是,"五四运动发展到某一阶段,便停滞了,向后退了;庐隐,她的'发展'也是到了某一阶段就停滞"。后来,"时代是向前了,所以这'停滞'客观上就成为'后退'"②。

对时代性的过分看重有时会使茅盾在文艺批评中陷入矛盾境地。例如,对鲁迅创作的评价,他一方面肯定其反映农村生活的深刻性,另一方面又不无遗憾地指出,《呐喊》所反映的是"老中国的暗陬的乡村,以及生活在这些暗陬的老中国的儿女们,但是没有都市,没有都市中青年们的心的跳动"。而《彷徨》中,虽有两篇都市人生的反映——《幸福的家庭》与《伤逝》,"然而也正像《呐喊》中的乡村描写只能代表了现代中国人生的一角,《彷徨》中这两篇也只能表现了

---

① 茅盾:《读〈倪焕之〉》,《文学周报》1929年第8卷第20期。
② 茅盾:《庐隐论》,《文学》1934年第3卷第1期。

第二章 茅盾：游刃于宏阔时代的社会肌理

'五四'时代青年生活的一角；因而也不能不使人犹感到不满足"①。这些评论，未免苛刻而失之偏颇，表现了茅盾批评的局限与失误。类似情况也发生在他对徐志摩等人的批评上。

可贵的是，茅盾在强调文艺功利性批评的同时，也深谙文艺的独特审美价值。早在1920年茅盾就曾指出："文学是思想一面的东西，这话是不错的。然而文学的构成却全靠艺术……欲创造新文学，思想固然要紧，艺术更不容忽视。"②"文学之必须先具有美的条件是当然的事"，"没有审美观念的作用，便不能有文学。"③1925年，在《论无产阶级艺术》一文中，他又明确提出："在艺术上的内容与形式问题，无产阶级作家应当承认形式和内容须得谐和；形式和内容是一件东西的两面，不可分离的。无产阶级艺术的完成，有待于内容之充实，亦有待于形式之创造。"在文艺批评中，茅盾一直都坚持着社会思想批评与艺术审美批评的统一。他之所以高度评价鲁迅的作品，是因其不仅具有深刻的思想内容，也具有多样的艺术形式。他把鲁迅看成是"创造'新形式'的先锋"，认为"《呐喊》里的十多篇小说几乎一篇有一篇新形式"④。

茅盾重视文学的审美属性，还表现在他对文学作品缺乏艺术性的批评上。他最早写作的综合性评论文章《春季创作坛漫评》和《评四五六月的创作》，就包含了对文学创作缺乏艺术性的不满和厌弃。他赞美《黄金》是王鲁彦"最好的作品"，却批评短篇集《柚子》中的《小雀儿》和《毒药》是"教训主义色彩极浓的讽刺文"，并直言不讳地宣称："我以为小说就是小说，不是一篇'宣传大纲'，所以太浓重的教训主义的色彩，常常会无例外地成了一篇小说的 menace 或累赘。"⑤茅盾还对"革命文学"中存在的一些不良倾向提出了尖锐批评。比如"脸谱主义"地描写人物、类似"宣传大纲"式的图解概念、"方程式"地布置故事、带有浓重的教训主义色彩或插着一条"光明"的尾巴等。他说：

我们这文坛上，前几年盛行着一种"公式"。结构一定是先有些压迫的

---

① 茅盾：《读〈倪焕之〉》，《文学周报》1929年第8卷第20期。
② 茅盾：《小说新潮栏宣言》，载《茅盾文艺杂论集》（上），上海文艺出版社1981年版，第6页。
③ 茅盾：《告有志研究文学者》，《学生杂志》1925年第12卷第7号。
④ 茅盾：《读〈呐喊〉》，载《茅盾论创作》，上海文艺出版社1980年版，第109页。
⑤ 茅盾：《王鲁彦论》，《小说月报》1928年第19卷第1期。

民众在穷苦愤怒中找不到出路，然后飞将军似的来了一位"革命者"——一位全知全能的"理想的"先锋，热刺刺地宣传起来，组织起来，于是"羊群中间有了牧人"，于是"行动"开始，那些民众无例外地全体革命化。人物一定是属于两个界限分明的对抗的阶级，没有中间层，也没有"阶级的叛徒"；人物的性格也是一正一反两个"模子"，划一整齐到就像上帝用黄土造成的"人"。故事的发展一定就是标语口号的一呼一应，人物的对话也就像群众大会里演说那样紧张而热烈，条理分明。①

针对"革命文学"初期创作的幼稚粗糙，茅盾为其开了一剂"药方"，他认为新文学"要有灿烂的成绩，必然地须先求内容与外形——即思想与技巧，两方面之均衡的发展与成熟。作家们应该觉悟到一点点耳食来的社会科学常识是不够的，也应该觉悟到仅仅用群众大会时煽动的热情的口吻来做小说是不行的。准备献身于新文艺的人须先准备好一个有组织力、判断力，能够观察分析的头脑，而不是仅仅准备好一个被动的传声的喇叭；他须先的确能够自己去分析群众的噪音，静聆地下泉的滴声，然后组织成小说中的人物的意识；他应该刻苦地磨炼他的技术，应该拣自己最熟悉的事来描写"②。这对当时刚刚起步的"革命文学"无疑具有很好的指导意义，只可惜意气偏执的太阳社、后期创造社等革命作家并没有虚心接受这些宝贵的建议。

二、博大宽容的批评风范

茅盾在文学批评中始终坚持实事求是的精神，不溢美，不隐恶，不以个人好恶和宗派情绪对待作家作品。

茅盾最早以敏锐的目光与深刻的洞察，肯定了鲁迅在文学史、思想史上的崇高地位，显示出他作为一个批评家的真知灼见。鲁迅的小说发表后，在社会上引起巨大反响，有褒有贬，人们的见解"难得一律"。创造社的成员成仿吾在《〈呐喊〉的评论》一文中，几乎对鲁迅的小说予以全盘否定。茅盾则持相反的看法。他认为《狂人日记》是"前无古人的文艺作品"，是"新文学进军的号

---

① 茅盾：《〈法律外的航线〉读后感》，载《茅盾论创作》，上海文艺出版社1980年版，第251页。
② 茅盾：《读〈倪焕之〉》，《文学周报》1929年第8卷第20号。

角",《阿Q正传》"实是一部杰作",其主人公阿Q是"不朽的典型"。① 同时,茅盾对鲁迅作品中的缺点与不足也并不讳言。比如,前面提到的他对《呐喊》《彷徨》时代性不足的指正,虽然近乎苛责,但也显示了批评家的独到眼光与气魄。而对老友叶圣陶的《倪焕之》,茅盾在称其为"扛鼎之作"的同时,又指出其结构上的缺憾以及描写上的草率、空浮;对王统照的《山雨》,茅盾在充分肯定其成就的同时也指出其不足之处。最能体现茅盾批评的客观、公正性的当数对《地泉》的批评。阳翰笙是茅盾的至交,他请茅盾为自己的《地泉》再版写篇序言,茅盾却不避交情,毫不留情地指出了这部小说的公式化、概念化倾向,认为《地泉》三部曲"只是'深入''转换''复兴'三个名词的故事体的讲解",而全然没有艺术的魅力和感人的力量,并由此建议"作家们还应当更刻苦地去储备社会科学的基本知识,更刻苦地去经验复杂的多方面的人生,更刻苦地去磨炼艺术手腕的精进和圆熟"②。

健康的文艺批评从来都不是宗派斗争的武器。二十年代初期,文学研究会与创造社之间曾爆发过激烈的文字之战,作为文学研究会的主要批评家,茅盾却没有一味陷入派别之争的泥淖,他以严谨、公正的批评风范对创造社诸成员的创作进行了客观评价。1921年5月,郭沫若的《女神之再生》刚刚发表,茅盾就在《文学旬刊》第二期上撰文介绍:"这是一篇诗体的剧本,用了古代的传说来描写现代思想的价值与其缺陷,委实不是肤浅之作。近来国内很有些人乱谈什么艺术,然而了解艺术的人,实在很少。对于郭君此篇我不能不佩服为'空谷足音'。"③ 茅盾对郁达夫的小说也曾叹赏其艺术的"惊才艳艳",并率先肯定田汉"力丰思足"的想象才能,而且还对张资平早期的作品也曾给予好评。对作为论敌的创造社尚能作出如此的肯定,这足以表明茅盾艺术视野的广阔以及他海纳百川的气度。

茅盾从新文学的建设和发展着眼,对各种文艺思潮、流派,不同审美形式和艺术探索,都给予理解与宽容。而对新人新作的提携与奖掖,则更体现了一位批评家宽容宏阔的艺术胸襟。

---

① 王建中:《茅盾对文学批评建设的历史贡献》,载《茅盾研究》第5辑,文化艺术出版社1991年版。
② 茅盾:《〈地泉〉读后感》,载《茅盾论创作》,上海文艺出版社1980年版,第247-248页。
③ 茅盾:《我走过的道路》(上),人民文学出版社1981年版,第196页。

丁玲1928年发表《莎菲女士的日记》时，还是个名不见经传的作者，茅盾并不因此而对她不屑一顾。在与女作家冰心的对比中，他看到了丁玲出现文坛时的新姿态，即满带着"五四"以来的时代烙印。他指出，"她的莎菲女士是心灵上负着时代苦闷的创伤的青年女性的叛逆的绝叫者"，"是'五四'以后解放的青年女子在性爱上的矛盾心理的代表者"，对作品的时代意义作出了肯定。同时，茅盾又指出："但那时中国文坛上要求比《莎菲女士的日记》更深刻更有社会意义的创作。"暗示作家不能太脱离当时轰轰烈烈的无产阶级革命运动。这种既肯定又指明创作方向的批评，对年轻作家的创作无疑具有很好的指导作用。

沙汀也是茅盾一手扶植起来的作家。他的第一部短篇小说集《法律外的航线》出版后，茅盾撰文称赞说："这是一本好书！"好就好在它冲破了"革命文学"中盛行的某些"公式"，"用了写实的手法，很精细地描写出社会现象，——真实的生活的图画"。从而创造出"我们中国的'新'写实主义"！[①]而其中的一篇《码头上》，却未能摆脱"公式"化的遗毒。沙汀对茅盾的谆谆教诲终生难忘，他回顾这段往事时说：茅盾的真知灼见，"是我国老一辈革命作家对文学新兵的深切关怀！他的评介，使我有勇气把创作坚持下去"[②]。茅盾对臧克家的评论，给困难中的青年诗人以无限安慰。臧克家的第一部诗集《烙印》，遭遇书店老板的白眼，不得不自己出资刊印。茅盾却充分肯定了他的"第一次收获"，认为他是青年诗人中"最优秀中间的一个"，并对他朴素的诗风给予赞誉。同时，茅盾也没有掩饰对诗人的批评。他认为虽然诗人"是一位不肯逃避现实的人，他有和'磨难'去苦斗的意志，但是他又不敢确信自己的力量和自己的方向，而他这'不敢确信'就因为他对于现实还没有确切的认识"。"因而他的诗就缺乏一种'力'，一种热情"[③]。当有人以单一的文体观念来看待《呼兰河传》，认为它"没有贯穿全书的线索，故事和人物都是零零碎碎，都是片段的，不是整个的有机体"，因而认为这"不是一部小说"时，茅盾提出了自己的见解："要点不在《呼兰河传》不像是一部严格意义的小说，而在于它这'不像'之外，

---

① 茅盾：《〈法律外的航线〉读后感》，载《茅盾论创作》，上海文艺出版社1980年版，第249-251页。

② 沙汀：《沉痛的悼念》，载《忆茅公》，文化艺术出版社1982年版。

③ 茅盾：《一个青年诗人的"烙印"》，载《茅盾论创作》，上海文艺出版社1980年版，第283-284、286页。

还有些别的东西——一些比'像'一部小说更为'诱人'些的东西：它是一篇叙事诗，一幅多彩的风土画，一串凄婉的歌谣。"① 这段评论可谓切中肯綮，常常为后来的研究者引用。不仅如此，茅盾的评论还确立了《呼兰河传》在文学史上的独特地位，使它在中国乃至世界文学园地中占据了一席之地。

茅盾为中国现代文学培育出了一大批文坛生力军，这一功绩不可磨灭。丁玲在悼念茅盾的文章中说，他"是一位辛勤培植的园丁，把希望和关心倾注在文坛上的新秀。他写了很多激励后进的文章，评价新作家，推崇新作品。许多被他赞誉过的后辈，都会为自己的创作而怀念他，为自己能有所进步而感激他"②。想必这也是所有受茅盾培育、提携的青年作家的共同心声。

茅盾对文坛新生力量的扶持与奖掖，在中华人民共和国成立后，也依然坚持着。比如，对赵树理、姚雪垠、草明、杜鹏程、欧阳山、李准、茹志鹃、王愿坚等青年作家的创作，他都作出了热情宽容的评论。"以文艺如此幼稚的时候，而批评家还要发掘美点，想扇起文艺的火焰来，那好意实在很可感。即不然，或则叹息现代作品的浅薄，那是望著作家更其深；或则叹息现代作品之没有血泪，那是怕著作界复归于轻佻。虽然似乎微辞过多，其实却是对于文艺的热烈的好意，那也实在是很可感激的。"③ 茅盾以终生不倦的文艺批评为鲁迅的这段话作出了最好的注脚。

茅盾兼文艺活动家、文艺理论家、文艺批评家、翻译家和作家于一身，剖析社会的强烈欲求使他的批评密切关注着作家作品的时代性，良好的理论修养赋予他宏大严谨的批评结构与磅礴恣肆的文笔，而艺术视野的开阔、博大宽容的胸襟又使他的批评呈现出多样性的丰富形态。

三、风格独具的"作家论"

二十年代末到三十年代中期，茅盾写了八篇"作家论"型的批评文章，即《鲁迅论》《王鲁彦论》《读〈倪焕之〉》《徐志摩论》《女作家丁玲》《冰心论》和《落华生论》等。这种"作家论"的新型批评文体在中国现代文学批评史上

---

① 茅盾：《〈呼兰河传〉序》，载《茅盾论创作》，上海文艺出版社1980年版，第335页。
② 丁玲：《悼念茅盾同志》，载《忆茅公》，文化艺术出版社1982年版。
③ 鲁迅：《对于批评家的希望》，载《鲁迅全集》，人民文学出版社1981年版，第401页。

具有开创之功,为后来的文艺批评起到了样板的示范和规范作用。同时,写作这几篇"作家论"之时,正是茅盾吸收马克思主义确立社会学—美学批评的过程。我们可以以这些"作家论"为切入点,从中窥探茅盾这一阶段文艺批评的基本视角和范式。茅盾的文艺批评富于整体意识,他从来不枝枝节节地进行评价,而是注重总体的把握与全面系统的研究,以洋洋洒洒的笔致力图显示作家作品全貌,并由此勾画时代主潮和文学发展、社会前进的方向。

早在1921年,茅盾就撰写了《春季创作坛漫评》《评四五六月的创作》。这两篇文章实际上是对新文学小说创作的一个阶段性总结。他悉心研究了数百篇小说,从思想和艺术方面鸟瞰式地指出了当时创作的倾向。1927年11月,他在《小说月报》上发表了著名的《鲁迅论》,全面分析了"五四"以来鲁迅的著作和思想,对鲁迅在新文学运动中前十年的业绩作出了很好的总结。接着,茅盾写出了系统的作家论:《读〈倪焕之〉》《王鲁彦论》《徐志摩论》《庐隐论》《冰心论》《落华生论》等,一直到1935年为《中国新文学大系》小说一集写导论,用他的批评文字对新文学运动第一个"十年"主要作家的成就和弱点进行了颇为全面的评估。粗看起来,由于历史的机缘,他评论的对象大多放在文学研究会方面,可他的评论视野却始终关注着整个文坛。比方《读〈倪焕之〉》,就决不能将其视为一篇单纯的作家作品论。他几乎鸟瞰式地考察了整个前十年文学发展的状况,对鲁迅、创造社作家和文学研究会作家的创作发表了许多精到之见。[1]同样,从丁玲的短篇小说《水》中,茅盾看出了"不论在丁玲个人,还是文坛全体,这都表示了过去的'革命与恋爱'公式已经被清算"[2],从而准确地把握住了作品的时代意义。透过"布尔乔亚的代表诗人徐志摩"短暂的一生,茅盾看到了"百年来的布尔乔亚文学已经发展到最后一阶段,除了光滑的外表和神秘缥缈的内容而外,不能再开出新的花束了"[3],而这种悲哀又不是徐志摩一人的。此外,他的"冰心的'三部曲'"论、"庐隐的停滞"论,都能从宏观的角度对作家作品主题的发展作出精当的评价,并有力地指导了当时的创作。

茅盾的"作家论",是在"革命文学论争"的背景下写成的,同时它又体现

---

[1] 邓牛顿:《茅盾在中国现代文学批评史上的地位》,载《茅盾研究资料》第4辑,文化艺术出版社1990年版。
[2] 茅盾:《女作家丁玲》,载《茅盾论创作》,上海文艺出版社1980年版,第218页。
[3] 茅盾:《徐志摩论》,载《茅盾论创作》,上海文艺出版社1980年版,第175页。

第二章 茅盾：游刃于宏阔时代的社会肌理

了左翼文艺思潮的变迁。最早写的《鲁迅论》《王鲁彦论》以及《读〈倪焕之〉》，显然更多地带有总结"五四"新文学现实主义经验的意思，因而比较尊重作家创作的选择及其特殊的艺术追求，也较注意审美的评判。这时茅盾的批评是比较宽容和切实的。但到1933年写的《徐志摩论》《冰心论》等，则明显受"唯物辩证法创作方法"的观念影响，评价就带有"左倾"机械论的味道。1934年写的《落华生论》有深解而不呆板，可以说是诸篇中最有批评家识力的一篇，其时左翼文坛已开始批判和清算"拉普"等左的思潮影响，茅盾也在稍稍转变自己原先比较机械的批评方法角度，放手发挥其批评的才华。[①]

茅盾的"作家论"有一个明显的特点，就是运用阶级分析的方法，对作家作品进行阶级意识的考察。茅盾接受了马克思主义的社会—历史批评模式之后，就更注重从阶级分析上把握作品，对作家的写作立场作出阶级性质的判断，以此作为评论作品意识形态的主要依据。这种批评格外看重社会、时代的外部关系，坚信创作的意识形态主要由作家的思想立场及所处的时代决定，重点在于意识形态阶级属性的评析。1932年的《徐志摩论》，就蒙上了这一批评模式的阴影。茅盾运用阶级分析的方法，从思想和政治倾向上对徐志摩的一生和创作作了论定，称其为"中国布尔乔亚'开山'的同时又是'末世'的诗人"。作为一篇作家专论，茅盾却没有提及徐志摩最有影响的代表作，也没有论述徐志摩对新诗艺术的追求和贡献，这样的批评未免偏颇。

茅盾主张文学要努力反映"全般的社会现象"和"全般的社会结构"[②]，以表现广阔、博大、热烈的时代社会。因而他认为那些只描写个人的"身边琐事"，或一己的"寄慨写意"，就太狭窄了。以此为基点，茅盾把题材的选择视为批评的切入点，坚信"一个作家在某一时期的宇宙观和人生观在他所处理的题材中也可以部分地看出来"[③]。在他看来，作品题材与时代主流（如革命斗争、工农生活）的距离远近，可以说明其社会性、时代性的强弱，据此还可以观察作家创作思想的进步与否。《冰心论》中的否定很大程度上是针对表现对象的，"在所有'五四'时期的作家中，只有冰心女士最最属于她自己。她的作品中，

[①] 温儒敏：《中国现代文学批评史》，北京大学出版社1993年版，第113页。
[②] 沈雁冰：《小说研究ABC》，世界书局1928年版。
[③] 茅盾：《庐隐论》，《文学》1934年第3卷第1期。

不反映社会,却反映了她自己,她把自己反映的再清楚也没有。"① 而对她的作品,茅盾另眼相看的却只有《分》和《冬儿姑娘》,因为它们展现了严酷的社会现实和阶级对立。茅盾对庐隐早期"注目在革命性的社会题材","在思想上和技术上都还幼稚"的不知名作品赞赏有加,而对其《海滨故人》等带有自叙传色彩的作品却颇为不满,并称之为"庐隐的停滞",这并不符合实际。茅盾从题材的社会意义出发,认为写社会底层工农生活的作品更应受到重视。到写作《女作家丁玲》时,"题材决定论"的倾向就相当明显了,单是作者"努力想表现这时代以及前进的斗争者"的意图,他就非常赞许,至于这意图达到与否,则按下不提或虚晃一枪过去。虽然茅盾曾对"革命文学"中存在的题材决定论倾向进行过强烈的批驳:"如果把书中人物的'落伍'就认作是著作的'落伍',或竟是作者的'落伍',那么描写强盗的小说作家就是强盗了么?"② 然而他终于也难逃其贻害,跌进了机械论的泥淖。

前面我们已经提到,茅盾力图在文艺批评中坚持社会—历史批评与审美批评的统一,但这两方面的批评在他的"作家论"中却是失衡的,艺术审美批评沦为政治思想批评的附庸。除《落华生论》之外,在其他几篇"作家论"中,茅盾的注意力主要集中在题材、主题、人物身上,对结构、语言、风格等渐渐忽略不提了。《王鲁彦论》中,谈到描写手腕的"自然和朴素",也指出人物对话"太欧化太通文了些"的毛病。评《倪焕之》时论争中尚不忘推敲了一番作品结构和形象塑造,《徐志摩论》中,只有一句"章法很整饬,音调是铿锵的"。至于冰心和丁玲,则一字不着。茅盾"作家论"中所呈现出来的这种内容与形式批评的失衡,使其批评实践与他的理论主张产生了矛盾。

尽管在我们今天看来,茅盾的"作家论"还存在这样或那样的缺失,但它们"不仅有许多是开拓草莱,独具慧眼的佳作,而且它们从一个侧面,记录了中国现代文学的发展轨迹,具有重要的史料价值"③。不仅如此,茅盾以作家论的文体和社会学批评的思想原则和方法论相契合相对应,共同适应了时代对文学批评的要求,在现代文学批评史上具有开创性的意义。

---

① 茅盾:《冰心论》,载《文学》1934 年第 3 卷第 2 期。
② 茅盾:《读〈倪焕之〉》,《文学周报》1929 年第 8 卷第 20 号。
③ 茅盾:《〈茅盾论创作〉编后记》,载《茅盾论创作》,上海文艺出版社 1980 年版,第 610 页。

第三章　巴金：永生在青春的原野

巴金是位跨世纪的作家。他一生追求光明，辛勤笔耕，为读者奉献了一千五百余万字的创作与译著。他的作品被译成三十多种文字，在世界上广为流传，如一股青春激流，荡涤着千万读者的心。

自二十年代登上文坛，巴金就引起了评论界的广泛关注，此后的巴金及其作品一直都是文学研究的聚焦点。但是，巴金对有些研究并不满意。他说："我看见了好些批评我的过去的作品的文章，那些批评者无论是赞美或责备我，他们总走不出一个同样的圈子：他们摘出小说里面的一段事实或者一个人的说话就当作我的思想来解剖批判。他们从不想把我的小说当作一个整块的东西来观察研究。"[①] 作家希望自己的作品世界能够被当作一个整体来审视研究，而不是被肢解分割得支离破碎。巴金的"主要作品都是在一九二七到一九四六年这二十年中间写成的"[②]。所以，在本章中，笔者就尊重巴金本人的意愿，对他这二十年间的主要创作分前后两期进行系统考察，以求从整体上把握作家的思想。

第一节　青春激情的呐喊

巴金前期的小说创作十分丰富，有十二部中长篇小说和六十多篇短篇小说。题材也十分广阔，有异域题材小说，如《亚丽安娜》《房东太太》《洛伯尔先生》等；有历史小说，如《罗伯斯庇尔的秘密》《马拉的死》《丹东的悲哀》等；有描写工人、农民等下层民众悲苦与反抗的小说，如《砂丁》《萌芽》（《雪》）、

---

① 巴金：《萌芽·付印题记》，载《萌芽》，现代书局1933年版。
② 《巴金文集·前记》，人民文学出版社1958年版。

《抹布集》等；但更能体现作家创作特色的是那些描写革命青年的作品：或描摹从事社会斗争的革命青年的内心世界，如《灭亡》《新生》《爱情的三部曲》等；或批判封建旧家庭并探索觉醒青年的出路，如以《家》为代表的《激流三部曲》。这些充溢着青春魅力的作品，抓住了青年迫切关心的诸多问题：革命、爱情、自由、牺牲等，又感受着青年的迷惘、痛苦、焦灼与憧憬、追求。渗透作品的是鲜明的爱憎、如火的激情、青春的呐喊，浪漫与热情燃烧了青年的心。新文学史上迎来了一个迷人的"巴金的时代"①。

一、在暗夜里绝望呼叫的英雄

1927年3月至1928年8月，巴金在法国完成了他的第一部小说《灭亡》。1929年1月至4月，它在《小说月报》上连载"给不同立场的人们以极大的震动"②。许多读者纷纷写信给编辑部问巴金是谁。同年10月，《灭亡》印单行本。开明书店这样介绍说："《灭亡》在《小说月报》上发表的时候，即蜚声文坛，万人传诵，群推为现代文坛不可多得的佳作。"③ 著名的文学史家王哲甫在回顾1929年文坛时也说："这一年出版的小说虽多，但是轰动当时文坛的杰作，当首推《小说月报》上登载的巴金的《灭亡》。"④

一个名不见经传的年轻人的作品何以能够吸引读者与批评家的注意呢？一方面是因为它"和一般描写革命的作品不同，不仅感情充沛炽烈，笔力恣肆雄劲，且能在紧张的情节之中，依据人物性格自身发展的逻辑，比较细致逼实地展示出主人公矛盾的思想和复杂的心理；同时，巴金那清丽而流畅的语言，也使作品增色"⑤。另一方面因为作品是把杜大心作为一个悲剧英雄来处理的，"'五四'以来的新文学大都充溢着伤感情调，很少英雄至上的气象，巴金的《灭亡》终于让读者有了自己的英雄，尽管是一个在暗夜里绝望呼叫的英雄"⑥。

就这样，巴金以热烈的革命激情与较好的艺术笔法将大革命前后小资产阶级

---

① 曹聚仁：《文坛五十年》（续编），香港新文化出版社1973年版。
② 知诸：《巴金的自译考察》，《现代文学评论》1931年第2卷第3期、第3卷第1期合刊。
③ 编者：《"开明书店"一九二九年十月份出版新书》，《开明》1929年第2卷第5号。
④ 王哲甫：《中国新文学运动史》，北平杰成书局1933年版，第79页。
⑤ 李存光：《巴金民主革命时期的文学道路》，宁夏人民出版社1982年版，第34页。
⑥ 钱理群等：《中国现代文学三十年》（修订本），北京大学出版社1998年版，第260页。

革命青年的内心世界描摹出来。同类作品除《灭亡》外，还有《新生》（一稿 1930 年，二稿 1931 年）、《死去的太阳》（1930 年）和《爱情的三部曲》（1931—1933 年）等。其主人公都憎恨、反抗黑暗社会，追求光明，但周围无边的黑暗却使他们陷入矛盾挣扎与苦闷彷徨中。茫茫暗夜里，绝望的英雄斗士发出了悲愤、焦灼的呼号。

（一）殉道者的灵魂的呼号

二十世纪二十年代，中国历史的车轮陷顿于坎坷颠踬之途，多灾多难的中国民众又一次被抛至生存的崩溃边缘：交叠不休的水旱灾害，地主阶级的凶残欺害，各色资本家的疯狂压榨，再加上军阀混战的烧杀奸掠，帝国主义与国民党反动派的血腥屠杀……处在这样一个乌烟瘴气的魑魅世界，任何有正义感的人，特别是青年，都无法做到静默而坦然，反抗的怒火在胸中燃烧。身处异地的巴金也不例外。他宣布："我第一个拿起笔来作武器，来给他们冲锋。……向着这垂死的社会发出我的最后的呼声'J'accuse（我控诉）'来。"①

巴金以笔下人物的眼光来折射这个世界的黑暗，并将此作为描写人物思想的一个重要基础。例如，《灭亡》一开头就写道，戒严司令秘书长的汽车压死了人却扬长而去；在菜市场，那位八九岁的瘦弱小孩儿只因偷了一根萝卜就遭到凶悍妇女的毒打；还有那挑着箩筐叫卖五个孩子的山东汉子；那像牲口一样吃力地拉着粪车的老祖父与小孙女；大餐馆的玻璃窗内是热气腾腾的精美食品，窗外却是许多只饿得发绿的眼睛……就是这一幅幅活生生的画面激起了杜大心的愤怒与痛楚，他不顾严重的肺结核病，为反抗专制制度而拼命工作，最终献出了生命。

巴金的爱，巴金的泪水，是给予那些被剥削、被侮辱与被损害的人的。他以忧郁悲愤的笔，为他们鸣冤叫屈；同时，对黑暗的憎恨又滋生出反抗的激情。1935 年，巴金在回顾自己的写作生活时说："我的作品中无论笔调怎样不同，而贯穿全篇的基本思想却是一致的。自从我执笔以来就没有停止过对我的敌人的攻击。我的敌人是什么？一切旧的传统观念，一切阻止社会进化和人性发展的不合理的制度，一切摧残爱的势力，它们都是我的最大的敌人。我始终守住我的营

---

① 巴金：《〈春天里的秋天〉·序》，载《春天里的秋天》，开明书店 1932 年版。

垒，并没有作过妥协。"①

巴金说："我的生活是一个痛苦的挣扎，我的作品也是的。我的每篇小说都是我的追求光明的呼号。光明，这就是我许多年来在暗夜里所呼叫的目标，它带来一幅美丽的图画在前面引诱我。同时惨痛的受苦的图画，像一根鞭子那样在后面鞭打我。在任何时候我都只有向前走的一条路。"② 他作品中的知识青年也都在执着地追寻着，"他们所追求的都是同样的东西——青春，生命，活动，幸福，爱情，不仅为他们自己，而且也为别的人，为他们所知道，所深爱的人们"③。所以，他希望自己的文章能够"广泛地被人阅读，引起人们对光明爱惜，对黑暗憎恨"。这也体现了他对文艺使命的认识："艺术算得什么？假若它不能给多数人带来光明，假若它不能够对黑暗给以一个打击。"④ 从这些话中，我们可以看出，巴金是坚持文艺的战斗性的。

(二) 矛盾的网

没有找到真正引向未来的革命力量，追求光明的努力在强大的黑暗现实面前便显得苍白无力。"杜大心"们注定陷入绝望的苦痛中，这就是他们的根本矛盾所在。由这一矛盾为基点，又派生出其他各色各样的矛盾。矛盾，不仅是巴金的和其作品主人公的，也是那个时代青年知识分子中的一种典型性格。

杜大心就是一个充满矛盾的人。他觉得自己"心里只有黑暗"，"再也滴不出一滴爱泉来"。他说："至少在这个人掠夺人，人压迫人，人吃人，人骑人，人打人，人杀人的时候，我是不能爱谁的，我也不能叫人们彼此相爱的。"并因此拒绝了女友李静淑的爱。这使李静淑感到震惊。因为她与哥哥李冷都信奉"博爱"的哲学。李静淑"相信人应该彼此相爱，互助地、和平地生活着"。"别人犯了过错，我们应该怜悯他们，我们应该以我们的爱来圣化他们，洗净他们的罪过"。爱憎之间，体现了杜大心的矛盾，他想弃绝爱，但终又离不开爱。其实，这也体现了巴金本人的矛盾。

---

① 巴金：《文学生活五十年》，《花城》文艺丛刊1980年第6期。
② 巴金：《写作生活的回顾》，载《巴金短篇小说集》第一集，开明书店1936年版。
③ 巴金：《〈复仇〉自序》，载《复仇》（新中国文艺丛书），新中国书局1931年版。
④ 巴金：《灵魂的呼号》，《大陆杂志》1932年第1卷第5期。

巴金说:"杜大心的思想里面含有不少的矛盾,而且这个矛盾是永远继续下去的,崔皎君说得好:'等到这矛盾止了的时候便是杜大心毁灭的时候。'我承认,我的过去某一个时期的思想确实是那样,而且也矛盾得厉害……"① 爱与恨的矛盾一度困扰着巴金,他说:"我有一个哥哥,他爱我,我也爱他,然而因了我的信仰的缘故,我不得不与他分离,而去做他所不愿意我做的事了。……我有一个'先生',他教我爱,他教我宽恕。然而因了人间的憎恨,他,一个无罪的人,终于被烧死在波士顿查理斯监狱的电椅上了。……我常常犯罪了!因为我不能爱人,不能宽恕人。为了爱我的哥哥,我反而不得不使得他痛苦;为了爱我的'先生',我反而不得不背弃了他所教给我的爱和宽恕,去宣传憎恨,宣传复仇。我是常常在犯罪了。"② 不止爱与恨的矛盾,巴金说自己陷入了"矛盾的网"——"爱与憎的冲突,思想与行为的冲突,理智与情感的冲突,理想和现实的冲突,……这些织成了一个网,掩盖了我的全部生活,全部作品。我的生活是一个苦痛的挣扎,我的作品也是。"③ 崇尚真实的巴金,在自己的作品中,毫不掩饰地把心底里的话抖落给读者,其中呈现出赤裸裸的矛盾。

巴金的最大矛盾还体现在他对作品主人公及其思想、行为的态度上,尤其是对他们的行刺、暗杀等自我献身牺牲精神,作家陷入了理智与情感的冲突中。《灭亡》《新生》《爱情的三部曲》等作品中,激进的"革命者"几乎有一个共同的特点,那就是甘愿灭亡,追求灭亡。他们都把"死"当作一种崇高的革命境界。《电》里面的敏就说:"我只希望早一天得到一个机会把生命牺牲掉。"方亚丹牺牲后,"他全身染了血,但嘴唇上留着微笑"。《雨》里面的高志元说:"反正我们是要死的。如果不能够毁掉罪恶,那么就率性毁掉自己也好。"《新生》中的李冷在被处决前宣示:"死是冠,是荆棘的冠。让我戴上这荆棘的冠昂然地走上牺牲的十字架。""我用我的血来灌溉人类的幸福,我用我的死来使人类繁荣。"杜大心更是衷心祈盼死神的降临:"他把死当作自己的义务,想拿死来安慰他一生中的长久不息的苦斗,因此他一旦知道死就在目前了,自己快要到了永久的安息地,心里也就很坦然了。他反而觉得快乐,因为他已经找到了一条

---

① 巴金:《〈灭亡〉作者底自白》,《开明》1930年第22期。
② 巴金:《〈灭亡〉序》,原载《灭亡》(微明丛书),开明书店1929年版。
③ 巴金:《灵魂的呼号》,《大陆杂志》1932年第1卷第5期。

路可以终止他的一生的苦痛了。"因此,他高唱着"灭亡进行曲"而慷慨赴死。

巴金这样评价杜大心:"我自己是反对他采取这条路的,但我无法阻止他,我只有为他的死而哭。""我虽然不是杜大心的信徒,但我爱他"。① 所以,杜大心是以一个殉道者的形象出现的,他时刻准备献身革命事业,"他自己的命运是决定的了:监禁和死亡。他决定要做一个为同胞复仇的人,如果他不能够达到目的,那么,他当以自己的壮烈的牺牲去感动后一代,要他们来继续他的工作,所以对于他,命运愈悲惨愈好"。

巴金之所以对自我牺牲精神持尊崇敬仰的态度,这与他受无政府主义与俄国民粹派的影响有关。巴金曾谈到他最初接受无政府主义影响时的情景:"后来我得到了一本小册子,就是克鲁泡特金的《告少年》。我想不到世界上还有这样的书!这里面全是我想说而没法说得清楚的话。它们是多么明显,多么合理,多么雄辩。而且那种带煽动性的笔调简直要把一个十五岁的孩子的心烧成灰了。我把这本小册子放在床头,每夜都拿出来,用一颗颤抖的心读完它。读了流泪,流过泪又笑。……从这时起,我才明白地意识到正义的感觉。"② 此后,巴金就成了无政府主义的坚定信仰者。他说:"无政府主义是我的生命,我的一切,……不但过去如此,现在如此,将来也永远是如此。"③ 而自我牺牲的思想,又是克鲁泡特金最为推崇的,这对巴金影响很大。他说:"一个朋友说:'我若是灯,我就要用我的光明来照彻黑暗。'我不配做一盏明灯,那么就让我做一块木柴罢。我愿把我从太阳那里受到的热散发出来,把自己烧得粉身碎骨,给人间添一点温暖。"④

俄国民粹派对巴金的影响也很大。他说,"俄国虚无党人的暗杀史是世界革命史中最动人的最光荣的一页,……最初的虚无党人,都是极高尚的纯洁的青年,他们富于自己牺牲的精神;他们完全轻视自己身体的快乐,他们不重视自己的生命,为了理想,为了救他人的困苦……他们不顾危险,视死如归,因为他们相信他们的死便是达到他们革命的目的和方法。"⑤ 1928 年,巴金将其介绍研究

---

① 《〈灭亡〉作者底自白》,《开明》1930 年第 22 期。
② 巴金:《我的幼年》,《中流》1936 年半月刊第 1 卷第 1 期"作家自白栏"。
③ 巴金:《答诬我者书》,《平等》1928 年第 2 卷第 10 期。
④ 巴金:《旅途随笔·朋友》,上海生活书店 1934 年版。
⑤ 巴金:《革命的先驱》,上海自由书店 1929 年版。

无政府主义运动的文章收集在一起,再加上两篇介绍民粹派活动的文章——《断头台上》和《俄国虚无党人的故事》,汇编成册,这就是《革命的先驱》一书。巴金说了他写这本书的目的:"我自己早在心灵筑就了一个祭坛,供奉着一切为人民的缘故在断头台上牺牲了生命的殉道者,而且在这祭坛前立下了誓愿,就是只要我的生命存在一日,便要一面宣扬殉道者的伟大崇高的行为,一面继续他们的壮志前进。"①

但是,在理论上,巴金并不赞成恐怖暗杀行动。他强调无政府主义者反对的是制度,而不是个人,制度不消灭,杀了人也无用。"假若我们有力量足以起来革命,那么我们把特权者推翻,用不着暗杀了,若我们没有力量,则纵使杀了一、二人,流血数步,事实上所压制者又将起来,而民众仍在下面受苦,我们的进步仍不会有好的现象。"② 在具体创作中,巴金也揭示了单纯献身的无意义。如《灭亡》写杜大心谋刺戒严司令的结果是:"戒严司令并没有死。他正在庆幸因了杜大心的一颗子弹,他得了五十万现款,他的几个姨太太也添了不少的首饰。然而杜大心的头却逐渐化成臭水,从电杆上的竹笼中滴下来,使得行人掩鼻了。"《电》中的敏,要炸死旅长,结果旅长只受了点微伤,他自己却死了,甚至还破坏了革命团体的整个行动。这种写法符合生活本身的逻辑,作家对盲目献身的恐怖暗杀方式也作出了批判。

(三)爱情与革命

从写作《灭亡》开始,巴金在描写革命青年的作品中,就眷顾到了爱情与革命。围绕着它,作家就一系列文化、社会命题与时代现象作出了深刻反思与探索,正是这份深沉的思想力量使巴金笔下的爱情与革命超越了"革命文学"中的"革命+恋爱"。这里仅以《爱情的三部曲》为例,对这一问题作详细分析。

《爱情的三部曲》包括《雾》(1931年)、《雨》(1932年)和《电》(1933年)。其中,在第三部《电》之前还有一个间奏——短篇《雷》(1933年)。巴金说过,虽然他题名为《爱情的三部曲》,但他写的并非爱情史,主题也并非爱情。他说:"我所注意的乃是性格的描写,我并不是单纯地描写着爱情事件的本

---

① 巴金:《革命的先驱·断头台上》,上海自由书店1929年版。
② 巴金:《断头台上·无政府主义与恐怖主义》,上海自由书店1929年版。

身；我不过借用恋爱的关系来表现主人翁的性格。"① 正如作家所言，他在《雾》中对爱情的描写，的确是为了刻画周如水这一形象。

周如水是个犹疑懦弱的"多余人"。从日本留学归国后，在理想抱负无法施展的苦闷中，他爱上了温婉的张若兰。在这场爱情中，周如水暴露了性格中的深刻矛盾。一方面他深爱着张若兰，但又不能下决心舍弃父母给定的旧式发妻。没有见到张若兰时，他决定结束自己无爱婚姻的束缚，勇敢地向她求婚；但很快就被恐惧与不安代替，他害怕违背孝义，担心被社会道德唾弃，传统的道德观念使他在爱情面前退缩下来。所以，面对张若兰大胆的爱情表白，周如水陷入了矛盾撕扯的痛苦中。懦弱犹疑的性格最终使他选择了礼教良心。可悲的是，当他回乡任职后，才知道妻子已故去两年，而此时的张若兰已嫁作他人妻。

这是一个爱情悲剧，更是一个性格悲剧。巴金通过这个爱情故事，对周如水式的懦弱、动摇、犹疑、屈从的典型性格作了批判，这也是当时中国知识分子普遍存在的性格缺陷。对这种性格缺陷的暴露与批判，反映出作家沿着"五四"新文化运动的路子又向前作了进一步的探索与反思。

巴金创作《雾》就是为了批评畏首畏尾、首鼠两端的性格缺陷，而对爱情的描写则是为了突出这种性格。此后的《雨》《雷》《电》，其主题却随着作家思考的深化而不断发生着变迁。

《雨》中的爱情，就很难再说是作家仅为了表现人物性格而设的。巴金沿着《雾》中的一个枝节——爱情问题继续深入，对爱情在当下革命者生活中的地位作了探索。

主人公吴仁民是大革命失败后处于幻灭苦闷中的青年知识分子。在妻子病逝、朋友陈真暴死、情人郑玉雯当了官太太之后，吴仁民带着强烈的幻灭感沉溺于对熊智君的恋爱中。"他把拯救一个女的责任放在自己的肩头上，觉得这要比为人类谋幸福的工作还要踏实得多。"可是，当他发现为他出资结婚的"张太太"竟是郑玉雯时，就断然拒绝了。郑玉雯因为对吴仁民不能忘怀而自杀身亡。郑玉雯的反动官僚丈夫为此要逮捕吴仁民。熊智君为救吴仁民，牺牲自己委身于敌人。失去一切的吴仁民最后决定："以后甘愿牺牲掉一切个人享受去追求那黎

---

① 巴金：《〈爱情的三部曲〉总序》，载李存光编《巴金研究资料》（上），海峡文艺出版社1985年版。

第三章 巴金：永生在青春的原野

明的将来。他不再要求什么爱情的陶醉，把时间白白浪费在爱情的悲喜剧里面了。"

将《雨》与《雾》进行比较，可以看出主题向新的轨道发展了。如果说《雾》的思想是抨击封建伦理观念，鼓励青年大胆追求个性解放、恋爱自由的新生活；那么《雨》的思想则是批判小资产阶级的个人主义，鼓励青年追求革命、追求大众的幸福。《雨》涉及的内容已远远超过了爱情的范围，在对现实的描写上，更直接地触及时代的脉搏。①

虽然巴金说他的《爱情的三部曲》"既不写恋爱妨害革命，也不写恋爱帮助革命。它只描写一群青年的性格，活动与死亡"②。但《雷》确是写到了革命与恋爱的冲突。小说以匆促的笔致勾勒出少女慧与青年敏、德之间的三角恋爱关系。敏爱恋着大胆泼辣、富有魅力的慧；慧却爱着德；然而德认为恋爱会破坏革命事业，强压自己的渴望拒绝了慧。为爱情各自苦恼的德与敏，积极投身于革命工作中。最终德为掩护带着文件的敏而英勇牺牲。巴金的这篇小说，无论在题材选择、情节处理，还是艺术笔法上，都明显带有"革命+恋爱"的影子。比照着读一读孟超的《冲突》、蒋光慈的《野祭》、丁玲的《一九三〇年春上海》等"革命+恋爱"小说，他们对革命与恋爱冲突的描写何其相似！尽管巴金不是革命欲求十分强烈的作家，但轰动一时的"革命+恋爱"问题不能不引起他的关注与思考。这篇短小匆促的《雷》，恰是作家对这一问题思考的结果。

如果说《雷》与"革命+恋爱"小说在很多方面有相似之处的话，那么到了《电》，巴金对革命与恋爱的问题有了更进一步的思考，深沉的思索使它最终超越了一般的"革命+恋爱"小说。巴金说："《电》不能说是以爱情做主题的，它不是一部爱情小说；它不能说是以革命做主题的，它也不是一部革命小说。同时它又不是一部革命与恋爱的公式小说。它既不写恋爱妨害革命，也不写恋爱帮助革命。它只描写一群青年的性格、活动与死亡。这一群青年有良心，有热情，想做出一些有利于大家的事情，为了这个理想他们就牺牲了他们个人的一切。他们也许幼稚，也许常常犯错误，他们的努力也许不会有一点结果。然而他们的牺牲

---

① 艾晓明：《青年巴金及其文学视界》，四川文艺出版社1989年版，第230页。
② 巴金：《〈爱情的三部曲〉总序》，载李存光编《巴金研究资料》（上），海峡文艺出版社1985年版。

精神，他们的英雄气概，他们的洁白的心却使得每个有良心的人都流下感激的眼泪。"① 从这段话中，我们既可以看到巴金对当时流行的"革命+恋爱"公式化小说的批评，也可预见他在《电》中对革命与爱情的独特处理。

《电》写出了革命与恋爱的理想状态，这二者并不是对立的。明临死时吐露了他一向的疑问："我们有没有这——权利？"吴仁民安慰他而且解释道："为什么你要疑惑呢？个人的幸福不一定是和群体的幸福冲突的。爱并不是一个罪过。在这一点上我们和别的人不能够有什么大的差别。"

对爱情与革命这一问题，巴金在《爱情的三部曲》中作出了不断深入的思考。法国学者奥·布里埃（O. Briere, S. J.）对《爱情的三部曲》作了简短的总结："《雾》是爱与孝和忠贞的冲突；《雨》是爱与尚未成熟的青年心中革命信仰的冲突；《电》则是牺牲与献身事业精神战胜了那种理所当然地被降于次要地位的爱情。"② 这道出了《爱情的三部曲》在开掘爱情题材时发生的主题变化，而这确是巴金不断认识、不断思考的结果。

二、激流年代的一首长歌：《家》

自1931年起，巴金断断续续用了十年的时间，创作了著名的长篇小说《激流三部曲》——《家》《春》《秋》。《家》的出现，轰动了文坛，成为新文学史上的一块丰碑。它最早在1931年上海《时报》上以《激流》的名字连载发表，1933年由开明书店印成单行本，仅在中华人民共和国成立前就先后印发过三十多版③，销售数十万册。

小说描写的是五四运动之后，成都一个封建大家庭走向崩溃的故事。故事于较短的时间内——从1920年冬到1921年秋的八九个月时间，却集中揭露了封建家族制度的血腥罪恶，撕开了在温情脉脉的家庭关系掩盖下的阴谋倾轧、勾心斗角，暴露了所谓"诗礼传家"的封建大家庭的荒淫堕落。作品还描写了新思潮影响下一代青年的觉醒和反抗，从而昭示出封建大家庭必然崩溃的历史命运。

---

① 巴金：《〈爱情的三部曲〉总序》，载李存光编《巴金研究资料》（上），海峡文艺出版社1985年版。

② [法] 奥·布里埃（O. Briere, S. J.）：《中国现代作家巴金》，载李存光编：《巴金研究资料》（下），海峡文艺出版社1985年版，第97页。

③ 开明书店在1951年出版了第三十三版，为最后一版。以后就转由人民文学出版社出版。

《家》虽然将笔触聚焦于一个大家庭的日常生活，但是它又很自然地把五四运动时期成都地区发生的许多真实的、重大的事件，糅合在故事的进展里，不仅对新旧时代交替期封建大家庭的命运作了生动描绘，也展示了这个风云激荡的伟大时代的基本面貌。

《激流三部曲》是以巴金自己的家世经历为原型创作的。对旧式大家庭的诸种罪恶，巴金极为熟悉，也深有感触。他说："我出身于四川成都一个官僚地主的大家庭，在二三十个所谓'上等人'和二三十个所谓'下等人'中间度过了我的童年，在富裕的环境里我接触了听差、轿夫们的悲惨生活，在伪善、自私的长辈们的压力下，我听到年轻生命的痛苦呻吟。我感觉到我们的社会出了毛病，我却说不清楚病在什么地方，又怎样医治，我把这个大家庭当作专制的王国，我坐在旧礼教的监牢里，眼看着许多亲近的人在那里挣扎，受苦，没有青春，没有幸福，终于惨痛地死亡。他们都是被腐朽的封建道德、传统观念和两三个人一时的任性杀死的。"① 以大哥李枚尧为代表的年轻人的悲剧命运，点燃了作家愤怒的烈火。"为我大哥，为我自己，为我那些横遭摧残的兄弟姊妹，我要写一本小说，我要为自己，为同时代的年轻人控诉，申冤。"② 在创作过程中，作家不是冷眼旁观，简单地如实记录，而是带着强烈的爱憎感情，自小耳闻目睹的诸多生命惨剧又重新在脑中回放："书中那些人物都是我所爱过的和我所恨过的。许多场面都是我亲眼见过或者亲身经历过的。我写《家》的时候我仿佛在跟一些人一块儿受苦，跟一些人一块儿在魔爪下面挣扎。我陪着那些可爱的青年的生命欢笑，也陪着他们哀哭。我知道我是在挖开我的回忆的坟墓。那些惨痛的回忆到现在还是异常鲜明。在我还是一个孩子的时候，我就常常被逼着目睹一些可爱的青年生命横遭摧残，以至于得到悲惨的结局。那个时候我的心因为爱怜而痛苦，但同时它又充满恶毒的诅咒。"③ 作家撕开内心的伤痛，饱蘸着血泪来写作，《家》因此而充满强烈的青春激情——诅咒、控诉黑暗的旧制度，呼唤青年奋起抗争。这种激情极易打动、感染读者，使读者、作者和作品中的人物一起欢笑悲苦，共同走过一段血泪历程。

---

① 巴金：《文学生活五十年》，《花城》1980 年第 6 期。
② 巴金：《创作回忆录》，三联书店香港分店 1981 年版。
③ 巴金：《〈家〉跋》，载《家》，人民文学出版社 1953 年版。

(一) 黑暗的王国

　　《激流三部曲》是作家发泄积愤的"控诉"之作。尤其是在《家》中，巴金对封建家族制度的种种罪恶进行了公开的审判。巴金笔下的高公馆，无异于一个安排着无数人肉筵宴的黑暗王国。它是封建专制文化的一个缩影。巴金对家族宗法制的抨击，首先是通过高老太爷这一形象来体现的。高老太爷有"光荣的过去"，在清朝当过大官，凭着"精明能干"搞了一份大家业。他靠剥削农民得来的财富，养了一大群儿孙，有几十个丫头、轿夫、仆人服侍，过着穷奢极欲的寄生生活。他是这个家庭至高无上的主宰者，封建礼教的执法人，严格按照封建伦理纲常，建立家庭礼仪，统治着整个大家庭。

　　在小说中，高老太爷很少出场，但那张暗黄色的脸，微微睁开的眼睛，却始终给这个家罩上一层阴森森的恐怖气氛。他说话不多，但每一句都是金科玉律。他的意志就是无声的命令，谁也不能违抗。他爱说："我说对的，哪个敢说不对？我说要怎样做，就要怎样做！"他专横独断，唯我独尊，随意支配他人的命运。这个家庭的全部罪恶几乎都与他有关。比如，他不赞成觉新去国外读书，就断送了觉新的前程；他"希望有一个重孙"，就草草完成了觉新的婚事。他把儿孙当私产，以他们的婚姻大事为筹码，勾结反动势力进行罪恶交换，命令觉民与冯乐山的侄孙女成亲，使觉民差点儿走上觉新一样的老路。在高老太爷眼里，就连儿孙都成了任其摆布的傀儡，奴仆的命运也就可见一斑了。他要把鸣凤送给垂老的冯乐山做妾，一句吩咐就断送了一个鲜活的生命。鸣凤死后，婉儿又被推进了冯家的火坑。就在他死后，帮凶们还为了他去干害人的事。瑞珏的死，就是因为帮凶们怕产妇的血光冲犯了他造成的。专横，是一切专制制度代表人物的共有特征，他们的意志仍是家庭的最高主宰。

　　高老太爷的另一特点是虚伪。他道貌岸然，口口声声地说是为了"高家的门风"，要孙儿读"教孝戒淫"的书，要克定兄弟给儿女做榜样。但是骨子里，他喜好声色，年轻时"原也是荒唐的人物"，甚至到了儿孙满堂的年纪，还和儿子一道把唱戏的小旦弄进家里照相。他身边那个浓妆艳抹、走路扭扭捏捏的陈姨太，就是他道貌岸然的一个绝佳注脚。而他那些孔教会的朋友，"拼此残年极力卫道"的遗老们，表面上都是正人君子，实际上却无恶不作：发梨园榜，玩花旦，讨小老婆，父子勾结侮辱一个丫头，什么丑事都干得出来。五老爷克定的狡猾贪婪、荒淫堕落，也正是他精心教育、恣意放纵造成的。以高老太爷为代表的统治阶级，用他们自己的手撕破了封建宗法制的虚伪外衣，其道德的败坏预示着专制制度已走上了不可挽回的腐朽崩溃之路。

《家》主要将笔触伸向黑暗的高公馆，但作家并未把封建专制制度的罪恶局限在对一家一户个别现象的描写上，而是通过高公馆折射出广阔的社会生活画卷，揭示出封建势力网连罗织。作品写了冯乐山这样一个封建势力的代表性人物，写了督军、军长等军阀对学生运动的镇压以及他们之间的混战，还写了周伯涛、郑国光等顽固派乡绅的嘴脸。他们勾结在一起，顽固地维护着摇摇欲坠的封建制度。特别是冯乐山这个人物，作家虽没有用过多的笔墨去正面描写他，但他却如同一个罪恶的影子，始终追随在善良的青年男女身后。他强迫觉民配婚，逼嫁鸣凤致死，强占虐待婉儿，准备将淑英推入火坑；在社会上攻击学生运动，反对新思潮，在军阀混战中进行政治投机……从这一人物身上，我们看到了封建势力的丑恶顽固。《家》像一把利刃，无情地撕开了笼在封建势力身上的庄严外衣，呈露出专制制度溃烂腥臭的脓疮，使人不由得会发出"打倒这个制度"的强烈呼号。

在《激流三部曲》中，巴金对专制制度的强烈控诉，还找到了一个很好的切入点，即对女性悲剧命运的关注，显示了作家宽厚的人道主义情怀。在封建家庭中，妇女的地位最低，经受着最严酷的压迫与束缚，遭遇各种不幸与苦难。巴金以饱蘸同情的笔，写了一大批妇女的命运惨剧：鸣凤遭逼嫁而投湖自尽；梅、蕙等因封建专制的婚姻而抑郁惨死；缠足的陋习、对于女儿的歧视引起的无穷打骂迫使淑贞跳井；封建迷信和家庭倾轧致使瑞珏难产死亡；丫头倩儿的凄凉病死，婉儿被逼作老地主冯乐山的泄欲工具……这一切都揭示了妇女血淋淋的悲惨遭遇。无论是小姐还是丫头，在家族宗法制和陈腐观念的摧残下，丧失了青春、爱情、幸福和生命，她们都无法摆脱任人摆布宰割的命运，都被剥夺了起码的做人权利。这就是为什么琴喊出"我要做一个人"的悲声来的缘故，也是《家》具有震撼人心的控诉力量的一个重要原因。

巴金说："我写梅，我写瑞珏，我写鸣凤，我心里都充满着同情和悲愤，我还要说我那时候有着更多的憎恨。后来在《春》里面我写淑英、淑贞、蕙和芸，我因为有着这同样的心情。我深自庆幸我把自己的感情放进了我的小说里面，我代那许多做了不必要牺牲的女人叫一声：'冤枉！'"① 作家以颇富激情的笔触，叙述着一个个女性的悲剧命运故事，为她们喊冤叫屈，也发泄着自己的积愤。但是，作家并没有仅仅停留在控诉上。五四运动像一声春雷，把成千上万的青年惊醒了。高公馆的墙再高也抵挡不住时代激流的冲击，觉慧、觉民、琴出现了。一场争民主、争自由、争生存、反专制、反压迫、反愚昧的激烈斗争在高公馆内展开了。在新思潮的荡涤下，女性也看到了希望的曙光。巴金写了琴和许倩如，这是反抗力量的萌芽，虽然许倩如只是一个影子，而琴还正在觉醒的过程中，但作者至少歌颂了青春的生机与希望的火花。到了《春》《秋》中，不仅琴的性格有了进一步的发展，更有淑英的觉悟和成长，最终她也走上了觉慧那样的反抗道路。

（二）"一个幼稚而大胆的叛徒"

谈到《激流三部曲》，巴金说："我不是在写消逝了的渺茫的春梦，我写的是生活的激流。"② 小说之所以被称为"激流"，就是因为作家围绕一个专制家庭的崩溃，描写了觉慧、觉民、琴、淑英等一代青年新人的反抗与成长。其中，觉慧是觉醒最早的一个，也是作家着力刻画的一个艺术形象。

觉慧是高公馆的第三代。受"五四"新思潮的影响，他的文化心理发生了裂变。他看清了这个专制家庭的罪恶、腐朽、必然灭亡，朦胧地向往着一个崭新的世界。他决不走长辈安排他的"做绅士"的道路，不做地主阶级的继承人。封建家庭中卑鄙丑恶的明争暗斗，残酷血腥的死亡事件，更加剧了他逃离这个黑暗家庭的决心。他觉得这个大家庭就像沙漠，像狭小的笼子，而他需要的是生命，是青春的活力。于是他开始憎恨并诅咒这种生活，他要摆脱它，要冲破四周那无形的栅栏，去争取新生活与幸福。他不顾祖父的阻拦，参加了社会斗争，与青年学生一起举办进步刊物，撰写文章猛烈抨击旧家庭，与社会上的封建卫道士斗，与封建军阀斗，与传统观念和习惯势力斗；他责备觉新的怯懦软弱，批评他的"作揖主义"与"无抵抗主义"；鼓励梅表姐要跟环境抗争，"能够征服环境，

---

① 巴金：《家》，《文丛》1937年创刊号。
② 巴金：《关于〈激流〉》，载《创作回忆录》，三联书店香港分店1981年版。

就可以把幸福给自己争回来"；鼓动琴进男女同校的外专学习；帮助觉民通过逃婚来反抗封建专制制度。觉慧蔑视长辈的荒淫堕落，"感觉到自己的道德力量超过那个腐败的、脆弱的甚至包含着种种罪恶的旧家庭所能够抵抗的"。觉慧大胆地向丫头鸣凤表达爱情，鸣凤的惨死留给他无尽的伤痛，也增强了他与封建制度斗争到底的决心。他大声地宣布与这个旧家庭决裂："我一定要走！我偏偏要跟他们作对，让他们知道我是一个什么样的人。我要做一个叛徒。"最终，他离开了这个罪恶之家，走上了彻底反叛的道路。

当然，觉慧并不是完美无缺的英雄。他有一个成长的过程，也带着时代、出身和教养给他的许多弱点，甚至到作品的最后，他仍然是幼稚的。比如，他突破了传统等级观念的束缚，敢于对丫头鸣凤表白爱情，但是，又总希望鸣凤也出生在一个名门世家；最后不得不放弃了这种没有希望的爱情，说明他还是不能完全摆脱等级观念的影响。他同情弱小人物，憎恨把自己的快乐建立在别人的痛苦上的恶作剧，但他却找不到正确的方法去救助他们。他给求乞的孩子一点钱，立誓不坐轿子……可是，这些并不能真正改变被压迫者的处境。他和《黎明周报》的同事们都有着匡世济穷的抱负、献身事业的理想，但他们往往过分夸大自己的责任，总觉得自己像救世主一般，其实他们并没有找到明确的奋斗目标。觉慧的思想就是这样幼稚，而且充满了矛盾。唯其如此，他才真实地、典型地反映出"五四"时代先进青年共有的许多特征。在觉慧身上，巴金寄寓了自己对生活的理想与追求。

（三）"失掉了青春"的青年：觉新

觉新是在《激流三部曲》中作家成功刻画的又一个人物典型。在高公馆那一群小姐少爷中，觉新走的路最为艰难。他受苦最多，牺牲最大，默默承受着难堪的精神折磨。他的人生道路上洒满了血泪，交织着苦痛，是封建制度和封建礼教的受害者、牺牲者。

觉新自幼聪慧，优异的学习成绩使他对生活充满希望，满怀抱负。他"打算毕业后再到上海或北京有名的大学里去继续研究，他还想到法国去留学"。然而，就在他带着毕业文凭高高兴兴回到家中的时候，爷爷和父亲却硬要他当年结婚，不许出外深造。美好的理想就这样被旧家庭的专制扼杀。

觉新憧憬着幸福的爱情。他与姨表妹梅青梅竹马、两小无猜，彼此相互爱慕。可是这朵含苞待放的爱情之花却被封建礼教狂暴地摧折了。梅的母亲只因打牌时与觉新的继母发生了点儿摩擦，就拒绝了高家的婚事；觉新的父亲也用"拈阄"的办法，"给他挑选了另一个他不认识的姑娘"。温顺怯懦的觉新虽然伤心绝望，但还是毫无反抗地接受了。但梅的死亡，给他造成了难以愈合的精神创伤。

　　继理想与爱情破灭后，觉新的婚姻家庭也遭遇到旧礼教的荼毒。纯洁善良、宽容大度的瑞珏给予觉新不少温暖与慰藉。特别是得知觉新和梅的关系后，瑞珏压抑着自己内心的痛苦，真诚地关心安慰梅，体贴疼爱丈夫。这在一定程度上抚慰了觉新的心灵创伤。然而，不幸又再次降临。当瑞珏快要临产时，以陈姨太为首的长辈借口在家生孩子会冲犯高老太爷而有"血光之灾"，强迫瑞珏到城外分娩，致使瑞珏惨死在荒郊野外的一间茅屋里。这对觉新来说，无疑是一次致命的打击。他悲痛欲绝，几乎丧失了生活的力量与勇气。其后，儿子海臣的夭折更令觉新失去了最后一线希望。经历了家破人亡、丧妻失子的觉新，陷入痛苦与绝望中。蕙表妹的出现，使他死灰般的感情再度复燃。但是，蕙不久就在封建婚姻制度的逼迫下，嫁给了"人品不好，脾气坏，耳朵又聋"的地主少爷郑国光。虽然心中有一万个不愿意，但他们却没有勇气和力量反抗，只能泪眼相望，抱憾相慰。一个在婆家遭受感情与青春的禁锢和蹂躏，最终悒郁成疾，含恨而死；一个不得不强忍心痛，肝肠寸断地为心爱的人操办婚礼、丧事。

　　在高公馆里，觉新一方面因为处于"长房长孙"的特殊地位，一方面也因为他"心肠好"，诚实善良，所以各房的一应事情都和他商量，让他表态，出了问题便把过错和责任推到他身上。长辈们无法向具有反抗意识和性格的强者——觉慧、觉民、淑华等施展淫威，便把所有的责骂都撒向这个顺从怯懦的弱者。觉新成了他们任意欺侮与泄愤的对象。

　　家族制度的沉重历史负荷，剥蚀了觉新的独立意志与反抗精神，使他丧失了生活的乐趣与对未来的信念，从而陷入悲观绝望的泥淖中。他认为自己已失去了青春与幸福，心"已经老了"。大多数日子，他以泪洗面，借酒浇愁，用箫声抒发自己的哀怨，学会了敷衍、应付的处世方法，在健忘麻木中任人拨弄。在内心深处，他并非真心要这样，而且还十分厌恶自己这种行为，灵魂因此饱受矛盾和痛苦的煎熬。但是，觉新已被旧制度扭曲、异化了的性格，迫使他一次又一次地做着违背自己意愿的事情。这就是一个懦弱灵魂的失败和可悲之处。

但是，觉新毕竟也是受过"五四"新思潮影响的一个青年，新书报也曾点燃过他胸中的热情。对旧的社会制度，他自然也不满，所以，在高家新与旧势力的矛盾冲突中，觉新既有顺从长辈的一面，又有同情并帮助遭受压迫的兄弟姊妹们的一面。譬如，在觉慧离家出走的问题上，起初，觉新并不同意。他曾用哀求的声音劝阻觉慧说："三弟，你不能走。""无论如何你不能走。""凡事总得忍耐……你已经忍了十八年。难道再忍两年就不行？"当觉慧表示坚决要走，并严厉批评了他的"作揖主义""无抵抗主义"和"敷衍"思想时，觉新也有所觉悟，他不但积极为觉慧出走准备了充裕的路费和生活费用，还想出了觉慧走后应对封建家长的办法。这的确是觉新的一个大胆的反抗行动。此后，淑英的出逃，也同样得到过觉新的帮助。

这些反抗行动，如迸裂的火花，使觉新这一形象闪烁出些许亮色。但是，这并不能照彻底色的庞大灰暗。与他的懦弱屈从忍让驯顺相比，反抗只是划落天际的彗星尾光。他毕竟是这个封建大家庭的"长房长孙"，长辈们很早就按他们的意愿来塑造这位高家的传人。因此，比起两位弟弟，觉新思想上背负着更沉重的精神负担，行动上也受到更多礼教法规的羁绊。他自觉将孝悌观念渗入骨髓，把支撑门户的责任扛上了自己的肩头。尽管他已看透了这个家庭的阴谋、倾轧、争夺和陷害，也预感到了"树倒猢狲散"的结局，但他却竭力维护着这个摇摇欲坠的家。这就是他待人处世的思想基础和出发点。正因如此，对家族中的各种矛盾，他不分是非地调和揽过；长辈们强加给他的欺侮和损害，他也默默地忍受了；弟弟妹妹们反抗长辈骄奢跋扈的正义举动，他都竭力劝阻甚至毫无道理地代为认错……在他看来，他们的生死存亡、命运关联，全依托于这个封建家庭，大家都应忍辱负重地来维护。封建家族制度对他思想的禁锢由此可见一斑。

觉新是《激流三部曲》中最复杂多面充满矛盾的典型形象。他是一个诚实、善良、懦弱、驯顺、反抗、斗争、屈从、忍让等的"混合体"。他不会像觉慧、觉民那样做封建大家庭的叛逆者，也不会堕落到克安、克定一类纨绔子弟的圈子中去。他一心维护着濒临没落的旧家庭，但也并非死心塌地去做封建家庭的孝子贤孙。透过他的"双重性格"，我们看到的觉新是一个背负着因袭的精神重担，思想尚未觉醒的青年。觉新这一艺术形象具有强烈的时代内涵,他是中国二十年代初半封建半殖民地新旧交替递嬗时期的产儿。

谈起创作动机,巴金说"我要写一部《家》来作为我们这一代青年的呼吁。我要为那过去无数无名的牺牲者喊一声冤!我要从恶魔的爪牙下救出那些失掉了青春的少年"[1]。而觉新正是这样一位"失掉了青春的少年"。作家还多次提到,"觉新不仅是书中人,他还是一个真实的人,他就是我的大哥"。"他是我一生爱的最多的人。"[2]"我能够描写觉新,只是因为我熟悉这个人,我对他有感情。我为他花了那么多的笔墨,也无非想通过这个人来鞭挞旧制度。"[3] 作家通过对觉新双重人格的刻画,剖析"失了人形的人"这一社会现实,深刻揭露了封建礼教、道德、专制制度的罪恶,作家"鞭挞旧制度"的艺术目的已成功达到。更可贵的是,巴金借觉新这一典型形象,还揭示了一种普遍的人性弱点。长期以来的病态文化心理已严重侵蚀了人们的健康性情。高觉新病态可悲的双重人格,即使在今天,仍有着一定的普遍意义,依然能够引起人们的警醒与沉思。巴金笔下的软弱者形象,以其深沉的意蕴内涵,具有更丰富的美学价值。

三、青春风骨:巴金的激情叙述

巴金是一位热烈地歌颂青春的作家。他曾经说过:"我始终记住:青春是美丽的东西。而且这一直是我的鼓舞的泉源。"[4] 他的作品,像一曲曲青春的乐章,歌颂着青春的美丽,诅咒着戕害生命的黑暗势力。从1927年写作《灭亡》开始,巴金为我们塑造了一系列青年知识者形象,激发了年轻人的热情和理想,引起了他们对旧制度的憎恨和对未来的憧憬。巴金以火样的青春激情,与笔下的人物融合拥抱,以狂烈的激情叙述,弹奏出了激魂荡魄的青春之曲。激情,是巴金创作的轴心,也是他艺术思想、风格魅力之所在。

(一)"我有感情必须发泄"

如果说茅盾兼具文艺家的热情与科学家的理性和内敛,那么巴金则是一位地

---

[1] 巴金:《家》,《文丛》1937年创刊号。
[2] 巴金:《和读者谈谈〈家〉》,《收获》1957年第1期。
[3] 巴金:《谈〈春〉》,《收获》1958年第2期。
[4] 巴金:《和读者谈谈〈家〉》,《收获》1957年第1期。

地道道的艺术家，他的感情异常热烈而激越，奔流于创作当中，无法掩饰。他在《家·十版序言》中指出："我在生活中有过爱和恨，悲哀和渴望，我在写作的时候也有过爱和恨，悲哀和渴望，倘使没有这些我就不会来写小说。"1979 年巴金在答法国《世界报》记者雷米问时说："我的每本书都反映了我在不同时期写作时的情感。"① 可以说，巴金的作品都是他真情实感的记录，是其无法遏制的激情的显现。

巴金曾多次回忆起写作《灭亡》时的情景："巴黎圣母院的悲哀的钟声又响了，一声一声沉重地打在我的心上。在这种时候我实在没法静下心来上床睡觉。我有感情必须发泄，有爱憎必须倾吐。否则我这颗年轻的心就会枯死。所以我拿起笔来，在一个练习本上写下一些东西来发泄我的感情，倾吐我的爱憎。每天晚上我感到寂寞时，就摊开练习本，一面听巴黎圣母院的钟声，一面挥笔……"② 牵动作家初次创作契机的，是巴金本人受现实刺激后无法逃遁的激情焦灼。远离家国、身处异地的寂寞与孤独，国内蒋介石反动政府对革命青年的疯狂屠杀，国际上血腥的"萨凡事件"，自己敬重的樊塞蒂（B. Vanzetti）被害死在波士顿查尔斯的监狱电椅上。这一切都强烈刺激着作家敏感的心灵，胸中的寂寞、愤怒与苦闷活跃着，躁动着，膨胀着，终于无法遏抑地猛然爆发。笔，就成了作家宣泄激情的唯一工具。在《灭亡》中，杜大心的苦闷和希望，内心冲突和矛盾纠结，哪里是杜大心的，明明就是巴金的化身。其他的几个人物又何尝不是如此。作者清楚地说过："所有这些人全是虚构的。我为了发泄自己的感情，倾吐自己的爱憎，编造了这样的几个人。"③

自发现了笔——这一宣泄感情的绝好载体，巴金就再也没有停止过用它来传达激情："当热情在我的身体内燃烧的时候，我那颗心，我那颗快要炸裂的心是无处安放的，我非拿起笔写点东西不可。"④ "我写文章，尤其是写短篇小说的时候，我只感到一种热情要发泄出来，一种悲哀要吐露出来，我没有时间想到我应该采用什么形式。我是为了申诉，为了纪念才来写小说的。"⑤《灭亡》表露的是

---

① 刘慧英编：《从炼狱走来》，中国工人出版社 2001 年版，第 9 页。
② 巴金：《谈〈灭亡〉》，《文艺月报》1958 年 4 月号。
③ 巴金：《谈〈灭亡〉》，《文艺月报》1958 年 4 月号。
④ 巴金：《灵魂的呼号》，《大陆杂志》1932 年第 1 卷第 5 期。
⑤ 巴金：《作者的自剖》，《现代》1932 年第 1 卷第 6 期。

白色恐怖下的悲愤与忧郁;《复仇》等短篇小说传达的是资本主义制度下的悲哀与反抗;《激流三部曲》《爱情的三部曲》表达的是对封建专制的厌恶及对新生的向往与追求;《火》《还魂草》是对侵略者罪恶蹂躏的愤怒与反抗;《第四病室》《寒夜》是对国民党统治的悲愤与控诉……

我们读巴金的作品,仿佛被一种燃烧的情感包围着,逼迫我们与他一起燃烧。之所以产生如此强烈的审美共鸣,是因为巴金将自己一颗火热的心撕裂,并密布进作品的角角落落。巴金常常用第一人称讲故事的方式来写小说,因为"讲故事便于倾吐感情"。他还喜欢用日记体、书信体等,喜欢直接用叙述人的口吻发表议论;即便用第三人称叙事,也常常插入一些书信、日记片段,以利于作家直抒胸臆地表达感情。总之,巴金的作品里始终都贯穿着一个无处不在的抒情主人公,那就是作家自己。他说:"在每一篇页每一字句上我都看见一对眼睛。呵,我认出来了,这是我自己的眼睛。……我仿佛跟着书中每一个人受苦,跟着每一个人在那魔爪下面挣扎。我陪着那些年轻的灵魂流过一些眼泪,我也跟着他们发过几声欢笑。"① "我写的时候自己同书中的人物一同生活,他哭我也哭,他笑我也笑。"② 创作时的极度投入同时意味着作家感情的有效释放,这份感情因此而变得切实、自然,读者很容易就能接受缘于坦率真挚的这份激情。剧作家曹禺如此表达他对巴金小说的感觉:"他的激情不是冲击你,而是渗透你、一直渗透到你的心中。他的感情像水似的流动在文章里,是那么自然,那么亲切。他对读者说话永远像对亲近的朋友说话一样。"③

(二)"把心交给读者"

巴金在知识青年读者中的影响可谓大矣。当时的评论说他"很受一般人欢迎"④,"获得广大读者的爱戴"⑤,"风靡现代中国青年"⑥,"巍然耸立于荒芜的新文艺园地,拥有极多数的读者"⑦。王易庵说:"鲁迅的《呐喊》,茅盾的《子

---

① 巴金:《家》,《文丛》1937年创刊号。
② 巴金:《〈灭亡〉作者底自白》,《开明》1930年第22期。
③ 转引田本相:《曹禺剧作论》,中国戏剧出版社1981年版,第375页。
④ 王哲甫:《中国新文学运动史》,北平杰成书局1933年版。
⑤ 《〈巴金选集〉编者题记》,载《巴金选集》,上海绿杨书屋1946年版。
⑥ [法]奥·布里埃:《巴金:一位现代中国小说家》,《万象》1943年第3期。
⑦ 巴人:《窄门集》,香港海燕书店1941年版,第196页。

夜》，固然都是文坛上首屈一指的名著，但是要说到普及这一点上，还得让巴金的《激流三部曲》之一的《家》独步文坛。《家》，《春》，《秋》，这三部作品，现在真是家弦户诵，男女老幼，谁人不知，哪个不晓，改编成话剧，天天卖满座；改摄成电影，连映七八十天，甚至连专演京剧的舞台，现在都上演起《家》来，藉以号召观众了。"① 作为巴金同时代人的曹聚仁也说："若就对青年学生的影响来说，鲁迅、茅盾、郭沫若，都不及他的广大。我们几乎可以称之为巴金的时代；每一个二十岁上下的青年学生，都以《家》中的高觉慧自居。"② 当时的中国文坛涌现出一批"巴金迷"。有人对此作了如下描述：

> 要是你活在学生青年群中，你便可以看到巴金的作品怎样地被喜爱。尽管大热天，尽管是警报、绿荫下、岩洞里，总有人捧着他的作品狼吞虎咽，上课，尽管老师讲得满头青筋，喉咙像火，他们却在讲台下尽看他们的《家》《秋》，有时，泪水就冒充着汗水流下来。夜半巡宿舍，尽管灯光似磷火，也有人开夜车，一晚上吞噬了六七百面的《秋》并非奇怪。而到书店，口袋里有钱，则唯巴金是问，无管那是好是歹，是散文是小说，无钱，则扫着贪婪的眼光，若是稍不自私的书生，肯是把书出借，半月一月后，准是没有了封面……③

巴金说过，"我的文章是直接诉于读者的，我愿它们广阔地被人阅读、引起人对光明爱惜，对黑暗憎恨。我不愿我的文章被少数人珍藏鉴赏。"④ 事实也正如他所愿，他的作品就像一座桥梁，沟通了巴金与同时代青年的心。董鼎山回忆当年读《爱情的三部曲》时说："巴金是我幼时思想发展上的第一个照明灯，第一个导师。抗日战争前，我在宁波念初中，偶然在图书馆中找到一本《电》，从此以后，我就变为'巴金迷'，他所著什么，我全读。我想，在我当时那一代，有无数的年轻小伙子读了巴金的作品后，思想变为激烈化，替以后的革命下了不

---

① 王易庵：《巴金的〈家·春·秋〉及其它》，上海《杂志》月刊1942年第9卷第6期。
② 曹聚仁：《文坛五十年》（续编），香港新文化出版社1973年版。
③ 林颖聪：《巴金谜与巴金研究》，载《论巴金的〈家·春·秋〉及其它》，柳州文丛出版社1943年版。
④ 巴金：《灵魂的呼号》，《大陆杂志》1932年第1卷第5期。

少的种子。单是这一点,中国人民应该向巴金致谢。"①

巴金的作品何以能引起青年读者如此狂热的反响呢?让我们来看一位青年读者写给巴金的信吧。这是一位女大学生,她身陷苦闷与矛盾中,想要巴金指示她如何脱离家庭和走上追求光明的道路。信中说:"先生的文章我真读过不少,那些文章给了我激动、痛苦和希望,我老以为先生的文章是最合于我们青年的,是写给我们青年看的。我有时候看到书里的人物活动,就常常梦幻似的想到那个人就是指我!那些人就是指我和我的朋友,我常常读到下泪,因为我太像那些角色,那些角色都英勇地寻找自己的路了,我依然天天在这里受永没完结的苦。我愿意勇敢,我真愿意抛弃一切捆束我的东西啊!"② 这封信的作者及所表现的情绪,在青年读者中极具代表性。巴金的创作,从反抗传统家庭、旧的婚姻制度,争取个性解放到追求革命、建立全新的爱情,哪一个问题不为现代青年热切关注呢?这些单纯、热情,有苦闷、有理想,喜爱幻想却又缺少生活知识的青年们,从巴金的激情叙述中得到了某种启发。

巴金在概括自己的创作经验时说:"倘使真有创作秘诀的话,那也只有一句:把心交给读者。"他以一颗赤诚之心,将燃烧着的青春激情赤裸裸地呈现在读者面前,凭着这,他几乎是本能地把握住了同时代进步青年的心。

第二节 中年深沉的叹惋

巴金一直都是人类感情的咏叹者。无论是前期对青年反抗与革命的描写,还是后期对艰难时世中普通人处境的关注,其中都灌注着作家的一腔激情。只是前者把青春的激情充分张扬,而后者则将那份火热的激情转化为深沉的思索。走向中年的巴金,创作上又进入一个崭新的时期。自1941年的《还魂草》,到其后的短篇小说集《小人小事》(1942—1945)以及《火》第三部(1943)、《憩园》(1944)、《第四病室》(1945)与《寒夜》(1944—1946),巴金的创作呈现出与

---

① 董鼎山:《从何其芳著作的英译本谈起》,《读书》1979年第7期。
② 巴金:《〈爱情的三部曲〉总序》,载李存光编《巴金研究资料》(二),海峡文艺出版社1985年版。

前期作品迥异的风格面貌。

一、俗世里的"小人小事"

抗战爆发后，巴金写了长篇小说《火》，共三部。前两部描写抗战期间上海青年的救亡活动，洋溢着火热的爱国热情与胜利信念。第三部对抗战后期国统区的恶浊空气予以暴露，呈现出复杂的内容意蕴和丰厚的生活含量。前两部高昂的战歌调子被浓重、深沉的挽歌调子所替代。但是，由于"缺乏充足的时间"，"更缺少充分的经验和可以借用的材料"，他的《火》三部曲"无论是揭露和歌颂都缺乏应有的力量，显得比较苍白软弱，缺乏生动的艺术形象"[1]，就连巴金自己也承认《火》三部曲是失败之作。

如果说《火》第三部是从知识分子精神力量的萎靡与溃散这一视角来揭示国统区的腐败与黑暗的话，那么在此前后出现的《憩园》《第四病室》《寒夜》《小人小事》等作品，就从各个侧面暴露了社会的脓疮。作家早期创作中的浪漫主义诗情逐渐淡去，让位于一种深沉、严峻的现实情怀与心理反思。

巴金曾经回忆说："我在四十年代中出版了几本小说，有长篇、中篇和短篇小说集，短篇集子的标题就叫《小人小事》。我在长篇小说《憩园》里借一位财主的口说：'就是气魄太小！你为什么尽写些小人小事呢？'我其实是欣赏这些小人小事。这一类看不见英雄的小人小事作品大概就是从《还魂草》开始，到《寒夜》才结束。"[2]作家为什么"欣赏这些小人小事"呢？因为从小人小事中照样可以透露出大时代与大气象。前面提到的短篇集《小人小事》，于日常琐碎中却可以透视出国统区物价高涨、民生凋敝、社会痛苦的混乱景象。悲惨已渗透到社会的角角落落，这样，对黑暗制度的批判就更能深入肌理。同样的艺术效果在《第四病室》中得到了更充分的体现。

《第四病室》以病人陆怀民（"我"）的十八天日记，映现了战时大后方的众生相。这个外科病房，是人间活地狱。住院病人要自己买特效药、胶布、手纸；许多病人买不起特效药，就只能哀号着死去；医生、仆役欺贫奉富，付不起小费的穷苦病人，甚至不能大小便，痛苦得呼天抢地；阔绰的病人，病好了还要

---

[1] 陈丹晨：《巴金评传》，河北人民出版社1981年版。
[2] 巴金：《关于〈还魂草〉》，香港《文汇报》1980年6月1日。

把医院当作旅馆，百无聊赖地闲谈女人经，嘲笑他人的病苦……小说写道："我觉得我好像在地狱里面，我尽看见挖目拔舌的事情。"在这样的悲惨世界中，唯一给人带来温暖的是女医师杨木华。她把病人当"人"待，对他们悉心照料，向往人能够"变得善良些，纯洁些，对别人有用些。"杨木华这一形象带有明显的理想色彩。巴金说："在这本小说里只有她才是我的创作。我在小说里增加一个她，唯一的原因是，我作为一个病人非常希望有这样一位医生，我编造的是我自己的愿望，也是一般病人的愿望。"① 作家对社会的企望就寄托在这一人物身上了。

作者如此表达他写作《第四病室》的动机："既然有人从一滴水中看出一个世界，为什么不能在一个病房里看到半壁江山的中国社会呢？"② 以小人物映现大时代，从人间的悲欢映现家国的苦难，这就是巴金后期创作的艺术追求。

《憩园》是巴金最喜欢的三部小说之一。③ 其创作源于作家抗战期间回故乡成都的经历。1941年1月，巴金离家十八年后重回故乡。在这短短五十天里，有两件事给他留下的印象最深。一是五叔的死，二是路过正通顺街原来的李家公馆。虽然五叔的死并不曾引起他的哀痛和惋惜，但昔日李家公馆照壁上"长宜子孙"的大字，却引起了作家无尽的思索，激起了他创作的冲动与灵感。使他将原本计划为《激流三部曲》写的续篇《冬》，放到了新生的《憩园》中去。在散文《爱尔克的灯光》中，巴金曾对《冬》的主旨作如下表述："财富并不'长宜子孙'，倘使不给他们一个生活的技能，不向他们指示一条生活道路；'家'这个小圈子只能摧残年轻人心灵的发育成长，倘使不同时让他们睁开眼睛去看广大世界；财富只能毁灭崇高的理想和善良的气质，要是它只消耗在个人的利益上面。"④ 从这一点来看，《憩园》的确可以说是作家拟想中的《冬》的显现。

《憩园》以一座花园为线索，描写了杨、姚两家衰亡的命运。憩园的故主杨梦痴，早先是"靠祖宗吃饭"的纨绔子弟。他每日挖空心思弄到更多的钱，以满足他狂嫖滥赌的生活，对妻子与儿子则漠不关心。家道败落后，公馆被卖掉，

---

① 巴金：《关于〈第四病室〉》，香港《文汇报》1979年4月8日。
② 巴金：《谈〈第四病室〉》，载《巴金文集》第14卷，人民文学出版社1962年版。
③ 1980年5月28日，巴金答来访者时说，他最喜欢的作品是《家》《憩园》和《寒夜》。见《巴金、陈残云访问记》，载《徐州师范学院学报》1980年第4期。
④ 巴金：《爱尔克的灯光》，载《龙·虎·狗》，文化生活出版社1941年版。

他虽追悔莫及，但恶习难改，依然同姘妇"老五"在外面鬼混。大儿子为他找到一个办事员的差事，他却放不下当过老爷的臭架子，不想干这"其实不过是个听差"的工作。杨梦痴最终被妻子和长子当作废物赶出家门，沦为小偷、乞丐。次子寒儿心疼父亲，经常到大仙祠给杨梦痴送零用钱和他喜爱的茶花。良心深受震动的杨梦痴羞愧难当，离开大仙祠隐姓埋名四处流浪。后又因行窃入狱，染上霍乱而身亡，连尸体也找不到了。憩园的新主人姚国栋虽与杨梦痴不同，但他也是一个寄生虫。他夸夸其谈，自命不凡，但又疏懒散漫，一事无成。他相信金钱万能，放任独子小虎赌钱看戏逃学胡混。继室万昭华苦口婆心劝说却被他当作耳边风。被宠坏了的小虎最终淹死在江中。小说通过杨、姚两家留财富不留德行而带来的悲剧，对封建大家庭福荫后世、"长宜子孙"的梦幻给予针砭，对金钱与财富的罪恶给予了严厉批判。

巴金在作品中借叙述者黎先生之口，批判姚国栋对小虎的畸形教育："你以为我们人就吃的是钱，睡的是钱，把钱当作父母，一辈子抱着钱啃吗？""我应当再提醒你，杨家从前也是这里一家大富，现在杨老三怎样了？"在《憩园》的后记中，巴金又说："钱就跟冬天的雪一样积起来慢，化起来快。像这小说里所写的那样，高大房屋、漂亮花园的确常常更换主人。谁见过保持到百年、几百年的财产！保得住的倒是在某一些人看来是极渺茫极空虚的东西——理想同信仰。"[①] 其实，这又涉及一些带有普遍性的人生哲理和社会问题，诸如人应该怎样活着？长辈应当如何培养下一代？

就揭露封建家族制度的罪恶而言，《憩园》的确与《激流三部曲》一脉相承，堪称《秋》的续篇。但它又是一个相对完满自足的文本世界，有其独特的思想与艺术价值。巴金在谈《家》中克定的生活原型时说："这个人的另一面我在小说中没有写道：他面貌清秀，能诗能文，换一个时代他也许会显出他的才华。可是封建旧家庭的环境戕害了他的生机，他只能做损人害己的事情。为着他，我后来又写过一本题作《憩园》的中篇小说。"[②] 可见，巴金写《憩园》，他的观察视角以及表达侧重点与《激流三部曲》是不一样的。《憩园》着重揭示封建家族制度对统治阶级自身的异化，造成统治者生命委顿及其生活的寄生性。这

[①] 巴金：《〈憩园〉后记》，载《憩园》，文化生活出版社1944年版。
[②] 巴金：《和读者谈谈〈家〉》，《收获》1957年第1期。

对统治者来说，无疑也是个悲剧，作品因此也带有"挽歌"的调子。

《憩园》这部作品，"处处要挖掘人们的善性"①，充斥着作家博大的宽容。它不再像前期作品对反面人物一味痛斥，巴金在这部作品中赋予杨梦痴悔过的情节，表明他羞耻感与良心的未丧失殆尽。当然，悔改与堕落，对杨梦痴而言，是有着极其剧烈的冲突的，并且最终还是以堕落告终。但是，有过良心的愧疚，有过自新的努力，人性的光辉还眷顾着这个落魄的灵魂。杨梦痴形象的复杂性，渗透着巴金的宽容；寒儿这一形象，更体现了一种理想的人性。他虽饱受其父之苦，却能关心父亲的病苦，安慰父亲的心灵。虽然他年仅十五岁，却有一颗仁爱之心。与寒儿一样能够体现作家理想的，是姚国栋的继室万昭华。她宽容博爱，富有女性的温柔与善良。身处死寂的家庭环境，她有深深的哀愁叹息，但"帮助人，把自己的东西拿给人家，让哭的发笑，饿的饱足，冷的温暖"，却是她的向往。万昭华这一形象，很容易让人联想到《第四病室》里的杨木华，他们都是作家心目中的理想人物。

博爱的巴金，即使在他后期的创作中，还是呈现出了理想的人物形象，使作品潜藏着一股深厚的人道主义思想激流。但是杨木华感慨"我敌不过金钱了"，万昭华也哀叹"我好像是一只在笼子里长大的鸟，要飞也飞不起来。现在更不敢想飞了"。可见，宽容的人道主义情怀并不仅赋予作品以哀婉的调子，它更昭示出封建势力的强大黑暗。巴金一再申明："抗战中要反封建，抗战以后也要反封建。"② 作家认识到这个任务甚至比赶走日本侵略者更为艰巨也更为长期，他以自己的创作在实践着这一使命。从这个意义上来说，巴金的《憩园》是具革命性的，他也承续着"五四"启蒙的宏任。

除了丰富深刻的意蕴，《憩园》独特精巧的艺术运思也常常为人称道。文学史家司马长风就对《憩园》推崇备至，认为它"不但是巴金作品中最好的一部，而且是中国现代小说的典范之作"。"论严谨可与鲁迅争衡，论优美则可与沈从文竞耀，论生动不让老舍，论缱绻不下郁达夫，但是论艺术的节制和纯粹，情节与角色，趣旨和技巧的均衡和谐，以及整个作品的晶莹浑圆，从各个角度看都是

---

① 长之：《憩园》，《时与潮文艺》1944 年第 4 卷第 3 期"书评副刊"。
② 巴金：《关于〈激流〉》，载《创作回忆录》，三联书店香港分店 1981 年版。

恰到好处，则远超过诸人，可说是卓然独立，出类拔萃。"① 这当然是掺杂着论者个人偏好的溢美，但从《憩园》精湛的艺术构思和深厚缱绻的抒情风格来看，它确实是巴金的一部成熟之作。

《憩园》虽没有惊心动魄的场面，但作家善于运用悬念，将情节调试得生动曲折，一波未平，一波又起。故事就在一个接一个的悬念中层层展开，如同惊险的侦探小说，给人以无尽的阅读快感。此外，在巴金由主观抒情向客观写实的转换途中，《憩园》以及后来的《寒夜》，都保持着作家固有的抒情风格。抒情与写实浑然融为一体，作品坚实的思想厚度也笼上了一份缱绻的抒情气息。

《憩园》问世不久，就有批评家指出："然而令人不满足的是，它的内容犹如它的笔调，太轻易，太流畅，有些滑过的光景。缺的是曲折，是深，是含蓄。它让读者读去，几乎一无停留，一无钻探，一无掩卷而思的崎岖。再则他的小说中自我表现太多，多得使读者厌倦，而达不到本来可能唤起共鸣的程度。"② 这一评论可谓触到了巴金的"死穴"。尤其是第一点，《寒夜》之前的作品，几乎或多或少地有这种"症候"；至于巴金的多"自我表现"，这在他前期创作中表现明显，后期则有所改善。客观地说，作家的"自我表现"，在《憩园》中已有了相当的克制。当然，就上面批评家提到的两点缺憾，巴金在创作《寒夜》时，已成功克服。

二、剖示现实的巅峰之作：《寒夜》

巴金的后期创作，多以描写日常生活中的小人小事为主，所以这时期的代表性作品《憩园》《第四病室》与《寒夜》，被合起来称作《人间三部曲》③、《小人小事三部曲》④。而《寒夜》，无疑是其中最优秀的一部，它体现了作家思想的深沉与艺术上的精湛和成熟。

（一）小人物命运与大时代图景

《寒夜》写的是一个小家庭的悲剧。丈夫汪文宣和妻子曾树生都是上海某大

---

① 司马长风：《中国新文学史》（下卷），香港昭明出版社1978年版，第75页。
② 长之：《憩园》，《时与潮文艺》1944年第4卷第3期"书评副刊"。
③ 司马长风：《中国新文学史》（下），香港昭明出版社1978年版，第73页。
④ 李存光：《巴金传》，北京十月文艺出版社1994年版，第270页。

学教育系的毕业生，两人都有为教育事业而献身的共同理想，因而相爱并同居。那时他们"满脑子里是理想"，对未来充满美好的憧憬。战争的爆发，也给他们一家带来了灾难，四口人从上海辗转流落到重庆。汪文宣在一家"半官半商"的图书公司做小职员，曾树生在一商业银行当"花瓶"。母亲在家料理家务，儿子小宣在一家"贵族学校"读书。因为物价飞涨，法币贬值，汪文宣微薄的收入难以养家，须得靠树生补贴家用和负担儿子的学费。但是婆母看不惯当"花瓶"的儿媳，儿媳也厌恶婆婆的"自私、顽固、保守"，两人之间吵闹不断，这使汪文宣陷入左右为难的困境。工作与家庭的压力压垮了病弱的汪文宣；对家庭灰心失望的曾树生跟随升迁为银行经理的陈主任调职去了兰州。他们的理想被冷酷的现实碾得粉碎。就在庆祝抗战胜利的喧天锣鼓声中，汪文宣痛苦地病死了。母亲卖掉家中的一切殓葬了他。两个月后，曾树生返回重庆，得知丈夫已死，婆婆与小宣不知所往。小说没有离奇曲折、惊心动魄的情节，却令读者读后久久不能静心。汪文宣一家的悲剧命运，如同一张血泪控诉书，令人悲愤，又引人深思。

《寒夜》主要写了三个人物：汪文宣、曾树生和汪母。他们都有爱人之心，可就是不能风雨同舟，在琐碎的生活中，腐蚀着亲情，制造着隔膜与伤害。扭曲了的性格终使他们纠缠于地狱般的情感冲突，无路可退堕入悲剧的深渊。

汪文宣是个善良本分的知识分子。尽管他生活极为穷困潦倒，却从不阿谀奉承、依附权贵。可是几年的生活重担，使他变得自卑怯懦，胆小怕事。在公司里，他规规矩矩，不敢片刻偷闲，成天干着那单调沉闷的校对工作。他安分守己，忍受着一切冷眼和嘲讽，为着微薄的报酬而抱病工作。但即使如此，他都无力为过生日的妻子买一块蛋糕，甚至连拍一张X光片的钱都拿不出来。他为人正派，处处小心，甚至"老好"，但最终还是被裁减辞退。在家庭问题上，汪文宣同样陷入了窘境。母亲与妻子的争吵，使他夹在缝隙中左右为难。他爱母亲，也爱妻子，却无法调和她们之间的矛盾。他"只会哀求，只会叹气，只会哭"，只会两边说好话，却两边都不讨好。于是把责任归于自己，"我对不起每一个人，我应该受罚！"这"罚"对他心灵的折磨何其痛苦。他真挚地爱着妻子，希望她快乐轻松些，所以对她看戏、打牌、赴约、交男朋友表示谅解。当看到妻子与年轻潇洒的陈主任有说有笑地走在一起，他虽然很嫉妒，但看看自己病弱的身子与衰微的精神，却觉得人家两个人倒更般配谐和些。因怕把肺病传染给妻子，每次睡觉他都背对着她，甚至最后在楼梯上与树生诀别时，面对妻子的拥吻，他还是强忍着"连忙往后退了一步"。虽然他需要妻子，离不开妻子，但为了妻子的前途和幸福，他还是积极支持她随陈主任去兰州，一再敦促她要先"救出自己"。即使自己病危，他还怕树生难过，不让她知道。死前还写下"我愿她幸福"五个字，表明对树生终生都不能忘怀。只为他人着想的汪文宣，自己却浸入苦难的深海里。在物质与精神的双重折磨下，他"默默地送走一天灰色的日子，又默默地迎接一天更灰色的日子"。病危时，他也曾沙哑地呼叫"我要活，我要活"，但就在抗战胜利的那天，却悲凄地死去。

曾树生是个爱动，爱热闹，充满热情与生命力，追求自由与幸福的新派女性。与汪文宣不同，她"并不甘心屈服，还在另找出路"。但这一过程却夹杂着太多的无奈与凄惶。首先令她心情极为矛盾的是这个不堪设想的家。她在外面常常想家，可一回到家里，就觉得压抑，觉得寂寞，觉得空虚。尤其是她与婆婆的关系已恶化到"有我没她，有她没我"的地步。面对婆婆的恶语嘲骂，她又不能像丈夫那样逆来顺受。压抑、苦闷缠绕着这颗痛苦的心。这个古庙似的家，无论在精神上还是物质上，都不能给她带来满足。她不想自己枯死在家中，呼喊着"我要救出自己……我要自由……我应该得着幸福"。但是，她得着自由与幸福了吗？在大川银行，她不过是个"花瓶"而已。为此她也深感痛苦："说实话，我真不想在大川做下去，可是不做又怎么生活呢？我一个学教育的人到银行里做个小职员，让人家欺负，也够可怜了！""你以为我高兴在银行里做那种事吗？现在也是没有办法。"这是一种更深刻的不自由。

没有温暖的家固然可以逃离，但随陈主任赴任兰州后，她的眼前仍然是白茫茫一片迷雾。而且，几个月后回到家里，一切已发生了天翻地覆的变化。丈夫已经死去，婆婆与孩子也不知去向。"她好像突然落进了冰窖里似的，浑身发冷。"向往自由与美好的她，却跌入徘徊歧路茫然无助的境地。这就是存在的悖谬，它将曾树生逼进了难堪的尴尬中去。

不止汪文宣与曾树生，就是汪母，也是具有二重人格的悲剧人物。这个曾受过教育的当年"昆明才女"，为了支撑穷困的家，甘心做"高等老妈子"，终日做饭、洗衣、扫地、缝缝补补，以致衰老憔悴。她真诚地爱着儿子与孙子，却对新派的儿媳妇百般挑剔苛责。她相信命，但也对残酷的现实发出过抗议："我们没有偷人、抢人、杀人、害人，为什么我们不该活？"到底怎样才能活呢？她是无能为力的，靠文宣也无济于事，只有靠树生，而这，对她来说是最不能忍受的事实。谁能否认，在日常琐碎的生活磨盘里，这位老人的心遭遇了怎样的重创与蹂躏？整部小说中，好像每一个人都无路可逃，在刺骨的寒夜里踟蹰徘徊，无奈地走向毁灭。

《寒夜》出版后，曾经有人写信问巴金，这三个人中究竟谁是谁非？哪一个才是正面人物？哪一个又是反面的？作者究竟同情哪一个？巴金后来的回答极为深刻："三个人都不是正面人物，也都不是反面人物；每个人有是也有非；我全同情。"① 是的，他对笔下的三个人物，都同情、怜悯，但也有责备、批评。汪文宣也曾有过理想，真挚地爱着妻子与母亲，勤勤恳恳地工作，但在旧势力面前，他又唯唯诺诺，失去了反抗能力。曾树生活泼好动，不想被人束缚，充满生机活力。她也深爱过丈夫，即使离家去了兰州，仍按月汇款给汪文宣治病。但她所追求的自由与幸福却是以当"花瓶"的不自由为前提的，而且在丈夫病危时狠心地远走高飞。汪母有着高尚的母爱，把一切都献给了这个家，但又传统观念极强，对儿媳尖酸刻薄。他们都有各自的缺点，但作家认为"不能责备他们三个人……他们都是无辜的受害者"②。那么，到底谁才是真正的悲剧制造者呢？

在写作《寒夜》前后的抗日战争中，巴金颠沛流离，饱经沧桑，先后在上海、武汉、桂林、成都、重庆等地奔走。他目睹了侵略者的暴行和社会黑暗与腐败，亲耳聆听到穷苦百姓的痛苦呻吟与无助呼号。这极大地震动了巴金，刺激了他的创作欲望。巴金说："我发表《寒夜》，明明是在宣判旧社会、旧制度的死刑。我指出蒋介石国民党的统治已经彻底腐烂，不能再继续下去。"③ 所以，汪文宣一家的悲剧，绝不是单单的性格悲剧，而有着深刻的社会原因。正如汪文宣所说，"我们以前并不是这样的。以前，我和树生，和我母亲，和小宣，我们不是这样地过活的"。那是什么改变了原本平静的生活状态呢？汪文宣自己这样回

---

① 巴金：《谈〈寒夜〉——谈自己的创作》，《作品》1962 年新 1 卷第 5、6 期合刊。
② 巴金：《谈〈寒夜〉——谈自己的创作》，《作品》1962 年新 1 卷第 5、6 期合刊。
③ 巴金：《谈〈寒夜〉——谈自己的创作》，《作品》1962 年新 1 卷第 5、6 期合刊。

答:"我的一生幸福都给战争、给生活、给那些冠冕堂皇的门面话,还有街上到处贴的告示拿走了。"

汪文宣一家的悲剧,在当时并非个案,此类悲剧在全社会中不断上演。唐柏青与钟又安,就是汪文宣第二、第三,他们一样没能摆脱死亡悲剧的阴影。唐柏青是汪文宣的同学,是一个有志于著作的文学硕士。因正直坦率,得罪了机关科长。当心爱的妻子因难产惨死乡间,科长却不允假给他,致使妻子死时都不能看他一眼。从此唐柏青泡进了冷酒馆,以求麻醉,最终被碾死在卡车的轮盘下。钟又安是汪文宣在公司里唯一的朋友。他同情汪文宣,关心他的疾病与工作。但因时疫流行,染上霍乱,亦化为一抔黄土。他们都是抗战时期那个民族灾难深重的时代和大后方那个乌烟瘴气的环境的牺牲品。而且,在那样凄冷的寒夜里,还有多少个"汪文宣"在死亡线上苦苦挣扎呢?

(二) 穿越政治层面的丰富意蕴

由以上分析我们知道,日本侵华战争及社会腐败造成了汪文宣一家的悲剧。那么,是不是说,如果不是处在那个黑暗的特殊时代,汪家的悲剧就可以避免呢?这个问题相当尖锐,但也颇有意思。作家巴金没有直接给我们提供答案,但从作品的边角缝隙,我们还是读出了更为丰富复杂的东西。

就说树生与汪母的婆媳关系吧,她们之间的冲突无异于一场激烈的战争。这场战争是否会在和平的政治环境中自动熄火,其实也不尽然。汪母受的是传统文化教育,恪守旧式的妇道观,遵从的是父系社会的道德法则,"她希望恢复的,是过去婆母的威权和舒适的生活"。她总爱摆出婆婆的架子凌驾于媳妇之上:"无论如何我总是宣的母亲,我总是你的长辈"。"我管得着你,你是我的媳妇,我管得着!我偏要管!"而曾树生则是个性解放思潮熏染下的新女性,她追求人格的独立,不肯"向她婆母低头认错","你管不着,那是我们自己的事!""我老实告诉你,现在是民国三十二年,不是光绪、宣统的时代!"树生喜欢自在幸福,忙于交际应酬,汪母就对文宣抱怨:"我十八岁嫁到你汪家来,三十几年了,我当初做媳妇,哪里是这个样子?我就没有见过像她这样的女人。"树生敢于忤逆传统,没与文宣办理结婚手续就毅然与之同居,这一举动最为汪母所不齿。她把树生看成文宣的姘头,而自己却是汪家拿花轿抬来的。她常常用这样的话讥讽树生:"你是他的姘头,哪个不晓得!我问你,你哪天跟他结的婚?哪个做的媒人?"树生也以牙还牙地回击道:"我没有缠过脚,——我可以自己找丈夫,用不着媒人。"这体现了她们完全不同的道德观念与文化价值取向。新旧冲突这一古老的传统命题成为她们之间的致命存在。

她们婆媳冲突的另一个导火索就是对汪文宣爱的争夺。汪母对树生的敌对与刻薄,是因为儿子汪文宣处处心系树生,这引起了她的嫉恨与愤怒。有学者用弗洛伊德的精神分析理论对她们之间的婆媳冲突作了如下分析:

> 我们不禁要问,汪母何以产生这样的心态?从作品中我们了解到,汪母很早守寡,旧式的伦理观又使她不会走再婚的路,即使体内燃烧着青春的火力和人性欲求,她也只能把它们压抑至意识的深层,好在还有儿子汪文宣作为安慰。孤独寂寞的她于是便把女人和母亲双重身份的爱全部倾注到儿子身上。我们可以想见,在汪文宣认识树生之前,他的全部感情也同样维系在母亲身上,然而,树生的到来,完全打破了汪母与儿子封闭式的双向感情交流。尽管汪文宣仍旧十分孝顺母亲,但在母爱和妻爱之间,他的潜意识还是向妻爱倾斜。这对一直占有儿子全部感情的汪母,自然会引起内心情感的失衡。……沉淀于汪母思想底层的汪文宣与现实中的汪文宣是两个不同的形象,前者是一个幻化了的情爱对象,后者才是那个怯弱压抑,身患肺病的儿子,当汪母斤斤计较树生不过是儿子姘头的时候,她把自己置于一个既非母亲也非婆婆而是与树生无别的女人位置。由此,她的不屑的语气和得意的神情才让我们产生一种真切的错觉,错觉中的汪母与其说是一个刁钻的婆婆,不如讲是一个向妾争地位的正室。[①]

用弗洛伊德理论解读《寒夜》,也许能够触摸到人物内心深处某些更隐秘也更人性化的东西。"寡母孤儿"现象是中国古典文学中常见的艺术母题。从汉代叙说焦仲卿与刘兰芝殉情的《孔雀东南飞》,到南宋诗人陆游与唐婉有情人不能成眷属的《钗头凤》,寡母爱子而又导致儿子婚恋悲剧的故事不胜枚举。这一独特形态其实是有着复杂的传统文化意蕴的。从这一角度切入《寒夜》,可以触及

---

① 刘艳:《情感争夺背后的乱伦禁忌——巴金〈寒夜〉新解》,《东方论坛》1995年第2期。

传统文化中许多"症候式命题"。

汪文宣自幼丧父，母亲在予他以无私母爱的同时，又自觉承担着父亲的威严角色。也就是说，在汪家，父亲的缺席，并不代表夫权的消失。在夫权威慑下的汪文宣，成年后"在母亲面前还是个温顺的孩子"，他怯懦胆小，时时事事听从母亲的话。即使在母亲与树生的冲突中，有时明明是母亲的错，他还是习惯于劝说妻子，维护母亲的权威。即使是在与妻子曾树生的情感上，他也时时流露出孩子般的依赖或无助。汪文宣情感世界的未完全成熟，与母亲对他自幼过多的保护与干预有关。中国传统家庭中的母子关系本来就不利于孩子的成长，更何况还是"寡母孤儿"这种更为独特的家庭模式呢？

在中国传统文化中，母子关系的亲密，是受到高程度的容忍的，不存在西方式的"性"困扰，但文化的要求与代价是儿子长久地停留在孩子的阶段，而不鼓励表述成人化的成长行为。这种母子关系甚至影响到儿子与其妻子的关系。因此，有这样一种说法："中国的夫妻关系多是母子型的，是殉难型的妻子任劳任怨地照顾那不负责任的儿子型的丈夫；相对地，西方的则多是父女型的，是白马型的丈夫保护弱女公主型的妻子。"……在这种母子关系中，不成长的儿子，不成器的儿子，在中国传统文化中也是受到相当高程度的容忍的。换言之，在这种文化中的母子关系，是鼓励儿子把一切交给母亲负责的，而母亲并不因此产生不安。汪文宣自觉承受母亲的权威，不能不说是文化的要求与限制的结果。……在中国传统文化中，更为重要的一点是对孝的强调，孝的重要含义之一就是服从。一个人即便内心有多么大的不平与委屈，服从却是道德所要求的第一要义。汪文宣对母亲的服从根本上还是孝的自觉要求，在孝的背后，是汪文宣对自我的舍弃与牺牲。自我的舍弃与牺牲，在孝的社会里是容易被掩饰，较少被过问、被怀疑的，成长中的心理是否出了问题更无从提起。汪文宣之死，除了控诉当时的社会，还牵扯进绵长的文化传统中对人的成长造成种种苦难的事实。[①]

汪文宣毕竟还是受过新思想教育的大学生，他虽然深受传统文化影响，但也一直挣扎着要从其禁锢下解脱出来，对树生的紧抓不放就是最好的明证：

曾树生这个方向，是代表自我、独立、民主、个人价值的方向，与汪文

---

① 陈少华：《二项冲突中的毁灭——〈寒夜〉中汪文宣症状解读》，《文学评论》2002年第2期。

宣在母子关系中被要求的服从权威、取消自我的方向是对峙的。汪文宣抓住曾树生不放，曲折地表达了他对母子关系中已经内化为自我人格一部分的那个方向的抗争，表达了曾树生的方向实际上也是他所愿望的方向。只要曾树生还在身边、在争吵着，汪文宣自我中那一份张力，无论多么微弱，都不曾消失。曾树生是他得以获取些微力量的地方。曾树生终于随着她的银行迁往兰州，汪文宣的内心渐渐死去。无需再为曾树生辩护，同时意味着内心张力的消失。①

汪文宣是浸泡在传统文化中长大的，特殊的家庭环境又使他失去了反抗的机能。所以，他挣扎着反抗的努力显得那么微茫，那么无力。其实，这并非汪文宣一个人的悲剧，而是他那一代人都难以摆脱的厄运。即使是那个一直叫喊着"我……想活得痛快。我要自由"而奋力抗争着的曾树生，她的心灵深处也残留着极为浓厚的传统文化印记。

曾树生是一个强烈要求个性解放的女性，但是在她的心灵深处，传统女性的道德观念却依然很强。封建的伦理道德及其惯性势力构成的心灵桎梏，以一种无形的力量销蚀着女性解放的意识，捆束着女性的手脚。面对丈夫日渐衰竭的生命力，还有婆婆不断的嘲讽、恶毒的挑剔，这样生活下去是在白白耗掉自己的热血与青春。她不想要这样的生活，不想枯死在寒冷的家中。于是她宣称"我还年轻，我的生命力还很旺盛。我不能跟着你们过刻板似的单调日子，我不能在那种单调的吵架、寂寞的忍受中消磨我的生命……"对她而言，离家是最好的选择。可是当陈主任向树生表白感情，要求她随自己去兰州时，树生似乎看见"丈夫带哭的病脸、他母亲的带憎恶的怒容，还有小宣带着严肃的表情（和小孩脸庞不相称）的苍白的脸"，因此，"她摇着头痛苦地说：'不！不！不！'他以为她在表示她不愿意跟他走，可是她自己都不知道这三个'不'字含着什么意思"。骨子里的传统观念束缚着她，她在把握自身命运时暴露出致命的软弱乏力。她战胜不了自己内心深处的恶魔——封建的伦理道德。所以，面对自身性的原始冲动，树生不敢采取一种堂而皇之的认可态度。即使自愿选择陈主任，她也会被一种莫名的愧疚感与罪恶感折磨着。所以在给汪文宣的信中，她一再煞有介事地表白着：

---

① 陈少华：《二项冲突中的毁灭——〈寒夜〉中汪文宣症状解读》，《文学评论》2002年第2期。

"我绝没有做任何对不起你的事。"尽管这种表白苍白无力,但树生就是需要这种表白,需要用它来安慰自己内心的焦虑与不安。

可见,除政治思想层面上控诉当局腐败之外,《寒夜》还有着宽广深厚的意蕴内涵。对传统文化的思考,对女性解放的反思,作家提出了一系列复杂的婚姻家庭、社会人生问题:在物质与精神极为匮乏的时代,知识分子如何选择自己的道路,如何度过自己的一生?女性在家庭与社会中如何认清自己的位置,把握自己的命运?每个人如何认识自己的性格弱点,并加以克服,发展并完善独立健康的自我人格?如此,等等。这些丰富的人生命题,使《寒夜》具有更大的艺术张力,它不仅给读者以灵魂的震颤,更能引起人们的无限深思。

除了丰富深沉的思想文化意蕴,《寒夜》还以精湛圆熟的艺术魅力打动着读者。

首先,它有一份震撼人心的真实的力量。作家严格按照人物性格的发展以及生活的必然规律来推动情节,客观地反映特定环境下人物的命运出路。巴金谈起《寒夜》中人物的归宿时说:"他们三个人都是我的朋友。我听够了他们的争吵。我看到每个人的缺点,我了解他们争吵的原因,我知道他们每个人都迈着大步朝着一个不幸的结局走去,我也向他们每个人进过忠告。我批评过他们,但是我同情他们,同情他们每个人。我对他们发生了感情。我写到汪文宣断气,我心里非常难过,我真想大叫几声,吐尽我满腹的怨愤。我写到曾树生孤零零地走在阴暗的街上,我真想拉住她,劝她不要再往前走,免得她有一天会掉进深渊里去。但是我没法改变他们的结局,所以我为他们的不幸感到痛苦。"[①] "我没法改变他们的结局"——这就是巴金严格按照现实主义原则创作的结果。针对有人批评巴金在《寒夜》中 "不敢面对鲜血淋漓的现实",作家也作出了类似的答复:"我只写了一些耳闻目睹的小事,我只写了一个肺病患者的血痰,我只写了一个渺小的读书人的生与死,但是我并没有撒谎。我亲眼看见那些血痰,它们至今还深印在我的脑际,它们逼着我拿起笔替那些吐尽了血痰死去的人和那些还没有吐尽血痰的人讲话。……我没有在小说的最后照'批评家'的吩咐加一句'哎哟哟,黎明!'并不是害怕说了就会被人'捉来吊死',唯一的原因是那些被不合理的制

---

① 巴金:《谈〈寒夜〉——谈自己的创作》,《作品》1962年新1卷第5、6期合刊。

度摧毁，被生活拖死的人断气时已经没有力量呼叫'黎明'了。"① 不以自己的主观好恶评判人物，不因同情人物而随意设置或改变他们的命运路径，这就是一个现实主义作家的艺术选择。他以冷静、客观的艺术笔法，真实地再现了下层知识分子的生活状况、命运图景。这样作品才能更有力地达到作家的艺术目标："我想通过这些小人物的受苦来谴责旧社会、旧制度。我有意把结局写得阴暗，绝望，没有出路，使小说成为我所谓的'沉痛的控诉'。"②

其次，它对人物心理的挖掘真实动人。巴金一直都很注意开掘人物的内心世界，《寒夜》在这一点上成就更为突出。作家以生活为依据，充分挖掘并描写汪文宣、曾树生、汪母等人内心感情的丰富性、复杂性，在微妙的心理冲突中将人物性格显露无遗。作品大量的心理描写，融合着对话、动作与场景，既展现了不同人物的独特个性，又带有"复调"的新鲜魅力。

最后，小说构思精巧，匠心独具。整个作品紧扣"寒夜"的命题，开始是文宣在寒夜中寻找树生，结尾是树生在寒夜中回到旧居。其中人物的活动、情节的展开，也大都在寒夜。首尾贯穿，意境悲凉。以点染烘托的手法，使平淡的故事波澜起伏，引人入胜。将汪文宣的死，安排在庆祝胜利的时刻，这与林黛玉死在贾宝玉和薛宝钗成亲之夜，祥林嫂死在鲁镇人们的祝福声中，同样具有深长的寓意。对故事结局的处理，更是匠心独运。树生从兰州回来，死的死了，走的走了，她应该怎样办呢？作者没有解答这个问题，而是让读者自己去思考。这个结局加深了读者的悬念，强化了作品的悲剧气氛，从而取得了更大的艺术效果。③

总之，与前期高亢外露的青春激情不同，巴金在后期的作品中，已将激越的情感内敛为深沉的火焰，压制成艺术的内核，在宽广丰富的意蕴中蕴涵深沉的艺术魅力。尤其是《寒夜》，真正体现了巴金现实主义艺术的成熟，是一部难得的传世佳作。

---

① 巴金：《〈寒夜〉后记》，载《寒夜》，晨光出版公司1947年版。
② 巴金：《谈〈寒夜〉——谈自己的创作》，《作品》1962年新1卷第5、6期合刊。
③ 陈则光：《一曲感人肺腑的哀歌——读巴金的中篇小说〈寒夜〉》，《文学评论》1981年第1期。

第四章　老舍：把握市民社会的跳动脉搏

在中国现代文学史上，老舍以对市民社会的关注与书写而独具特色。"五四"以后，以农民或知识分子生活为题材的作品很多，但作家对普通市民生活的关注却相对薄弱。老舍的出现，打破了这种局面。他将创作的视点切入城市的角角落落，真正把握住了市民社会的脉搏跳动，将一幅市民社会的多彩画卷呈现到读者面前。

第一节　检视市民文化与社会

老舍在营造他的"市民世界"时，并没有仅仅停留在对市民阶层生活的反映与书写上，而是经由对北京市民社会的发掘，达到了对于民族性格、民族命运一定程度的艺术概括，反映了特定历史时期中国社会生活的某些本质方面。从这个意义上说，老舍小说也是那一时期中国社会的一面镜子[①]。

一、古老民族的精神蜕变

"五四"时期，鲁迅以如椽巨笔，画出了"沉默的国民魂灵"，为中国人辟出一条民族自省道路，这给人们以巨大震撼和启迪。对中国传统文化洞烛其微的老舍，又经历了英伦之行，"强国""强种"的环境与弱国子民地位的强烈反差，使他清楚地看到了"中英两国国民性的不同"[②]，从而深受震动。他决定"发心去做灵的文学底工作，救救这没有了'灵魂'的中国人"，"令人走上正轨，做

[①] 赵园：《老舍——北京市民社会的表现者与批判者》，《文学评论》1982年第2期。
[②] 老舍：《我的创作经验》，载《老舍文集》第15卷，人民文学出版社1990年版，第292页。

个好好国民"①。所以，创作伊始，老舍就立志勾画出国民灵魂演进的长卷，给中国人"悬起一面镜子"，"向人心掷去炸弹"②。

《老张的哲学》（1926）、《赵子曰》（1927）与《二马》（1929），是老舍留学英伦时的产物，也是他最早的三部长篇小说。老舍从另一种文化层次，烛照着国民灵魂。老张的"哲学"是赤裸裸的市侩哲学："营商，为钱；当兵，为钱；办学堂，也为钱！同时教书营商又当兵，则财通四海利达三江矣！此之谓'三位一体'；此之谓'钱本位而三位一体'。"他放高利贷，以非法的手段积累金钱，视钱如命，他对待债户抵债卖给他的老婆，从不许其吃饱，饿了只许喝水，按他的说法："少吃饭，多喝水，夜间永远不做梦，既省钱，又省梦！"他发现"有钱无势力，是三条腿的牛"，于是他又往政界爬，居然爬到北郊自治会长的位置，后被做师长的盟兄向北京政府保荐，当了南方某省的教育厅厅长。老张到处为非作歹，终造成两对知识青年的爱情悲剧。《赵子曰》取材于北京公寓里大学生的灰色生活。作品描写糊涂混世的大学生赵子曰，荒废学业、追慕虚荣、萎靡怠惰、无所事事。他虽处于风云变幻的时代，却是老大民族中"不大爱睁眼的"一个。老舍饶有深意地取《百家姓》的首姓和《论语》第一章开头二字，作为他的姓名，旨在说明赵子曰不是一时一地之人，而是带有普遍性，不啻为新时代"年轻人物"国民灵魂病态的象征。《老张的哲学》与《赵子曰》是老舍初登文坛的献礼。

如果说《老张的哲学》和《赵子曰》已初现作家反思民族文化精神的题旨端倪，那么，《二马》的问世，则将这一问题引向了更深的层面。老舍塑造的马则仁，是"'老'民族里的一个'老'分子"，他思想僵化、因循守旧、苟且偷安。"一辈子不但没用过他的脑子，就是他的眼睛也没有一回盯在一件东西上看三分钟。为什么活着？为作官！怎么能作官？先请客运动呀！为什么要娶老婆？年岁到了吗！怎么娶？先找媒人呀！娶了老婆干吗还讨姨太太？一个不够吗！"这就是他的人生哲学。他重官轻商，只会套人情、讲面子，他既无经营任何事业

---

① 老舍：《灵的文学与佛教》，载《老舍文集》第15卷，人民文学出版社1990年版，第445、447页。

② 老舍：《我怎样写〈猫城记〉》，载《老舍生活与创作自述》，人民文学出版社1982年版，第28页。

的心，也反对别人帮助他进行改革，最终使其古玩店陷入困境。老马人没老，心却老了！他就这样敷敷衍衍糊里糊涂地活了一生。老舍痛心地说："完全消极，至少可以产生几个大思想家。完全积极，至少也叫国家抖抖精神，叫生命多几分乐趣。就怕，像老马，像老马的四万万同胞，既不完全消极，又懒得振起精神干事。这种好歹活着的态度是最贱、最没出息的态度，是人类的羞耻。"从马则仁身上，老舍揭示了中华民族的"老化"的弱点，这关乎着一个民族在世界上的生存能力。作家为此表现出了强烈的民族忧患意识。他说："民族要是老了，人人生下来就是'出窝儿老'。出窝儿老是生下来便眼花耳聋痰喘咳嗽的！一国要是有这么四万万个出窝儿老，这个国家便越来越老，直到老得爬也爬不动，便一声不吭的呜呼哀哉了！"这段文字有着振聋发聩的力量，警醒着当时及后世的每一个中国国民。

　　三十年代，老舍回到国内，日夜思念的故土依然处于水深火热之中，忧心如焚的作家只得以笔为旗，继续倾泻着浓郁的民族忧患意识。《猫城记》（1932）、《离婚》（1933）、《牛天赐传》（1934）等，都是这种情绪的产物。对于《猫城记》，我们留待后面细述，这里重点分析后面两部作品。

　　《离婚》是老舍创作走向成熟的标志。他总结了七年来创作的成败得失，特别是吸取了进步文艺界对《猫城记》的批评意见，对社会生活进行了更为深入独特的概括。老舍抓取他最熟悉的、最能表现自己艺术才华的那部分生活——北平市民的灰色悲剧作为创作素材。尤其擅长表现的，是这个社会中那些尚保留着东方封建传统"美德"的驯顺、温良、讲礼节，但也极端保守自私、因循苟且的"老中国儿女"。《离婚》中的张大哥，就是这样一个旧派市民人物的典型。他是"一切人的大哥"，是市民圈子中的一个智者。这个财政所的庶务科长，简直是生活圈子中的显微镜兼天平。他有着一套等同日用百科全书的生活经验，被同僚和朋友视为"常识的结晶"。他什么都懂都会，走到哪里人缘都好。作家通过一系列典型情节，揭示了张大哥全部的聪明才智绝不是什么大智，而只是市民性格中维护自身的私利，使自己能够在夹缝中求得尽可能平安无事生存的一种本能，是庸人的小聪明。他身上的每根毫毛都合着社会的意思长，而绝没有一根"倒毛"。不论对什么人，他都不说一句伤人的话，因为在他看来，骂一句人都是有悖于礼教的。对张大哥，老舍在《怎样写〈离婚〉》一文中说："我不认识他，可是在我二十岁至二十五岁之间我几乎天天看见他。他永远使我羡慕他的气度与服装，而且时时发现他的小小变化；这一天他提着条很讲究的手杖，那一天他骑上自行车——稳稳的溜着马路边儿，永远碰不了行人，也好似永远走不到目的地，太稳，稳得几乎像凡事在他身上都是一种生活趣味的展示。"作家让这位张大哥统领着小说中的一群人物——都是闹婚姻纠葛的人，演出了一幕幕平庸卑琐的几乎无事的悲剧。通过这些百无聊赖的纠葛，作家对部分灰色人物平庸敷衍的"市民哲学"作出了批判。

从《老张的哲学》到《离婚》，老舍一直是通过反映市民阶层的精神世界达到批判国民劣根性的启蒙主义创作主旨，并且这一艺术目标日趋明晰。《牛天赐传》是又一收获。老舍试图在广阔的市民生活的背景上，从历史文化传统上，从特定的政治和经济条件上，探索国民软弱、妥协、迂腐、自私性格形成的土壤。

牛天赐是一个弃婴，被没有后嗣的牛家收养。天赐自小生活在小市民庸俗、虚伪、尔虞我诈的恶浊氛围中。他所接触的每一个人都向他展示一种生活，而他就像块"海绵"一样，不分好坏、不辨真伪地吸收一切。母亲牛老太太一心指望他当官，想把他培养成达官贵人。而父亲牛老者，却让他真正明白了钱的重要。传统文化中的"仕文化"（即官本位）与"禄文化"（即钱本位）灌输着他。此外，塾师的传习、学校的教育、社会的浸染，非但没有使他学会丁点儿谋生本领，反倒沾染了不少恶习气。随着父母的辞世，其家境迅速衰败，已届成年的天赐终于沦落为穷人。作家以牛天赐的成长历程，向世人展现中国传统的家庭与社会文化是如何将一个天蒙未启的纯洁生命，逐渐塑造成典型的"国民性格"的。牛天赐不过是中国芸芸众生中极普通的一分子，他的经历带有很大的普遍性。《牛天赐传》是作家探索国民性形成原因的结果，他对中国传统教育工作的质疑与批判，又加大了作品的思想力度。

老舍曾对东、西方文化作过比较，他认为：西方的精神是进取的，我们是因循守旧的；西方办事认真，我们办事马虎敷衍；西方振作，我们萎靡；西方按法律、契约办事，我们按人情、面子办事。他希望以西方人的进取精神作为救治我们古老文化的药剂。这也正是"五四"作家们的理想。老舍的深刻在于他敏锐地捕捉到了顽固保守的传统文化对外来文明的强大同化、改造功能，它使美好的外来文明在我们国土上发生了可怕的变异。

第四章　老舍：把捉市民社会的悲喜纤动

"五四"时期，"个性解放""婚姻自由""恋爱至上"等西方思潮传入我国，曾对青年产生过极大影响。老舍既看到了其进步性，又看到了"西洋文明"被扭曲的可怕。由蓝小山、欧阳天风、小赵、胖校长侄儿、蓝东阳、张文等人组成的"孔教打底、西法恋爱镶边"的"自由恋爱"世界，其实是将女性当玩物，严重摧残女性身心健康的污秽世界。他们制造了许多青年女性上当受骗、失身堕落的悲剧，让人看了感到恐惧、心悸！例如，张秀贞失身于小赵而不敢吭声（《离婚》）；《月牙儿》女主人公失身于胖校长侄儿后正式上市卖"肉"；《阳光》中的女主人公发展成纵欲的典型，最后失去了生命"阳光"的痛苦；《微神》中女主人公死于打胎……这些女性的悲剧除了有社会的原因外，也与她们想尝尝"自由恋爱"的甜头以及性心理的幼稚懦弱有很大关系。我们在老舍小说里，很难找到青年男女由"自由恋爱"而组合成的"幸福"家庭，他们的"自由恋爱"都是以人性的异化、扭曲、悲哀、痛苦而告终的。这就进一步让我们看到：是病态社会的病态文化造成了小人物的人性异化；而小人物的人性异化才是老舍小说重点表现的性格悲剧。

即使是西方健康文明的文化思想传输进来，若没有健全的民族性格，也只能产生滑稽可笑的后果。赵子曰所谓的中国"简捷改造论"，就典型地代表了其对西方文化的态度。在他看来，"改造中国是件容易的事，只需大总统一道命令：叫全国人民全吃洋饭，穿洋服，男女抱着跳舞！这满够与洋人争光了！至于讲什么进取的精神，研究、发明等，谁有工夫去干呢！""洋人发明什么，我就享受什么，洋人日夜的苦干，我们坐在麻雀桌上等着，洋人在精神上岂不是我们的奴隶！"具有这种思维方式与价值尺度的人，他们所择取的也只能是西方文化的皮毛与糟粕。

病态消极的文化观不仅对异质文化具有可怕的同化、改造功能，而且在同西方文化的交融、撞击中，往往容易同这一文化中的腐恶成分一拍即合，恶性发展，极大地腐蚀着世风。老舍为此深表忧虑。也正是这后一种发现和忧思，使得老舍卓然独立于现代作家之列。

老舍曾以不少的篇幅去写深受西洋文化陶冶的中国的"洋博士"们。短篇小说《牺牲》、长篇小说《文博士》等，即属此类作品。老舍从毛博士（《牺牲》）和文博士（《文博士》）身上，发现了只得西方文化皮毛，而未得其中真义的都市灵魂，以及这些灵魂在旧中国"腐臭社会"的文化土壤上的恶性膨胀。

曾经留学哈佛的毛先生，处处以"美国精神"作为标准来衡量自己遇到的一切。然而他们所理解的"美国精神"却只是"家中必须有澡盆，出门必须坐汽车，到处有电影院，男人都有女朋友……女人们好看，客厅必有地毯"。他只对"金钱、洋服、女人、结婚、美国电影"感兴趣。虽满身洋服，却遮不住他那颗带着洋奴味的古老灵魂。在男女关系上，他信奉的仍是"嫁给任何人，就属于任何人"的"夫为妻纲"的传统道德。当妻子因不堪他"只为睡觉"的夫妻生活而逃离时，毛先生为妻子的"不守妇道"而怒火中烧。在日常的社会交往中，他亦如此。"立合同的时候是美国精神。不守合同的时候便是中国精神。"毛先生关于"美国精神"的理解正源自他骨子里那不曾变化的"古老鬼魂"。

同毛博士一样，裹在文博士洋装内的依然是颗"古老的鬼魂"。他认为留洋五年就是"当代状元"，回国之后，"地位、事业，都给咱们留着呢；就是那有儿女的富家也应当连人带钱双手捧送过来"。为了谋得好差事，跻身于上流社会，他巧于钻营，丢尽人格。为攀附权贵，他竟充当了近于"男妓"的角色。他也觉得难堪，但又告诫自己："文博士，请忍耐一些！"明知自己的灵魂被"卖"，但他也安于此："卖就卖了吧，反正他们有钱，不在乎！"就这样，所谓的高级知识分子在东西方文化中消极因素的双重腐蚀下，灵魂被绞杀了。

深刻认识到国民性的萎靡颓弱，老舍特别渴望能够重铸健全的国民性格与文化环境。所以，他不断地进行探索，期望能够找到真正的救治国民劣根性的途径。这既是他创作个性中的理性倾向使然，也是他作为一位思想家，自觉地意识到自己所应肩负的民族使命使然。我们姑且不对其具体方法作出评论，老舍对疗救办法的执拗追求已诚为可贵。

二、关于《猫城记》

写于1932年的长篇小说《猫城记》，是老舍创作中风格较独特的一部。说它独特，首先因为这是一部寓言体讽刺小说，文字泼辣凌厉，迥异于作家惯常作品的从容平和与诙谐幽默。其次这又是一部充满争议的作品，出版至今，不同时期的不同研究者对它都有着不同的理解与评价。它还是老舍创作中唯一一部因政治倾向问题而遭到封杀的作品。就连作家本人也曾多次表态，对《猫城记》作了

第四章 老舍：把捉市民社会的悲喜纤动

前后不一且日趋严厉的批评。所有这些都令人困惑，同时也吸引我们对《猫城记》这部作品进行一番仔细探讨。

《猫城记》于1932年8月在《现代》杂志上连载，次年4月连载毕。8月由现代书局出版单行本，大受读者欢迎，两个月后即再版。作者自己也相当满意，他说："《猫城记》是个噩梦。……可是写得很不错。"① 当时的评论界对它持肯定意见者居多。最早评价的是谐庭，他认为，《猫城记》的艺术、思想都达到"成熟的地步"，其"情节完全是独创的"，"借了想象中的猫国把我们中国现代社会挖苦得痛快淋漓，而作者始终保持住一种冷肃的态度。文字的优美一如以前诸作，而内容情节之穿插较以前作品进步极多。这本小说是近年来极难得的佳构"。② 李长之和王淑明的批评，则兼有肯定与指责。李长之详细列举了小说对"中国一般的国民性"讽刺批判的事实，肯定老舍在刻画灰色世界中灰色人物的嘴脸方面很是成功。他同时又指明了作品的缺陷："说到文艺，我不承认《猫城记》是好的文艺。我觉得它是一篇通俗日报上的社论，或者更恰当点说，它不过是还算有兴味的化装讲演。"③ 王淑明虽然也肯定《猫城记》"给一个将近没落的社会，以极深刻的写照"，堪称"现在幽默文学中的白眉"，但他也批评了《猫城记》的缺点，指出老舍在小说中"把猫人的丑恶形态，写得坏到无以复加"，"没有在这些黑暗的背后，看出光明底微弱影子来"。④

从当时的这些评论来看，无论是肯定性还是否定性批评，都不是从政治角度进行的。1947年，小说改由上海晨光出版公司印行后，还连续印刷过几版。作者决定"绝版"，文学史家评论为有"政治错误""倾向错误"，将《猫城记》打入冷宫，是在五十年代以后才出现的事。

1951年，老舍对《猫城记》作了如下批评：

> 最糟的，是我，因为对当时政治的黑暗而失望，写了《猫城记》，在其中，我不仅讽刺了当时的军阀、政客与统治者，也讽刺了前进的人物，说他们只讲空话而不办真事。这是因为我未能参加革命，所以只觉得某些革命者

---

① 老舍：《老舍文集》第7卷，人民文学出版社1984年版，第309页。
② 谐庭：《〈猫城记〉》，天津《益世报》副刊《文学周刊》1933年第43期。
③ 李长之：《〈猫城记〉》，《国闻周报》1934年第11卷2期。
④ 王淑明：《〈猫城记〉》，《现代》1934年第4卷第3期。

未免偏激空洞，而不明白他们的热诚与理想。我很后悔曾写过那样的讽刺。并决定不再重印那本书。①

批评的调子骤然靠近政治倾向问题。1952年，老舍又说，"甚至写了《猫城记》那样有错误的东西，也拿去发表"。② 1953年，他还说："《猫城记》因思想有错误，不再印行。"③ 这与作家在作品发表之初的欣悦（"可是写得很不错"）已截然不同。到底是什么原因使作家的态度发生了如此大的转变？是时间的推移提高了作家评判作品的审美尺度，还是有什么其他原因呢？而这一时期的新文学史家也对《猫城记》作出了较一致的否定性评价。先是有文学史家认为这是一部"失败了"的作品④。接着，又有文学史家说它是"有错误的作品"⑤，"离开了真实……产生出有害的内容来"⑥。甚至还有一部现代文学史著作指责老舍"不分敌我地将反动势力和革命人物给予同样的讽刺和打击"，因而断言小说"存在着倾向性的错误"⑦。批判的调子明显升级。到"文化大革命"时期，《猫城记》更被当作"媚敌卖国的反动小说"⑧而遭到批判。

八十年代后，中国文学研究界开始重新评价《猫城记》。虽依然存在分歧，但大部分学者都认为《猫城记》表现了作者一贯所持有的进步立场。作者从关心祖国、民族的命运和前途出发，将他回国以后所亲历的国民党反动派统治下的黑暗现实，从各个方面作了相当全面的概括，从而使作品成了"当代政治的一幅讽刺画"。《猫城记》认真地探索了中国贫困落后的原因，表现了作者追求真理的巨大热情；它没有以前几部作品的那种幽默、轻松的调子，而是饱含着作者的失望、悲痛、愤怒和叹息，表现出一种很深沉的忧国忧民的感情。但另一方面它又不免存在着一定的缺点和错误，有些还是比较严重的。它没有提出积极的主张

---

① 老舍：《老舍选集·自序》，开明书店1951年版。
② 老舍：《毛主席给了我文艺新生命》，《人民日报》1952年5月21日。
③ 老舍：《离婚·新序》，晨光出版公司1953年版。
④ 王瑶：《中国新文学史稿》（上），开明书店1951年版，第231页。
⑤ 丁易：《中国现代文学史略》，作家出版社1955年版，第272页。
⑥ 刘绶松：《中国新文学史初稿》（上），人民文学出版社1956年版，第374页。
⑦ 复旦大学中文系现代文学组学生集体编著：《中国现代文学史》（上），上海文艺出版社1959年版，第421-422页。
⑧ 《媚敌卖国的反动小说》，《北京日报》1969年12月12日。

与建议,未能精到地搜出病根和给猫人想出办法来;但最主要的还是有的地方对革命进行了不正确的描写,造成了不良的社会影响。……这里固然表现了作者对于反动政治的不满,对于那些只挂招牌不办实事甚至借政党以营私的无聊政客们的厌恶与失望,但也说明作者当时对于无产阶级及其政党中国共产党所领导的革命事业,是缺乏正确的认识的……从整体上说,《猫城记》的成就仍然是主要的,它的缺点与错误并不占支配地位,只能算是一种支流。[①]

《猫城记》还有一个很重要的内容,就是对"国民性"的解剖与批判。三十年代初,老舍回国后,看到日夜思念的故土依然一片黑暗,心中异常苦闷。接着又相继发生"九一八"事变、"一·二八"事变,大片国土沦丧,民族危机日益深重。老舍为此忧心如焚,他说:"对国事的失望,军事与外交的种种失败,使一个有些感情而没有多大见解的人,像我,容易由愤恨而失望。"[②] 从作品中,读者就能够清晰地听到作家对社会现状的抨击与抗议之声。同时,老舍还发挥他刻画国民精神的特长,极尽想象地勾描了猫国文化与猫人精神的畸形状态。他尖锐地指出:"国家灭亡是民族愚钝的结果。""武力缺乏,永远不是使国际地位失落的原因。国民失了人格,国便慢慢失了国格。"而猫国灭绝的原因,主要不在于外敌的侵略,而在于自身的愚弱涣散,在于猫人麻木、卑怯、糊涂、自私的病态灵魂。作品中有这样一个细节:有一次,"我"捉住打死猫兵的大蝎,让四围的兵将他捆起来,可是却无人上前;"我"又罚大蝎赔偿死者的家小一笔款,但却无人告以死者家属的地址。他们就是这样互不关心,"没有帮忙的习惯",哪怕只是说一句话。至于猫人的无见识、不觉醒、好围观,这种场面在作品中更是多次出现。大鹰为了猫国人民而牺牲,可是当他的头被悬挂起来以后,猫人们却只知道糊里糊涂地围观、看热闹,并因此而挤死了三位老人和两名妇女。这是多么令人痛心的悲剧性场面!

如果说鲁迅在二十年代塑造了阿Q这一典型,那么三十年代老舍则从各方面发掘了一个民族中所存在的"阿Q性"。他以此向国人敲响警钟,若再不及时救治国民的灵魂,那将面临亡国灭种的危机。这体现了老舍身为艺术家的敏感和民

[①] 陈震文:《应该怎样评价老舍的〈猫城记〉》,《辽宁大学学报》1982年第1期。
[②] 老舍:《我怎样写〈猫城记〉》,载《老舍文集》(第15卷),人民文学出版社1990年版,第188页。

族忧患意识，从而也使《猫城记》具有了现实主义的批判力量。

三、都市底层命运观照

在审视国民劣根性时，老舍还特别注意到，由于民众的愚昧落后，善良的人们会于无意识中犯下深重罪孽，他们本身是封建制度、封建礼教的受害者，但又会以同样的禁律桎梏着年轻人。

在第一部长篇小说《老张的哲学》中，老舍刻画了一个丰满的老妇人形象——赵姑母。她是个慈祥的老人，自身受过生活的折磨和婆婆的虐待，在她身上有着中国劳动妇女的美好品德，处处替别人着想，把痛苦埋在自己的心底。李静姐弟父母双亡之后，她给了侄辈以全部的母爱，在家境不宽裕的条件下，尽力让他们的温饱问题得到解决，也让他们感受家庭的温暖。可是，就是这位饱受封建礼教摧残的妇女，却被封建礼教所荼毒。她本着"对于李氏祖宗负责任"的原则，毫不犹豫地破坏了侄女与恋人王德的纯真爱情，满怀"好心"地将李静送去替自家抵债，让她去充当老张的小妾！她有着自己对待男女关系的一定规则："我就不爱听你说姑娘心目中有人。我们小的时候，父母怎样管束我们来着？父母许咱们自己定亲吗？""我爱我侄女和亲生的女儿一样，我就不能看着她信意把自己毁了！我就不许她有什么心目中人，那不成一句话！"她把自己百般疼爱的侄女送上去做小妾的大马车时，对姑娘说："这是正事，作姑母的能有心害你吗！有吃有穿，就是你的造化。……嫁个年轻的愣小子，一天打骂到晚，姑母不能看着你受那个罪！"后来老张娶妾一事，被几方面的力量联合一道给冲掉了，原本如同慈母的赵姑母，居然跟亲侄女一刀两断。终于，李静在孤立无助之下，走上了绝路。赵姑母，这位都市底层的"中国好妇人"，她的所作所为，只是秉承千古不变的封建伦理观念罢了。她辛苦操持侄女的终身大事，无意中却把孩子推进了火坑！世上会有老张之流制造的罪孽，而其罪孽的兑现，则须靠着这一群又一群、一代又一代的"好人"们才能完成。还是小说中说得深刻："世上不怕有蓝脸的恶鬼，只怕有黄脸的傻好人，因为他们能，也甘心，作恶鬼的奴仆，听恶鬼的指使，不自觉的给恶鬼扩充势力。……恶鬼可以用刀枪去驱逐，而傻好人是不露形迹地在树根底下钻窟窿的。"不错，李静是被老张逼死的，但善良而愚昧的赵姑母，也从旁加了一分助力。

当然，比起鲁迅，老舍对这种吃人礼教的批判还不够深刻有力，他的"一半恨一半笑的"看世界的态度冲淡了他的控诉力量。但他在第一部长篇小说中就活画出一幅礼教吃人图：恶人吃人，善良的人被吃；好人受害，受害者也在不自觉中帮助害人者去害人和害己。并且，在以后的创作中，老舍仍继续沿着这条路子，关注着都市底层市民的精神状态。他发现，愚昧、麻木的精神畸形，并不仅仅是封建礼教、专制制度使然，残酷的黑暗现实也造成了人们精神上、心理上的变态。

老舍毫不隐讳地描写了下层个体劳动者被贫困生活所歪曲和损害的性格。《牛天赐传》中的老刘妈，也是一个受苦人，但为了生存，她从生活中得出一种经验：拼命排挤和贬低同类，把他们踩在脚底下以抬高自己。她最终变成了主人的"狗"。而《骆驼祥子》里的高妈不能说不是个好人，她受过很多苦，她同情祥子，但苦难的生活也教会了她把自己的一点钱放高利贷，她自己身受过高利贷的无情盘剥，但"由这种经验，她学来这种方法"，而且干得很厉害很毒辣："她的厉害是由困苦中折磨中锻炼出来的。……她知道非如此不能在这个世界上活着。"老舍说："愚蠢与残忍是这里的一些现象；所以愚蠢，所以残忍，却另有原因。"这原因，就在于社会对人的摧残和扭曲，在困苦生活的折磨中，人们失去了本性，恢复了兽性。而祥子，最终也不能不与别人抢生意，不抢他活不下去；他不能不使奸耍滑，因为他老实了大半生并没得到什么好处；他不再为什么希望奔波，因为生活从来没有让他满足过一点希望。老舍说："人把自己从野兽中提拔出，可是到现在人还把自己的同类驱逐到野兽里去。祥子还在那文化之城，可是变成了走兽。一点也不是他自己的过错。……他不再有希望，就那么迷迷糊糊地往下坠，坠入那无底的深坑。他吃，他喝，他嫖，他赌，他懒，他狡猾，因为他没了心，他的心被人家摘去了。"各种黑暗势力一起压在他的头上，不仅摧垮了他的肉体，也摧垮了他的精神、他的灵魂和他的信念。

老舍剖析小市民愚昧麻木的精神病态，并不仅仅为讽刺其国民劣根性，而是要挖掘造成这种状况的社会文化根源，这体现了老舍对下层民众的悲悯与同情。出身北京城贫寒人家，自小饱尝饥寒酸辛的老舍，对下层人民的生活与命运有着本能的牵念。他了解他们的思想、性格、习俗，了解他们的哀与乐。老舍说："我自己是寒苦出身，所以对苦人有很深的同情。我的职业虽使我老在知识分子的圈子里转，可是我的朋友并不都是教授学者。打拳的，卖唱的，洋车夫，也是我的朋友。……我理会了他们的心态，而不是仅仅知道他们的社会状况。"① 正是由于感情上的息息相通，当老舍提笔写作时，眼前就会浮现出一幕幕生存惨剧。切肤的"苦人儿"的血泪挣扎催生了《微神》《柳家大院》《月牙儿》《我这一辈子》等一大批小说。

  这些作品中的悲剧人物，大多是都市下层的劳苦大众。他们的悲剧命运是他们所处的那个社会"赐予"的，在他们的四周上下密布着层层的网罗，他们只在极其狭窄的天地里苟且地活着，又默默地死去；他们只能按照社会为他们安排就了的样子去忍受生活的折磨，直到把生命完全耗尽，才是他们苦难的尽头。《微神》以一个爱情悲剧，反映了人生的艰难苦痛。一对纯情男女，却因着生活的困苦而最终毁灭了美好姻缘。《柳家大院》里那位被迫上吊的王家小媳妇，也是被贫穷杀死的。贫穷的婆家以"一百块的彩礼"将她从赤贫的娘家买来后，就把她当成了出气筒。公公老王对她横挑鼻子竖挑眼，"为三个钱的油，两个钱的醋，他能闹得翻江倒海"；丈夫"小王呢，石厂子在城外，不住在家里。十天半月的回来一趟，一定揍媳妇一顿"；小姑子二妞"虽然常拧嫂子的胳膊，可也究竟是不过瘾，恨不能看着哥哥把嫂子当作石子，一下子锤碎才痛快"。邻居虽愤愤不平，但也都明白这样一个朴素而残酷的道理："腰里没钱心似铁。"《月牙儿》里的母女没有任何过分的要求，她们只是想过上最起码的"人"的生活，但她们的结局比她们想要摆脱的那种不幸更悲惨，女儿做了妓女，又被投进监狱。在监狱里她得出结论说："狱里是个好地方，它使人坚信人类的没有起色；在我做梦的时候都见不到这样丑恶的玩意儿。自从我一进来，我就不再想出去，在我的经验中，世界比这儿强不了许多。我不愿死，假若从这儿出去而能有个较好的地方；事实既不这样，死在哪儿不一样呢。"《我这一辈子》中的"我"，一个从裱糊匠出身又干了一辈子三等警察的老实人，他一生谨慎小心，饱尝了人世间的辛酸；他使尽了全部的聪明本事只求得一个温饱。但就连这一点他也没能保住。他和《月牙儿》的女主人公对生活得出了同样的结论："我的眼前时常发黑，我仿佛已摸到了死。哼！我还笑，笑我这一辈子的聪明本事，笑这出奇不公平的世界，希望等我笑到末一声，这世界就换个样儿吧！"《歪毛儿》里的主人

---

① 老舍：《老舍选集·自序》，开明书店1951年版。

公对个人生活并无所求，只是因为他不肯同这个病态的社会合流，便失业、坐牢，潦倒终生！《骆驼祥子》中的祥子，面对乖戾多舛的悲剧命运，他不禁问道："我招谁惹谁了?!"孙侦探为他作了回答："你谁也没招；就是碰在点儿上了！人就得胎里富，咱们都是底儿上的。"的确，祥子谁也没招没惹，就是因为他生在这个大罗网里，而且是在"底儿上"，所以他注定一生倒霉。无论是祥子，还是老三等警察，或是《月牙儿》里的母女，只要他们想用个人的力气和本领从这个罗网里找个缝隙钻出去，这个社会就不允许；他们所面对的是整个的旧势力和旧的社会制度，他们要想用个人的力量去与这种势力相对抗，他们的悲剧命运就无可避免。

第二节 庶民文学的经典《骆驼祥子》

1936年夏，老舍辞掉教职，专心创作长篇小说《骆驼祥子》。同年9月，小说在《宇宙风》上连载，至1937年10月续毕。老舍对这部小说十分满意，声称"这是我的重头戏，好比谭叫天唱《定军山》"[①]。的确，《骆驼祥子》体现了老舍三十年代创作的最高艺术水准，堪称我国现代文学史上庶民文学的经典之作。

一、"个人主义的末路鬼"

《骆驼祥子》写的是一个普通车夫——祥子的一生沉浮，表现了下层人民的悲剧命运。祥子是一个破产的农民。在乡间，他失去了父母与几亩薄地，十八岁就跑到北平城挣饭吃。"带着乡间小伙子的足壮与诚实，凡是卖力气能吃饭的事儿几乎全做过了"，最后选中了"拉车"。他善良、诚实，"坚壮，沉默，而又有生气"。他把买一辆自己的车作为生活目标，幻想着有了车就如同在乡间有了地一样，能凭着自己的勤劳换取安稳的生活。祥子身体棒，心气足，干活实在，苦拼了三年，终于攒够了钱，买下一辆新车。不料才半年就被匪兵抢去，他也被抓了差。祥子趁着夜幕虎口逃生，路上捡到三匹骆驼，卖了三十五元钱，准备积攒着买第二辆车。可是到了再一次快要能够买得起新车的时候，他的钱却让借办案

[①] 转引自亢德：《本刊一年》，《宇宙风》1936年第25期。

之名假公济私的孙侦探给抢走了。接着,祥子又落入了车厂主刘四之女虎妞设下的圈套,无奈之下娶了这个比他大十五六岁的老姑娘,并用她的私房钱买下第三部车。不久虎妞因难产死去,祥子只得卖掉车子料理丧事。三起三落的买车—失车变故,实际上正是祥子坎坷多舛命运的折射,接连不断的磨难最终把祥子击垮了,他不仅失去了健康的身体,也丧失了坚强的精神。几年前那个正直善良、自尊向上的年轻车夫,最后堕落成一个狡猾、掏坏的街头流氓。

  谈到《骆驼祥子》的创作动机,老舍说,他"所要观察的不仅是车夫的一点点的浮现在衣冠上的、表现在言语与姿态上的那些小事情了,而是要由车夫的内心状态观察到地狱究竟是什么样子。车夫的外表上的一切,都必须有生活与生命上的根据。我必须找到这个根源,才能写出个劳苦社会"[①]。"由车夫的内心状态观察到地狱究竟是什么样子",正是这部作品构思的主轴、焦点。作家从一个人力车夫一生的浮沉际遇,展示出都市底层贫苦市民的悲苦生活图景,暴露了旧中国形同地狱的黑暗本质。祥子不过是想靠自己的力气挣得属于自己的一辆车子,但就是这么一个微小的愿望,却始终不能实现。他付出了血汗,却换来了理想的一次次落空。不是车子被乱兵抢去,就是钱被孙侦探讹走,再不就是被贫穷逼迫而不得不卖掉车子。他不明白为什么自己拼命苦干,结果却是这样糟糕,懵懂的祥子不禁问道:"凭什么?""我招谁惹谁了?!"在当时军阀混战和政治黑暗的时代背景下,像祥子那样的城市底层小人物,时时处处都在被蹂躏被损害的凄惨境地中。残酷的社会也会扭曲人性,使亲情变得畸形。被穷困逼迫的二强子就把女儿小福子卖给了一位军官,后又狠心地逼女儿去"卖"。柔弱、深情而又善良、高洁的小福子,几经周折还是沦落到了"白房子",最终因不能忍受非人的蹂躏而自缢身亡。

  《骆驼祥子》中以祥子的行踪为线索,将笔触深入当时北平的各个角落。西安门大街刘四人和车厂对人力车夫无休止的榨取和车夫的苦痛挣扎;电影院附近小茶馆中人力车夫辛酸的、不平的闲话和食不果腹的三餐,西城毛家湾大杂院没有春天的、充满了痛苦打骂的非人境遇,西直门外白房子中靠"卖肉"维持一家人生活的不幸女人……作家以滴着血和泪的笔墨,画出人间阴森而黑暗的活地

---

① 老舍:《我怎样写〈骆驼祥子〉》,载《老舍生活与创作自述》,人民文学出版社1982年版,第46页。

狱来。老舍对黑暗不公的社会发出了严正抗议："一场雨，也许多添几个妓女或小贼，多有些人下到监狱去；大人病了，儿女们作贼作娼也比饿着强！雨下给富人，也下给穷人。下给义人，也下给不义的人。其实，雨并不公道，因为下落在一个没有公道的世界上。"作家以极其尖锐的语言揭破了这个人间地狱的本质。在这样的社会中，身处社会底层的祥子们，终究都无法逃脱悲惨的运命。

与同时代的很多作品不同，《骆驼祥子》并没有仅仅停留在对黑暗社会的揭露与批判上，它还进一步从受害者自身找原因，对祥子个人奋斗的做法进行了批驳，这就是《骆驼祥子》的深刻独到之处。祥子与命运的抗争，不可谓不酷烈，但这仅仅是他个人的行动。为摆脱苦难，他选择了孤军奋战；他的全部资本，不过是一己的年轻力壮与要强争胜。祥子不曾希望得到，也不可能得到外力的支持。最初拉活儿的时候，他就咬定，只要"有自己的力气与洋车，睁开眼就可以有饭吃"，所以，除了拉车，他杜绝一切嗜好，连跟别人多说两句话的兴趣都没有。等到用三年血汗钱换来的头一辆新车被抢走之后，他仍然不怀疑以前的奋斗方式，而是更铁了心地去为挣得第二辆车子拼命，甚至"有许多次，他抢上买卖就跑，背后跟着一片骂声"，他都在所不惜。抢夺别人手中的活儿，与抢夺别人的饭碗差不多，他虽有一份内心的歉疚，可也准备好了安慰自己的理由："我要不是为买车，决不能这么不要脸！"这就反映出小生产者在争取自身生存利益时，彼此之间必然会产生的心理隔阂。书中就此写道："同是在地狱里，可是层次不同。他们想不到大家须立在一块儿，而是各走各的路，个人的希望与努力蒙住了各个人的眼，每个人都觉得赤手空拳可以成家立业，在黑暗中各自去摸索个人的路。祥子不想别人，他只想着自己的钱与将来的成功。"几次三番的落败，连同周围许多人力车夫这样那样的惨痛下场，都没能叫祥子看清自己的失误在于个人奋斗的道路走不通，他仅存的思想能力，只能教他服服帖帖地"认了命"。

身处黑暗残酷的社会，而又只知个人奋斗的祥子，最终只能落得这样的结局："体面的，要强的，好梦想的，利己的，个人的，健壮的，伟大的，祥子，不知陪着人家送了多少回殡，不知道何时何地会埋起他自己来，埋起这堕落的，自私的，不幸的，社会病胎里的产儿，个人主义的末路鬼！"这一悲剧具有历史的必然性，有其社会原因，也有祥子自身方面的原因。

祥子的个人奋斗方式根源于小生产者的思想弱点，是"老中国的儿女"的弱点，是落后的经济文化的产物。老舍对这种思想的批判，即对城市贫民性格弱点的批判，就纳入了他"批判国民性弱点"这一总主题中。从祥子的悲剧中，作家还十分关注并探究人物的文化心态。进城后的祥子，在生活理想、生活道路、生活方式、生活习惯等方面，依然都带有强烈的农民意识。他既保持着农民意识中的优良品德，如质朴、忠厚、勤劳、善良；又固守着农民意识中的劣性东西，抱着封闭的、落后的、狭隘的农民意识走个人奋斗道路，这就决定了他走这条道路的悲剧性。所以，祥子"三起三落"的悲剧与他落后的农民意识有着不可分割的内在联系。老舍不是笼统地否定祥子的个人奋斗道路，而是否定了祥子那种带有浓厚的农民意识的个人奋斗。在描写祥子的农民意识时，作为陪衬与对照，老舍还对市民意识作了观照并批判。祥子与虎妞的结合，他们之间的争吵、矛盾与冲突，实际上就反映了农民意识与市民意识的冲突与融合。"老舍通过一个具有复杂文化意识的祥子，完成了对农民意识和市民意识的双重审视任务。"①

尽管封闭、保守的农民意识在很大程度上决定了祥子必然采取个人奋斗的方式，而这又是导致其走向悲剧的一个重要原因，但是，丧失了农民意识，或者说市民意识对祥子农民意识的征服或剥蚀，又必然使祥子陷入道德沦丧、人性泯灭的悲惨境地。也就是说，城市化过程中产生的道德沦丧、金钱欲望等，是能够把美好的人性吞噬殆尽的。由此而产生的悲剧，就是心灵的悲剧、人性的悲剧。依此来解读《骆驼祥子》，它所描写的，是一个来自农村的淳朴的农民与现代城市文明对立所产生的道德堕落与心灵腐蚀的故事。作家所关注的，是对城市文明病与人性关系的艺术思考。这无疑更进一步地拓展了《骆驼祥子》的思想意蕴。

二、悲剧结局及深层意蕴

《骆驼祥子》以描写祥子为了拥有自己的车子而勤劳奋斗始，以祥子失去车子后彻底堕落而告终。老舍以《红楼梦》"悬崖撒手"式的结尾，力透纸背地写出祥子的最终"无望"。这种小说结尾方式，凝聚着深沉的悲剧力量，是对传统文学中"大团圆"结局的有力颠覆。但这个悲剧性结局曾饱受非议。

四十年代末，许杰就对祥子悲剧命运的根源、民族的命运和出路以及老舍对中国革命的看法等问题提出了较为严厉的批评。他说："这个人主义之所以没落

---

① 谢昭新：《老舍小说艺术心理研究》，十月文艺出版社1994年版，第204页。

的原因，究竟是属于命定呢，还是属于个性呢，抑还是由于中国这半封建半殖民地的决定呢?""正如显示着个人主义的没有前途一样，在作者的笔下，中国社会的前途，中国近代的社会变革运动，也没有被肯定着究竟有什么前途。人力车夫的绝望的生活，掩盖了一切，中国的新生运动的潜力，反是被漠视被歪曲了，而代之以取得决定性的地位的，却是有意无意的性生活的强调的描写。"① 笔者认为，许杰的观点有一定道理，但也体现了当时社会的思想局限性。此后的很多文学史家，也依然执此观点对《骆驼祥子》的悲剧性结尾表示不满。有的说："使祥子这样的人物得到这样一个结局，是不真实的。是不应该的。故事的结局太低沉，太阴惨了！"② 也有人认为"不能给祥子指出光明的出路"是作品"最根本的缺陷"。就连老舍本人，也在中华人民共和国成立后新版的《骆驼祥子》（1954 年版）后记里说："当时的图书审查制度的厉害，也使我不得不小心，不敢说穷人应该造反。出书不久，即有劳动人民反映意见：'照书中所说，那我们就太苦，太没有希望了！'"于是便在新版中对小说作了重大删削，把描写祥子堕落的第 23 章的后半截和整个第 24 章全部删掉了。而 1945 年美国出版的《骆驼祥子》英译本（Rickshaw Boy, Evan King 译），"将末段删去，把悲剧的下场改为大团圆，以便迎合美国读者的心理。译本的结局是祥子与小福子都没有死，而是由祥子把小福子从白房子中抢出来，皆大欢喜"③。这就是小说的结局：

  他忽然明白自己应该怎么办了：谁也拦不住他！
  他急速地抱起那个虚弱的身子，用被单将她裹上，然后弯下身子跨出门口，以最快的速度穿过空地，进入那片树林。
  在夏天的傍晚的淡淡的凉意中，他怀抱中的身躯在轻微的颤动着，当他奔跑时跟他贴得更紧些。她活过来了，他们俩都自由了。

这样的改写，是否妥当，我们又该如何来认识和理解这一问题呢？
其实，我们前面的分析已指明，社会的黑暗以及个人奋斗的方式，使祥子的

---

① 许杰：《论〈骆驼祥子〉》，《文艺新辑》1948 年第 1 辑。
② 刘绶松：《中国新文学史初稿》（上册），作家出版社 1956 年版，第 374 页。
③ 老舍：《骆驼祥子·序》，晨光出版公司 1953 年 5 月改订本。

悲剧成为历史的必然。小说在尖锐指出城市苦力的绝望命运时，已暴露和鞭挞了旧社会的黑暗和罪恶，揭示它是劳动人民痛苦和灾难的根源，启发人们憎恨它、推翻它，去为改变不合理的社会现状而斗争。作者对祥子的态度是"哀其不幸，怒其不争"，对他的悲惨命运寄予深切的关注和同情，既指出祥子的堕落是反动阶级残酷统治和剥削的结果，同时又对他的"个人主义"表示激愤和批判。由此可见，写祥子的悲剧结局，并不意味着劳动人民"没有希望"，而是提醒人们，不能像祥子那样脱离现实，自私保守，走个人奋斗的道路，最后屈服于旧世界；而要丢掉小生产者的思想包袱，改变反抗方式，另找一条崭新的道路。

小说的悲剧性结局，不仅有其艺术蕴含力，而且也是无法逆转的。社会的黑暗、祥子自身的思想局限，足以导致悲剧的发生。除此之外，还有一个重要因素也不容忽视，那就是虎妞的存在。对虎妞这一形象的认识，历来存在很大的争议。有人把她跟祥子、小福子、小马、老马等相提并论，认为她也属于旧世界的牺牲品。但也有人认为，尽管她的命运和遭遇有值得同情之处，但她从本质上说还是剥削阶级，与祥子存在着尖锐的阶级冲突。抛开这些社会政治层面上的分析不谈，虎妞无疑加速了祥子的堕落。有的学者从潜意识的文化心理角度，对祥子的悲剧作了分析，认为虎妞是"阻挠他实现自己希望的力量"，其灾难的性质，甚至达到了与黑暗社会同样的程度。以王本朝的观点为代表，他是这样说的：

> 对祥子欲望和理想构成消解性因素的也来自两方面，一是社会对祥子和整个拉车职业的彻底摧毁和嘲弄，不管他怎样挣扎和奋斗，失败的命运是命定的……小说还叙述了另一个消解性力量，那就是虎妞对祥子肉体的需求而带给祥子的心理恐惧，似乎还没有哪部现代文学作品对男人的性恐惧表现得如《骆驼祥子》这般细致而有深度……虎妞在小说中被以恶毒、污秽的词语表达出来，如"吸人血的妖精""母老虎""红袄虎牙"的"走兽"以及"丑、老、厉害、不要脸"等。祥子掉"在她的牙中挣扎着，像被猫叼住的一个小鼠"，因恐惧而躲避，由躲避而上当，最后憎恨的毒瘤使祥子"恨不能双手掐住她的脖子，掐！掐！掐！一直到她翻了白眼！"虎妞对祥子的性诱骗与性占有直接构成了对祥子身体的最大威胁，小说使用了"骨头架子"和"膛儿里全是空的"，"往外挤牛奶"等词汇来描写虎妞对祥子的性索取，

从而带来祥子强烈的心理恐惧感，使他对虎妞的憎恶甚至超过了直接带给祥子不幸命运的战争和侦探等因素，"他永远没恨人像恨她这么厉害"①。

虎妞是否就如有的学者所分析的，对祥子的摧毁与社会的压迫同样残酷，这一点还存在争议。但她加速了祥子走向堕落的悲剧，却是不争的事实。

总之，社会的、祥子自身的以及虎妞方面的各种因素综合在一起，使小说的悲剧结尾成为最恰当的艺术选择。然而，一般读者还是盼望着作品能有一个"大团圆"的结局。何况从小说情节的发展趋势来看，也不是没有为"大团圆"留下余地。但是，老舍，这位一向都十分注意贴近大众艺术心理的作家，却毅然决然地选择了违背读者"阅读的期待视野"的结尾，这不能不说是具有很大的冒险性，但也表现出作家的清醒与艺术胆识。其实，老舍三十年代的很多作品对人性毁灭的描写，都有一种撼人心魄的悲剧力量。祥子的堕落、小福子的自杀，《月牙儿》女主人公被关进"反省院"里所发出的悲鸣、《微神》中的女主人公哀哀死去等，这些小人物的悲惨结局，都是老舍"大胆地看取人生并且写出他的血和肉来"②的结果，是对中国古典悲剧"冥冥中自有安排"的"大团圆"的有力反驳。

优秀的作品总蕴藏着无比丰富的思想意蕴，《骆驼祥子》也不例外。透过祥子的表层悲剧，沉积深层的，不仅有政治层面、意识形态方面的东西，还有心理层面、文化层面、精神层面的东西。前面提到的探索"国民性"问题、城市文明病对人性的异化问题以及由虎妞而来的潜意识迫害，都属于后一个层次。由这一层面继续向深处挖掘，还能收获不同的新鲜意蕴，比如关于满族文化反思的问题，等等。

作为一个满族作家，老舍从祥子的堕落中是否流露出对本民族式微的忧虑？也就是说，我们是否可以把《骆驼祥子》看作满族历史演变的一个寓言？要回答这一问题，主人公祥子是否是旗人这点显得至关重要。满族学者关纪新以缜密的论证对这一问题给予了肯定性回答。

---

① 王本朝：《欲望的叙述与叙述欲望——〈骆驼祥子〉的叙述学阐释》，《广东社会科学》1996 年第 3 期。

② 鲁迅：《论睁了眼看》，载《鲁迅全集》（第 1 卷），人民文学出版社 1981 年版，第 332 页。

这可由作品中反映的以下事项得到支持：一，是祥子的名字。由在作品里一出现，"他就是'祥子'，仿佛根本就没有个姓"，而且，"有姓无姓，他自己也并不在乎"。这种情况，在汉族人中间很少见，也很难思议，而从清代中后期直到民国早期，在陆续改用汉字姓的北京（北平）旗人中间，却是司空见惯的事情。先前，满洲旗人各自拥有的满语姓氏，就不轻易示人，常常是只有家族内部的人自己才知道，在满姓改作汉字姓之后，许多人家仍旧保持着这种对外示名不示姓的习惯。那时，北京（北平）的市井风俗，对旗人男性，也常以其两个字名字的前一个字来作为代称，在对方年轻或者身份较低的时候，习惯于称之为"×（即两字名的前一个字）子"，而在对方年长或者身份较高的时候则习惯于称之为"×爷"。二，是祥子的语言。虽说他是个不大好说话的人，但每一开口，却总是一口明显的"京片子"味儿，而不是京外或者京郊农民的言谈和腔调，这证实了他在语言文化的归属上，跟故都以内的老住户们，原本就具有某种一致性。三，是祥子喜洁、好义、讲礼貌的性格。在潦倒堕落之前，他曾经是特别地好干净，不管是在车厂子里还是到宅门儿里，总是眼勤手勤地主动打扫各处，"而忘了车夫并不兼管打杂"，这种"洁癖"式的穷人，在任何地方的农民中间都不易见到，而在当时的旗族中间却多得很。……四，是祥子的茕茕孑立的处境。他从开头到结尾，一直"就没有知己的朋友，所以才有苦无处去诉"。在民国初年的故都生活中，哪种人才有可能这般遭世间冷遇呢，恐怕也只有旗人了。①

明了了祥子的旗人身份，老舍写他由乡间走进城市，并一步步堕落的故事，由此便可以演绎出更深一层的东西来。初来北平时的祥子，勤劳、善良、渴求向上，希望以自己的血汗开辟新的生活，这是典型的原初旗人精神。而同是旗人的刘四、虎妞、二强子们呢，则代表着彻底市俗化了的旗人精神，它的基本特点是轻道德、贱创造，在没落的消费型的心态上面，建立起来扭曲的人生价值观。祥子最初是跟他们那一套格格不入的。然而，后来祥子渐渐被他们的价值观念所俘获，终于将心灵的洁净变为肮脏，将品格的淳厚变为"精明"。"祥子在短暂几

---

① 关纪新：《老舍评传》，重庆出版社1998年版，第275页。

年间完成的心灵蜕化,恰好浓缩进去了旗人精神文化长久以来不断由本元类型向世俗类型演进的大趋势。"① 祥子的肉体及精神悲剧,不能不引起旗人对于自己满族文化的警醒与反思。

当然,《骆驼祥子》提供的思考,并不仅仅停留于对满族这一个民族的精神文化观照,它其实已具备普遍的社会文化意义,甚至对整个人类的发展都具有警示作用。自纯真走向成熟,灵魂的迷失最为可悲。我们从老舍的忧思中,看到的是他对于人、社会、民族、文化的深刻反省,对人性深处暗幽的敏感洞烛。

第三节 幽默俗白的"京味儿"艺术

老舍的创作以幽默风格与"京味儿"韵致而卓立文坛。他的幽默,寓悲于谐、寓讽于谐,于活泼有趣、嬉笑唾骂中透出对民族、社会与人生的严肃思考。在老舍深入开掘古都市民生活状态时,北京特有的自然景观、世态风俗尽显笔端,从而使其作品充溢着浓郁的地域文化特色。老舍作品的浓郁"京味儿",还得益于他独具特色的语言,"老舍的语言使人闻到北京大杂院的空气和沿街吆喝的生豆汁担的味道"②。以俗白清浅的北京口语进行写作,老舍把白话的力量发挥到了极致。

一、笑泪交融的幽默

"老舍喜欢幽默,老舍是个幽默的人。幽默始终是老舍作品的重要风格之一。"③ 老舍夫人胡絜青的这段话,可谓知人识作的精到之论。老舍自己也说过:"我是个爽快的人,当说起笑话来,我的想象便能充分的活动,随笔所至自自然然就有趣味。教我哭丧着脸讲严重的问题与事件,我的心沉下去,我的话也不来了!"④ 早在二十年代,老舍发表《老张的哲学》《赵子曰》《二马》三部长篇小

---

① 关纪新:《老舍评传》,重庆出版社1998年版,第278页。
② 杨义:《中国现代小说史》(中),人民出版社1998年版,第225页。
③ 胡絜青:《谈老舍的幽默》,《文学报》1982年12月24日。
④ 老舍:《我怎样写〈大明湖〉》,载《老舍生活与创作自述》,人民文学出版社1982年版,第25页。

说的时候，幽默的艺术特征就已突出地表现出来，并引起了文坛的注目。自此，幽默作为一种鲜明的特色，一直保留在他后来的创作中。虽然其中不乏"正正经经的去写"① 的严肃、深沉的带着泪的作品，比如《骆驼祥子》《月牙儿》《微神》《大悲寺外》等；也不乏慷慨激昂之作，比如《火葬》《人同此心》《蜕》《无名高地有了名》等。但从总体来看，他的第一部小说《老张的哲学》是幽默的，他的最后一部小说《正红旗下》也是幽默的，其间四十余年创作的十几部长篇小说，近百篇中短篇小说大部分也呈现着幽默的风格。幽默使老舍的小说放射出独异光彩，深受读者欢迎。曹禺说："他的作品中的'幽默'是今天中国任何作家所没有的。美国的马克·吐温以其'幽默'在美国和国际上享有那么崇高的地位，那么我们的老舍先生也是可以与之媲美的。"②

在第一部小说《老张的哲学》中，幽默已初露端倪，但老舍对此并不太满意。他说："有的人理会得幽默，而觉得我太过火，以至于讨厌。我承认这个。……我信口开河，抓住一点，死不放手，夸大了还要夸大……"③ 而对此后的《赵子曰》和《二马》两篇，他也多有不满，认为"简直没有多少事实，而只有些可笑的体态"，"真的，真正的幽默确不是这样"④。的确，在最初这几部小说中，他的幽默还含有过分的夸张，乃至油滑的成分，内容也不够切实。到了写作《离婚》时，老舍的幽默风格则达到了成熟。赵少侯把《离婚》与《老张的哲学》《赵子曰》作了比较。他认为："这笑（指《离婚》——笔者注）与那笑不同：那是狂笑，这是微笑；那是欢呼的笑，这是噙着泪的苦笑，那是笑完即忘的笑，这是永远萦回于脑里的带点辛酸的笑。"⑤《离婚》标志着老舍幽默风格的走向成熟。此后的创作，也都或隐或显地呈现出幽默的基调，老舍运用幽默之功力，也渐趋娴熟、游刃自如。而到创作《正红旗下》时，老舍的幽默风格更达

---

① 老舍：《我怎样写〈骆驼祥子〉》，载《老舍生活与创作自述》，人民文学出版社1982年版，第47页。

② 曹禺：《我们尊敬的老舍先生——纪念老舍先生八十诞辰》，载《老舍写作生涯》，百花文艺出版社1981年版，第289页。

③ 老舍：《我怎样写〈老张的哲学〉》，载《老舍生活与创作自述》，人民文学出版社1982年版，第6页。

④ 老舍：《我怎样写〈赵子曰〉》，载《老舍生活与创作自述》，人民文学出版社1982年版，第10页。

⑤ 赵少侯：《论老舍的幽默与写实艺术》，天津《大公报》副刊《文艺》1935年第18期。

第四章 老舍：把捉市民社会的悲喜纤动

到了炉火纯青的地步。总之，老舍的幽默经历了由浮泛而切实，由注重外在体态而深刻挖掘内在特质，由文字俏丽而内容深刻的发展过程，逐步形成了自己独有的有强烈艺术感染力的幽默风格。

幽默成为老舍创作的重要艺术特征，离开了幽默，老舍的作品就会失去他特有的艺术风韵。《大明湖》和《猫城记》的失败就与此有关。写作《大明湖》时，作家由于心中想着"五三"惨案，幽默不起来了。他曾经说，因为哭丧着脸讲严重的问题和事件，"我的心沉下去，我的话也不来了"。这部作品思想上虽有长进，但艺术上却缺乏特色。这种情况到创作《猫城记》时并未改变过来。按照老舍后来的想法，它"根本应当幽默"，"不要幽默也成，那得有更厉害的文笔，与极聪明的脑子，……我没有这样厉害的手与脑，而又舍去我较有把握的幽默，《猫城记》就没法不爬在地上，像只折了翅的鸟儿"①。《大明湖》和《猫城记》的"双双失败"，使老舍认识到，幽默是自己的长处，万万放弃不得。他说：

> 朋友们常常劝我不要幽默了，我感谢，我也知道自己常因幽默而流于讨厌。可是经过这两次的失败，我才明白一条狗很难变成一只猫。我有时候很想努力改过，偶尔也能因努力而写出篇郑重、有点模样的东西。但是这种东西总缺乏自然的情趣，像描眉擦粉的小脚娘。让我信口开河，我的讨厌是无可否认的，可是我的天真可爱处也在里边。②

也正因为老舍发现了幽默是自己的长处，是与自己的性格——"天真可爱"联系在一起的，所以，在创作《离婚》时，便决定要"返归幽默"③，结果取得了成功，受到读者的普遍好评。

老舍的幽默，往往渗入更多的温情、宽厚和酸辛，并处处闪现着他那温暖的、宽大的心怀。老舍说："一个会笑，而且能笑自己的人，决不会为件小事而

---

① 老舍：《我怎样写〈猫城记〉》，载《老舍生活与创作自述》，人民文学出版社1982年版，第27页。
② 老舍：《我怎样写〈猫城记〉》，载《老舍生活与创作自述》，人民文学出版社1982年版，第28页。
③ 老舍：《我怎样写〈离婚〉》，载《老舍生活与创作自述》，人民文学出版社1982年版，第30页。

急躁怀恨，……褊狭，自是，是'四海兄弟'这个理想的大障碍；幽默专治此病。嬉皮笑脸并非幽默；和颜悦色，心宽气朗，才是幽默。一个幽默写家对于世事，如入异国观光，事事有趣。他指出世人的愚笨可怜，也指出那可爱的小古怪地点。"① 由于老舍对幽默有着这样的认识，即使他的笔深入龌龊的角落，揭出社会的肮脏和病态，他的揭露也不是怒目金刚式的，而是笑面菩萨式的。出身寒苦的老舍，有着达观、开朗的性格，他对世态的炎凉、人情的冷暖，对世事人生的是非曲直、善恶美丑，均有着泾渭分明的辨识。然而他在表现这些时，却从不过于激进，也不绝对化，而是取一种宽容的态度。正如他自己所说："我恨坏人，可是坏人也有好处；我爱好人，而好人也有缺点。"② 他在自己的作品中，"既不呼号叫骂，看别人都不是东西，也不顾影自怜，看自己如一活宝贝。他是由事事中看出可笑之点，而技巧地写出来。"③ 这就使他的作品于活泼有趣中显出严肃的思考，于嬉笑唾骂中显出温和的含蓄。他的作品虽然写的多半是悲剧，但由于他以喜剧的形式来表现，就使人在读他的作品时，不会感到沉闷和压抑。掩卷之后，其无穷余味却令人长思。

李长之在评价《猫城记》时，曾把老舍与鲁迅的幽默风格作过比较。他说："同是讽刺，鲁迅的是挖苦，老舍的乃是幽默。"④ 这一分析是中肯的。如果说鲁迅的幽默多"冷嘲"，那么老舍的幽默更近于"热讽"。用胡絜青的话来说，就是"他不愿凉冰冰地挖苦人、讽刺人"，"老舍的幽默是热的"⑤。其幽默的基调是温厚的。他更多的是嘲弄、揶揄，让笔下可笑、可鄙的人物羞愧自惭，而且常常有生活经验的总结，闪烁着智慧的火花。

幽默是使人发笑的，没有笑就没有幽默。但幽默并非故作丑态，为笑而笑，而是在笑中揭批假丑恶，暴露底层人民的不幸命运，将辛酸的泪水浸入笑声中。赵少侯早就指出，老舍的幽默并非低级趣味的笑话可比，"他的长处乃是善于捉到人类的幽默而老老实实的写下来。这种幽默常常是令人微笑之后，继而悲苦

---

① 老舍：《我怎样写〈老张的哲学〉》，载《老舍生活与创作自述》，人民文学出版社1982年版。
② 老舍：《我怎样写〈老张的哲学〉》，载《老舍生活与创作自述》，人民文学出版社1982年版，第5页。
③ 老舍：《谈幽默》，载《老舍文集》第15卷，人民文学出版社1990年版。
④ 李长之：《评〈猫城记〉》，《国闻周报》1934年第11卷第2期。
⑤ 胡絜青：《谈老舍的幽默》，《文学报》1982年12月24日。

的"①。这就点明了老舍幽默风格的另一个特点，即寓庄于谐，含泪微笑。

老舍的小说，多是披着喜剧形式的悲剧，在喜剧性的幽默与诙谐中，隐藏着悲剧的主题，容纳着悲剧的气氛。他运用"笑的艺术"来揭破表面上红火热闹的人生假面，从灰色生活的世态人情中看出可怜可笑的地方，用笑去揭示黑暗，伸张正义。他的笔锋看似幽默，实际却酸楚无比。以《离婚》为例，它写的是市民生活中灰色的悲剧，几乎都是最普通的日常生活，诸如家长里短、夫妻反目、媒人撮合、请客送礼等。包括官僚机构内的互相倾轧猜忌，实在也不是什么轰轰烈烈、惊心动魄的事情。然而就在这"近于没有事情的悲剧"② 中，使人们看出了可笑之处。胡絜青说："老舍的幽默包含着哲理，不光是为了逗笑。老舍的幽默包含着哀愁，笑完之后仔细一想，便又要落泪。"③ 老舍从自己独特的生活角度出发，用自己个性鲜明的审美观点观察，对社会人生有了较为本质的认识后，便将喜剧和悲剧这两种似乎对立的艺术成分巧妙而有机地结合在一起，形成了笑中含泪的老舍式的幽默。我们捧读老舍的幽默作品，往往会在因趣而笑的同时，心底袭入一种深沉的苦痛，涌出热辣辣的泪珠。

二、"京味儿"的世态风俗

老舍的创作，有个颇能引人注目的标志，就是浓郁的"京味儿"。他把笔触伸向社会的角角落落，描摹古都市民的饮食起居、婚丧嫁娶、人际交往等琐碎日常，呈露出北京特定的地域风貌及民俗特征。在二十世纪中国文坛上，虽然以北京为审美对象的作品多如牛毛，但是在创作中最早显示鲜明的北京地方色彩并始终自觉坚持这一艺术风格的新文学作家当数老舍。

老舍生在北京，长在北京，含愤舍命在北京。虽然在他从事写作的四十多年里，大部分时间都漂泊在北京之外，可是无论走到哪里，不管是在伦敦，在济南，在青岛，在重庆，在纽约……他都始终痴情不改地想北京，写北京。在他留下的 250 万字的长篇小说中，以北京为背景的有 150 万字，占全部长篇小说的 60%。可以毫不夸张地说，老舍的创作与北京血脉相连，不可分割。

---

① 赵少侯：《论老舍的幽默与写实艺术》，天津《大公报》副刊《文艺》1935 年第 18 期。
② 鲁迅：《几乎近于无事的悲剧》，载《鲁迅全集》第 6 卷，人民文学出版社 1981 年版，第 371 页。
③ 胡絜青：《谈老舍的幽默》，《文学报》1982 年 12 月 24 日。

老舍艺术世界的这种独特的人文景观，源于他内心深处积淀的北京情结。正如老舍本人所说：

> 我真爱北平。这个爱几乎是要说而说不出的。我爱我的母亲，怎样爱？我说不出。在我想作一件讨她老人家喜爱的事情的时候，我独自微微地笑着；在我想到她的健康而不放心的时候，我欲落泪。语言是不够表现我的心情的，只有独自微笑或落泪才足以把内心揭露在外面一些来。我之爱北平也近乎这个。夸奖这个古城的某一点是容易的，可是那就把北平看得太小了。我所爱的北平不是枝枝节节的一些什么，而是整个儿与我的心灵相粘合的一段历史，一大块地方，多少风景名胜，从雨后什刹海的蜻蜓一直到我梦里的玉泉山的塔影，都积凑到一块，每一小的事件中有个我，我的每一思念中有个北平，这只有说不出而已。……因为我的最初的知识与印象都得自北平，它是在我的血里，我的性格与脾气里有许多地方是这古城所赐给的。[①]

由于老舍已把自己与北京融为一体，他才能在这块土地上自由耕耘，收获累累硕果。可以这么说，北京是老舍的生命之根，创作之源。

老舍对北京的风光景色、人情事理、世态习俗都十分了解，所以，他笔下的北京风情散发着浓郁的生活气息，他笔下的北京文化充满悠久而丰厚的韵致。

老舍作品所涉及的北京地域景观，无论是地理环境，还是自然景物，无论是淡淡勾勒，还是浓墨重彩，都以惊人的准确和逼真令人惊叹。正如舒乙所说，"老舍笔下的北京是相当真实的，山水名胜古迹胡同店铺基本上用真名，大都经得起实地核对和验证"[②]。这些真实的地理环境，有的为作品的主人公提供了生活环境，如《四世同堂》中的祁家，《正红旗下》中的"我"，都住在作者的生身之地小羊圈胡同，《离婚》中的老李活动于作者所熟悉的砖塔胡同，而西安门大街的人和车厂则是《骆驼祥子》中祥子的栖身之所。有的为作品的主人公提供了抒情场所，如平则门（阜成门）外护城河是《四世同堂》中祁天佑受日本人欺凌后苦闷思索以致舍命之地，北海白石桥是《骆驼祥子》中祥子受虎妞欺

[①] 老舍：《想北平》，载《老舍文集》（第14卷），人民文学出版社1989年版，第62页。
[②] 舒乙：《谈老舍著作与北京城》，载《老舍研究论文集》，山东人民出版社1983年版。

骗后发愁、散心的处所。有的为作品的主人公提供了活动路线，如西单→西长安街→长安牌楼→新华门→南长街口→中山公园后门→北长街北口是祥子拉曹先生回曹宅的路线，德胜门→德胜桥→蒋养房东口→护国寺街东口是《老张的哲学》中李静从叔父处回姑母家的路线。有的则为作品提供了地域特征，如《赵子曰》中的"钟鼓楼的钟声咚咚"，《老张的哲学》中"妙峰山、莲花顶、卧佛寺……"的开庙进香，《离婚》中的便宜坊、白云观、厂甸、东单等处，都强化了北京地域色彩。

老舍说："我生在北平，那里的人、事、风景、味道，和卖酸梅汤、杏儿茶的吆喝的声音，我全熟悉。一闭眼我的北平就是完整的，像一张彩色鲜明的图画浮立在我的心中。我敢放胆的描画它。它是条清溪，我每一探手，就摸上条活泼泼的鱼儿来。"①

老舍还在作品中再现了北京丰富的世态习俗。北京是一座文化古城，生活在这里的人们，长期受到北京特有的历史、文化的陶冶和熏染，就形成一些特殊的习俗惯制。老舍以深邃的目光、细腻的笔触，捕捉着风俗民情，挖掘着市民心态。他描绘了北京逢年过节、婚丧嫁娶的繁文缛节，生孩子、认干亲的规矩排场，亲友之间迎送往来的礼仪风尚，市民家庭迎时当令的生活情趣。纵观老舍的创作历程，从《老张的哲学》始，至《正红旗下》止，凡是以北京作为背景的作品，几乎都有相当的篇幅写到民俗，从而使其作品呈现一种文化小说的特点。之所以选取民俗这一表现视角，与老舍的生活环境、生活经历以及艺术个性不无关系。老舍是从贫困市民阶层成长起来的作家。平民意识使他立志要用创作为穷人申冤诉苦，而要表现这些在旧制度下微如草芥的底层市民的日常生活，表达他们求生的愿望、痛苦的挣扎和抗争，舍弃描述民俗这一艺术视角将会失去最佳的切入点。换句话说，老舍既然要描写长期生活在北京这一特定地域底层人们的生活方式，表现他们区别于其他地域人们的精神气质，就必须着眼于风俗描写。这是因为北京从十世纪以来就作为历代帝王之都，长期的封建统治和文化熏陶在风俗习惯上形成了以"礼俗"为中心的传统；这种"礼俗"文化传统深深地积淀于人们的意识深处，成为人们立身处世的不成文的"法则"。老舍以北京市民生活为题材的作品之所以大多以富于地域特色的民俗作为审美视角，实在是自然而

---

① 老舍：《三年写作自述》，《抗战文艺》1941年第7卷第1期。

又必然的选择。①

广义的民俗涉及人们生活的各个领域,从岁时风俗、人生礼仪、民间信仰到人们的饮食起居中带有地域色彩的稳定的习惯以及谣谚俗语,这些都可以归入民俗的范畴。老舍自然不是按照民俗的定义去考虑创作,他是依照丰富多彩的生活形态的提示思考生活的。在他的作品中或详或略的风俗描写随处可见。《离婚》《牛天赐传》《骆驼祥子》《正红旗下》等作品中对民俗的描写鲜明、丰富,令人目不暇接。《离婚》中老李吃"火锅"的考究,《牛天赐传》中小孩"抓周"的铺排,《骆驼祥子》中虎妞对结婚仪礼的设想,《正红旗下》北京民间"过小年"景象的渲染,等等,都使作品平添了浓醇的"京味儿"和地域色彩。在民俗描写中,老舍对北京地域名目繁多的"礼俗"给予了特别的注意。在这些"礼俗"的描写中,老舍不单为我们提供了独具特色的北京地域的风俗画,而且凸显了北京市民的某种精神风貌。"礼俗"观念已渗透于他们的精神深处并表现在日常的人际交往之中。正是在这个意义上,民俗描写成为老舍刻画人物性格的一种手段和方式并融入小说的整体构思。《离婚》中老李搬进新居的当天晚上,房东太太在窗外对他们的"招呼"就表现了"老北京"对房客的一种习惯性的礼貌和热情:啰唆中透出体贴和周到,在周到的关照中又分明有一种礼仪的分寸感。《骆驼祥子》中虎妞结婚要自己去"讲轿子",只要"十六个响器,不要金灯,不要执事",自己赶做了身红绸子的上轿衣,而且一定要在"年前赶得,省得不过破五就动针",喜日定在"大年初六,既是好日子,又不用忌门"。虎妞的思虑完全符合北京地域传统"婚俗"的"规矩",但是也略有变通:由于她处境的尴尬,所以婚礼的设计粗简寒碜;为躲忌讳,结婚时间的确定和准备略显匆促,但大致不差。这样写,既表现了当地特有的民间礼俗又入微地刻画了虎妞的心理:精细、果断、争强好胜却不免含着些许悲凉和孤单。"礼俗"的精细描写在《正红旗下》更是体现得淋漓尽致。婴儿的"洗三"、市民过年、亲朋好友的礼尚往来等,百年来沿袭下来的风俗习惯在老舍笔下随意点染,就带上了独特的文化韵致与美学意蕴。

老舍出色的北京民俗描写,并不仅仅是点缀其中的一些生活细节,而是小说

---

① 王惠云:《老舍小说的地域特征及其美学价值》,《河北师院学报》1991年第4期。

内容上重要的有机组成部分，有的甚至成为结构全篇的枢纽。并且，在出色的民俗描写中，还寄寓着作家深刻的思考。作为文化载体的老舍小说，其艺术焦点最终还是刻画人，他通过当代最习见的风俗，如饮食、礼仪、婚丧节庆等，来刻画民族性格。而正是在这些集体无意识的生活程式与社会模态中，老舍挖掘出我们这个老化了的民族年湮代远的心理积习。而这种凝聚在心灵深处的东西，要远比外部的政治经济设施更稳定，更有延续力，从而也就成为民族性格缺陷中难以治愈的病根。比如，老舍在很多作品中都揭橥了中国社会生活中普遍存在的一种本末倒置——风俗与民族意识的错位。比如《四世同堂》里的祁老人在北平沦陷之际仍念念不忘自己的"寿席"，"做了亡国奴还要庆寿"。"风俗竟嘲讽性地成了这一民族意识丧失，内在凝聚力崩溃的象征。"①点破这一尖锐问题，是需要强大的民族自省精神的，也是与老舍批判国民性的一贯追求相衔接。

总之，老舍始终把北京作为创作源泉，采取了真实的地理环境，描绘了美丽的自然景观，再现了北京悠久丰富的风俗世态，这就使他的作品，如一幅幅民俗画卷，显示出独特的"京味儿"风韵。

此外，老舍作品的语言，也是增加其"京味儿"的一个重要因素。老舍被誉为语言大师。他熟练地运用北京口语进行写作，真正做到了"把白话的真正香味烧出来"②，这为克服新文学创作中的"欧化"倾向，作出了巨大贡献。

"五四"文学革命确立了白话在新文学中的"正宗"地位。作家力求用口语来传达现代人的心声。但由于这一代作家都不同程度地受到"旧学"和"西学"的影响，在实际创作中，一方面未能摆脱文言的束缚，半文半白；另一方面生硬地搬用欧洲的文法结构，句子生硬、冗长，欧化现象十分突出。老舍的出现令文坛耳目一新。他的语言"俗白""清浅"，是在北京口语的基础上，广泛吸收古典文学、民间文学和外国文学的营养，用普通人都能够听得懂、说得出的话来进行写作的。它通俗易懂，明白晓畅；而又深入浅出，雅俗共赏。正像曹禺所说："他作品中的语言更有特色，没有一句华丽的词藻，但是感动人心，其深厚美妙，常常是不可言传的。"③如果说早期的《老张的哲学》《赵子曰》中还有文白夹杂

---

① 宋永毅：《北平风俗与中国人的性格——老舍的风俗研究》，《兰州大学学报》1988年第2期。
② 老舍：《我怎样写〈二马〉》，载《老舍生活与创作自述》，人民文学出版社1982年版，第14页。
③ 曹禺：《我们尊敬的老舍先生》，《人民日报》1975年2月9日。

的瑕疵，语言不够纯净，那么到写作《二马》《小坡的生日》时，老舍则不再将文言与白话夹裹在一起，改为全部使用口语，要求自己不靠任何外加的"佐料"，"把白话的真正香味烧出来"，显示了白话的力量。老舍反对文白间杂，主张用顶俗浅的文字描写一切。他说，尽管为此，"有人批评我，说我的文字缺乏书生气，太俗，太贫，近于车夫走卒的俗鄙；我一点也不以此为耻"①，"始终保持着我的'俗'与'白'"②。此后数十年，老舍的思想有发展，创作风格有变化，作品的艺术质量也不一样，但在语言上他始终如一地信赖"嘎崩儿脆"的北京大白话，每部作品都散发着"明白如话"的真正香味。随便翻开老舍的任何一部作品，翻开任何一页，那文字都是浅显通俗的，如同清澈的溪水那样自然流畅、清明透彻。愈近晚年，老舍的语言就愈纯净、老练，《正红旗下》更是炉火纯青、字字珠玑，全面体现了他语言的特点与成就。

老舍语言的俗白、清浅还依赖于他一贯坚持用北京的口语、俗语进行创作，他"充分信赖大白话"。老舍的大部分作品是写北京的，写北京的人、北京的事，使用的是地道道的北京话，其中含有大量的北京口语、俗语和土语。老舍熟悉这些语言，运用起来游刃有余。而且，它们与描写对象同属一个地域文化范畴，使用起来显得自然亲切，地方色彩鲜明。以《骆驼祥子》为例，从叙述语言、人物语言到肖像、景物、心理描写，老舍用的都是北京口语。这种偏爱不仅使作品易于被读者接受，而且还具有特殊的审美效果。老舍作品中的人物，写一个算一个，生龙活虎，跃然纸上。这与他注重人物语言的个性化有关。他说："语言是与人物的生活、性格等分不开的。"（《人物·语言》）"观察生活时要注意不同的人有不同的词汇、语气、神态，要借着对话写出性格来。"（《老舍论创作》）他往往由话写人，力求笔下人物"话到人到"。也就是说，在人物的语言中，能勾连着这一人物的出身、经历、文化教养、脾气秉性，特别是当时当刻的思想感情，乃至和周围环境、时代社会的关系等，使读者如闻其声、如见其人。

曾有许多人问老舍，为什么他的作品语言写得好？为此，他写下了几十篇专论文学语言的文章，谈他学习语言的过程与经验。其中谈得最多的，是语言与生活的关系。他认为"语言脱离了生活就是死的，语言是生命与生活的声音"，

---

① 《我怎样写〈小坡的生日〉》，载《老舍生活与创作自述》，人民文学出版社1982年版，第20页。
② 老舍：《我怎样写短篇小说》，载《老舍生活与创作自述》，人民文学出版社1982年版，第37页。

"没有生活就没有语言"①。他说：

> 有人这样问过我："我住在北京，你也住在北京，你能巧妙地运用北京话，我怎么不行呢？"我的回答是：我能描写大杂院，因为我住过大杂院。我能描写洋车夫，因为我有许多朋友是以拉车为生的。我知道他们怎么活着，所以我会写出他们的语言。北京的一位车夫，也跟别的北京人一样，说着普通的北京话，像"您喝茶啦？""您上哪儿去？"等等。若专从语言上找他的特点，我们便会失望，因为他的"行话"并不很多。假若我们只仗着'泡蘑菇'什么的几个词汇，去只是描写一位车夫，便嫌太单薄了。明白了车夫的生活，才能发现车夫的品质，思想与感情。这可就找到了语言的泉源。话是表现感情与传达思想的，所以大学教授的话与洋车夫的话不一样。从生活中找语言，语言就有了根；从字面上找语言，语言便成了点缀，不能一针见血地说到根儿上。话跟生活是分不开的。②

语言与生活血肉相关，只有深切地了解不同人的生活，明白他们不同的要求、愿望、喜怒哀乐等心理状态，知道他们用什么语言去表达自己的要求、愿望、喜怒哀乐等心理状态，才能使创作活起来，才能获得生命。正因为老舍与北京血脉相连，他深深地熟悉并了解北京市民的生活状态，他才能写好人物的语言，才能写出"京味儿"十足的市民小说。

---

① 老舍：《语言与生活》，载《老舍文集》第16卷，人民文学出版社1991年版，第62页。
② 老舍：《我怎样学习语言》，载《老舍文集》第16卷，人民文学出版社1991年版，第286-287页。

第五章 京派文学

1928年,国民革命军北伐成功,全国统一随之告成,北京改名为北平。随着政治中心的南移,大批文人也纷纷南下,北平几乎沦为一片寂寞的文化荒原。在经历了新文学刊物被封或停刊的苦闷彷徨之后,许多滞留在北平及天津、青岛、济南等北方城市的作家又开始聚集,他们希望"在冷静寂寞中产生出丰富的工作"[①]。这批作家以原来的语丝社、新月社成员和部分清华大学、北京大学、燕京大学等一些大学师生为主,他们以《骆驼草》《大公报·文艺副刊》《文学季刊》《水星》《学文月刊》《文学杂志》等刊物为文艺阵地聚集在一起,"远避于时代政治斗争以外,高蹈于现实功利之上;不趋新求奇,不迎俗媚时,在时代变革中,始终持从容矜持的学人风范和艺术虔诚的文人风度"[②]。这就是三十年代文坛上的一个特殊群体——京派。

第一节 京派的界定

"京派"开始被用作文学流派的指称,是与沈从文最先挑起的"京海之争"有关。1933年10月18日,沈从文在他主持的《大公报·文艺副刊》上发表了《文学者的态度》一文,批评"一群玩票白相文学作家","这类人在上海寄生于书店、报馆、官办的杂志,在北京则寄生于大学、中学以及种种教育机关中。这类人虽附庸风雅,实际上却与平庸为缘"。"已经成了名的文学者,或在北京教书,或在上海赋闲,教书的大约每月皆有三百至五百元的固定收入,赋闲的则每

[①] 周作人:《致胡适信》,载《胡适来往书信选》(上),中华书局1979年版,第539页。
[②] 李俊国:《三十年代"京派"文学思想辨析》,《中国社会科学》1988年第1期。

礼拜必有三五次谈话会之类列席。"他们"以放荡不羁为洒脱","以终日闲谈为高雅"。沈从文批评了文坛上的浮薄风气，倡导严肃纯正的创作态度。

　　同年12月1日，上海的苏汶（杜衡）在《现代》杂志上发表了《文人在上海》，率先反驳沈从文，为"海派"辩护。"新文学界中的'海派文人'这个名词，其恶意的程度，大概也不下于在平剧界中所流行的。它的涵义方面极多，大概的讲，是有着爱钱，商业化，以至于作品的低劣，人格的卑下这种意味。"他承认上海文人的生活明显地受着金钱的支配，创作带有明显的商业化色彩："上海社会的支持生活的困难，自然不得不影响到文人，于是在上海的文人，也像其他各种人一样，要钱。再一层，在上海的文人不容易找到副业（也许应该说'正业'！），不但教授没份，甚至再起码的事情都不容易找，于是在上海的文人更急迫的要钱。这结果自然是多产，迅速的著书，一完稿便急于送出，没有闲暇搁在抽斗里横一遍竖一遍的修改。这种不幸的情形不幸是有，但我不觉得这是可耻的事情。"

　　针对苏汶的辩解，沈从文又写了《论"海派"》《关于海派》《新文人与新文学》等文章，对自己所用的"海派"作了明确界定："'名士才情'与'商业竞卖'相结合，便成立了我们今天对于海派这个名词的概念。"他又作了进一步的详细说明："'海派'这个名词，因为它承袭着一个带点儿历史性的恶意，一般人对于这个名词缺少尊敬是很显然的。过去的'海派'与'礼拜六派'不能分开。那是一样东西的两种称呼。'投机取巧'，'见风使舵'，如旧礼拜六派一位某先生，到近来也谈哲学史，也说要左倾，这就是所谓海派。如邀集若干新斯文人，冒充风雅，名士相聚一堂，吟诗论文，或远谈希腊罗马，或近谈文士女人，行为与扶乩猜诗谜者相差一间。从官方拿到了点钱，办什么文艺会，招纳子弟，哄骗读者，思想浅薄可笑，伎俩下流难言，也就是所谓海派。感情主义的左倾，勇于狮子，一看情形不对时，即刻自首投降，且指认栽害友人，邀功牟利，也就是所谓海派。因渴慕出名，在作品之外去利用种种方法招摇；或与小刊物互通声气，自作有利于己的消息；或每书一出，各处请人批评；或偷掠他人作品，作为自己文章；或借用小报，去制造旁人谣言，传述摄取不实不信的消息，凡此种种，也就是所谓海派。"

　　沈从文与苏汶的争论，引起了京沪文坛的广泛关注，很多作家，如胡风、祝秀侠、曹聚仁等都纷纷发表文章表达对京派与海派的意见。一场"京派"与"海派"的论争也渐次扩大到整个文坛。1934年1月30日，鲁迅以《"京派"与"海派"》一文也介入这场论争，他指出：

> 北京是明清的帝都，上海乃各国之租界，帝都多官，租界多商，所以文人之在京者近官，沿海者近商，近官者在使官得名，近商者在使商获利，而自己也赖以糊口。要而言之，不过"京派"是官的帮闲，"海派"则是商的帮忙而已。但从官得食者其情状隐，对外尚能傲然，从商得食者其情状显，到处难于掩饰，于是忘其所以者，遂据以有清浊之分。而富之鄙商，固亦中国旧习，就更使"海派"在"京派"的眼中跌落了。①

就是这场令人瞩目的"京海论争"，生成了文坛上的"京派"和"海派"两个概念，并将"京派""京派文人"等固定称谓加在了沈从文及其同人头上。所以，"京派"更像是一种"他者的叙述"，是圈外人士的一种集体性认同。

那么，到底京派发端于何时？哪些作家又属于京派成员呢？这就牵扯到了京派的界定问题。作为一个文学流派，京派却是相当松散的，他们没有正式结社，也没有明确的宣言和纲领，无论从具体的发端时间还是成员认定上，都很难给予明确的界定。所以，如何界定京派问题，学术界一直存在争议。关于京派的发端，一种意见认为，"作为一种文学家群体，三十年代'京派'形成于1933年前后"②。这个流派确立的标志就是1933年9月沈从文开始接编天津《大公报·文艺副刊》③；另一种意见则倾向于以1930年5月废名创办《骆驼草》为端；还有一种看法将二十年代末期语丝社分化出偏重性灵、趣味的作家群视为京派文学发端期。④

至于京派的成员，也有着不同的说法。吴福辉在为编选《京派小说选》所写的长篇序言中，较早对京派的成员作了如下界定："即便持一种狭义的观点，

---

① 鲁迅：《"京派"与"海派"》，载《鲁迅全集》第5卷，人民文学出版社1981年版，第432页。
② 李俊国：《三十年代"京派"文学思想辨析》，《中国社会科学》1988年第1期。
③ 吴福辉：《乡村中国的文学形态——〈京派小说选〉前言》，《中国现代文学研究丛刊》1987年第4期。
④ 许道明：《京派文学的世界》，复旦大学出版社1994年版，第20页。

第五章 京派文学

以《大公报·文艺副刊》《文学杂志》周围聚集起来的作家为主来加以认定，也便有小说家沈从文、凌叔华、废名、芦焚、林徽因、萧乾、汪曾祺；散文家：沈从文、废名、何其芳、李广田、芦焚、萧乾；诗人：冯至、卞之琳、林庚、何其芳、林徽因、孙毓棠、梁宗岱；戏剧家：李健吾；理论批评家：刘西渭（李健吾）、梁宗岱、李长之、朱光潜等。"① 香港的司马长风在其《中国新文学史·跋》中，认为京派"包括闻一多、沈从文、老舍、周作人、巴金、李健吾、朱光潜、朱自清、郑振铎、梁宗岱、梁实秋、冯至、废名、吴组缃、李广田、卞之琳、何其芳、李长之等"。严家炎则认为这种划分是过分夸大了京派的队伍。他认为，京派主要成员有三部分人："一是二十年代末期语丝社分化后留下的偏重讲性灵、趣味的作家，像周作人、废名（冯文炳）、俞平伯；二是新月社留下的或与《新月》月刊关系较密切的一部分作家，像梁实秋、凌叔华、沈从文、孙大雨、梁宗岱；三是清华、北大等校的其他师生，包括一些当时开始崭露头角的青年作者，像朱光潜、李健吾、何其芳、李广田、卞之琳、萧乾、李长之等。"② 在严家炎对京派的勾勒中，出现了一些资历更老的作家，如周作人；一些新月派作家，如梁实秋。杨义则认为"京派的成员主要是五四时期的文学社团——文学研究会、语丝社和现代评论社滞留在北京的部分成员，比如周作人、俞平伯、废名（冯文炳）、杨振声、凌叔华、沈从文，以及一批后起之秀如林徽因、萧乾、芦焚（师陀）、何其芳、李广田、卞之琳，以及理论批评家朱光潜、梁宗岱、李健吾（刘西渭）。"③ 杨义所勾勒的京派历史轮廓，可以说是对吴福辉、严家炎两种观点的整合。他毫不犹豫地包括进了周作人等老京派，并且还把周作人摆到了京派较高的位置上，认为他是"深刻地影响了京派的文学方向和文学视野的重要理论家"④。但是，他又把梁实秋排除在了京派之外。至此，一个有争议的问题就出现了：周作人、梁实秋到底是不是京派作家？这个问题一直困扰着学术界。此后很多学者都试图作出自己的回答。

刘锋杰在《论京派批评观》一文中，提出了一个十分重要的观点，那就是依据北平文人间的人际关系状况与思想状况来划定流派。他指出："同处一个地域，

---

① 吴福辉：《京派小说选·前言》，载《京派小说选》，人民文学出版社1990年版。
② 严家炎：《中国现代小说流派史》，人民文学出版社1989年版，第205-206页。
③ 杨义：《京派海派综论》，中国社会科学出版社2003年版，第27页。
④ 杨义：《中国现代文学流派》，人民出版社1998年版，第470页。

不是划分京派批评范围的唯一标准。当时亦在北京的周作人、废名、俞平伯、梁实秋，虽与朱光潜、沈从文、李健吾、李长之等人关系密切，但他们的内在分歧相当大。……梁实秋与京派有着根本不同的思路：一者以伦理道德来确定文学的本质，一者从审美特性出发来看文学的特殊性，这决定了他们不可能为同一的文学目标而奋斗。唯有沈从文、李健吾、朱光潜、李长之，梁宗岱等有基本一致处。他们之间虽无明确的纲领，却有默契与支持。"所以，他认为"论京派批评观，应以沈从文、李健吾、朱光潜、李长之、梁宗岱、萧乾等为代表"[1]。以思想观念上的分歧与差距来规定京派，显然就将周作人、梁实秋等排除在京派之外了。

然而，并非所有学者都赞成将京派与非京派壁垒分明地划分开来。因为大多数文学流派都存在着边界模糊与内部歧义的问题，更何况还是提倡"自由生发、自由讨论"的京派呢？京派的内涵和外延本来就含糊笼统，上述关于京派成员界定的几种观点，究其实还只是"广义"与"狭义"问题，而在流派的界定问题上，"广义"与"狭义"其实可以并行不悖。也就是说，真正构成京派的中坚与核心的，应该是年轻的京派作家，即狭义上的"京派"，才能真正代表"京派"，而周作人等"老京派"（如鲁迅所说的），他们当然也应属于广义的"京派"，但他们早已交出了文学潮流的主控权，实际上，已与核心人物若即若离了。[2]

至此，关于京派的界定好像已基本得到廓清，然而围绕京派界定问题产生的争论却没有降下帷幕。2009 年 11 月 7 日，中国现代京派文学研究六十年国际学术研讨会在湖南师范大学召开，与会的专家学者就京派的命名权问题、京派这一名称的内涵和外延、京派所产生的历史文化背景等问题又进行了一次激烈的讨论。[3] 其实，无论学界对京派的界定存在多大争议，但关于三十年代京派文学的核心成员，还是有着比较一致的看法：沈从文以其小说、散文创作和文学批评成为京派作家的领军人物；朱光潜以其深厚的理论修养和美学造诣从而成为京派的理论旗手；李健吾以其个性化的"心灵探险"式批评而堪称京派审美批评的中坚力量；凌叔华、林徽因则以出众的诗文尽展京派女性作家的傲人才情；芦焚、萧乾等则是京派新生力量中的杰出代表。

---

[1] 刘峰杰：《论京派批评观》，《文学评论》1994 年第 4 期。
[2] 黄键：《京派文学批评研究》，上海三联书店 2002 年版，第 56 页。
[3] 《中国现代京派文学研究六十年国际学术研讨会综述》，《文学评论》2010 年第 2 期。

第二节 京派文学思想

虽然没有正式结社,京派作家却形成了大致相同的文学思想与艺术风范。以小说创作而论,京派的代表性小说家,如沈从文、废名、凌叔华、林徽因、芦焚、萧乾等,都坚守文学的独立品格,强调人的个性自由,自觉追求文学的审美价值,讴歌健康、淳朴的人情、人性,创作出了风格独具的散文体抒情小说。京派小说既迥异于政治功利性强的左翼小说,也有别于商业味道浓重的海派小说,它以纯美独异的创作风貌,丰富了中国三十年代文学的面貌,从而成为中国现代文学史上一个有着独特艺术风格的小说流派。

京派作家继承了"五四"启蒙文学的传统,强调文学的独立性和自由品格。作为京派理论先驱的周作人,1928年年初就在北京的《晨报》上发表了《文学的贵族性》,提出"文学是表现思想和情感的,或者说是一种苦闷的象征"。"文学家是必须跳出任何一种阶级的;如其不然,踏足在第三或第四阶级中,那是绝不会有成功的。"这也为后来的京派定下了个性主义和自由主义的调子。京派坚守自由主义的立场,追求文学的自由与独立,自觉保持着文学与政治的距离,也拒斥任何一种政治对于新文学发展的影响和干预。因此,当上海的无产阶级革命文学与反革命文化围剿发生斗争时,京派却始终保持中立姿态,既不表明自己的政治立场,也不屑于参与任何一方的政治斗争。他们"反对拿文艺做宣传的工具或是逢迎谄媚的工具",因为"文艺自有它的表现人生和怡情养性的功用,丢掉这自家园地而替哲学宗教或政治做喇叭或应声虫,是无异于丢掉主子不做而甘心做奴隶"[1]。也正是基于这样一种文学观点,京派对左翼文学的政治化、革命化倾向提出了批评,他们认为左翼文学的"'为大众','为革命','为阶级意识',甚至于是'为国防',都令人看到'文以载道'的浅陋"[2]。

对"纯正的文学趣味"[3]的追求,使京派作家不仅表现出超然的政治色彩,

---

[1] 朱光潜:《自由主义与文艺》,载《朱光潜全集》第9卷,安徽教育出版社1987年版,第482页。
[2] 朱光潜:《我对于本刊的希望》,《文学杂志》1937年第1卷第1期。
[3] 参见朱光潜《谈读诗与趣味的培养》《谈趣味》等文。

对文学的商业化倾向也极为反感。他们认为文学一旦受商业浸染，就容易产生一些"高蹈和下流、肉麻和香艳"式的作品和一味求消遣的文学倾向。京派、海派之争也就是在这样的背景下发生的。为防止文学商业化的流弊，沈从文还给主持中华文化基金会的胡适写信，指出新文学"完全控制在一批商人手里"，"商人即唯利是图"，致使"正当刊物全失败，正当作品全碰壁"①，因此希望委员会每年拿出一部分钱作为"中国新文学作家奖金"，以资助新文学创作。同时，京派还自己创办了"纯"文学刊物，不刊登广告，不载杂文小品，专刊纯文学作品，以区别于上海文学刊物的商业化。

京派将文学之趋于政治化、商业化均视为"堕落"。京派严肃、纯正的文学态度以及对文学自由精神的坚守，也是京派讲究文学本体论的明证。京派作家对于文学的"单纯热忱和朦胧信仰"以及"类似宗教徒的虔诚皈依之心"②，使得他们的文学世界充满审美韵致。

崇尚自然清新的生命形式，歌颂健康纯朴的人情、人性，是京派作家的共同追求。李健吾认为"作品应该建在一个深广的人性上面"，"传达人类普遍的情绪"③。沈从文也说自己"只想造希腊神庙"，"这神庙供奉的是人性"④，注重人性关怀的京派作家崇尚美。李长之说："文学只应求永恒不变之美。"⑤ 而"美首先是人的精神的美、性格的美、人性的美"⑥。那么，这自然健康优美的人性寄寓何处呢？厌弃都市文明的京派作家自然把寻梦的目光转向乡土农村。他们喜欢以"乡下人"自居，沈从文声称自己是"对政治无信仰对生命极关心的乡下人"⑦，芦焚也说自己"是从乡下来的人"⑧，萧乾说自己的"想望却都寄在乡野"⑨，李广田说："我是一个乡下人，我爱乡间，并爱住在乡间的人们。"⑩ 李健

---

① 沈从文：《致胡适》，载《沈从文全集》第18卷，北岳文艺出版社2002年版，第226页。
② 沈从文：《从现实学习》，载《沈从文文集》第10卷，花城出版社1984年版，第319页。
③ 李健吾：《〈以身作则〉后记》，载《李健吾批评文集》（郭鸿安编），珠海出版社1998年版，第103页。
④ 沈从文：《习作选集代序》，载《沈从文选集》第5卷，四川人民出版社1983年版，第228页。
⑤ 转引严家炎：《中国现代小说流派史》，人民文学出版社1989年版，第227页。
⑥ 汪曾祺：《晚翠文谈新编》，三联书店2002年版，第11页。
⑦ 沈从文：《水云》，载《沈从文文集》第10卷，花城出版社1984年版，第294页。
⑧ 师陀：《〈黄花台〉序》，载《师陀研究资料》（刘增杰编），北京出版社1984年版，第49页。
⑨ 萧乾：《给自己的信》，载《萧乾选集》第3卷，四川人民出版社1984年版，第274页。
⑩ 李广田：《〈画廊集〉题记》，《益世报·文学》1935年第3期。

吾也说:"我先得承认我是个乡下孩子,然而七错八错,不知怎么,却总呼吸着都市的烟氛。身子落在柏油马路上,眼睛接触着光怪陆离的现代,我这沾满了黑星星的心,每当夜阑人静,不由向往绿的草,绿的河,绿的树和绿的茅舍。"①以"乡下人"自居的京派作家在构建理想的人性世界时几乎都指向了乡土农村,如沈从文构筑的湘西世界、废名的湖北故乡和北京的城郊世界、芦焚的中原河南乡野果园、萧乾的北京老城根世界、汪曾祺的苏北乡镇世界等,无处不显示着天籁自然之美,无人不显示着人性健康之美。京派作家以文学的形式营造出一片精神乡土,以安放他们理想中的自然之美、生命之力和美好的人情人性,这既表达了京派作家对乡土的眷恋与皈依,更传达了他们理想的社会图景和独特的文化取向。

为了表现精神乡土世界中人性的天真未凿和美好真纯,京派作家塑造了一系列纯真少女形象。废名的短篇小说集《竹林的故事》中就已出现了大量乡村少女形象,如善良的柚子(《柚子》)、伶俐的银姐(《初恋》)、温顺的莲妹(《阿妹》)、勤劳的三姑娘(《竹林的故事》),以及后来的长篇小说《桥》中的琴子和细竹等。沈从文笔下的翠翠(《边城》)、萧萧(《萧萧》)、夭夭(《长河》)、三三(《三三》)等,也都是"在风日里长养着",没有半点心机世故,她们温柔、淳朴、本分、善良,与天地命运和谐地融为一体。在这些纯洁的少女身上,体现着人性的真纯与善美,寄寓着京派作家的人生理想。

此外,京派作家在表现美好人性时还善于描摹纯真无邪的儿童世界。作为京派理论先驱的周作人,就是现代文学中最早提倡儿童文学的理论家之一,他还特别喜爱晚明散文,推崇以"童心"著文的晚明文人,尤为喜好源自"童心"的纯真无伪的趣味。废名的《竹林的故事》中的一些作品,凌叔华的《小哥儿俩》《弟弟》《搬家》《小英》等,林徽因的《吉安》《文珍》,汪曾祺的《羊舍一夕》等,都是对无邪童心的真诚讴歌。而萧乾更是喜欢运用"儿童视角"写现实人事,其《篱下集》就是为童年或者童心未泯发出的动人的呼吁。童年是人生的起点,它未经俗世污染,最接近自然天性,是自由健康人性的代表。京派作家热衷于描写童真,既为虚伪世故的成人世界提供一个参照,同时也表达了他们对人

---

① 李健吾:《〈画廊集〉——李广田先生作》,载《李健吾批评文集》(郭鸿安编),珠海出版社1998年版,第127页。

类自然美和原始美的追寻和向往。

京派作家擅于用"淡淡文字"写"平凡的人性之美",其作品也就多"牧歌动人的原始的单纯"。① 京派的精神领袖周作人在《药堂语录·洞灵小识》中主张"文章宜朴质明净",反对"华丽雕饰"。京派作为一个文学流派,总体上就呈现出一种质朴平和、清淡隽永的风格。京派作家十分讲究艺术技巧,朱光潜的美学理论,李健吾的文学批评,沈从文、萧乾的作家论和创作论,都阐述了创作技巧的问题。沈从文、萧乾还写了《论技巧》《为技巧伸冤》等文,对三十年代文坛忽视文学艺术技巧的现象表示反对。朱光潜说:"艺术之为艺术,并不在所用的材料如何,而在取生糙的自然情感与想象的炉火里熔炼一番,再雕琢成为一种超自然的意象世界。"② "雕琢"二字道出了京派作家讲求精致的艺术用心。京派作家创作时用情极深,善于营造诗情画意,把小说、散文变成了一幅幅风俗画和一首首抒情诗。废名的小说《桥》"仿佛是一首首温李的诗,又像是一幅一幅淡彩的白描画"③。朱光潜也说《桥》"充满的是诗境,是画境,是禅趣"。"它使人感觉到全书是一种风景画簿,翻开一页又一页。"④ 凌叔华以女性的温婉细腻,把小说写得清逸细致自然,虽"轻描淡写,着墨不多,而传出来的意味很隽永"⑤。沈从文则把现实和梦相融合,写出了《边城》等一首首意蕴深远的诗体小说。芦焚也擅长以素描的技法勾勒民俗和自然风景,其小说散文化倾向显著,富含内在的诗意情调,因此朱光潜指出"他的小说也许根本就不应该只当作短篇小说看的"⑥。京派小说不追求塑造典型形象,也不讲究曲折动人的故事情节,他们重描写轻叙事,将小说创作散文化、诗化,极力营造诗情意境,追求和谐静穆纯正典雅的审美境界,将浪漫抒情小说进一步推向成熟。

在三十年代的中国文坛,文学的商业化倾向导致大量粗制滥造之作充斥文坛;文学的革命化、政治化倾向又促使左翼作家写出了一些公式化、概念化的作品。在这种文坛背景下,京派对文学审美性的重视与强调,"不仅给文学创作带

---

① 沈从文:《抽象的抒情》,复旦大学出版社 2004 年版,第 2、5 页。
② 朱光潜:《谈文学》,载《朱光潜全集》第 4 卷,安徽教育出版社 1987 年版,第 185 页。
③ 周作人:《知堂书话》(上),中国人民大学出版社 2004 年版。
④ 朱光潜:《朱光潜全集》第 8 卷,安徽教育出版社 1987 年版,第 553 页。
⑤ 朱光潜:《朱光潜全集》第 9 卷,安徽教育出版社 1987 年版,第 215 页。
⑥ 朱光潜:《朱光潜全集》第 8 卷,安徽教育出版社 1987 年版,第 565 页。

来了和谐优美的美学面貌，客观上也弥补了现代文学观念和现代审美意识形成过程中所存在的某些薄弱环节"①。

京派对文学审美独立性的强调，对现实政治的疏离，对人性的执着探索与追问，使其与社会潮流保持了一定的距离，带有一定的理想色彩。京派也因此而常常遭遇落后于时代、与现实脱节的诟病，被视作"象牙塔中的艺术"。在"京海之争"刚刚开始时，曹聚仁就立即作出反应："京派不妨说是古典的，海派也不妨说是浪漫的；京派如大家闺秀，海派则如摩登女郎。若大家闺秀可嘲笑摩登女郎卖弄风骚，则摩登女郎亦可反唇讥笑大家闺秀为时代落伍。海派文人百无一是，固矣，然穿高跟鞋的摩登女郎，在街头往来，在市场往来，在公园往来，她们总是社会的，和社会相接触的，那些裹着小脚，躲在深闺中的小姐，不当对之有愧色吗？"②曹聚仁比较委婉地批评京派有脱离社会的倾向。

其实，京派并没有脱离现实，放弃对于人生的追求。所以，面对"为艺术而艺术"的责难时，李健吾常常一笑置之。因为他知道，"一切是工具，人生是目的"③。文学总是不能离开人生而存在的。论及戏剧，李健吾也认为，"一出好戏是和人生打成一片的"④。李健吾选择法国作家莫里哀、福楼拜、司汤达、巴尔扎克作为研究对象，所反映的亦是他对人生的厚爱。朱光潜也反对文学脱离人生，他说："克罗齐说，艺术家都是自言自语者，没有把自己的意境传达给别人的念头，因为同情名利等等都是艺术以外的东西。这固然是一部分的真理，但却不是全部真理，艺术家同时也是一种社会的动物，他有意无意之间总不免受社会环境影响，艺术的动机自然须从内心出发，但是外力可以刺激它，鼓励它，也可以钳制它，压抑它。"⑤并且他还主张以出世的姿态做入世的事情，等等。所有这些，都足以说明，注重艺术性、追求审美品格的京派，并没有与时代社会脱节，只是他们采取了一种不同于左翼作家的介入方式而已。

京派作家在三十年代遭遇来自革命文艺阵营的批判，是有其特定的历史际遇的。抗日战争爆发后，在民族危亡的紧要关头，不同政治立场和文化态度的作家

---

① 李俊国：《三十年代"京派"文学思想辨析》，《中国社会科学》1988年第1期。
② 曹聚仁《京派与海派》，《申报·自由谈》1934年1月17日。
③ 李健吾：《〈使命〉跋》，载《李健吾创作评论选集》，人民文学出版社1984年版。
④ 李健吾：《文明戏》，载《李健吾戏剧评论选》，中国戏剧出版社1982年版。
⑤ 朱光潜：《近代美学与文学批评》，载《朱光潜全集》第3卷，安徽教育出版社1987年版。

摒弃门户派别之见，团结起来投入到抗日文艺运动中去。国家兴亡，匹夫有责，受传统文化影响颇深的京派作家，也深知自己的文学使命。然而由于信奉文学的独立自由，恪守文学的审美价值，提倡健康纯正的文学风气，京派作家发出了"文学的贫弱"的慨叹，对抗战文艺进行了直接或间接的批评。虽然京派文人不乏正义感和社会良知，他们的本意也无非是想守住"五四"以来新文学的独立性和庄严原则，然而他们表现出来的学院派的天真、迂阔、执拗和保守，与当时的社会氛围极不协调，在血火交迸的时代，京派作为一个文学群体的危机运途也就成了一种必然。

北平沦陷后，京派也呈现出分崩离析之势。何其芳、卞之琳等人一度撤到四川，而后又投奔延安，成了民族解放战争时期的新型文学家。沈从文、朱光潜、李广田先后随北大、清华、南开等校迁往昆明或乐山。朱光潜依然沉湎于静谧的书斋与"和谐"的文学世界，沈从文则已在为抗战而呐喊。萧乾由《大公报》派往欧洲，成为第二次世界大战欧洲战场上稀有的东方记者，撰写最能反映现实生活的新闻、特写。芦焚、李健吾等作家撤离北平，寄寓在上海"孤岛"，在讴歌光明、揭露国统区黑暗统治的斗争中，其文风犀利、泼辣，失去了原有的"和谐"和优美。废名则折回家乡湖北黄梅，深居简出，执教于乡间。抗战后复出，文章风格也少了旧日的静穆，多了时代的忧愤。自此，作为文学流派意义上的三十年代"京派"，已不复存在。①

抗战胜利后，京派作家曾一度表现活跃，他们办报办杂志，宣传自由主义的文艺主张。1947年6月，《文学杂志》在停刊十年后复刊，朱光潜在《复刊卷首语》中宣称："我们对于文学的看法，犹如我们对于文化的看法，认为它是一个国家民族的完整生命的表现。"他主张消除文学上的"门户派别之见"，"采取充分自由的严肃的态度，集合全国作者和读者的力量，来培养一个较合理的文学刊物，藉此在一般民众中树立一个健康纯正的文学风气"②。而沈从文在其主编的《大公报·星期文艺》和《文艺》等报纸副刊上一如既往地宣传文艺应独立于政治的主张。萧乾一方面在政治上尊奉"第三条路线"，另一方面又极力抑制政治权力对文艺的粗暴干涉。京派作家这些疏离文艺与政治关系的思想主张，在日益

---

① 李俊国：《三十年代"京派"文学思想辨析》，《中国社会科学》1988年第1期。
② 朱光潜：《复刊卷首语》，《文学杂志》1947年第2卷第1期。

强调文艺必须为政治、为革命服务的四十年代，尤其是在解放战争人民解放军乘胜追击，"中国行将进入一个崭新时代"的1948年前后，受到左翼文艺界的清算，是必然的。① 1947年，杨晦在《京派与海派》一文中对京派作了如下定位："他们跟旧士大夫一样是封建意识的代表，他们是在有意或无意地跟封建的反动的势力相表里，起他们的呼应作用。"② 1948年，香港《大众文艺丛刊》第一辑发表了系列文章，对朱光潜、沈从文、萧乾等自由主义作家进行批判。郭沫若的《斥反动文艺》锋芒咄咄逼人，他将沈从文、朱光潜、萧乾等斥为"反动文艺"的代表人物，说他们"一直是有意识地作为反动派而活着"。此外，还发表了由邵荃麟执笔的文章《当前文艺运动的意见——检讨、批判和今后的方向》，更是直接把京派判定为"反动的文艺思想"，"是地主大资产阶级的帮凶和帮闲文艺"。③ 在左翼文艺阵营集结的强大的政治火力攻击下，支撑到最后的几个京派文人再无还击之力，这个曾经在三十年代文坛上颇具影响力的文学派别就此走向终结。

第三节 京派文学批评

京派成员大多是教授学者，他们在创作的同时，还致力于文学批评工作。较著名的如朱光潜、李健吾（刘西渭）、沈从文、梁宗岱、李长之等，都在文学批评方面取得了很大的成就。京派文学思想在其批评工作中得到了充分的体现，他们强调文学的审美独立性，追求艺术的自足，秉持纯正广博和公正宽容的批评态度，潜心追求自由批评与纯美艺术，在文学批评中充分展露了京派成员的不同风格与艺术个性。

由于京派身处平津等北方地区，相对远离社会政治斗争的中心，加之古都相对宽松的文化氛围，学院派安逸的生存环境以及他们淡定超然的文化心态，使京派可以从容接受中西文化的熏染，潜心专注于文学审美特性的探索。所以，与三

---

① 曾令存：《1948—1949：〈大众文艺丛刊〉》，《中国现代文学研究丛刊》2002年第2期。
② 杨晦：《杨晦文学论集》，北京大学出版社1985年版，第226页。
③ 郭沫若：《斥反动文艺》，《大众文艺丛刊》1948年3月1日。

十年代文坛上的其他文学派别不同,京派文学始终坚守"纯正的文学趣味",追求一个单纯而又自足的审美世界。李长之就把文学批评当作一种专门的学术,独立的艺术。他说:"批评追求一种永久价值,它的对象是绝缘的,是独立的,是绝对的。它所处理的对象,往往抗拒着文学史所加给的封条。"① 所以,他写书评时"必尽量让它成为可读可诵的"②。对京派批评而言,其出发点和落脚点都是纯文学纯审美的,他们竭力挣脱烙在文学身上的政治的或商业的印记,让创作与批评都回归至文学本体。京派批评的出现代表着中国现代文学批评的审美自觉与成熟。

朱光潜提出"文艺标准是修养出来的纯正的趣味"③,对文学"纯正的趣味"的追求,使京派在进行文学批评时能够从文学本身出发,"不囿于一己之趣味,不拘于一家之言",显示出了开阔的批评视野与宏大胸襟。他们认为,批评家只有养成"能凭高俯视一切门户派别者的趣味",才能"充分的真确地欣赏任何一派的佳妙",而不是"依傍一家门户,对于口味不合的作品一概藐视"。④ 京派批评家绝不只是从理论上倡导文学的"纯正的趣味",他们在批评实践中也确实是这么做的。以李健吾为例,他的批评对象绝不局限于京派这一个作家群体,而是将批评视角广泛地伸向三十年代文坛各个角落。他不仅对早期的革命文学作家叶紫、左翼文学新秀萧军给予了激赏,也对民主主义作家如巴金、曹禺等作出了高度的评价。京派批评这种摒弃门户之见的做法,其客观公正的批评态度和开阔的批评胸襟,不要说在文学政治化、集团化倾向比较严重的三十年代,就是在百花齐放的新时期,依然具有十分重要的意义。

大多数京派成员都有留学西方的背景,受西方文化思想影响较深,同时他们又有着深厚的传统民族文化根基,在中西方文化的交流碰撞过程中,京派以开阔宽厚的文化姿态表现出了对中西方文化的包容调和,将中国传统的直觉感悟式批评与西方的批评范式实现了有效对接。例如,朱光潜对克罗齐的介绍,李健吾对法朗士印象主义的推崇,梁宗岱对法国象征主义的倾心,李长之对德国批评家汉

---

① 李长之:《李长之批评文集》,珠海出版社1998年版,第198页。
② 李长之:《我如何作书评》,《大公报》1934年5月26日。
③ 朱光潜:《谈趣味》,载《朱光潜全集》第3卷,安徽教育出版社1993年版,348页。
④ 朱光潜:《谈谈诗与趣味的培养》,载《朱光潜全集》第3卷,安徽教育出版社1993年版,第354页。

保尔特的借鉴,卞之琳对西方现代派艺术的研究等。京派批评家对西方众家美学思想的吸纳、借鉴,使京派批评富有了坚实的理论基础,同时也为中国现代文学批评树立了新的理论参照系。京派批评家虽有相似的艺术旨趣和相近的审美追求,但他们的批评个性并不相同。京派批评充分张扬批评主体的艺术个性,依照自身的学术背景、知识结构、审美趣味及价值取向对作家作品进行多样化的解读,展现了批评个体特色与独立自由的批评姿态,使得三十年代的京派批评充满了艺术张力与审美个性。

京派批评家中,理论学养最高的是朱光潜,他称得上是京派的理论旗帜。朱光潜偏重从心理学角度探究文学原理。自写作第一部专著《悲剧心理学》开始,朱光潜就确立了其批评理论的一个基本向度:"一切正确的批评理论都必须以深刻了解创造的心灵与鉴赏的心灵为基础。过去许多文学批评之所以有缺陷,就在于缺少坚实的心理学基础。"[①] 而在后来的《文艺心理学》中,这一思路更明确了。"它丢开一切哲学的成见,把文艺的创造和欣赏当作心理的事实去研究,从事实中归纳的一些可适用于文艺批评的原理。它的对象是文艺的创造和欣赏,它的观点大致是心理学的。"[②] 朱光潜虽无心构建自己的理论体系,但是在康德"无目的的合目的性"美学思想、叔本华和克罗齐的"直觉论"、布洛的"距离说"、立普斯的"移情说"、谷鲁斯的"内模仿说"等西方现代美学思想的综合影响下,朱光潜逐步形成了其丰富博杂且带有明晰理论系统性的美学思想,并创造性地提出了"无所为而为"的文艺批评理想。

朱光潜深受克罗齐"直觉论"美学的影响,并以此来解释审美本质。他认为美就是直觉,是一种物我两忘、凝神观照的境界。他认为无论是在创造还是在欣赏的过程中,美感经验都既不涉及实用目的和欲念,也不涉及意志和抽象的思考,而是"单纯的直觉"[③]。瑞士心理学家布洛的"距离说"对朱光潜的影响也很大。这一理论的核心就是要求在不涉及利害关系的态度下来欣赏或创造审美对象。布洛认为在审美活动中要与对象保持一定的距离,这种距离是一种心理距离,这样在审美活动中才能将人的实际利害关系分离。朱光潜提出在审美活动中

[①] 朱光潜:《悲剧心理学》,载《朱光潜全集》第2卷,安徽教育出版社1993年版,第216页。
[②] 朱光潜:《文艺心理学》,载《朱光潜全集》第1卷,安徽教育出版社1987年版,第197页。
[③] 朱光潜:《文艺心理学》,载《朱光潜全集》第1卷,安徽教育出版社1987年版,第320页。

"我们一方面要从实际生活中跳出来,一方面又不能脱尽实际生活;一方面要忘我,一方面又要使我的经验来印证作品"①。因此,艺术欣赏的成功与否,就看这种"距离"是否安排得当。而在文艺批评中最好的距离就是一种"不即不离"的距离,也就是"无所为而为"的距离。

从"直觉论"和"距离说"出发,朱光潜在批评时,要求文学追求一种纯正的文学趣味。他提出"理想的批评有欣赏做基础",既然欣赏是一种创造,那么也就可以有"欣赏的批评"或"创造的批评"。他说:"创造是造成一个美的境界,欣赏是领略这种美的境界,批评则是领略之后加以反省。领略时美而不觉其美,批评时则觉美之所以为美。不能领略美的人谈不到批评,不能创造美的人也谈不到领略。批评有创造欣赏做基础,才不悬空;欣赏创造有批评做终结,才得以完成。"② 站在"批评的态度"和"欣赏的态度"之间,朱光潜既倾向于印象派的批评,又对科学的批评分析抱有好感,对此,朱光潜区别了几种不同的概念:"'批评的态度'和'欣赏的态度'(就是美感的态度)是相反的。批评的态度是冷静的,不杂感情的,其实就是我们在开头时所说的'科学的态度';欣赏的态度则注重我的情感和物的姿态的交流。批评的态度须用反省的理解,欣赏的态度则全凭直觉。批评的态度预存有一种美丑的标准,把我放在作品之外去评判它的美丑;欣赏的态度则忌杂有任何成见,把我放在作品里面去分享它的生命。遇到文艺作品如果始终持批评的态度,则我是我而作品是作品,我不能沉醉在作品里面,永远得不到真正的美感的经验。"③ 从这种认识出发,朱光潜对梁实秋及其"新月派"的批评思想不以为然,"文艺虽无普遍的纪律,而美丑好恶却有一个道理",他不反对对文学作品持欣赏的态度。不过,朱光潜又认为,读到一部作品,如果只是"我觉得它好"还不够,"我们还应说出我何以觉得它好的道理"。可以说,在"欣赏的态度"与"批评的态度"两者之间,朱光潜是互有取舍,而又相互补充,走过了一条从"欣赏的态度"到"批评的态度"的路,而这条路恰恰是现代文学批评的发展之路。

朱光潜的批评理论其实也反映出京派批评家的共同追求。以"直觉论"来

---

① 朱光潜:《朱光潜美学文集》第 1 卷,上海文艺出版社 1982 年版,第 25 页。
② 朱光潜:《文艺心理学》,载《朱光潜美学文集》第 1 卷,上海文艺出版社 1982 年版,第 80-81 页。
③ 朱光潜:《谈美》,载《朱光潜美学文集》第 1 卷,上海文艺出版社 1982 年版,第 482 页。

说，京派批评家几乎都推崇直觉，而对理性的介入持十分审慎的态度，乃至反对理性介入创作。李长之就反对"理智地创作"，他说："意志地，理智地去创作是毫无是处的。只有在人的情感生活中，人的幻想力最活动，所以我常说现代创作家必须从浅薄的理智中解放出来就是为此！"① 李健吾也推崇直觉。当何其芳表白自己没有是非之见，只喜欢事物而不判断事物时，李健吾对此深表赞同，并揭示直觉的特点为："经耳目摄来，不上头脑，一直下到心田。"② 他甚至还得出了这样的结论："伟大的艺术家，根据直觉的美感，不用坚定的理论辅佐，便是自然天成，创造惊天地泣鬼神的杰作。"③ 正是对艺术直觉和审美感悟的强调，使京派批评富有纯正的文学趣味，闪耀着夺目的美学光彩。

请看下面李健吾的一段批评文字：

> 他要一切听命，而自己不为所用。他不是那类寒士，得到一个情境，一个比喻，一个意象，便如众星捧月，视同瑰宝。他把若干情境揉在一起，仿佛万盏明灯，交相辉映；又像河曲，群流汇注，荡漾回环；又像西岳华山，峰峦叠起，但见神往，不觉险巇。他用一切来装潢，然而一紫一金，无不带有他情感的图记。这恰似一块浮雕，光影匀停，凹凸得宜，由他的智慧安排成功一种特殊的境界。④

以上是李健吾对何其芳《画梦录》的批评，从这段文字中，我们足以感受到李健吾鉴赏印象式批评的独特风格与审美韵致。

李健吾是京派的一位多面手，小说、戏剧、散文、批评兼长。作为批评家的李健吾堪称京派批评的中坚力量。他在谈到对文学批评的认识时说："批评不是

---

① 李长之：《论文艺作品之技巧原理》，载《批评精神》，商务印书馆1942年版。
② 李健吾：《〈画梦录〉——何其芳先生作》，载《李健吾批评文集》（郭鸿安编），珠海出版社1998年版，第137页。
③ 李健吾：《〈画梦录〉——何其芳先生作》，载《李健吾批评文集》（郭鸿安编），珠海出版社1998年版，第135页。
④ 李健吾：《〈画梦录〉——何其芳先生作》，载《李健吾批评文集》（郭鸿安编），珠海出版社1998年版，第138页。

别的，它也是一种独立的艺术，它有自己的宇宙，它有自己深厚的人性作为根据。"① 李健吾的文学批评观是具有人性关怀的审美创造，他全身心地投入作品，与作家作品的灵魂拥抱沟通，其中自然就涌动着批评家主体独立的审美体验与感悟。所以，对李健吾来说，文学批评就是自己的一种人生方式，他通过对作家作品的批评与阐释，来表现自己对社会人生的认识与理解。也正是在这个意义上，李健吾主张"批评"就是"表现"，是批评家自身个性、气质、学识、才情、对艺术的感悟和见解等的真诚的自我表现。

李健吾的文学批评是主观鉴赏式的，而鉴赏对于批评者而言就是"不判断，不铺叙，而在了解，在感觉。他必须抓住灵魂的若干境界，把这些境界变做自己的"②。对他来说，批评首先是报告自己读书的体验，而不是为了从作品中抽取或证明一种先在的理论或者观念，因此，他的批评在很大程度上是个性化、体验化的。他尽可能将自己活泼泼的艺术审美感受（印象）记录下来，传达给自己的读者。这种阅读印象往往是一种丰富而微妙的体验，往往难以用抽象的术语来表述，因此，李健吾必须发展一种独特的表述方式以凝定与传达自己的这种极具个人性的审美感受与情感体验。类似中国古代的风格品评，他往往采用感性的，富含形象和情致的语言，将自己对作品的整体阅读体验凝成一个或一组鲜明的意象。例如，他说"叶紫的小说始终仿佛一棵烧焦了的幼树"，"挺立在大野，露出棱棱的骨干，那给人苗壮的感觉，那不幸而遭电殛的暮春的幼树"③。寥寥数语，就将叶紫小说决绝悲壮的精神气质极为形象地描摹出来了。

李健吾的批评独树一帜、卓尔不群，他自觉建构印象主义的批评体系，追求"灵魂在杰作里面的探险"，写出了大量评价到位又精致美感的批评文章。他的批评文体吸收了法国散文家蒙田的散漫抒情，对中国传统感悟性批评进行突破与发展，最终形成了别具一格的随笔性的美文式批评文体。不论京派的理论旗帜朱光潜还是最杰出的作家沈从文都对他的批评推崇备至，当时及后世的批评界人士也都对他的批评丰绩给予充分肯定。香港地区文学史家司马长风高度赞扬李健吾

---

① 李健吾：《答巴金先生的自白》，载《李健吾批评文集》（郭鸿安编），珠海出版社1998年版，第44页。
② 李健吾：《自我和风格》，载《李健吾批评文集》（郭鸿安编），珠海出版社1998年版，第183页。
③ 李健吾：《叶紫的小说》，载《李健吾批评文集》（郭鸿安编），珠海出版社1998年版，第166页。

第五章　京派文学

的批评,他说:"他有周作人的渊博,但更为明通;他有朱自清的温柔敦厚,但更为圆融无碍;他有朱光潜的融会中西,但更圆熟;他有李长之的洒脱豁朗,但更有深度。"① 这虽有拔高李健吾在中国现代文学批评史上的地位之嫌,但在某种程度上确也道出了李健吾文学批评的特点。李健吾在批评方法以及批评体式上的尝试与实践,不仅丰富了现代文学批评的园地,而且提供了一个文学批评文体审美化的成功范例。

较之朱光潜、李健吾等颇富中西学养的京派批评家来说,"乡下人"沈从文无疑是个异数。他虽无高深的理论修养,但凭着一己才华与超群的禀赋,沈从文的批评依然有着不俗的表现。他像一位经验丰富的导游,引领读者自由穿行于作家与作品的世界中,体验着作品中的人生,触摸着作家的欢喜悲愁。他的《沫沫集》,基本路数比较接近李健吾的印象主义批评,而所依持的理论,如主张和谐、匀称、静穆的古典标准,强调直觉审美与"距离说",突出文学的独立地位与价值等,又和朱光潜的诗学美学比较一致。在传统文论的影响下,沈从文又十分注重风格批评,在文本细读的基础上,将敏锐的感悟与诗意的表达完美融合在一起。《沫沫集》以专论的形式论及冯文炳、落华生、朱湘、焦菊隐、徐志摩、穆时英、曹禺、冰心、鲁迅等作家。在对这些作家进行评论时,沈从文总能准确勾勒出他们的风格特征。比如《论朱湘的诗》:"使诗的风度,显着平湖的微波那种小小的皱纹,然而却因这微皱,更见出寂静,是朱湘的诗歌。能以清明无邪的眼睛观察一切,能以无渣滓的心领会一切。大千世界的光色,皆以悦目的调子为诗人所接受。作者的诗,代表了中国十年来诗歌的一个方向,是自然诗人用农民感情从容歌咏而成的从容方向。爱,流血,皆无冲突,皆在那名词下看到和谐同美,因此作者的诗,是以同这一时代要求取分离样子独自存在的。"沈从文对作家风格的描述充满诗意,是不折不扣的美文典范。《沫沫集》能存留中国现代批评史,风格批评当是其一个最大的亮点。

总之,以直觉为内核,强调批评主体的介入,追求艺术审美独立性的京派批评,既显示着对西方美学理论的敞开,又守护着传统文化的根底,在中国与西方之间、传统与现代之间沟通调和,构建高雅的艺术神庙,维护了文学批评的独立性。京派的这种努力,在政治斗争、民族矛盾异常激烈的三十年代,必然会遭受

---

① 司马长风:《中国新文学史》(中卷),昭明出版社1978年版,第248页。

冷遇甚至批判。然而随着文艺本体的回归，京派这种纯文艺的批评理想将会越来越显示出其现代性意义。

第四节　京派作家的领衔者沈从文

作为"京派作家的领衔者"[①]，沈从文堪称"当时北平文坛的重镇"[②]。他终生以"乡下人"自居，执着于表现"优美，健康，自然，而又不悖于人性的人生形式"[③]。"人性"是他创作的轴心，"生命"则是他永远的信仰、终极的审美追求。他以宏富丰硕的创作，构筑起一个特异迷人的"湘西世界"。这是一个具有永恒魅力的世界，吸引着不同时代不同国家的读者向往与青睐。除小说创作外，他还是一位杰出的散文家与文艺批评家。早在三十年代，沈从文就已蜚声文坛，其后虽历经波折与争议，却最终无法掩盖这样一个事实：他当之无愧为自从新文学运动以来的最好的作家之一[④]。

一、乡野—都市构图

沈从文的创作以小说成就最为突出。他的小说，题材丰富庞杂，色彩绚烂多姿。其中既有《神巫之爱》《龙朱》《媚金、豹子与那羊》等描写湘西古老文化习俗、神秘风土人情的浪漫传奇之作，也有《萧萧》《柏子》《贵生》《丈夫》等刻画湘西人生形态的现实主义作品；既有《月下小景》等经过"重新处理"过的美丽如诗的佛经故事，又有《会明》《灯》《虎雏》《卒伍》等以湘西人的行伍生活为内容的作品，既有《边城》《长河》等"一例地浸透了乡土抒情诗气氛"的作品，又有《绅士的太太》《八骏图》《有学问的人》《如蕤》《都市一妇人》等对都市各色人生视景的描摹与显现……就是这些风貌各异的作品，共同构成了沈从文色彩斑斓的小说世界。在沈从文精心营造的艺术世界中，乡村与都市始终彼此鲜明地对立着。作家以这两个"相互参照的世界"，呈现出迥异的两种

---

① 丁玲：《五代同堂，振兴中华》，《文艺报》1982年第3期。
② 姚雪垠：《学习追求五十年》，《新文学史料》1980年第3期。
③ 沈从文：《习作选集代序》，载《沈从文选集》第5卷，四川人民出版社1983年版，第231页。
④ ［英］W. J. F. 詹姆尔：《现代中国文学能否出现？》，《编译参考》1980年第2期。

生存方式与生命形态，其中亦渗透着作家本人的文化价值取向以及他对生命的审美观照。

（一）湘西乡野牧歌

沈从文出生在美丽而荒僻的湘西凤凰县。少年时代野性而不乏传奇色彩的生活方式，使他能够"倾心于现世光色"，熟读社会这本大书。湘西的山光水色、市镇风貌，小城中各色人等的生活劳作，活泼顽劣儿童的行状，山民粗野雄强的行为，湘兵们野蛮愚蠢的暴行等，如一幅幅色彩斑斓的剪影映入他的脑海。当他踏入喧嚣骚动、光怪陆离的都市世界，深味到种种人生况味时，一种难以忍受的陌生疏离感，使他时时回顾这块生于斯长于斯的乡野边地。对湘西这块神秘土地的天然贴近与热爱，使沈从文毫不费力地构筑起属于自己的"湘西世界"，这是他灵魂的栖居地，永远的精神家园。在那里，人与自然"和谐共存"，生命康健而活泼，鲜活而自由，人性优美而雄强，拙朴而有力量。从沈从文描绘湘西的神秘人生画卷中，我们听到了古老湘西的人性牧歌。

沈从文择取爱情，作为他对湘西"自然之子"生命形态的独特视点。

在"神尚未解体的时代"里，青年男女们爱得自然、真挚、活泼、热烈，跃动着原始的生命活力，充溢着天然的动人气息。这种爱情超越一切世俗的羁绊，甚至超越残酷的生死界限，而达到灵与肉的纯粹结合。这种纯粹的自然之爱典型地表现在《月下小景》《龙朱》《媚金、豹子与那羊》等作品中。

《月下小景》讲述的是寨主的独生子、21岁的傩佑深深地爱上了一个××族少女。然而这个民族却不知从何时遗留下来这样一个野蛮风俗：女人同第一个男子恋爱，却只许同第二个男子结婚，否则，女子将被沉潭或被活活地抛到地窟窿里去。傩佑和他的恋人却只顾遵从"自然的神意"，而不惜破坏残酷的"魔鬼习俗"。当他们意识到只有"死亡"才能保全这份爱时，就在一个月光融融之夜，相拥进行了"死的接吻"，咽下了"那点同命的药"。在这对年轻人身上，充分体现了"自然人"的特征。男的健壮如狮子，美丽如流星，灵活敏捷如羚羊；女的"仿佛是用白玉、奶酥、果子同香花，调和削筑成就的东西"，"一微笑，一睒眼，一转侧，都有一种神情存乎其间"。他们"不要牛，不要马，不要果园，不要田土"，不要物质的一切，因为他们本身就是一切，"是光，是热，是泉水,是果子,是宇宙的万有",他们秉承着自然,是自然的精灵。他们生时如野花,如山泉,"用明霞作被,用月儿点灯",死去也如"月儿隐在云里"一样自然。《月下小景》是一首爱的抒情诗。它的"凄厉哀艳",它的飘忽若虹,隐喻着作家对"自然人"的讴歌与礼赞。

如果说《月下小景》中的男女是由于受到"魔鬼习俗"的戕害而陷入悲剧,那么,《龙朱》中的"美男子中的美男子"龙朱,则完全因为自身的完美无瑕而陷入孤独。"尊贵而又如虹如月"的郎家苗王子,因其完美而成了"受折磨的天才与英雄"。他得到的只是女人的尊敬与爱重,却得不到女人刻骨铭心的爱。龙朱因此而深感生活的空虚、生命的黯淡。对他来说,生命的价值不是被众人爱重,也不是狮子般的尊严,而是切实得到一份古朴、真挚的爱——"抓出自己的心,放在爱人的面前,方法不是钱,不是貌,不是门阀也不是假装的一切,只有真实热情的歌。"终于,一位敢于冲破"习惯的心与眼"向神挑战的花帕族少女,以其容貌、歌声与胆量,深深打动了龙朱。于是,他生命的泉流重新欢畅。在湘西"自然之子"那里,至情至性的真爱,足以超越功利世俗的尺度。

为了信守爱的选择,维护爱的尊严,《媚金、豹子与那羊》中的媚金与豹子,宁愿以生命为真爱作证。

小说写的是一对苗族青年男女恋爱的悲剧:少女媚金与豹子因唱歌而相爱,他们约定夜间到宝石洞中约会成婚。按当地风俗,男子要获得情人贞女的红血必须送给她一只小小的白山羊作为聘礼,以表示自己爱情的忠诚与坚固。可是由于豹子太爱媚金了,他找遍了当地许多个村寨的羊栏,始终找不到一只他认为理想的能够配得上送给媚金作聘礼的小白羊。就在他急忙赶到另一个更远的村寨寻找小白羊时,无意中却在一个土坑里发现了一只周身白得如积雪的理想的小羊羔,然而却又因这只小羊的一只脚受了伤,需要请地保敷上一点药才好带去送给心上人。等到他把这一切做完,匆忙赶去约会的山洞时,媚金却误以为豹子有意爽约,自己受了欺骗,用刀自杀了。豹子眼见情人已死,就从媚金的胸膛间拔出刀子扎进了自己的胸膛,含笑死在了她的身边。

这个美丽动人的爱情故事,说明人必须信守灵魂的天真,才能使生命焕发永恒的光辉。沈从文有意将这个纯洁无瑕的爱情故事与现代社会中"已经被无数肮脏的虚伪的情欲所玷污的爱情"作对比,慨叹"现代文明"所造成的人情沦落,讴歌那种跃动着原始生命力的"自然人"的童心,沈从文渴望在我们的现实生活中能够恢复"童心",重新焕发出如同媚金与豹子那样的青春活力!

倡扬人性与人道主义,是沈从文创作的基石。他说:"这世界上或有想在沙基或水面上建造崇楼杰阁的人。那可不是我。我只想造希腊小庙。选山地作基础,用坚硬石头堆砌它。精致,结实,匀称,形体虽小而纤巧,是我理想的建筑。这小庙供奉的是:人性。做成了,你们也许嫌它式样太旧了,形体太小了,不妨事。"① 沈从文的爱情描写,因此而与一般的新文学作家个性解放的主题追求不同,他是为了构建湘西这样一个理想的"希腊小庙",与"现代文明"相抗衡。

如果说《月下小景》《龙朱》《神巫之爱》《媚金、豹子与那羊》等作品还带有湘西社会原始风俗的遗存痕迹,是沈从文彻悟爱的真谛的抽象与虚幻,那么,《柏子》《雨后》《巧秀与冬生》《阿黑小史》等则是现实性更强的作品。沈从文对这些生活在社会底层,身上洋溢着朴实的人性美的农民、士兵、水手、妓女们"怀了不可言说的温爱"。他们拥有自然、纯真、雄强、放纵乃至疯狂的生命形态和性格特征,他们的爱情虽"凄厉哀艳",但一样饱胀着朴野蓬勃的生命力量。

沈从文是美好生命的歌者,他构筑起的"湘西世界"充满着健康优美的牧歌情调。但是,我们决不能据此而认定作家已完全沉浸于那久已逝去的桃源世界。"超尘绝世"的不是他,他始终都没放弃过对现实现世的关心。常常遭遇曲解的沈从文曾明确地提醒读者:"你们能欣赏我故事的清新,照例那作品背后隐伏的热情却忽略了。你们能欣赏我文字的朴实,照例那作品背后隐伏的悲痛也忽略了。"② 是的,撩起人性这层温馨脉脉的面纱,我们感受到的是萦绕作品间的淡淡凄然与怅惘。

在反映湘西现实生活的作品中,沈从文一面礼赞着未被现代文明污染过的"自然之子"们雄强蓬勃的生命力,讴歌他们"粗糙的灵魂,单纯的情欲";一面又对他们懵懂无知的生命意识感到忧伤。这些乡野儿女尚处于自在的生命状态,丝毫不会想到去改变或支配自己的命运。柏子与其情人的爱固然真挚动人,

---

① 沈从文:《习作选集代序》,载《沈从文选集》第 5 卷,四川人民出版社 1983 年版,第 231 页。
② 沈从文:《习作选集代序》,载《沈从文选集》第 5 卷,四川人民出版社 1983 年版,第 231 页。

但终归还是一种畸形发展。可是，柏子自己却"不曾预备要人怜悯，也不知道可怜自己"，于凄惨的境遇中自满自足。这是多么悲凉的人生况味。在作品《萧萧》中，湘西下层人民蒙昧、被动的生命形态得到了更鲜明的表现。

萧萧作为童养媳出嫁时才十二岁，可她的"丈夫"却还是个刚"断奶没多久"的婴儿。年幼的萧萧尚未能察觉其苦，只把"出嫁"看成是"从这家转到那家"。乖巧、勤劳而又知趣的萧萧，不久便适应了婆家的生活。可受长工花狗的引诱，萧萧便糊里糊涂地失了身、怀了孕，犯下了伤风败俗不可饶恕的"大罪"。她面临着非被"沉潭"即被"发卖"的可怕命运。故事的结局却有些出人意料，当萧萧生下了"一个团头大眼、声响宏壮的儿子"后，于是合家欢喜，母子二人被高兴地"接纳下来"。这个结局也许是一种比沉潭或发卖要好的结果。但这本身就是一出悲剧。其悲剧性不仅在于萧萧最终还是与比自己小九岁的丈夫"圆了房"，还在于她对自己命运的被动反应。

身处悲凉的人生境地却不自知，这更加剧了人物性格命运的悲剧性。作者从萧萧的悲剧命运看到了整个湘西停滞凝固的现实本质。作者虽崇尚湘西子民朴素、雄强、充满野性的生命形式，但对他们原始蒙昧、自在无为的生命状态又发出了悲悯与叹息。

对沈从文来说，拆解湘西乡村世界的致命力量还不在其内部精神的恒久凝固，而是来自社会外部力量对它的强大冲击。美好素朴的原始遗风在社会变动的巨力下纷纷风化魄散，人性的神圣护卫坍塌了。1934年重返湘西，沈从文深刻地认识到了这一点：

> 去乡已经十八年，一入辰河流域，什么都不同了。表面上看来，事事物物自然都有了极大进步，试仔细注意注意，便见出在变化中的堕落趋势。最明显的事，即农村社会所保有那点正直素朴人情美，几乎快要消失无余，代替而来的却是近二十年实际社会培养成功的一种唯实唯利庸俗人生观。敬鬼神畏天命的迷信固然已经被常识所摧毁，然而做人时的义利取舍是非辨别也随同泯灭了。"现代"二字已到了湘西，可是具体的东西，不过是点缀都市文明的奢侈品大量涌入……[①]

[①] 沈从文：《长河·题记》，载《沈从文小说选》第2集，人民文学出版社1982年版。

第五章 京派文学

《丈夫》写一乡下男子到花船上去探望卖淫的妻子，妻子还须和颜悦色地取悦骄横的水保，逢迎侍候烂醉如泥的兵士，饱受仗势压人的巡官的欺凌。丈夫的人性尊严被剥落殆尽。在这里，人已经成为金钱的奴隶，两性关系成了纯粹的商品买卖关系。在社会外力的挤压下，湘西乡村社会出现了精神上的溃烂与变异。

小说《贵生》描写的也是金钱对下层人民肉体及精神的摧残与蹂躏。主人公贵生本是个老实本分的佃农。他深爱着小杂货店老板的女儿金凤，金凤父女也想把贵生招进家中。但是，就在贵生筹办成亲礼物的时候，金凤却被挥金如土的大赌棍五老爷"抬"走了。小说真实细致地描绘了金凤父女对这件事的迎合态度。尽管这父女俩曾对贵生怀有好感，可终究抵挡不住金钱、权势的诱惑。金钱、权势、财产、虚荣已把边民原先朴实正直的美好品性吞噬殆尽。在作者看来，时代大潮冲击下的人性坍塌，比起原始蒙昧的生命形式和赤贫落后的物质生活，更令人痛心、悲哀。

如美国学者金介甫所说，沈从文的确"是难忘伟大的过去的一个记录者"[1]，这由他对湘西古朴民风的讴歌即可看出。但对"过去"的讴歌与怀恋，并不就能说他只是唱一曲所谓"恋旧"的挽歌，他的很多作品，都是"入世入俗"地关注现在，并对民族的未来充满"杞忧"。小说《菜园》《新与旧》等，就直接描绘了国民党反动政权对无辜百姓的狂乱残杀，系列小说《长河》，就是"把最近二十年来当地农民性格灵魂被时代大力压扁扭曲失去了原有的素朴所表现的式样，加以解剖与描绘"[2]。它通过对人物与抗战前夕急剧变化的政治局势的关系的描写，使人清晰地"听到时代的锣鼓，鉴察人性的洞府，生存的喜悦，毁灭的哀愁"[3]。理想中的"湘西世界"既已杳如黄鹤，现实中湘西的人性古风也已满目疮痍。但是，这并没能阻挡沈从文重塑理想世界的决心，带着对古朴湘西的怀恋，他以饱蘸热情的笔墨，重新构筑起美丽自然的"湘西世界"，这虽不是现实意义上的湘西，但却是作家心灵上的故乡，是一片永恒的精神乡土。

---

[1] [美]金介甫：《沈从文论》，《钟山》1980年第4期。
[2] 沈从文：《长河·题记》，载《沈从文小说选》第2集，人民文学出版社1982年版。
[3] 司马长风：《中国新文学史》(中)，昭明出版社1978年版。

（二）都市文明批判

自创作伊始，沈从文就着力从乡村与都市两个方面，对历史的、现实的人生景况进行描绘书写。所以，当他历经二十余年建构起"湘西世界"的时候，另一个作为参照系的对立着的"都市世界"也被相应地构筑起来。与"湘西世界"自然人性的淳朴善良而又蛮强粗野相比，沈从文笔下的都市世界则呈现截然不同的另一番景象——人们虚伪、堕落、装腔作势、尔虞我诈，自然人性遭遇扭曲变异和失落。通过乡村与都市这两个世界的互相比较互相参照，沈从文不仅对后者的腐朽、混乱进行猛烈抨击，揭示都市人生命力的萎缩与衰竭，而且还用他那把"乡下人"的"尺"与"秤"衡量都市人道德上的卑劣："这种'城里人'仿佛细腻，其实庸俗，仿佛和平，其实阴险，仿佛清高，其实鬼祟。……老实说，我讨厌这种城里人。"[①] 在乡村与都市的二元对立中，沈从文明确表达了自己的道德和审美评价。

前面已经谈到，沈从文选择爱情——这一特定的生命表现形式来观照"湘西世界"原始野性的人性之光。同样，在透视"都市世界"人性的扭曲与异化时，沈从文再一次把焦点对准了爱情。与乡野原始爱情的虔诚庄严迥异，都市文明人却多是"阉寺性的人"，他们的爱情是枯萎、变形了的"伪爱"。作者集中笔墨描写他们在性爱问题上的丑恶与暧昧，由此展开对都市"文明病"的批判。《绅士的太太》和《八骏图》就是这方面的杰出代表。

据作者自云，《绅士的太太》是为了给"高等人造一面镜子"。作者正是用这面镜子映现出绅士家庭肮脏、糜烂的一角。作品中那群麇集于阔绰豪华大公馆里的绅士、太太、少爷、小姐们，他们的全部生活内容就是打牌、串门、上馆子、进赌场、偷情乃至念经拜佛。他们表面上道貌岸然，文质彬彬，讲礼节要面子，可实际上却互相欺骗与敷衍，言行中充满着虚情假意。在作者看来，这些人在"做人的意识上"还只是一个"生物的本位"，因为他们只要能吃、能睡、能生育、能偷情，能有机会得到生理欲望的满足，就一切都已满足。所以，这些"外表上称绅士淑女的，事实上这种人的生活兴趣，不过同虫蚁一样，在庸俗的

---

① 在天津《大公报·文艺》第128期发表时题为《〈萧乾小说集〉题记》，收入萧乾小说集《篱下集》时，改为《〈篱下集〉题记》。

污泥里滚爬罢了。这种人在滚爬中也居然掺杂泪和笑，活下来，就活在这种小小得失恩怨中"①，而丝毫没有人性的尊严与价值光彩。

至于作者自己颇为推崇的《八骏图》，则是一幅"寺宦观念"笼罩下爱情的丑恶展览。那群挂着"专家、学者、教授、名流"名号的身份高贵的人物，他们有知识，有名望，很庄严，很老成，但又一个个"皆好像有点病"，心灵的欲望被抑制着、堵塞着，只能用变态的、畸形的方式表现出来。明明内心对女人们充满情欲，但行为上却不敢公开表现。所以，他们一方面带着不屑的眉皱和嘴角高谈阔论女人与爱情，一方面却又在蚊帐里大挂半裸体的香烟广告美女画，从女人踩过的贝壳上用情欲的眼光拂拭上面的沙子，对着希腊爱神照片盯住那上面的肉体的凹凸部分。那个自命为医治其他"七骏"之灵魂的第"八骏"——达士先生，最终在惶惑中战战兢兢地走向那爱神之海去了。从"八骏"的生活方式中，可以看出他们异化了的生命形态。作者深刻地展示了都市上流社会的人们不过是一些表面上道貌岸然而实际上却满肚子男盗女娼的性饥饿者和性变态者。

沈从文就是要通过乡村—都市、野性—文明的对照，传达自己的爱憎情感与价值判断。他紧紧抓住上流社会言与行、表与里的分裂，在"聪明"中见出自私，"文明"中见出肮脏，"自大"中见出怯懦，"稳重"中见出庸鄙。沈从文不像左翼作家那样，从政治上暴露统治阶级的反动，也不是将上流社会的虚伪、自私、怯懦、庸鄙视作其阶级本性的反映，他是从人性扭曲的角度去观察上流社会的病态现象。②

与"湘西世界"中鲜活炽烈的真爱相比，都市里的爱情已堕落为装点空虚生命的花絮。表面上的热情终归掩饰不住人们对人生的游戏姿态。《蜜柑》中的大学生，因分蜜柑而争风吃醋以至于要写失恋诗，这不过烛照出一种强说愁的生命空虚罢了。《平凡故事》中的那个"神秘的诗人"小波，用欺骗的手段同时玩弄着两个女性，却获得了学校颁发的品学兼优的奖章。即便小波死于性病，他的情人、老师和同学竟纷纷写诗填词为他开追悼会以示悼念。其实，这并非因为小波的谎言多么高明，只不过是这群人想借此为自己灰暗的人生增添些丑恶的浪花罢了。庸俗无聊的生命也只能制造出枯竭、苍白的失血爱情。《如蕤》《薄寒》

---

① 沈从文：《烛虚·长庚》，载《沈从文选集》第 5 卷，四川人民出版社 1983 年版，第 90 页。
② 凌宇：《从边城走向世界》，生活·新知·读书三联书店 1985 年版，第 198 页。

《一个女剧员的生活》中的女主人公，就厌倦了无爱的日子，她们渴望着"一种惊心动魄的波澜，一种流泪流血"的爱情，但在文明的都市里，这又是何其难的一件事呀！

在抨击都市人性异化现象时，沈从文还将矛头指向了礼节和知识。他认为这两者束缚、扭曲了人的自然本性，在人们变得谨小慎微、文质彬彬的同时，也丧失了可贵的激情与活力。在《凤子》中，沈从文借用人物的话来表明自己的看法："我以为城里人要礼节不要真实的，要常识不要智慧的，要婚姻不要爱情的。"在礼节和文质彬彬的背后，实际上隐藏着人性的虚伪、矫饰和呆滞，礼节规范常常扼杀了人的真情实感，使人丧失了真实的自我和鲜活的生命力。小说《知识》，就很好地传达了沈从文对知识的看法。他认为，人们虽然有了知识，但对人至关重要的——应该成为怎样一个人，应该如何去生活，却丝毫不懂。因此，沈从文在作品中让一个哲学硕士被无知的乡下人所同化，并让他写信痛斥自己博学多闻的导师："你是个法律承认的骗子，所知道的，全是活人不用知道的，人必须知道的你却一点不知道！"小说《有学问的人》，就道出了学问对人性的扼杀。有学问的人深深爱上了妻子的同事。与她在公园里幽会，却又难以拂去心中的负罪感。一方面那不安分的本能欲望驱使他想去冒险，吻吻那性感的樱桃小嘴，摸摸那纤细柔嫩的小手。况且，漂亮温柔的女方也对他情意绵绵。然而这个性饥渴者却不敢偷食禁果，不敢冲破那道防线。

沈从文以冷峻的笔锋对都市文明进行了无情抨击，揭示出金钱、权势、自私、怯懦，以及"庸俗人生观"和"阉宦情绪"对人性的摧残与戕害。在他笔下，都市文明人生命无活力、生活无目的、生存无幻想，一切都显示了生物学上的退化现象。虽然他的都市小说也写了都市人挣扎着反抗堕落，如《如蕤》《都市一妇人》《一个女剧员的生活》等；也描绘了下层"抹布阶级"的生存窘困与高尚道德，如《腐烂》《泥涂》《失业》等。但是，占据沈从文都市小说重要位置的，还是对都市文明的批判。

为什么沈从文始终固守着他的"湘西世界"而把批判矛头对准都市社会呢？王晓明认为这得从沈从文刚踏进都市时所遭遇的冷嘲与尴尬说起。对于满身都是边地乡野气息的沈从文来说，冷漠孤独的都市环境给他一种强烈而深刻的心理压力，这既深深刺伤了他的自尊心，又激起了他"乡下人"的倔强与不服输的蛮劲。"乡下人"的自卑——这一独特而又隐秘的心理动因，促成了沈从文创作的主体风貌。也可以说，他是以自己的创作作为对抗都市文明和克服自卑心理的最佳药方。为了超越自卑，沈从文采取了两种方式：一是把自己的劣势变成优势。沈从文来自偏僻、闭塞、原始的湘西，缺乏现代文明的熏陶，这使他处在都市的环境中感到一种沉重的精神压力。为了压倒都市人，尤其是为了压倒那些有教养有学问的绅士阶级与知识阶层，就必须找到与都市文明相对立、相匹敌，甚至优于都市文明的另一种文明体系。于是，沈从文掉转身去，重新发现了湘西世界，在那里找到了与都市文明截然不同的价值观念与生活风尚，并对之进行热情的讴歌和赞美，包括那些原始的性爱和愚昧的习俗。他越是把湘西世界写得美好，就越是增强了他在都市世界奋斗下去的信心。沈从文之所以一辈子自称"乡下人"，主要就是基于这样一种心理。二是把都市人的优势变成劣势。都市人的优势主要在于拥有高度发达的物质文明与物质生活，拥有现代教育和科学文化知识，对于这些沈从文都予以抨击，将它们贬低得一无是处。[1]

二、《边城》解读

《边城》是沈从文精心创作的一部小说佳作，也是公认的沈从文的代表作。它创作于1933年秋到1934年春，最初连载在天津《国闻周报》第1卷第1期至第16期，1934年9月由上海书店发行了单行本。自小说刊行至今九十余年，它一直都是读者关注的对象，引起了国内外学者的高度重视，并被翻译成多种外国文字流布于世界文坛。但是，同沈从文的其他创作一样，《边城》也未能摆脱毁誉参半的命运。虽然小说呈露出的鲜明艺术特质早为学界所推崇，但对作品所蕴含的主旨思想历来褒贬不一。

《边城》是一幅描绘人性之美的动人画卷，是"一部证明人性皆善的杰作"[2]。在小说开头，沈从文就以诗意的笔墨把湘西一个叫作茶峒的地方展现给读者。那儿依山傍水，自然清丽，风俗淳朴，是一个尚未受近代文明污染的"桃源"。在这样一个纯真的地方，人们重义轻利，守信自约。船总顺顺，明白事理，

---

[1] 王晓明：《"乡下人"的文体和城里人的理想——论沈从文的小说创作》，《文学评论》1988年第3期。
[2] 刘西渭：《〈篱下集〉——萧乾先生作》，载《李健吾批评文集》，珠海出版社1998年版，第65页。

豪放豁达，对有难者有求必应；爷爷宽厚仁慈，古道热肠，时时处处与人为善；天保、傩送兄弟勤劳朴实，感情专一，有诺必践；天真纯洁的翠翠更是毫无心机，超出一切世俗。这儿的每个人都能保持着做人的美德，个个都能信守灵魂的天真。作者怀着对湘西故土的深情，对乡亲的挚爱，写出了湘西淳厚朴实的人情世态，健美古朴的风俗习惯，新奇幽雅的山光水色。《边城》呈现出的浓浓人情美——青年男女的性爱，父子祖孙的亲爱，人民相互之间的友爱，构成了作品的基本内容。

但是，沈从文在《边城》中所表达的美好人性构图，也遭遇学界诸多诟病。早在 1935 年《边城》问世不久，与以刘西渭为代表的肯定作品的人性主题表达相对立，有些人就指出《边城》中表现的那种原始的淳朴民风并不存在："这种善良的人是现实中的人物呢？不错，在目前中国社会中，是有这样的人存在，但那是特殊的，不是普遍的。"① 认为作家远离了社会现实，没有反映出风云变幻的时代精神。在阶级矛盾日益尖锐的三十年代，对沈从文专注于表达人性主题提出质疑，也是合情合理的。甚至直到八十年代，还有学者对《边城》的思想内容提出批评："《边城》不是一部革命现实主义的小说，它缺少深广的社会内容和深刻的社会主题。"而且，从故事情节来看，这则爱情"悲剧"也没有跳出"三角恋爱""一见钟情"的窠臼，"既没有反对封建的内涵，又没有民主主义个性解放的要求"。而这一切都是作者"有意回避社会的阶级矛盾，用抽象的人性论来认识、理解、解释社会问题"的结果。② 以阶级论的批评方法解读《边城》，那结果只能证明它是一部非现实主义的作品。因为无论是小说描写的环境还是人物形象，都不具有现实主义的典型性。"《边城》反映的是三十年代的社会生活，当时中国正处在尖锐激烈的阶级矛盾和民族矛盾之中。然而，小说描绘的却是一个没有压迫，没有剥削，人民平等，安居乐业，人与人之间充满着真诚的'爱'的桃源仙境。"因此，《边城》它所表现的人性，"是抽掉了具体的阶级和社会内容的，有的只是人的自然属性"③。

像上面几种观点对《边城》的思想主题进行批判，固然与小说本身追求人

---

① 汪馥泉、王集丛：《一年来的中国小说——沈从文的〈边城〉》，《读书顾问》1935 年第 1 卷第 4 期。
② 张德林：《怎样评价〈边城〉》，《书林》1984 年第 1 期。
③ 徐葆煜：《〈边城〉不是现实主义作品》，《书林》1984 年第 1 期。

情人性美有关，但也反映了文艺批评上的庸俗社会学阐释方法。在作品评论上以是否描写阶级压迫、阶级斗争作为优劣取舍的标准，而且对作家的作品也以人划线，甚至以作家所属的社团和作品发表的杂志划线。这样得出的批评结论，往往就很容易褊狭。

从文字的表面看，沈从文笔下的"边城"几近于理想的桃源境界，它确实表达了作家对未经金钱污染的淳厚素朴民风的赞颂与向往。但是，现实中所谓的现代文明气息在这里并非没有表现。就翠翠的爱情悲剧而言，表面看来像是由于"误会"和"不凑巧"，其实仔细品味，就可看出它是有其社会原因的。翠翠的爷爷——老船夫不就是在自家的"破渡船"与王团总的"新碾坊"的角逐中感到无望后猝然而逝的吗？当他无意中得知王团总要以"新碾坊"作陪嫁将女儿嫁给傩送，而自己的孙女翠翠也正爱着傩送时，忧虑便来了。"又没有碾坊陪嫁，只是一个光身人"，老船夫这句话真实地表达了他的这种心境。而在船总顺顺的隐秘内心深处，"新碾坊"的分量无疑是超过"破渡船"的，这从他与儿子的争吵以及对老船夫的冷漠答复中就可以看出。再者，翠翠自己也本能地意识到金钱、权势对她的纯洁爱情的潜在危险，这从她唱的民歌中就能反映出来："白鸡关出老虎咬人，不咬别人，团总的小姐排第一……大姐戴副金簪子，二姐戴副银钏子，只有我三妹莫得什么戴，耳朵上长年戴条豆芽菜。"翠翠的爱情悲剧深植于阶级对立的土壤之中，体现了贫富不均的社会现实，作品中的"碾坊"就是现实利益的象征。其实，被权势、金钱摧毁粉碎了的，不仅是老船夫的生命、翠翠的爱情，更是这些善良的人们所代表着的美好品德与淳厚民风。

在《长河·题记》中，沈从文写道："在《边城·题记》上，曾提出一个问题，即拟将'过去'与'当前'对照，所谓民族品德的消失与重造，可能从什么地方着手。《边城》中人物的正直和热情，虽然已成为过去陈迹了，应该还保留些本质在年轻人的血里或梦里，相宜环境中，即可重新燃烧起年轻人的自尊与自信心。"[①] 由此可见，重造现实和民族的品德，才是《边城》创作的灵魂，所谓的"返璞归真"只是躯壳罢了。正如汪曾祺所说："沈从文并没有想把时间拉回，回到封建社会。他只希望能在一种新的条件下，使民族的热情、品德，那点正直、朴素的人情美能够得到新的发展。"

---

① 沈从文：《长河·题记》，载《沈从文小说选》（下），人民文学出版社1982年版，第340页。

作为一个身上流淌着苗族、土家族血液的作家，沈从文的民族意识要比一般作家敏感得多。湘西历史文化的心理积淀，是沈从文无法抹去的阴影。在二十世纪中叶以前，湘西地区一直被视为"边蛮之地"，受到政治上的压迫和经济上的剥削，受到各式各样的歧视。湘西世界和文化受到了外来强力与文明的越来越严重的威胁。因此，在湘西人民的心灵中，形成了一种很强烈的自卑忧郁心理。这种历史所积淀下来的文化心理，形成湘西文化忧郁的气质。湘西文化的忧郁气质不但辐射到沈从文身上，也显现在他的作品当中，《边城》就是其中之一。朱光潜曾经深刻地指出："它表现受过长期压迫而又富于幻想和敏感的少数民族在心坎里那一股沉郁隐痛，翠翠似显出从文自己这方面的性格。他是一位好社交的热情人，可是在深心里却是一个孤独者。他不仅唱出了少数民族的心声，也唱出了旧一代知识分子的心声，这就是他的深刻处。"[①] 朱光潜的这一论断，同时触及了边地少数民族的微妙心理与沈从文自身的人生体验两个层面，从隐秘的根部把握到作家创作的文化心理与原始动机，可谓是"知人论世"、深刻剖析的结果。此后很多专家学者都相继沿用这一论断。比如，严家炎就指出："翠翠、傩送的爱情挫折象征着湘西少数民族人民不能自主地掌握命运的历史悲剧。"[②]

弱势的少数民族边地文化面对"现代文明"冲击而显现的惨烈与坍圮，给沈从文的触动无疑是刻骨铭心的。他写作《边城》是有着明确的创作动机的："边缘颠覆中心"——乡下人"检察"和"解除"都市人，边城颠覆都市。蓝棣之运用"症候式分析"方法，将沈从文视作中国土生土长的存在主义作家，而把《边城》看作中国优秀的存在主义作品。[③] 这是否就更接近《边城》的主题意蕴并不重要，重要的是，我们又有了一种解读作品的方法。经由这一方法，能够进一步拓展作品的内蕴世界。《边城》所呈现出来的丰富多义性主旨，足以让它成为开放的文学经典。

三、文体实验与创新

沈从文的小说在艺术上有精湛的造诣，形成了他独树一帜的风格。而最能体

---

① 朱光潜：《从沈从文先生的人格看他的文艺风格》，《花城》1980年第5期。
② 严家炎：《论京派小说的风貌和特征》，《湖北大学学报》1989年第4期。
③ 蓝棣之：《边缘颠覆中心——沈从文〈边城〉症候式分析》，《名作欣赏》1999年第3期。

现他独特艺术的，还是那些以湘西人和事为题材的小说。在水一般流动的抒情笔致中，沈从文把自然景观、乡土风情和特定的地方民族生命形式融为一体，形成一种散文诗的特质，带着诗的意境、诗的韵律、诗的情怀，给人以无尽的美感享受。这得益于沈从文独特大胆的文体实验与创新。

(一) 叙事的魅力

郁达夫曾指出："在近代小说里，一半都是在人物性格上刻画，一半是在背景上表现的。"[①] 可见，作为小说三要素（人物、环境、情节）之一的"情节"，在"五四"后被集体性忽视了。为了同文坛上流行的"小说"相区别，沈从文说"我只写了些故事"，并且屡次用"故事"来指称他的数百篇小说。执意以"故事"来标榜自己的小说创作，这并非作家自谦，而是为了强调并标识自己在文体上的独创性。在沈从文看来，"中国人会写'小说'的仿佛已经有了很多人，但很少有人来写'故事'"[②]。他想重拾遭新文学作家们遗弃的情节故事，着力开掘小说的叙事功能，使小说回归本体。

梁实秋说："一个良好的故事，乃是一部成功的小说之基本条件，一个好故事不一定是一部好小说，但是一部好小说一定要有一个好故事"[③]。而沈从文就是个"说故事的人"[④]，他十分重视小说的叙事，为读者展现的是最自然、最本色的故事。沈从文大部分作品虽然以叙事为中心，但情节的演绎方式却算不上复杂、机巧，一般看不到谋篇布局的处心积虑、刻意雕琢。一个事件、一处场景、一种人生，沈从文总是平铺直叙，原原本本道来，极少用倒叙、插叙、补叙等手段破坏内容的自在性和原生态。沈从文在叙事时，还十分注意从民间文学中汲取营养。请看下面《边城》中的一段：

  由四川过湖南去，绥东有一条官路。这官路将近湘西边境，到了一个地方名叫"茶峒"的小小山城时，有一条小溪，溪边有座白色小塔，塔下住了一户单独的人家。这人家只一个老人，一个女孩子，一只黄狗。

[①] 郁达夫：《小说论》，载《郁达夫文集》第5卷，花城出版社1982年版，第34页。
[②] 沈从文：《月下小景·题记》，载《沈从文文集》第5卷，花城出版社1984年版。
[③] 梁实秋：《浪漫的与古典的》，新月书店1927年版。
[④] 苏雪林：《沈从文论》，《文学》1934年第3卷第3号。

这是一种典型的民间文学叙事方式，不做作，没有矫情卖弄，娓娓而来不绕弯子，朴素而又动人。这种叙事很容易就把读者带入到作家设置的故事场，增强了小说的感染力。沈从文不仅以民间文学的叙事方式来结构小说，还直接让小说以口头故事的形式出现在读者眼前。作家把读者直接置换为故事的听众，由他们与小说中的叙事人互相穿插、对话，共同构成一个故事场。这样就更能增加"湘西世界"的民间传奇色彩与神秘性。例如：

因为落雨，朋友逼我说落雨的故事。
——《三个男人与一个女人》
于是宋妈说这个故事给大家听。
——《猎野猪的故事》

沈从文的很多作品，如《虎雏》《灯》《医生》《都市一妇人》《说故事人的故事》等，都是这种口头故事的形式。在这些故事中，叙述人和听众的地位十分突出，他们异常活跃，对话、应答、诘难，寻出各种理由，共同把故事讲下去。而最能体现沈从文叙述、结构故事能力的，当数《月下小景》——原名《新十日谈》。这部故事集取材于《法苑珠林》中的佛经故事，体裁上模仿意大利薄伽丘的《十日谈》，借一群偶然聚集某处的旅客，在消遣漫漫长夜或无聊光阴的时候讲出一个个故事来。一群故事讲述者与听众的存在，使《月下小景》形成了一个较完整、系统的故事场。

沈从文以口头故事的形态开掘了小说的想象空间，加强了小说的虚构力。虽然文学从本质上说都是虚构的，但讲故事就更发挥人的幻想能力，只要通情达理、圆满自足，能取悦听众，不必管它海阔天空、有无对证。沈从文请讲述者登场的同时，也就把这样自由处理事件的权力移交给了他们。对这一点，沈从文是充分自觉的，他经常强调故事的虚拟性："我不大明白真和不真在文学上的区别……精卫衔石、杜鹃啼血，事即不真实，却无妨于后人对于这种高尚情操的向往。"[①]就这样，沈从文以较原始的口头形式来叙述故事，以传奇故事的形式来建构他理

---

① 沈从文：《看虹摘星录·后记》，载《沈从文选集》第5卷，四川人民出版社1983年版。

想的"湘西世界"。这故事的遥远、传奇、神秘，同他的"湘西世界"一样充满神奇的魔力。也就是说，沈从文是以故事的形式营造了他的"湘西世界"，这二者是同构的关系。

沈从文在讲述故事时，多采用"外聚焦叙事"①，即将叙述者安排成一个旁观者，一个局外人，冷眼看着作品中的人物，而极少对人物作出评议，极少对人物的内心情感进行描述或剖析。这样的叙述者是从故事外部讲述故事，叙述者的观察点不在作品之内而是在作品之外。这也就是人们通常所说的"作者退出小说"。这种独特的叙事聚焦方式，使得人物的生活原生态地、自在地展示出来，由此获得平实、客观、冷静的效果。这种效果正是沈从文一贯追求的。他曾指出："神圣伟大的悲哀不一定有一摊血，一把泪，一个聪明的作家写人类痛苦是用微笑表现的。"②"一个作者在别人的好作品面前，照例不会怎么感动，在任何严重事件中，也不会怎么感动——作品他知道是写出来的，人事他知道无一不十分严重，他得比平常人冷静些，因为他正在看、分析、批判。他必须静静地看、分析、批判，自己写时方能下笔，方有可写的东西，写下来方能够从容正确。"③

在创作小说时，沈从文力图以冷静、平实、不动声色的态度，展示笔下人物的哀乐。他避免让人物对事件做过分强烈的情感反应，避免大段剖析心理活动，对事件前因后果不多做解释、说明，而把人物关系、情感变化极含蓄地隐伏在场景、细节中。最典型的例子就是《边城》。小说娓娓而叙，其中既无大悲大喜，也无大起大落，始终像作品中碧溪岨的溪流那样自然地静静地流淌着。而翠翠对二佬的爱慕，是从她与爷爷的对话中泄露给读者的。爷爷拿大佬送的鸭子逗翠翠。翠翠说："谁也不稀罕那只鸭子。"此时，二佬在沅水行船，翠翠思念远方的心上人，魂不守舍地问爷爷："你的船是不是正在下青浪滩呢？"而顺顺对翠翠与团总女儿的不同态度，在看龙船比赛时见出分晓，因为顺顺让团总女儿"占据了最好窗口"。如此等等，此处就不一一列举了。

选择这种冷静客观的叙事方式，应该说与沈从文的人生态度有很大关联。沈从文崇尚理性的人生态度，他曾经劝别人："你不妨为任何现象所感动，却不许

---

① 曹静漪：《论沈从文短篇小说的聚焦叙事模式》，《思想战线》2000年第3期。
② 沈从文：《废邮存底·给一个写诗的》，载《沈从文文集》第11卷，花城出版社1984年版。
③ 沈从文：《废邮存底·给一个读者》，载《沈从文文集》第11卷，花城出版社1984年版。

被那个现象激发你到失去理性。"① 对无产阶级的"革命文学"运动与左翼文艺运动,他都采取了旁观的态度。在政治上,他既没有站到国民党一边成为御用文人,也没有站到革命阵营中成为专为下层百姓及共产党大声疾呼的普罗作家。他始终以一种"边缘人"的心态对待一切,"守住一个'独立自主'的做人原则"②。对待笔下的人物,沈从文也力图用一种"中立"的眼光去展示他们的生活,而把对人物的评判交给读者去完成。

沈从文一贯主张"应当努力避去文字表面的热情"③,他习惯于加强创作主体内在的感情色彩,以增添作品的诗情气氛,但情势却保持在一种稳定状态里,让人既觉得含蓄隽永,又感到事态发展的自然。以《长河·买橘子》一节为例,当写到保安队长强买腾长顺的橘子未能得逞时,作家就此打住,把一场强权与反强权的流血冲突淡化掉,使小说情节保持在整体的和谐节奏里,没有大悲大喜、大波大澜,这正是作家匠心独运之处。小说《菜园》中的玉家母子,六年前是那样善良、诚实、乐善好施,六年后,儿子还"完全如未出门以前"一样,母亲"虽因儿子的缘故,多知了许多时事",可"属于美德的没有一种失去"。然而,世事沧桑,在新旧权贵的更替中,玉家菜园终于成了玉家花园,儿子、媳妇也被指控为"共产党"而惨遭杀害。面对家破人亡,母亲该有多么悲痛啊,可作者却在"名人伟士"扶醉归去的对比中,使用极为俭省的语言写老妇人经不住寂寞,"忽然用一根丝绦套在颈子上,便缢死了"。内心巨大的悲哀被其冲淡、平和的笔调掩挡着,掩挡不住的却是这种悲哀对阅读者的持久冲撞力。将淡淡的忧郁,辽远的愁绪,挟裹在平静的叙述里,这就是沈从文独有的叙事方式。

(二) 自由的结构

沈从文创作时,主张针对题材的不同,相应地变化形式。所以,他对张资平小说的结构"永远维持到一个通常的局面下"颇不以为然。④ 在自己的创作中,

---

① 沈从文:《情绪的体操》,载《沈从文选集》第5卷,四川人民出版社1983年版。
② 沈从文:《〈散文选译〉序》,《读书》1982年第2期。
③ 沈从文:《废邮存底·给一个写诗的》,载《沈从文文集》第11卷,花城出版社1984年版。
④ 沈从文:《沫沫集·郁达夫张资平及其影响》,载《沈从文文集》第11卷,花城出版社1984年版。

他始终坚持"文体不拘常例","故事不拘常格"①,力争每篇小说都有新的创造。小说艺术的文体形式,在沈从文的笔下,显得多姿多彩、变幻无穷。苏雪林称沈从文为"文体家","差不多每篇都有一个新结构,不使读者感到单调与重复"。②沈从文善于驱遣多种文学体式,日记体、书信体、记游体、话本体、寓言体、民间故事体等,都曾在他的笔下出现过。有时还将它们交叉并用,随意搭配糅合,使小说结构呈现出自由多变、百姿千态的诗化、散文化倾向。所以,要想对沈从文的小说结构,梳理出规律性的东西来还真不是件容易的事情。

追求篇与篇之间的不重复、不黏滞,力求每篇都有独特新姿,这种貌似自由随意的背后,其实隐藏着作家的一番艺术苦心。《大小阮》采取双线的结构形式,对照刻画了性格与命运都截然不同的阮氏叔侄,形成一种对比的艺术张力。《新与旧》写刽子手杨金彪亲历新旧时代人们对待杀人的不同仪式及反应,最终带着困惑死去。作品以前后呼应、相互对照的结构方式,表现了新时代里专制凶残的旧影。《医生》则先设置一种悬念——技艺高超的医生失踪半月后突然出现在乡党同僚们欲瓜分其财产之际,后讲述故事——医生被逼迫进入古墓为女尸起死回生。这是典型的倒溯结构。而最能体现沈从文结构自由性的,还数系列故事集《月下小景》。除了序曲《月下小景》外,取材于佛经故事的其余八题十则(其中一题为三则)故事都有着独特的结构。作者在题记中说:"因为抄到佛经故事时,觉得这些带有教训意味的故事,篇幅不多,却常在短短篇章中,能组织极其动人的情节。主题所在,用近世眼光看来,与时代潮流未必相合。但故事取材,上自帝王,下及虫豸,故事布置,常常恣纵不可比方。只据支配材料的手段组织故事的格局而言,实在也可以作为谈'大众文学'、'童话教育文学'以及'幽默文学'者参考。"因成此书,和原故事对照,就"明白死去了的故事,如何可以变活的,简单的故事,又如何可以使它成为完全的"。这十则故事的结构妩媚多致、异彩纷呈,但又较好地统一在一个故事框架中,形成连环套式的总结构,这在中国小说史上实属凤毛麟角。

尽管沈从文的小说结构自由灵活、变化万端,但隐藏在他很多小说的内部、底层,有一个明显的"抛物线结构":主人公带着命定的暗示从首页中被抛出

---

① 沈从文:《沈从文谈自己的创作》,《中国现代文学研究丛刊》1980年第3期。
② 苏雪林:《沈从文论》,《文学》1934年第3卷第3号。

来，满怀对幸福的渴求，爬过字里行间，迅速翻舔着书页向抛物线顶点跑去，眼看目标——那幸福的幻影似乎触手可及，但命运搓捏着手指，沾点口水迅速向下一页翻去，转眼间那曾呈现在主人公眼前那么真实的幸福竟杳无踪影，他们沮丧地被抛到末页的地上。然这抛物线的起点和终点不能重叠，虽然它们在同一平面上，终点毕竟向前跨了一大步。也就是说，人物已不是原来的人物，在"抛掷"过程中，其心境、性格、命运都发生了变化。①沈从文的很多小说，都是按照这种结构模式来组织的。

《边城》在起首那"风日晴和""镇日长闲"、野渡无人舟自横的田园牧歌环境中翠翠出场了。她自然纯洁、天真活泼，对未来充满幻想。自第一次看龙舟竞赛，傩送二佬的身影在情窦初开的翠翠心上留下了印痕。翠翠会红脸了，"茶峒人的歌声，缠绵处她已领略得出"。看来命运要在她身上发生什么了。果然，船总顺顺的两个儿子天保和傩送都爱上了她，两兄弟决定月夜里同过碧溪岨唱歌，翠翠"梦中灵魂为一种美妙歌声浮起来"，那曾久久企盼的幸福从梦里来到身边，似乎伸手可及。但醒来时，天保因爱情受挫而远走他乡被淹死，傩送又重新踏上哥哥未竟的航程。"这个人也许永远不回来了，也许明天回来！"翠翠被无情地摔落在地上。《柏子》中的主人公从遥远、单调、冒险的生活中怀抱对于情欲的渴望来到吊脚楼上，"因为河街小楼红红的灯光，灯光下有使柏子心开一朵花的东西存在"。当他的身子"被两条胳膊缠紧了，在那新刮的日炙雨淋粗糙的脸上"，贴紧了一个宽宽的温暖的肚子，紧接着"一种丑的努力，一种神圣的愤怒"，这一刻他被抛到了幸福的顶点，他沉浸在这欢乐空气中，忘了世界，也忘了自己的过去与未来。但天不亮，命运又把他从吊脚楼妓女温暖的被窝里拉出来，甩到冷冽的江上，甩到空荡荡的船舱里，随江水沉浮向远方。《旅店》写荒野小店老板娘黑猫和过路商人间的匆匆恋情，纯粹的生理冲动中展现了原始生命力的雄强与旺盛。但是不久，客商却突然得急病而暴亡。《初八那日》写一个即将娶亲的乡下小伙子，被突发的大风吹塌的积木压死。还有《山道中》，两批行路人先后途经小桥，一批要停下歇乏，另一批坚持赶路，仅仅一念之差，休息的人即遭抢劫，首身异处。……像这样的例子在沈从文小说中俯身即拾。例如，《菜园》《三三》《阿黑小史》《七个野人和最后一个迎春节》《牛》等，都是按

---

① 黄献文：《沈从文创作新论》，华中理工大学出版社1996年版，第44页。

照这种结构模式来塑造人物、组织情节的,即先以歌咏田园诗般的散文笔调缓缓展开对湘西人淳朴风情的描述,最后却以一个出人意料的转折,一下子打断前面的歌咏,把读者推入对人生无常的强烈预感之中。这就是沈从文文体结构的一个显著特征。

沈从文在结构小说时,"情节的逆转"①显得特别突出,偶然事变完全改变了既定进程,看不见的命运大施淫威。这饱含着作家对生命无常的深刻体验与感叹。沈从文行伍中的好友,如文颐真、沈万林、陆弢等人,都在意想不到的灾难中猝然而死,这对沈从文的触动极大。他的很多作品,都表现了生命的脆弱与无常给人的猛然一击。它在不经意间突然袭来,使人的种种努力、挣扎甚至生命本身瞬间瓦解、毁灭。触目惊心的前后对照给作品平添了几多悒郁、悲凉之气。

与"情节的逆转"相应,沈从文小说的结尾往往会有个"急剧转变",苏雪林称其"可以给人一个出乎意料的感想,一个愉快的惊奇"②。结尾牵动着小说的整体结构、布局,很能显示作家组织文体的才能。沈从文在小说结尾的安排上,也追求自由灵活的多样性。在论及《边城》的结尾时,汪曾祺说:"汤显祖评董解元《西厢记》,论及戏曲收尾,说'尾'有两种,一种是'度尾',一种是'煞尾'。'度尾'如画舫笙歌,从远地来,过近地,又向远处去;'煞尾'如骏马收缰,忽然停住,寸步不移。他说得很好,收尾不外这两种。《边城》各章的收尾,两种兼见。"③ 其实,《边城》各章收尾的"两种兼见",适用于沈从文成熟期全部小说的结尾。并且,由这两种基本类型,沈从文又衍生出许多不同的形态,如《丈夫》《如蕤》《牛》等小说的结尾,都是苏雪林所说的"急剧转变"式的,也即汪曾祺所说的"煞尾"。而《边城》《萧萧》《柏子》《静》等作品的结尾,多属"度尾",但又呈现多种具体的形态。《边城》的结尾具有高度的艺术魅力。与小说的开头、主体相呼应,仿佛一曲乐音从遥远的地方响起,逐渐向近处,音量加大,响起全篇的主旋律,最后又逐渐远去,收到了余音袅袅、不绝如缕的艺术效果。《萧萧》《柏子》等作品,则在结尾处为人物安排了特写镜头,将其内在精神定型在这里。《静》则用画面重叠的方法,以强烈的对比烘

---

① 刘洪涛:《沈从文与现代小说的文体变革》,《文学评论》1995年第2期。
② 苏雪林:《沈从文论》,《文学》1934年第3卷第3号。
③ 汪曾祺:《沈从文和他的〈边城〉》,《芙蓉》1981年第2期。

托感情。小说结尾的多样化实验进一步丰富了沈从文小说结构的自由度。

(三) 充满魔力的语言

沈从文作品的迷人魅力与他充满魔力的语言文字密切相关。他的语言别具一格,尤其是写作《边城》时愈加成熟起来。它新鲜活泼,充满山野气息,明净澄澈而富意象性、旋律美。谈到沈从文的语言特点,苏雪林说:"他的文字虽然很有疵病,而永远不肯落他人窠臼,永远新鲜活泼,永远表现自己。他获得这套工具之后,无论什么平凡的题材也能写出不平凡的文字来。好像吕纯阳的指头触到山石都成黄金,好像神话里的魔杖能够将平常境界幻化为缥缈仙国。"[①] 之所以能够产生如此非凡的艺术魅力,首先得益于沈从文对语言的创造性运用。他将新鲜灵动的湘西口语、简洁精粹的古典文言融进现代白话中,这种"杂糅"后的语言,既满溢着泥土的芳香,又古朴雅致,颇富乡土诗情。

沈从文的语言单纯流畅、朴讷而传神,带有湘西人特有的明朗爽快。例如,《阿黑小史》中的一段描写:"一天的疲劳,使他觉得非喝一杯极浓的高粱酒不可,他于是乎就走快一点。到了家,把脚一洗,把酒一喝,或者在灶边编编草鞋,或者到别家打一点小牌……睡,是一直要到第二天五更才作兴醒的。"这段描写将打油人那开朗洒脱、自由自在的生活情态跃然纸上,朴实而动人。清新活泼的语言植根于湘西生活土壤之中,带着边地特有的泥土气息。例如,《月下小景》起首这样写道:"薄暮的空气极其温柔,微风摇荡大气中,有稻草香味,有烂熟了山果香味,有甲虫类气味,有泥土气味。读到这儿,只要眼睛一闭,一股芳香的泥土气息便随薄暮的微风扑鼻而来。"而沈从文作品中人物的语言,更带有浓郁的地方色彩。《边城》里老船工与傩送谈茶峒的风水人物,《长河》里乡下男女的谐谑打趣、老水手与夭夭的谈天说地,《柏子》里水手与相好妓女的相互埋怨,《萧萧》中乡下人谈论城里女学生……这些经作者加工、提炼过的人物对白,回荡着湘西的土语乡音,仿佛将人带到湘西的河船上、茅屋里、晒坪上、碾坊中、溪河边,直接面对湘西的山水、湘西的父老、湘西的习俗风情。

由于处荒蛮偏僻之地,湘西方言还带有明显的古代白话风貌,加之沈从文本人也受古典文学的影响甚深,所以他的"文字中一部分充满泥土气息,一部分又

---

① 苏雪林:《沈从文论》,《文学》1934年第3卷第3号。

文白杂糅"①。而文言的凝练、古雅很适于渲染湘西社会古风犹存的生活情调。例如，"树不甚高。终年绿叶浓翠，仲夏开花，花白而小，香馥醉人。九月降霜后，缀系枝头间果实被严霜浸染，丹朱明黄，耀人眼目，远望但见一片光明。每当采摘橘子时，沿河小小船埠边，随处可见这种生产品的堆积，恰如一堆堆火焰"。（《长河》）文言的凝练加上白话的流畅，准确地表现出辰河边橘园风光的古朴和恬静，句式整齐而富于变化，读来节奏明快，古趣盎然。

　　沈从文的文章一向被称为"美文"，但他从来不喜用"浓妆艳抹"的文字，而习惯用极平常极素朴的语言。清水出芙蓉，天然去雕饰，自然本色反而生发出蕴藉醇美的艺术效果。这种近乎透明的水一般的语言，或许真的是受水的启迪。自小在沅水边长大的作家沈从文，其写作与水的关系颇大。他常说："水和我的生命不可分，教育不可分，作品倾向不可分。""故事中我所最满意的文章，常用船上水上作为背景，我故事中人物的性格，全为我在水边船上所见到的人物性格。我文字中一点忧郁气氛，便因为被过去十五年前南方的阴雨天气影响而来，我文字风格，假若还有些值得注意处，那只因为我记得水上人的言语太多了。"②水既以晶莹透明的品格陶冶了沈从文的性格和气质，也以其自然清新影响到沈从文语言色彩的澄澈剔透感。《阿黑小史》《雨后》等作品，描写自然环境的语言晶莹得几乎透明，这与里面玻璃似的人儿一致。而《边城》的语言更是单纯、明澈，使整部作品都笼上了诗意，将读者带入梦幻般的仙境。

　　沈从文语言的神奇魔力，还在于他对音乐美的自觉追求，飞扬的旋律使其作品产生一种流动而不凝固的美。他十分注意遣词造句的节奏感和旋律美，偏爱叠音词和对偶、排比、反复等节奏感强，表情功能明显的句式。此外，还善于通过提顿、承转、顺逆、正反等章法来造成叙述的节奏感和旋律美。③新鲜而素朴，晶莹而流动，充满山野气息而雅致古朴，这就是沈从文的语言艺术。

---

① 沈从文：《沈从文小说选集·题记》，人民文学出版社1982年版。
② 沈从文：《我的写作和水的关系》，载《沈从文文集》第11卷，花城出版社1984年版。
③ 哈迎飞：《论沈从文小说的文体语言特征》，《福建论坛》1996年第2期。

第六章　现代派文学

经过二十年代的介绍与尝试，现代主义文学在中国文坛上渐渐滋生出根须。到了三十年代，现代派文学已呈现繁茂之趋势。很多报纸杂志都为这股文学潮流提供了弥足珍贵的阵地。其中，《现代》杂志就是这样一个主要倾向于现代主义文学的刊物。它将一大批致力于探索现代主义文学的小说家、诗人聚拢到一起，使之形成强大的流派力量，以推动现代主义文学思潮的发展壮大。围绕着《现代》杂志，三十年代作家进行了一系列成功的现代派文学实验，并取得了光辉的成绩，其中成就最突出的当数新感觉派小说和现代派诗歌。

第一节　新感觉派小说

"五四"新文学运动时期，有很多作家曾为西方现代派文学瑰丽独异的艺术风貌所吸引，开始介绍、传播各种文艺新思潮，并写出了一批富有现代主义色彩的作品。然而，他们只是采用了现代派的某些技法而已，很多作品还流露出模仿借鉴的粗稚，更谈不上形成一个现代主义特色的流派了。只有当以刘呐鸥、穆时英、施蛰存为代表的新感觉派出现在三十年代的上海文坛时，才正式宣告了"中国第一个现代主义小说流派"[①]的降生。

"新感觉派"这一称谓最早是由当时的左翼文人楼适夷命名的。1931年施蛰存发表了小说《在巴黎大戏院》和《魔道》后，楼适夷评价道："比较涉猎了日

[①] 严家炎：《新感觉派和心理分析小说》，载《中国现代小说流派史》，人民文学出版社1989年版，第125页。

本文学的我,在这儿很清晰地窥见了新感觉主义文学的面影。"①此后人们便以"新感觉派"来指称这个新生的小说流派。至于这一称谓是否妥帖,我们暂且不论,它倒是直接指明了这个小说流派的一个重要理论渊源,即日本的新感觉派。

日本新感觉派是日本近代文艺思潮演变的结果。第一次世界大战以后,特别是遭遇了1920年的经济危机和1923年的关东大地震以后,人们陷入虚无和绝望的境地,日本文坛也弥漫着"世纪末"思潮。1924年,横光利一、片冈铁兵、池谷信三郎、川端康成等作家,以《文艺时代》杂志为阵地,体现出新的创作趋向。在横光利一的《新感觉论》、川端康成的《新进作家的新倾向解说》《新感觉辨》、片冈铁兵的《新感觉派的主张》等文章中,他们阐明了新感觉主义的理论主张,其核心就是强调主观感觉在创作中的重要地位,而反对单纯、平面地描写外部现实,主张从主观的感受、印象出发,把主观感觉融注于创作客体,创造主观感觉和现实生活相结合的艺术世界。光怪陆离的现代都市生活,使他们"尝到近代庞大的社会构造和高速度的滋味,末梢神经受到异常的刺激。他们所看到的是轰鸣的机器,是令人眼花缭乱的速度。人只不过是挤在这个空间里的一个因素罢了。在这里面,精神业已四分五裂的人,感到的只是不安和焦躁,于是对现实作了绝望的挣扎。因此,他们这一派的文艺主张没有什么理论根据,只是以素朴的感性认识论作为他们的出发点,依靠直观来把握事物的表面现象,大量使用感性的表达方式,新奇的文体和辞藻。"②

对日本的新感觉派产生情感共鸣并决意将之传入中国的,是中国新感觉派的先驱作家刘呐鸥。

刘呐鸥(1900—1939)自小生长在日本,1924年进入上海震旦学院法文特别班学习。1928年秋,他同戴望舒、施蛰存等人创办了一个小型半月刊《无轨列车》,这是他的文学实验场,在这里培育他热情的理想。《无轨列车》要求稿件有艺术创新,登载了一批有现代主义倾向的作品,还致力于介绍日本的新感觉派文学。是年底,《无轨列车》因"有宣传赤化的嫌疑"被官方查封。1929年9月,他又创办《新文艺》月刊,更潜心于日本新感觉派小说的介绍和学习。在

---

① 楼适夷:《施蛰存的新感觉主义——读了〈在巴黎大戏院〉与〈魔道〉之后》,《文艺新闻》1931年第33期。

② [日]西乡信纲等:《日本文学史》(中译本),人民文学出版社1978年版,第347页。

《无轨列车》第 3 期上，曾广告过刘呐鸥翻译介绍日本新感觉派的短篇小说集《色情文化》。在《译者题记》里，刘呐鸥说："文艺是时代的反映，好的作品总要把时代的色彩和空气描出来的。在这时期里能够把现在日本的时代色彩描给我们看的也只有新感觉派一派的作品。这儿所选的片冈、横光、池谷等三人都是这一派的健将。他们都是描写着现代日本资本主义社会的腐烂期的不健全的生活，而在作品中表露着这些对于明日的社会，将来的新途径的暗示。"① 差不多一个月后，曾给日本新感觉派以相当影响的法国作家保尔·穆杭（Paul Morand）来华，《无轨列车》第 4 期便成了"保尔·穆杭"专号。刘呐鸥译载了法国 B. Cremieux 的《保尔·穆杭论》，戴望舒翻译了穆杭的《懒惰病》和《新朋友》，"编后记"还盛赞穆杭"探求的是大都会里的欧洲的破体"，"他喜欢拿他所有的探照灯的多色的光线放射在他的作品中人物上"，"使我们马上了解了这酒馆和跳舞场和飞机的现代是什么一个时代"；因此，穆杭"不但是法国文坛的宠儿，而且是万人注目的一个世界新兴艺术的先驱者"。由此可见"刘呐鸥"们对新感觉主义的青睐与神往。

当然，日本新感觉派的影响，只是促使中国新感觉派形成的主要因素之一。弗洛伊德的心理分析以及意识流、象征主义等西方哲学思潮和现代主义的各种艺术表现手法，都曾给这个流派以影响，这就使得中国的新感觉派在艺术上呈现一种多元、复杂的特征。

有了理论导向与指导，"刘呐鸥"们便开始了新感觉主义的文学实验。1929 年，刘呐鸥写了八篇用新感觉主义和意识流方法表现现代都市生活的小说，于 1930 年年初编集为《都市风景线》出版。早年曾出过抒情气氛很浓的短篇小说集《上元灯》的施蛰存，也开始探索新的创作方向，以弗洛伊德的精神分析学说来创作具有强烈实验色彩的小说。譬如他"曾费了半年以上的预备，易稿七次才得完成"的《鸠摩罗什》，以及《将军底头》《石秀》《巴黎大戏院》《魔道》等。穆时英也携着小说《咱们的世界》开始出现在《新文艺》上。到 1930 年初夏《新文艺》被当局查封时，新感觉派作为一个流派实际上已初具规模。而 1932 年 5 月《现代》杂志的问世，则标志着这些作家作为一个流派已经集结在一起。刘呐鸥的《赤道下》、穆时英的《上海的狐步舞》《夜总会里的五个人》

---

① 刘呐鸥：《译者题记》，《无轨列车》1928 年第 3 期。

《街景》《Pierrot》等具有流派特点的代表作，都发表在《现代》杂志上。施蛰存的心理分析小说也进一步扩大了影响，《现代》也刊出了有关《将军底头》这本小说集的评论和赞誉，还发表了《四喜子的生意》等作品。同时，黑婴、叶灵凤、徐霞村等也竞相仿效穆时英的作品，发表了一批现代派的小说。新感觉派在当时的文坛引起了不小的震动，可以说成了风靡一时的潮流。穆时英在小说《被当作消遣品的男子》中，借小说人物的对话表明了这股新的文学潮流：

"你读过《茶花女》吗？"

"这应该是我们的祖母读的。"

"那么你喜欢写实主义的东西吗？譬如说，左拉的《娜娜》，朵斯退也夫斯基的《罪与罚》……"

"想睡的时候拿来读的。对于我是一服良好的催眠剂。我喜欢读保尔·穆杭，横光利一，崛口大学，刘易士——是的，我顶喜爱刘易士。"

"在本国呢？"

"我喜欢刘呐鸥的新的话术，郭建英的漫画，和你那种粗暴的文字，犷野的气息……"

这是利用作品人物对话而发表的流派宣言。在新感觉派作家看来，"五四"时期开始在中国流行的欧洲 19 世纪的浪漫主义、现实主义文学都已经过时了。他们在新感觉主义等现代派的旗帜下，开始了解剖畸形都会文化、另辟蹊径的艺术探索。尽管其中的每个成员在各自的创作中都呈现出不同的艺术风貌，但作为一个流派，他们还是显示出一些共同的东西。严家炎分析并指出了这个流派的基本特色：一是在快速的节奏中表现现代大都市生活，尤其表现半殖民地都市的畸形和病态方面，可以说，新感觉派是中国现代都市文学开拓者中的重要一支。二是这个流派的主要艺术特色，是将人的主观感觉、主观印象渗透融合到客体的描写中去。他们那些具有流派特点的作品，既不是外部现实的单纯模写和再现，也不是对内心活动的细腻追踪和展示，而是要将感觉外化，创造和表现那种有强烈主观色彩的所谓"新现实"。三是在挖掘与表现潜意识、隐意识、日常生活中的微妙心理、变态心理等方面，新感觉派同样显示出重要的特色，并且获得了相当的成就。① 以上三点，是严家炎从思想内容和艺术形式两个方面对新感觉派小说创作特点作出的精当概括。下面我们就对新感觉派小说进行具体深入的研究。

一、都市漩流中的文学风景线

鲁迅在评价俄国诗人勃洛克时，曾感叹中国没有都市文学："我们有馆阁诗人，山林诗人，花月诗人……没有都会诗人。"② 这不仅与中国古代诗人的人生态度有关系，也与都市经济的不发达有关系。晚明时期都市经济的发展，导致了初期都市文学的出现，但都市文学真正地发达起来，还是在上海开埠以后。晚清的狭邪小说、黑幕小说、民初的鸳鸯蝴蝶派小说，虽然显露着都市的景观氛围，描绘着都市的世态人情，但是它们对于都市和都市人的表现或"过甚其辞"或"伤于溢恶"。而"五四"时期的新文学作家，如鲁迅、郁达夫等的很多作品，确实是"都市人生的描写"，是"弹奏着'五四'基调的都市的青年知识分子生活的描写"③，但也仅仅是都市面影的晃动，是都市生活断章的截取，大抵不超过插图的意义。只有到了三十年代，都市才真正因历史而成为文学对象，都市文学急剧繁荣起来，其声势之宏大、主题之集中、情感之热烈、手法之新颖，标志着都市文学在新时代的真正崛起。④ 这一时期的都市小说主要有三种形态，即杨义在《中国现代小说史》中所概括的：以茅盾为代表的工业文化型，以老舍为代表的传统文化型，以新感觉派为主体的洋场文化型。而后者正是以迥异于前两者的都市感觉、都市书写而使上海这座大都市第一次鲜活地矗立在世人面前。

新感觉派小说家们以开放性的眼光审视着上海社会的风景，为我们展示了一种有别于传统乡土中国的都会生活：迷人的都会风姿，风流的都会女人，灯红酒绿的不夜城的生活，高速度的撼人感官的节奏，等等，都是以前中国文学中所缺少的都市风景线。它显现出了一种叛离中国古老文化传统的特异的价值观念、伦理观念和审美观念。新感觉派小说的"新"，表现在他们第一次用现代人的眼光来打量都会生活，在于他们第一次用了新异的现代形式来表现东方大都会的城市

---

① 严家炎：《新感觉派小说选·前言》，人民文学出版社1985年版。
② 鲁迅：《集外集拾遗·〈十二个〉后记》，载《鲁迅全集》第7卷，人民文学出版社1981年版，第299页。
③ 茅盾：《读〈倪焕之〉》，《文学周报》1929年第8卷第20期。
④ 朱寿桐主编：《中国现代主义文学史》（上），江苏教育出版社1998年版，第358页。

与人的独特神韵。新感觉派小说的"新"既是题材的新,同时也是创作方法的新,二者有机地结合在一起。① 也正是在这个意义上,苏雪林给予现代派的都市描写以高度的评价,她认为:"以前住在上海一样的大都市,而能作其生活之描写者,仅有茅盾一人,他的《子夜》写上海的一切,算带有现代都市味,及穆时英等出来,而都市文学才正式成立。"②

用现代派的艺术手法来描写大都市的社会生活,这是新感觉派小说家的专长。刘呐鸥的《都市风景线》则开了这方面的先河。正如当时的评论所说:"意识地描写都市现代性的作家,在中国似乎最初是《都市风景线》的作者刘呐鸥。"③

《都市风景线》是刘呐鸥的短篇小说集,1930年4月由上海水沫书店出版。它包括《游戏》《风景》《流》《热情之骨》《两个时间的不感症者》《礼仪和卫生》《残留》《方程式》八篇小说。《新文艺》的编辑在介绍《都市风景线》及作者时说:

> 呐鸥先生是一位敏感的都市人,操着他的特殊的手腕,他把这飞机、电影、Jazz、摩天楼、色情(狂)、长型汽车的高速度大量生产的现代生活,下着锐利的解剖刀。在他的作品中,我们显然地看出了这不健全的、糜烂的、罪恶的资产阶级生活的剪影和那即刻要抬起头来的新的力量的暗示。④

除了"新的力量的暗示"是评论者一厢情愿、不切实际的过分之言外,其余所说还是与实相符的。《都市风景线》反映了复杂变幻的都市生活,重在表现现代都市的物质文明。纵横交错的马路、赛马场、夜总会、豪华别墅、特快列车、舞厅、电影院、大旅馆、新式汽车、投机商、公司职员等构成了复杂的都市景观。刘呐鸥运用跳跃的结构、新闻报道的方式和电影的"蒙太奇"手法,或描绘畸形的都市风情,或描写人们对都市生活的欣喜、沉迷、厌倦、窒息,多方

---

① 刘保昌:《乡土的都会——新感觉派小说综论》,《江汉论坛》2000年第12期。
② 苏雪林:《新感觉派穆时英的作风》,载《苏雪林文集》第3卷,安徽文艺出版社1996年版,第355页。
③ 壮一:《红绿灯——一九三二年的作家》,《文艺新闻》1932年第43期。
④ 《文坛消息》,《新文艺》1930年第2卷第1号。

面展示摩登男女的堕落荒淫与都市文明的缺憾。

《都市风景线》只是新感觉派小说创作的一个引言,继刘呐鸥之后而把现代都市生活表现得更为淋漓尽致的是穆时英。杜衡说:"中国是有都市而没有描写都市的文学,或是描写了都市而没有采取了适合这种描写的手法。在这方面,刘呐鸥算是开了一个端,但是他没有好好地继续下去,而且他的作品还有着'非中国'即'非现实'的缺点。能够避免这缺点而继续努力的,这是时英。"[①]穆时英不仅在创作数量上超过了刘呐鸥,而且他的新感觉主义手法更为成熟曼妙,有人形容他"满肚子崛口大学式的俏皮话,有着横光利一的小说作风,和林房雄一样的在创造着簇新的小说的形式",并因此而被誉为"中国的新感觉派的圣手"[②]。多少年后,女作家苏雪林还把穆时英这方面的才能吹得天花乱坠,说他"是都市文学的先驱作家,在这一点上他可以和保尔·穆杭、辛克莱·路易士以及日本作家横光利一、崛口大学相比"[③]。

穆时英并不是一开始创作就表露出新感觉派的倾向,他的第一部小说集《南北极》,倒带有浓重的"普罗"气息,曾被认作是"普罗小说中的白眉"[④]。苏雪林以女性的独特眼光,特别推崇《南北极》中强悍泼野的男性风格:"《南北极》的故事虽然不足为训,文字却有射穿七札,气吞全牛之概。他用他那特创的风格,写出一堆粗犷的故事,笔法是那样的精悍,那样泼辣,那样的大气磅礴,那样的痛快淋漓,使人初则战栗,继则气壮,终则好像自己也恢复了原始人的气质,虽野蛮令人可怕,却也能摆脱数千年虚伪礼文和习俗的束缚,得到幕天席地、独来独往的自由,可以治疗我们文明人的神经衰弱症。"[⑤]

左翼人士也对穆时英的创作表示了普遍的褒奖。钱杏邨评价《南北极》:"能以挖掘这一类人物的内心,用一种能适应的艺术的手法强烈地从阶级对比的描写上,把他们活生生地烘托出来。文字技巧方面,作者是已经有了好的基础,不仅从旧的小说中探求了新的比较大众化的简洁、明快、有力的形式,也熟习了

[①] 杜衡:《关于穆时英的创作》,《现代出版界》1933年第9期。
[②] 迅俟:《穆时英》,见杨之华编《文坛史料》,上海中华日报社1943年版。
[③] 转引杨义:《京派海派综论》,中国社会科学出版社2003年版,第145页。
[④] 见现代书局为发行《南北极》(改订本)所作广告汇集的当年评价。载《现代出版界》1933年第9期。
[⑤] 苏雪林:《新感觉派穆时英的作风》,载《苏雪林文集》第3卷,安徽文艺出版社1996年版,第354页。

无产者大众的独特的为一般智识分子所不熟习的语汇。"① 钱杏邨把穆时英的创作看成是1931年中国文坛的收获，对他寄予厚望，希望他以后的创作"能改变他的观点和态度，向正确的一方面开拓"，也即改变体现在《南北极》中那种自发的带有流氓无产者意识的反抗精神，代之以阶级对比的描写和集团的有目的的反抗。

然而，穆时英并没有沿着人们所期望的方向走下去。1933年前后，他的生活和艺术思想发生了明显的蜕变。他说："世界是充满了工农大众，重利盘剥，天明，奋斗……之类的。可是，我却就是在我的小说里的社会中生活着的人。""我不愿像现在许多人那么地把自己的真面目用保护色装饰起来，过着虚伪的日子，喊着虚伪的口号，一方面利用着群众的心理，政治策略，自我宣传那类东西来维持过去的地位，或是抬高自己的身价。我以为这是卑鄙的事，我不愿意做。说我落伍，说我骑墙，说我红萝蔔剥了皮，说我什么可以，至少我可以站在世界的顶上，大声地喊：我是忠实于自己，也忠实于人家的人。"② 从这段自白中，足以看出穆时英独异的悖反个性。而《公墓》的问世，则标志着他创作转型的成功。以往那纯熟的市民口语和粗俗的大众化形式被抛弃了，取而代之的是用感觉主义、意识流和心理分析等现代主义手法对上海大都会的描写。小说发表以后，施蛰存甚表欣喜，他在《编辑座谈》中说："尤其是穆时英先生，自从他的处女创作集《南北极》出版了之后，对于创作有了更进一层的修养，他将自本期所刊载的《公墓》为始，在同一个作风下，创造他的永久的文学的生命，这是值得为读者报告的。"③ 1933年6月，现代书局将穆时英的八篇小说结集出版，题名为《公墓》。此后穆时英又创作了《白金的女体塑像》（现代书局1934年7月出版）和《圣处女的情感》（良友书局1935年5月出版）等小说集。穆时英描写上海社会的形形色色，展现给读者一个纸醉金迷、疯狂没落的都市世界。人物尤以舞场男女居多，他们的精神状态是畸零疯狂的，内心深处充满寂寥与悲哀。《夜总会里的五个人》《上海的狐步舞》等都是这类新感觉主义的代表作。

描写大都会的生活，是刘呐鸥、穆时英等新感觉派小说家的拿手好戏。面对

---

① 钱杏邨：《一九三一年文坛之回顾》，《北斗》1932年第2卷1期。
② 穆时英：《公墓·自序》，现代书局1933年版。
③ 施蛰存：《编辑座谈》，《现代》1932年第1卷第1期。

光怪陆离的都市文明与情感世态，他们充满惊异与艳羡，竭力发掘并欣赏着现代都市和物质文明的魅惑力。刘呐鸥在1926年11月10日给戴望舒的信中写道：

……总之全体看来最好的就是内容的近代主义，我不说 Romance 无用，可是在我们现代人，Romance 究未免稍远了。我要 faire des Romance，我要做梦，可是不能了。电车太噪闹了，本来是苍青色的天空，被工厂的炭烟布得黑蒙蒙了，云雀的声音也听不见了。缪赛们，拿着断弦的琴，不知飞到哪儿去了。那么现代的生活里没有美吗？那里，有的，不过形式换了罢，我们没有 Romance，没有古城里吹着号角的声音，可是我们却有 thrill 和 Carnal intoxication，这就是我说的近代主义，至于 thrill 和 Carnal intoxication，就是战栗和肉的沉醉。①

刘呐鸥的感喟，昭示着新感觉派作家对都市生活所作的现代审美感受。施蛰存说："所谓现代生活，这里面包括着各式各样的独特的形态：汇集着船舶的港湾，轰响着噪音的工场，深入地下的矿坑，奏着 Jazz 乐的舞场，摩天楼的百货店，飞机的空中战，广大的赛马场……甚至连自然景物也和前代不同了。"② 新感觉派作家是都市生活的专业表达者，同时还是实际沟通"都市文学"与"现代主义"的作家，他们用包括新感觉主义在内的现代主义观照都市的日常生活，这是他们表现出的独特审美趣味，即"透过庸俗的生活和尘嚣的市街去发现戏剧与诗情"③。

三十年代的上海是冒险家的乐园，人与人之间的关系被金钱异化，肉体和灵魂被出卖，灯红酒绿之下是醉生梦死的生活，沉滞腐败之中人妖颠倒。同时，三十年代上海被日本人占领之后的低气压，使人们思想上混乱迷惘，行动上无所适从，沮丧、无助构成了时代氛围的特征。新感觉派作家在欣赏、惊美都市文明的同时，又对纸醉金迷、物欲横流的都市生活深表厌倦与无奈。

穆时英在其成名作《上海的狐步舞》中，对三十年代上海滩熙攘喧嚣、畸

---

① 刘呐鸥：《致戴望舒》，见孔令境编《现代作家书简》，花城出版社1982年版，第185页。
② 施蛰存：《又关于本刊中的诗》，《现代》1933年第4卷第1期。
③ 许道明：《海派文学论》，复旦大学出版社1999年版，第81页。

形病态的都市生活进行了深刻揭露。小说开篇就指出上海是一座造在地狱上的天堂，在天堂里到处泛滥着红的绿的光，泛滥着罪恶的黑浪：林肯路上"黑绸长裤"的肆意谋杀，奔驰的别克车里，儿子拥抱着父亲的姨太太，舞厅里华尔兹的旋律中，白领衬衫的男子呢喃着"我爱你"的誓言，豪华饭店的白漆房间里有着古铜色的鸦片香味，白衣侍者、娼妓掮客、绑票匪、白俄浪人在阴谋和诡计中穿梭。在地狱里则是另一幅景象：血泊中喊着"救命"的被谋杀者，钢骨瓦砾中疲惫的苦脸，光身的孩子，捡煤渣的媳妇，建筑物的阴影里，石灰脸的妇人尾随着老鸨乞求拉住每一个过往的男人，拦路抢劫者，摔死的工人……在这里，"道德给践在脚下，罪恶给高高地捧在脑袋上面"。几个电影分镜头似的画面把富人的奢靡放纵与贫苦人的惨淡生存构成了强烈对比，敏锐地提示出"上海，造在地狱上的天堂"这个主题。小说《夜总会里的五个人》也同样反映了都市生活中人欲横流的世相。"法官也想犯罪，上帝进地狱，带着女人的人全忘了民法上的诱奸律，每一个让男子带着的女子全说自己还不满十八岁，在暗地里伸一伸舌尖儿，不做贼的人也偷了东西，顶爽直的人也满肚皮是阴谋，基督教徒说了谎话，老年人拼着命吃返老还童药片，老练的女子全预备了 kissproof 的点唇膏。"充斥人耳目的是上海滩上令人眼花缭乱的疯狂性与节奏感。与此相对的是通过卖报的孩子之口所报出的新闻："东三省的义军还在雪地和日寇作殊死战"，一面是醉生梦死，一面是浴血奋战，两种生活的强烈反差，都市罪恶的一面被触目惊心地表现出来。

在畸形、病态的洋场都会中，人已成了"jazz，机械，速度，都市文化，美国味，时代美……的产物的集合体"，唯独没了自己，只是都市文化"排泄"的渣滓。① 人被压抑成了非人，身处繁华都市中，却感受到荒漠的死寂："我觉得这个都市的一切都死掉了。塞满街路上的汽车，轨道上的电车，从我的身边，摩着肩，走过前面去的人们，广告的招牌，玻璃，乱七八糟的店头装饰，都从我的眼界消灭了。我的眼前有的只是一片大沙漠，像太古一样地沉默。"② 人与人之间关系异常冷漠，被金钱等外物浸染得俗不可耐。透过浮华，沉入都市的底蕴，那里是一片骇人的精神荒原。

---

① 穆时英：《被当作消遣品的男子》，载《公墓》，现代书局1933年版。
② 刘呐鸥：《游戏》，载《都市风景线》，水沫书店1930年版。

刘呐鸥的《热情之骨》中，主人公比也尔历经坎坷，"到这西欧人理想中的黄金国，浪漫的巢穴的东洋来了"。当他逢着"一个花妖似的动人的女儿"玲玉时，可以想象他爱的理想实现后的激动与满足。可就在比也尔搂着玲玉娇小的身体沉迷于飘飘欲仙的"浪漫的巢穴"时，玲玉轻启朱唇，吐出了下面的话："给我五百元好吗？"这使"比也尔一时好像从头上被覆了盆冷水一样地跳了起来"。美丽的梦幻毁坏殆尽，留给人的只是一片芜杂的荒原。玲玉的话道出了金钱时代的残酷性，这是"一切抽象的东西，如正义，道德的价值都可以用金钱买的经济时代"。身处病态的文明都会，人们精神上饱受惊悸与焦虑的折磨，灵魂深处寄寓着无可依求的孤寂与凄凉。

《夜总会里的五个人》中破了产的"金子大王"胡均益，面对青春逝去而感到"做人做疲倦了的"交际花黄黛茜，学无所成的莎士比亚研究者季洁，因失恋而"有了颗老人的心"的大学生郑萍，失业后祈求"在死亡中憩一下多好"的市府秘书廖宗旦，他们都是都会生活中的失意者。他们虽然素昧平生，却都在一个周末的夜晚来到了夜总会，在疯狂的乐声中，用酒精来麻醉自己的灵魂。然而，就在他们放纵的狂舞乱喝中，却透露出对生活的迷茫，莫名的焦虑"窸窣地响着，每一秒钟像一只蚂蚁似的打他心脏上面爬过去，一只一只地，那么快的，却又那么多，没完结的——"。小说通过描写这五颗孤独而失落的心，反射出都市人的心理荒原。

新感觉派作家关注都市人的颓唐情调、失落的心态和混乱的价值观，从而提示出现代都市人内心世界中普遍存在的紧张和焦虑状态，这种紧张和焦虑的心理状态实质上还是个体生命在工业化、商业化、都市化现代文明进程中人性的压抑和扭曲。只要这种进程没有停止，这种精神危机便会不断地产生和存在，而并不会因为现代都市生活表现形式的改变而改变，这正是新感觉派作家在都市描述中的真正价值之所在。所以，面对新感觉派都市小说灰暗、感伤的调子，我们不能简单地斥之为没落消极，其中灌注了作家对于现代都市生活的某种悲观情绪，这是属于都会生活特有的悲怆感觉，有时甚至就是作家本人的精神状况。穆时英就曾这样感慨道：

在我们的社会里，有被生活压扁了的人，也有被生活挤出来的人，可是那些人并不一定,或是说,并不必然要显出反抗悲愤、仇恨之类的脸来;他们可以在悲哀的脸上戴上快乐的面具的。每一个人,除非他是毫无感觉的人,在心的深底里都蕴藏着一种寂寞感,一种没法排除的寂寞感。每一个人,都是部分地或是全部地不能被人家了解的,而且是精神隔绝了的。每一个人都能感觉到这些。生活的苦味越是尝得多,感觉越是灵敏的人,那种寂寞就越加深深地钻到骨髓里。①

新感觉派作家对畸形病态的都市生活的厌倦和不满,有着较积极的社会意义。也正是在这一点上,新感觉派小说所展示的洋场都会文学与现代文学的主流有了契合之处。事实上,作为本身生活于都市漩流中的都市儿女,新感觉派作家与现代都市生活有着更为紧密的联系,因而就更有可能提供出现代都市的鲜活文本,承担起描摹都市人生世态百相的任务。他们的作品,对都市病态生活的描写更真切可感,揭示它们存在的不合理性,而这也正是文学现代化的应有之义。

二、施蛰存的心理分析小说

作为新感觉主义的领衔人②,施蛰存也同刘呐鸥、穆时英一样,曾以开放的眼光审视着光怪陆离的洋场都会,敏锐触摸它的脉搏跳动,悉心谛听灵魂歌哭,细细咀嚼隐喻其中的苦辣酸甜。可是,在对都市文化具体的描摹书写中,施蛰存与刘呐鸥、穆时英的创作在主题、题材、风格以及艺术渊源等方面有着鲜明的不同。刘呐鸥和穆时英擅长描写现代大都会生活,那种错综复杂、虚华膨胀、扭曲病态的"都市风景线",是典型的"洋场文学";而施蛰存则喜欢表现都市与小镇过渡地带那种思想上半新不旧的人物的心理和人格冲突,充其量只能算是"城镇小说"。刘、穆受日本新感觉主义和保尔·穆杭的影响,对都市生活的快速节奏和感觉刺激极力夸饰;而施蛰存则运用弗洛伊德的心理分析理论探索人性的隐秘一隅。施蛰存始终都不承认自己是新感觉派,他曾经有过这样一段辩驳:"因了适夷先生在《文艺新闻》上发表的夸张的批评,直到今天,使我还顶着一个新感觉主义的头衔。我想,这是不十分确实的。我虽然不明白西洋或日本的新感

---

① 穆时英:《公墓·自序》,载《公墓》,现代书局1933年版。
② 楼适夷:《施蛰存的新感觉主义》,《文艺新闻》1931年第33期。

觉主义是什么样的东西,但我知道我的小说不过是应用了一些 Freudism 的心理小说而已。"① 甚至半个世纪之后,他仍坚持认为自己的"大多数小说都偏于心理分析,受 Freud 和 H. Ellis 的影响为多"②。也就是说,施蛰存从奥地利精神分析学派的创始人弗洛伊德和英国性心理学家霭理斯那里,从现代派文学所依据的理论之一弗洛伊德主义那里,获得一种眼光,觅得一种人类心灵的探测器,从而彻底改造了自己的小说,为中国心理分析小说提供了活的标本。

1929 年 8 月出版的小说集《上元灯》,被施蛰存称为他"正式的第一个短篇集"③。其实在此之前,他还自费印刷过《江干集》《娟子姑娘》《追》等,只是因为作者后来"悔其少作"而不愿提及。《上元灯》一发表就得到了文坛的一致赞誉。沈从文赞誉道:"《上元灯》是一首清丽明畅的诗,是为读者诵读而制作的故事。"④ 还有人称赞《上元灯》"是现代中国一本成功的文学作品",作者"能运用他诗似的叙述,用散文的笔法,来说出一个动人的故事"。"在风景及人物,他能从容不迫地写,有着一种散文的美丽,而感伤的情调,笼罩了他的文字之间","作者并不狂喊,并不愤恨然的呻吟,作者只是轻微地发出对于人生的叹息。那是沉着的,深刻的"。⑤ 小说集《上元灯》以布置诗情、烘托气氛见长,洋溢着自然素朴的生活气息,基本上还是运用的传统手法。但其中有的作品,如《周夫人》,就展现出作者对人物内心世界的浓厚兴趣。它写一个守寡的少妇,将被压抑的性爱倾注到一个少不更事的男孩儿身上,把他作为丈夫的替代品,搂抱他、亲吻他,希望他天天来卧室与她做伴。这部作品明显受到弗洛伊德学说的影响,是施蛰存心理分析小说的滥觞。

所谓心理分析小说,是指那些把外部的言状叙述变为内在的心理分析,把对人内心世界的逼视作为主要手段和基本色彩的一种小说。它的结构形态并不靠故事情节和人物性格的发展,而是借心理与情感的变化来结构作品。施蛰存真正开始自觉运用弗洛伊德精神分析学说来创作小说,揭示爱欲与诸种社会观念的冲

---

① 施蛰存:《我的创作生活之历程》,载《创作的经验》,天马书店 1935 年版。
② 施蛰存 1982 年 3 月 2 日致吴福辉信,见吴福辉:《施蛰存:对西方心理分析小说的向往》,载曾小逸编:《走向世界文学——中国现代作家与外国文学》,湖南人民出版社 1985 年版,第 284 页。
③ 施蛰存:《我的创作生活之历程》,载《创作的经验》,天马书店 1935 年版。
④ 沈从文:《论施蛰存与罗黑芷》,《现代学生》1930 年第 1 卷第 2 期。
⑤ 沈善坚:《施蛰存和他的〈上元灯〉》,《读书月刊》1931 年第 2 卷第 2 号。

第六章 现代派文学

突，是在《将军底头》（新中国书局 1932 年 1 月版）、《梅雨之夕》（新中国书局 1933 年 3 月版）和《善女人行品》（上海良友图书印刷公司 1933 年 11 月版）三本小说集子中。这里必然要提及奥地利作家施尼茨勒（A. Schnitzler）对施蛰存的影响。施尼茨勒是弗洛伊德在文学上的"双影人"，他的作品史称可与弗洛伊德的理论互为对读，弗氏阐释自己的学说时甚至还多次借助施尼茨勒小说的支持。施蛰存曾翻译过施尼茨勒的心理分析小说，如后来合成《妇心三部曲》的《多情的寡妇》《薄命的戴丽莎》《爱尔赛之死》。他认为这位小说家"注重性心理的分析"，是精神分析学说在文艺上的实证表现，"使欧洲现代文艺因此而特辟一个新的蹊径，以致后来甚至在美国产生了劳伦斯与乔也斯这样的分析心理作家"[1]。受这个奥地利作家的启发，他开始熟练地把弗洛伊德的心理分析方法运用于小说创作，使其作品带有浓郁的现代派色彩。施蛰存曾特别指出施尼茨勒心理分析小说对他的影响："我心向往之，加紧了对这类小说的涉猎和勘察，不但翻译这些小说，还努力将心理分析移植到自己的作品中去。"[2] 有人曾这样评述施尼茨勒的特点："主题多半是与性爱有关系。……他对于性爱的描写不是在现实方面，而是在心理方面。"[3] 其实，这在很大程度上也可以说是施蛰存小说的特点。

运用弗洛伊德精神分析学说来结构小说，立志在创作上"独自走一条新的路径"，施蛰存首先把创新的眼光落在"应用旧材料而为新作品"[4] 的历史小说形式上。《将军底头》收有《鸠摩罗什》《将军底头》《石秀》和《阿褴公主》四个历史题材的短篇，这是他正式尝试运用心理分析方法阐释历史上的事件和人物的开端。作者在《自序》中说：自从《鸠摩罗什》在《新文学》月刊上发表以来，……我自己也努力着想在这一方面开辟一条创作的新蹊径……

虽然它们同样是历史题材的作品，但是在描写方法和目的上，这四篇并不完全相同。《鸠摩罗什》是写道和爱的冲突，《将军底头》却写种族和爱的冲突。"至于《石秀》一篇，我是只用力在描写一种性欲心理，而最后的《阿褴公主》，

---

[1] 施蛰存：《〈薄命的戴丽莎〉译者序》，载《薄命的戴丽莎》，上海光华书局 1937 年版。
[2] 施蛰存：《我的创作生活之历程》，载《创作的经验》，天马书店 1935 年版。
[3] 赵伯颜：《循环舞·译序》，《新文艺》1929 年第 1 卷第 3 号。
[4] 施蛰存：《我的创作生活之历程》，载《创作的经验》，天马书店 1935 年版。

则目的只简单地在乎把一个美丽的故事复活在我们眼前。"①

有人就从《将军底头》中"发现了一个极大的共同点——对二重人格的描写。每一篇的题材都是由生命中的两种背驰的力的冲突来构成的,而这两种力中的一种又始终不变的是色欲"。四篇小说的基本主题就是:"宗教和色欲的冲突(《鸠摩罗什》),信义和色欲的冲突(《将军底头》),友谊和色欲的冲突(《石秀》),种族和色欲的冲突(《阿褴公主》)","显然地,这是一篇心理分析上非常深刻的作品,与弗洛伊德主义的解释处处可以合拍。"②施蛰存在充满浪漫传奇色彩的历史小说中,精心表现了"二重人格",即社会道德规范与生命本能冲动之间的矛盾与冲突。

《鸠摩罗什》讲了一个僧人在灵肉冲突中"挣扎不已"的故事。鸠摩罗什是一位自信"有定性"的大德僧人,但即使长期有"庄严的仪态"却也无法六根清净。逝去的妻子龟兹公主生前的万般柔情蜜意在记忆里挥之不去,又面对孟娇娘千娇百媚的诱惑,鸠摩罗什虽竭尽全力用"灵肉分离"法则来平衡,在长安还是扮演着"日间讲译经典,夜间与宫女使女睡觉"的二重人格。鸠摩罗什圆寂后最终"全身皆烂,只剩下一条舌头"。只因为他没有能力压抑本我的冲动,无意识战胜了意识,自然欲望战胜了精神意念,色欲战胜了宗教戒条。小说借弗洛伊德的心理学理论将鸠摩罗什的复杂心理写得波澜起伏、诡异幽秘。此外,《将军底头》写奉命征伐吐蕃的将军花惊定,严厉惩处部下掳掠少女的劣行,但面对姑娘的风情,他也由最初的心旌摇荡而发展到深挚爱恋。直至两军对垒,他被吐蕃军砍下首级,却依然人不下鞍,奔向心系的姑娘。这一结尾,浪漫得惊心动魄,真实得感天动地,表达的是对"非理性"超越"理性"的赞颂。种族和军纪,在"力比多"面前全线崩溃,爱战胜了死亡,获得了永生。《石秀》则用绵密的描写渲染了石秀在杨雄和潘巧云双重"威胁"下信义与色欲的冲突。而《阿褴公主》则揭示了段功在民族利益和个人爱欲之间的艰难抉择。由此可见,色欲的本能冲动,以及由此而带来的人格冲突与分裂,是施蛰存历史小说的主要聚焦点。

施蛰存历史小说中的心理刻画是多层次的。他在心理分析中侧重性心理分

---

① 施蛰存:《将军底头·自序》,新中国书局1932年版。
② 《将军底头》(书评),《现代》1932年第1卷第5期。

析，在性心理分析中又侧重变态心理分析。就此而言，《石秀》的表现技巧和艺术特征更为突出。小说把人物心理矛盾与行为冲突写得波澜曲折：先是由对潘巧云的情欲上的爱怜与对杨雄道德上的不义之感产生心理冲突；接着又在潘巧云与海和尚私通的刺激下萌发性的狂暴意识，"因为爱她，所以要杀她"；最后以杀人和对尸体、鲜血的欣赏来获取畸形的性欲满足。心理变态的多重性、复杂性，使人物心理塑造更加鲜明生动。从精神分析学说的角度看，施蛰存的这篇小说最成功、最能凸显这一学说的精义。《现代》杂志就曾高度评价《石秀》，说它"能够很纯熟地运用中国所固有的笔致；保存其简洁明净，而无其单纯和幼稚"，"是一篇心理分析上非常深刻的作品"，"借用过去的题材而写成那么紧凑，那么完整的心理小说，实在是非有极高的手腕不办的"。①

对施蛰存来说，反映现代社会中现代人的情绪和感情，是一个根本的创作指导思想。历史题材在这方面却有着较大的局限性。施蛰存不得不调整创作方向，将视角从古远的历史转向喧闹的现代都市生活，他立志要写出中国三十年代都市社会中的"各种心理"②，"写几乎是变态的、怪异的心理"③。《梅雨之夕》就是现代题材与心理分析相结合的优秀作品集，它里面的所有作品有一个共同的特色，即描写一种心理过程。而与集子同名的心理分析小说《梅雨之夕》，可以说是中国真正的现代主义心理分析小说的开山之作。④ 小说写一位带了雨伞的中年男子，在都市的黄昏邂逅了一位躲雨的美丽少女，便主动护送她回家，一路上的神思飞扬与心态变化。姑娘的美丽、典雅与雨天的蒙雾幽淡，使男子堕入似梦非梦飘飘欲仙之境。"我竭力做得神色泰然"，然而"这勉强的安静的态度后面藏匿着我底血脉之急流"。这"血脉之急流"便是渴求爱的潜意识。看到姑娘的脸，仿佛觉得是自己初恋的少女；看到街头倚在一家店里的柜上的女子，又立刻感到："忽然好像发现这是我底妻。""妻"用"忧郁的眼光看着我"时，我犹如做了贼，一阵心虚；雨停了，姑娘走了，"我"怨怼老天何不多下雨，好再多陪姑娘一会儿。回家后面对自己的妻子时，依然怅然若失，"朦胧里，我认出她是那个倚在柜台上用嫉妒的眼光看着我和那个同行的少女的女子"。小说以细腻、

---

① 《将军底头》（书评），《现代》1932年第1卷第5期。
② 施蛰存：《梅雨之夕·自跋》，上海新中国书店1933年版。
③ 施蛰存：《我的创作生活之历程》，载《创作的经验》，天马书店1935年版。
④ 谭楚良：《中国现代派文学史论》，学林出版社1996年版，第82页。

舒缓的笔致，将一件普通的小事写得微妙、曲折、缱绻有致，不仅将繁华都市中一名小职员的内心孤寂和欲望展现出来，引导读者在人物潜意识心理的崎岖小路上行走赏鉴、把玩喟叹，而且字里行间还弥漫着一种诗意的惆怅。虽然小说没有完整的故事情节，但随着人物意识的流动，读者获得了一种崭新的阅读体验与审美愉悦。

施蛰存对变态心理、人格缺陷等领域的关注，在《石秀》中已有所体现。到写作《在巴黎大戏院》《魔道》《凶宅》等作品时，作家对人物的变态、怪异行为更为关注。《在巴黎大戏院》刻画了主人公坐在影院，从嗅到身边女友的香气而引出"狎亵"的感觉，直到吮吸女友手帕中的汗液而自慰的变态行为。《魔道》的主人公则是一个偏执的幻想狂，长期的精神压抑使他莫名的忧虑、恐惧。在周末的火车上，幻觉联翩而至：奇丑的黑衣老妪，王妃的陵墓，木乃伊，玻璃窗上了小黑点，朋友妻送来的番茄，碧眼的大黑猫，咖啡店中的年轻侍女……严重的"怔忡症"使他摆脱不掉"魔影"的纠缠。而《凶宅》中那位杀死了六个妻子的外国记者，是个嗜血的变态狂，沉浸在杀人的愉悦里："每当我抱着她吻她的时候，我心中就会升起一阵血腥味，我觉得这就是一个最爽利的姿势。"《梅雨之夕》集子中所收的小说，几乎都是弗洛伊德"变态心理学"理论的佐证。这种审美形态与三十年代大众化、民族化的主流文学相去甚远，所以遭到了批评。最有代表性的是左翼作家楼适夷的批评。他在《施蛰存的新感觉主义——读了〈在巴黎大戏院〉与〈魔道〉之后》一文中指出，施蛰存小说在内容上"几乎是完全不能捉摸的"，"这两篇作品所代表着的，乃是一种生活解消文学的倾向——在作者的心目之中，光瞧见崩坏的黑暗的一面，他始终看不见另一个在地底抬起头来的面层"。楼适夷分析了其产生的阶级根源："这便是金融资本主义底下吃利息生活者的文学，这种吃利息生活者，完全游离了社会的生产组织，生活对于他，是为着消费与享乐而存在的……他们深深地感到旧社会的崩坏，但他们并不因这崩坏感到切身的危惧，他们只是张着有闲的眼，从这崩坏中发见新奇的美，用这种新奇的美，他们填补自己的空虚。"①

很显然，楼适夷对无产阶级文学以外的创作从思想倾向上一概持否定态度，

---

① 楼适夷：《施蛰存的新感觉主义——读了〈在巴黎大戏院〉与〈魔道〉之后》，《文艺新闻》1931年第33号。

属于典型的"社会—政治"批评模式,其偏颇是显而易见的,但执此观点的并不在少数。钱杏邨就在《一九三一年文坛之回顾》中直接引用并强调了楼氏的观点:"适夷的批评与指示是完全正确的,不但他所论的两篇是如此,就是《莼羹》和《石秀》也是如此。"① 楼、钱的评论是特定时代的产物,但他们对以后的批评却产生了深远的影响。

面对来自左翼阵营的激烈批判,施蛰存意识到了自己与时代、与主流文学的差距,他在小说集的"自跋"中说:"从《魔道》到《凶宅》,实在是已经写到魔道里去了","我已得到了一个很大的教训:'硬写是不会有好效果的'。"于是,在此后的《善女人行品》集子中,他就摆脱了变态怪异心理小说中的诡秘情调,增强了写实内容,以凡俗的视野、朴素的文笔、写实的格调来表现私人生活琐事和对女子心理的分析。虽然这些小说是"完全研究女人心理及行为的",是"一组女体习作绘"②,但其中却透出社会批判的眼光。《阿秀》描写了从农村被卖到上海的一个姑娘,为生活所迫而卖淫的悲惨遭遇;《狮子座流星》里卓佩珊因不育而梦见扫帚星,满足了渴望生孩子的潜意识欲望;《雾》里守旧的牧师女儿素贞小姐,因为车上邂逅的男人居然是电影明星,而大大失望;《春阳》里的婵阿姨在一个撩人的春日里,忆起牺牲了的青春与婚姻……施蛰存从各式女性的心理侧面来反映时代风貌,格局虽小,但增加了心理分析小说的历史厚度。

也正是在这一点上,我们看到了施蛰存与弗洛伊德之间的距离。虽然都注重人的主观内心矛盾,关注人的情爱世界,并且都选择了变态的情爱心理作为研究和表现对象。可是在具体解释"情"与"性"的内涵时,在如何认识情爱产生的渊源及其组合的矛盾等问题上,他们却根本不同。在弗洛伊德看来,梗塞在"情"与"欲"或"情"与"性"之间使两者不能完美结合的问题,主要是"来自孩提时代对母亲的柔情眷恋的固置",即"恋母原型"或"俄狄浦斯情结"。在施蛰存的小说中,"情"与"性"不能结合的主要缘由大多来自社会生活方面的力量。三十年代的上海社会本身的病态正是孕育畸形的爱情的最好胚胎。在这些中小资产阶级和知识分子的心中,传统的神圣爱情的光环已经黯然失色,同时,高速旋转着的都市节奏和现代的"精神文明"搅得他们茫然无措,

---

① 钱杏邨:《一九三一年文坛之回顾》,《北斗》1932 年第 2 卷第 2 期。
② 施蛰存:《善女人行品·序》,上海良友图书印刷公司 1933 年版。

以致连心理和情感也都支离破碎了。我们看到，生活困窘使《残秋的下弦月》中恩爱的夫妻格格不入，金钱的恶魔使《妻之生辰》中甜蜜的爱情蒙上了一片阴云，都市与农村之间的差距使《雾》中的素贞小姐找不到选择丈夫的标准……如此丰富的社会内涵，使弗洛伊德的理论顿时显得暗淡无光了。[①]

　　施蛰存最后一本短篇小说集是 1936 年出版的《小珍集》。《小珍集》所反映的社会生活内容比较开阔，主要反映了国民党统治区发生的形形色色的怪现象，思想意义比较鲜明。在表现手法上，作家扬弃了现代主义的某些方面，进一步增强了写实成分。吴福辉认为，施蛰存所走的基本上是一条从现实主义到现代主义又至现实主义的创作道路，其小说创作表现出"把现代派与现实主义相融合的倾向"，可以说，"施蛰存的创作，是现代派与现实主义、现代化与民族化趋向结合的未完成型"[②]。随后，吴福辉又在《对西方心理分析小说的向往》中进一步说明，"施蛰存身上仿佛存在有两个源泉，现代派的与写实派的，此消彼长。他有洋味，他欧化，但又始终掺和着由江南城镇风物凝结成功的那股民间气息"。严家炎也认为《小珍集》的出现标志着作家"已经从现代主义又较多地回到现实主义道路上来了"。"当然，所谓回归到现实主义道路上来，这并不是简单的复归，并不能理解为兜了一个圈子又回到了老地方。这是一种前进，一种发展，它扬弃了一些不很健康的方面，保留了心理分析小说的某些长处。"[③] 对施蛰存的创作道路作出如此概括，在现代文学界几成定论。但是，也有学者对此表示质疑。许道明就认为，"许多研究者殚精竭虑地为他勾勒'现实主义—现代主义—现实主义'路线，这实在是学术生产力的浪费"。他认为"不去理会现实主义，才会比较真实地揭示出施蛰存的文学贡献"。因为"没有了精神分析小说，就没有了文学史上的施蛰存"[④]。

[①] 朱寿桐主编：《中国现代主义文学史》（上），江苏教育出版社 1998 年版，第 480-481 页。
[②] 吴福辉：《中国心理小说向现实主义的归依——兼评施蛰存的〈春阳〉》，《十月》1982 年第 6 期。
[③] 严家炎：《中国现代小说流派史》，人民文学出版社 1989 年版，第 136 页。
[④] 许道明：《海派文学论》，复旦大学出版社 1999 年版，第 193、203 页。

第二节　现代派诗歌

三十年代文学的一个重要现象，就是现代派的崛起，当时的文坛刮起了一股现代主义文学之风。除新感觉派的小说外，以《现代》杂志为主要阵地的现代派诗歌，也取得了斐然成绩。它们继新月诗派、象征派之后，以执着的现代主义情结，再度掀起"纯诗"的浪潮，自觉探索诗歌的内在本质，标志着中国的新诗艺术走向成熟。

一、《现代》杂志与现代派诗歌

提到现代派，就不能不提《现代》杂志。因为现代派的得名来自施蛰存主编的《现代》杂志，它最初指的是以《现代》杂志为中心发表新诗的一群。所以，现代派实际上应是《现代》派。然而，由于《现代》杂志对现代主义文学的关注与探索，这个称谓就逐渐发生变化，及至后来被认为等同于欧美的现代派。当然，真正使人们把《现代》派称为现代派，还是源于施蛰存的一段文艺独白。

自从施蛰存在《现代》上发表了《意象抒情诗》后，就逐渐形成了一种风格：诗人运用形象思维往往采取一种若断若续的手法，从一个概念转移到另一个概念，不用逻辑思维的顺序，并且运用比喻新奇、隐晦。这些都使读者感到难以理解。针对读者所反映的这一疑虑，施蛰存作出了如下的解释："《现代》中的诗是诗，而且纯然是现代的诗。它们是现代人在现代生活中所感受到的现代的情绪用现代的词藻排列成的现代的诗形。"[1] 就连施蛰存自己也没有预料到，他的这一解释却改变了现代派的意义。他说：

> 原先，所谓"现代诗"，或者当时已经有人称"现代派"，这个"现代"是刊物的名称，应当写作"《现代》诗"或"《现代》派"。它是指《现代》杂志所发表的那种风格和形式的诗。但被我这么一讲，现代的意义就改变

---

[1] 施蛰存：《又关于本刊的诗》，《现代》1933年第4卷第1期。

了。从此，人们说"现代诗"，就联系到当时欧美文艺界新兴的"现代诗"（The Modern Poetry）。而"现代派"也就成为 The Modernists 的译名。①

之所以为这本杂志取名为《现代》，据施蛰存回忆是因为出版这家杂志的书店就叫"现代"。但是《现代》杂志自诞生之日起，就好像与现代主义结下了不解之缘。以《现代》杂志为核心的现代派作家，确实为现代主义文学的探索和发展作出了重要贡献。从这个意义上来说，《现代》派的确也无愧于现代派这一称谓。

《现代》杂志创刊于 1932 年 5 月 1 日，共刊出月刊三十四期。第一、二卷（共十二期）由施蛰存主编，杜衡、戴望舒也参加了编务工作。从第三卷开始到第六卷第一期（共十九期）由施蛰存和杜衡联名主编，其间叶灵凤也曾参与编务。1935 年，现代书局被徐朗西掌管，《现代》也由文学杂志变为综合性文化杂志，从第六卷第二期起由国民党派来的编辑汪馥泉主持，仅出版三期，就随现代书局的歇业而废刊了。我们这儿谈的，主要是第一卷至第六卷第一期的《现代》杂志。

《现代》杂志是以中间派姿态出现的，编者施蛰存努力想把它办成没有政治倾向的文艺杂志。他在《创刊宣言》中说：

> 本志是文学杂志，凡文学的领域，即本志的领域。
>
> 本志是普通的文学杂志，由上海现代书局请人负责编辑，故不是狭义的同人杂志。
>
> 因为不是同人杂志，故本志希望能得到中国全体作家的协助，给全体的文学嗜好者一个适合的贡献。
>
> 因为不是同人杂志，故本志所刊载的文章，只依照着编者个人的主观为标准。至于这个标准，当然是属于文学作品的本身价值方面的。
>
> 因为本志在创刊之始，就由我主编，故觉得有写这样一点宣言的必要。虽然很简单，我却以为已经尽够了。但当本志由别人继承了我主编的时候，或许这个宣言将要不适用的。所以，这虽然说是本志的创刊宣言，但或许还

---

① 施蛰存：《〈现代〉杂忆》，《新文学史料》1981 年第 1 期。

要加上"我的"两字更为适当些。

作为主编的施蛰存主观上并不希望通过《现代》杂志造就一个什么流派，所以他尽力按以上宣言去做。并再次声明："我编《现代》，从头就声明过，决不想以《现代》变成我底作品型式的杂志。我要《现代》成为中国现代作家的大集合，这是我的私愿。"[①] 因此，《现代》追求的是现代作家的会合。由这种追求带来的就是"开放性"，以海纳百川的姿态凝聚撰稿人。的确，从《现代》所刊载的文章上，我们看不到明显的派别意识、阶级意识。它几乎包括了当时活跃在文坛上的所有作家：既有鲁迅、茅盾、丁玲、张天翼、叶紫等左翼作家，也有巴金、老舍等民主主义作家，既有周作人、沈从文、废名、林徽因等京派作家，又有张资平、叶灵凤等海派文人，既有刘呐鸥、穆时英、杜衡等新感觉派作家，又有韩侍桁等"中间派"以及胡秋原等"自由人"的言论。文艺理论方面，既有《马克思、恩格斯和文学上的现实主义》，也有《白璧德及其人文主义》；创作上，既有《公墓》《上海的狐步舞》（穆时英）等现代主义作品，又有《春蚕》（茅盾）、《丰年》（张天翼）等现实主义之作。在三十年代，很难再找出像《现代》这样拥有如此庞大的名作家阵容的杂志，它几乎成了现代文学史及杂志编辑史上的一道独特风景。

然而，作为一份杂志，《现代》必然有其内在的倾向性，而这种内在的倾向性恰恰正是形成一个流派的条件和基础。

《现代》杂志是和现代主义文学在中国的传播紧紧联系在一起的，它在创作和翻译方面都体现出鲜明的现代主义倾向。主编施蛰存对穆时英等人具有现代主义倾向的创作流露出明显的偏爱。他将《公墓》发表在《现代》创刊号的篇首，并在《编辑座谈》中说："尤其是穆时英先生，自从他的处女创作集《南北极》出版了之后，对于创作有了更进一层的修养，他将自本期所刊载的《公墓》为始，在同一个作风下，创造他的永久的文学生命。"在《现代》第二卷第一期上，又同时发表了穆时英的《上海的狐步舞》和刘呐鸥的《赤道下》。编者在《社中日记》中说："我觉得在目下的文艺界中，穆时英君和刘呐鸥君以圆熟的技巧给予人的新鲜文艺味是很可珍贵的。"编者无意识所流露出的对现代派文学

---

① 施蛰存：《编辑座谈》，《现代》1933年第2卷第6期。

的喜好，还体现在对西方文学的介译方面。事实上，《现代》创刊伊始就表现出和西方现代主义文学的亲和关系，在创刊号的《编辑座谈》中，施蛰存就讲道："这个月刊既然名为《现代》，则在外国文学之介绍这一方面，我想也努力使它名副其实。我希望每一期的杂志能给读者介绍一些外国现代作家的作品。"从这一期开始，《现代》每期至少刊登两篇外国作家的作品，介绍更是不胜枚举。与其他杂志不同，《现代》在介译外国文学时，特别重视二十世纪，尤其是第一次世界大战后的作家作品，如《世界大战以后的法国文学》《一九三二年的欧美文坛》《英美新兴诗派》等。1934年9月第五卷第五期宣布，"现代杂志拟自第五卷起每卷刊行介绍现代世界文学之专号一册，以国界为别，先出美国，再就法国、苏联、英国……"第六期便推出了"现代美国文学专号"，介绍都是"当前"的西方作家及其作品。可见，《现代》杂志的"现代"有时间上的"现时性"，借用海德格尔的话，《现代》杂志关注的是"此在"的文学。从介绍过来的作家看，有施尼茨勒（Arthur Schnitzler）、莫兰德（Paul Morand）、福克纳（Faulkner）、奥登（W. H. Auden）、季郁麦·阿保里奈尔（Guillaume Apollinaire）、夏芝（William Butler Yeats）、波特莱尔（Charles Baudelarre）、艾略特（T. S. Eliot）、福克纳（Faulkner）、乔伊斯（James Joyce）、魏尔伦（Verlaine）、海明威（Hemingway）和斯坦因（Gertruds Stein）等。一提到这些名字，人们自然会联想到西方一些著名的"现代主义"作家。

再以《现代》第一卷对诗歌的刊载为例，我们对这份杂志的倾向性就会有一个明确的了解。《现代》杂志第一卷有一个基本栏目叫"诗"（第四期、第五期中和剧本合称"诗与剧"，第五期和论文合称"诗·文"），发表的诗创作有戴望舒的《过时》《印象》《前夜》《款步》《有赠》《游子谣》《秋蝇》《夜行者》《微辞》《妾薄命》《无题》。施蛰存总题为《意象抒情诗》的五首诗：《桥洞》《祝英台》《夏日小景》《银鱼》《卫生》。朱湘的《圜兜儿（Rondel）》《雨》，严敦易的《索居》《费话》，莪伽（艾青）的《当黎明穿上了白衣》《那边》《阳光在远处》。何其芳的《季候病》《有忆》。曦晨的《乡愁》，安华的《即席口占》。译作则介绍了夏芝（William Yeats）、核佛尔弟（Pierre Reverdy）、陶立德尔（Hilda Doolittle）、史考德（Evelyn Scott）、罗慧儿（Amy Lowell）等。以上诗作已经隐隐显示了流派的风格，其作者也大都是现代诗派中的主要成员。

第六章 现代派文学

译作原作者也大都是西方现代派诗人,其中核佛尔弟更是法国象征派大诗人,代表着"法国最新诗风"。相似的诗风、相对固定的诗人群,这显然是编者的苦心经营。如果说在创作来稿的编辑中还可能存在着稿件不足或风格相似的问题,那么对于译作的选择则完全是编者的有意为之。事实上,《现代》杂志各个栏目的设置都同样或浓或淡、或隐或显地体现着编者的意图,只不过"诗"栏目比较突出而已。

编者的喜好很容易引导和培养一种创作倾向。虽然作为编者的施蛰存一再表白:"我没有造成某一种文学流派的企图",但他随后就谈道:"但是,任何一个文艺刊物,当它出版了几期之后,自然会有不少读者,摹仿他所喜爱的作品,试行习作,寄来投稿。也许他们以为揣摩到编者的好恶,这样做易于被选录。在《现代》创刊后不到六个月,我在大量来稿中发现了这一情况。我写过几篇以历史故事为题材的短篇小说,来稿中就有很多历史故事的短篇。我发表过几首诗,题作《意象抒情诗》,不久就收到许多'意象派'诗。我不能要求读者不要受我的影响……"[①] 这就说明了编者的喜好在读者及创作者间引起了极大反响,他们围绕《现代》杂志形成了一个有着共同审美趣味的作者和读者群落,这样,"现代派"作为一个松散的流派就形成了。而这,正是《现代》杂志孕育的结果。按施蛰存的说法:"三十年代只有'现代派'。""'现代'是我的杂志的名字。《现代》杂志这批人,就是'现代派'。"并进一步指出:"在《现代》杂志发表文章的一部分人,譬如我们三个人(施蛰存、穆时英、刘呐鸥)的小说,戴望舒、卞之琳、徐迟、路易士的诗,是当时的现代派。"[②]

《现代》杂志在当时的"销路畅旺,一度执全国文坛的牛耳"[③]。而它对现代派诗歌的特别关注,也带动着整个诗界朝现代主义方向迈进。施蛰存曾在给戴望舒的信中说:"有一个南京的刊物说你以《现代》为大本营,提倡象征派诗,现在所有的大杂志,其中的诗,大都是你的徒党。"并且还称戴望舒为"诗坛的首领","徐志摩而后,你是有希望成为中国大诗人的"。[④] 与此同时,卞之琳在

[①] 施蛰存:《〈现代〉杂忆(一)》,《新文学史料》1981年第1期。
[②] 施蛰存:《为中国文坛擦亮〈现代〉的火花——答新加坡作家刘慧娟问》,《联合早报》1992年8月20日。
[③] 司马长风:《中国新文学史》(中卷),昭明出版社1976年版。
[④] 1933年4月28日和5月29日的两次通信,孔令境编《现代作家书简》,花城出版社1982年版。

北平编《水星》文艺杂志（1934年10月—1935年3月），上面所发表的诗歌，与上海的《现代》遥相呼应，共同推动着这股新诗潮向前发展。1935年《现代》杂志停刊，1936年10月戴望舒又与徐迟、路易士（纪弦）创办了《新诗》杂志，并邀请卞之琳、冯至、孙大雨、梁宗岱等参与编务，更促使现代派这股诗潮有了引人瞩目的发展。与《新诗》同时或稍前稍后，在《现代诗风》《星火》《今代文艺》《菜花》《诗志》《小雅》等刊物上，也蔓延着这股诗潮。诗人路易士后来回忆说："我称一九三六—三七年这一时期为中国新诗自五四以来一个不再的黄金时代。其时南北各地诗风颇盛，人才辈出，质佳量丰，呈一种嗅之馥郁的文化的景气。除了上海，他如北京、武汉、广州、香港等各大都市，都出现有规模较小的诗刊及偏重诗的纯文学杂志。"① 而《小雅》的编者吴奔星则称1936年为中国自有新文学运动以来诗的"狂飙期"，写诗技巧的"成熟期"②。

孙作云在《论"现代派"诗》中说："现代派诗中，我们很难找出描写都市，描写机械文明的作品。在内容上，是横亘着一种悲观的虚无的思想，一种绝望的呻吟，他们所写的多绝望的欢情，失望的恐怖，过去的迷恋。他们写自然的美，写人情的悲欢离合，写往古的追怀，但他们不曾写到现社会。他们的眼睛，看到天堂，看到地狱，但莫有瞥到现实。现实对他们是一种恐怖，威胁。诗神走到这里便站下脚跟，不敢再踏进一步。"③ 这种概括显然并不够全面、准确，说"他们不曾写到现社会"也不是事实，但对现代诗派的基本思想情感取向还是说得较中肯的。从总体上看，现代派诗人并不像革命诗人那样有强烈的历史使命感，也不像新月诗派那样有程度不同的政治意识。相对于激情澎湃的时代主潮，现代派诗人展现更多的是一种青春的病态、浊世的哀音。④ 他们认为现实是丑恶的、虚无缥缈的，只有他们的心灵，他们的感觉，他们的诗歌，才是真的和美的，才能给予他们精神上的安慰。作为当事者的卞之琳后来自剖道："当时由于方向不明，小处敏感，大处茫然；面对历史事件、时代风云。我总不知要表达或如何表达自己的悲喜反应。这时期写诗，总像是身在幽谷，虽然心在峰巅。"⑤

---

① 路易士：《三十自述》，路易士诗集《三十前集》，上海诗领土社1945年版。
② 吴奔星：《社中人语》，《小雅》1936年第3期。
③ 孙作云：《论"现代派"诗》，《清华周刊》1935年第43卷第1期。
④ 屈轶：《新诗的踪迹与其出路》，《文学》1937年第8卷第1号。
⑤ 卞之琳：《雕虫纪历·序》，人民文学出版社1979年版。

用戴望舒下面两节诗概括现代派诗人的"现代的情绪"是剀切的:

> 我是青春和衰老的结合体,
> 我有健康的身体和病的心。
> 但在悒郁的时候,我是沉默的,
> 悒郁着,用我二十四岁的整个的心。
> ——《我的素描》

现代派诗歌远离现实生活,脱离社会斗争,沉溺于内心的感觉世界,争相表现着"青春的病态",这是它在思想感情方面的弱点。但这并不是说它没有任何积极的思想意义。正如蓝棣之所言:"现代诗派诚然是浊世的哀音,但青年们哀怨、抑郁的声音也是那个时代的产物。他们看不到出路,喊不出时代的强音。然而,细按脉搏,其中仍有个人的郁结和民族的郁结,有对国民党反动政府的绝望,以及青年们在畸形的大都市文明中的失落感,这些都汇成了潜在的进步激流。这样的诗,对于旧社会是一种不安定因素,也是一种挑战,只是太无力了,触及不了根本的东西,甚至还把读者引向逃避斗争、沉迷病态的歧途。"[1]

现代派诗在诗艺上有着重大突破与创新。这首先体现在对新月派的"反动"上。孙作云曾作过精到论述:"新诗在第一期,因为反对旧诗的严格,所以'过分自由'。这是对于千余年来旧诗的反动,所以韵律、形式完全不讲。故新诗等于说话,等于谈家常,结构既不谨严,取舍更无分寸。新月派的诗人们出来,力矫此弊,形式也因而固定,这是对于五四时代新诗的反动。新月派诗不久又被人厌恶了,甚至有人名之曰'豆腐干体',所以现代派诗人出来,主张自由诗,摈弃韵律,不以辞害'意',这是对新月派诗的反动。"[2]而对新月派的"反动"最为激烈的,当数戴望舒。曾经十分迷恋过新月派音乐美的戴望舒,却在他的《诗论零札》中,专门针对新月诗派所主张的音乐的美(音节)、绘画的美(词藻)和建筑的美(节的匀称和句的均齐)提出批驳:"诗不能借重音乐,它应该去了音乐成分";"诗不能借重绘画的长处","单是美的字眼的组合,不是诗的特

---

[1] 蓝棣之:《现代诗的情感与形式》,人民文学出版社 2002 年版,第 266 页。
[2] 孙作云:《论"现代派"诗》,《清华周刊》1935 年第 43 卷第 1 期。

点";"所谓形式,决非表面上的字的排列,也决非新的字眼的堆积"。① 意识到格律已成为新诗发展的桎梏,应该打破这一羁绊并建立一种全新的诗体。对于诗体建设在当时所面临的任务,施蛰存曾作过反思:"胡适之先生的新诗运动,帮助我们打破了对于中国旧体诗的传统,但从胡适之先生一直到现在为止的新诗研究者却不自觉地坠入西洋旧体诗的传统中。他们以为诗该是有整齐的有韵法的,至少该有整齐的诗节。于是乎十四行诗、'方块诗',也还有人紧守着规范填做着。这与填词有什么区别呢?《现代》中的诗,大多是没有韵的,句子也很不整齐,但它们都有相当完美的肌理(Texture)。它们是现代的诗形,是诗!"② 李欧梵高度评价施蛰存的这篇文章,认为它实在是"发起了另一场诗歌革命"③。

多年后,施蛰存将现代派诗歌的特征概括如下:"(一)不用韵。(二)句子、段落的形式不整齐。(三)混入一些古字或外语。(四)诗意不能一读即了解。"④ 这些都表明了现代派诗人抛弃格律,追求散文化自由诗体的努力。与现代派诗歌从明朗直白到朦胧含蓄是一种进步一样,从格律体到散文化自由体更是一种重大的进步,尤其在中国这个古典格律诗传统源远流长的国度,其意义更是不容低估。

二、戴望舒:现代派诗歌的"举旗人"

在现代派诗人中,戴望舒是诗艺最高、成就最大的一位。从1926年在《璎珞》上发表处女作《凝泪出门》,到四十年代末期正式搁笔,在不过二十多年的时间中,戴望舒为我们留下了四本诗集:《我底记忆》(水沫书店1929年版)、《望舒草》(现代书局1933年版)、《望舒诗稿》(上海杂志公司1937年版)和《灾难的岁月》(上海星群出版社1948年版),共存诗九十余首。正如施蛰存所说:"这九十余首所反映的创作历程,正可说明'五四'运动以后第二代诗人是怎样孜孜矻矻地探索前进的道路。在望舒的四本诗集中,我以为《望舒草》标

---

① 戴望舒:《诗经零札》,载《望舒草》,人民文学出版社2000年版,第59、60页。
② 施蛰存:《又关于本刊的诗》,《现代》1933年第4卷第1期。
③ 李欧梵:《探索"现代"——施蛰存及〈现代〉杂志的文学实践》,《文艺理论研究》1998年第5期。
④ 施蛰存:《〈现代〉杂忆》,《新文学史料》1981年第1期。

志着作者艺术性的完成，《灾难的岁月》标志着作者思想性的提高。"① 随着诗人思想的不断变化，其诗歌创作也有过多次大幅度的变化或开拓，不仅诗的情感色调呈现出前后期的迥异，在诗艺建构上也因新的倾向和新的表达策略而拓展了现代主义诗风。

戴望舒于1922年开始写诗，他的第一本诗集《我底记忆》中的第一辑"旧锦囊"共收入十二首诗，是诗人1924年之前写的"少年作"。这些早期诗作为戴望舒近二十年的创作历程定下了一个基调，即充满感伤迷离的凄凉情味。在《夕阳下》，他留恋于"荒冢里流出的幽古是芳香"；《静夜》里，他惋叹"这烦恼是从何处生，使你坠泪，又使我伤心"。而《生涯》则充满着悲观的气息："人间伴我的是孤苦，白昼给我的是寂寥；只有那甜甜的梦儿，慰我在深宵：我希望长睡沉沉，长在那梦里温存。"但梦毕竟是短暂而虚空的，"欢乐只是一幻梦，孤苦却待我生挨！"黑暗现实在诗人的眼中，丑陋而恐怖："怪枭在幽谷悲鸣，饥狼在嘲笑声声/在那残碑断碣的荒坟。此地是黑暗的占领，恐怖在统治人群，幽夜茫茫地不明"（《流浪人的夜歌》）。尽管在写这些诗句时，诗人还只是近二十岁的青年，但他对生活的体悟却是悲凉而颓废的："我是漂泊的孤身，我要与残月同沉"；他的心灵异常衰老，"就像一只黑色的衰老的瘦猫，在幽光中我憔悴又伸着懒腰"（《十四行》）。"从黑茫茫的雾，到黑茫茫的雾"（《夜行者》），诗人流露出的消极、颓废的世纪末情绪，却恰恰表现了某些历史的真实：那个时代的阴暗，以及漂泊在生活十字街头的青年的失望。②

1925年至1927年间，戴望舒入震旦学院法文班学习，直接阅读了法国象征主义诗人魏尔伦、波德莱尔、古尔蒙、耶麦、瓦雷里等人的诗作，并深受其影响。一直都在为更好地表现自我而寻找合适的形式的戴望舒，为象征派诗歌的神奇意境和独特的表现手法所吸引。其时，新月派正积极提倡格律诗，那优美的旋律和流畅的节奏也深深打动了戴望舒的心。《雨巷》正是戴望舒借鉴法国象征主义和新月派格律诗的优秀产物，诗人由此得到了"雨巷诗人"的雅号。

《雨巷》呈现给读者的，是这样一幅画面：在梅雨的江南市镇小巷里，诗人在蒙蒙细雨中撑着油纸伞，怀着痛苦的希望，踽踽独行于悠长寂寥的小巷。他既

---

① 施蛰存：《戴望舒诗全编·引言》，浙江文艺出版社1989年版，第4页。
② 谢冕：《寻梦者的等待——论戴望舒》，《贵州民族学院学报》1985年第1期。

对黑暗现实不满,又看不到出路;他不甘沉沦,偶尔闪现过理想和希望的影子,当证实为虚妄时,可仍然在无望的期待和希冀着。"撑着油纸伞,独自/彷徨在悠长、悠长/又寂寥的雨巷,/我希望逢着/一个丁香一样地,结着愁怨的姑娘……"姑娘终于梦幻般地出现了,但紧接着却又"像梦一般地凄婉迷茫"地飘过去了——"在雨的哀曲里,消了她的颜色,散了她的芬芳,消散了,甚至她的/太息般的眼光,丁香般的惆怅……"这是一首艺术性很高的优美的抒情诗,并且富有浓重的象征色彩。从表面看来,它好像是一首爱情诗,写对一个少女的追慕和美丽爱情破灭后的怅惘,实际上却抒写了大革命失败后一部分青年知识分子失望、彷徨的精神状态。诗中那悠长的"雨巷"里撑着油纸伞的"诗人",那丁香一样结着愁怨的姑娘,既是现实生活的写照,又是充满象征意味的抒情形象。那梦幻般出现又幽灵般消失的少女,正是作者热切追求而又求之不得的希望的象征。

写作《雨巷》前后,诗人对诗歌音乐性和节奏美的追求是努力而刻意的。他说:"新的诗应该有新的情绪和表现这种情绪的形式","诗的韵律不在字的抑扬顿挫上,而在诗的情绪的抑扬顿挫上,即在诗情的程度上"。[①]《雨巷》这首诗音节和谐,节奏舒缓,全诗七节,每节都是六行,尽管句子有长有短,但诗句的停顿却是分明的,而且尾韵始终如一,构成全篇音响的主旋律,读起来畅快顺达,朗朗上口。再加上首尾诗节的回环,主要景象的重复(如雨巷,丁香,愁怨,彷徨,惆怅,太息般的眼光,等等)和故意造成顿挫抑扬的重叠反复(如丁香一样的颜色/丁香一样的芬芳;像梦一般地/像梦一般地凄婉迷茫;消了她的颜色/散了她的芬芳,等等),诗歌的音乐性在这里达到了极致。

戴望舒早期对诗歌音乐性、节奏美的追求,深受新月派"三美"(音乐美、绘画美、建筑美)的启迪,但也与法国象征派的影响有直接的关系。比较戴望舒的《生涯》和魏尔伦的《无题的浪漫曲》(《Romances Sans Paroles》,1874),就能够发现它们从意境到形式及音乐的相似性。魏尔伦在《诗的艺术》(《Art Poetique》,1882)这篇可以看作象征主义诗歌宣言的诗作里,就特别强调了诗歌的音乐性:

[①] 戴望舒:《望舒草》,人民文学出版社2000年版,第59、60页。

> 哦，音乐性应是第一位，
> 宁要那灵动奇峭的诗拍，
> 但求得出神入化的变幻，
> 呆板的完整只叫人难堪。

对音乐性的追求刚刚在《雨巷》里获得成功，戴望舒就开始思考着在诗艺探索上继续创新了。他不满足于自己已取得的成就，不断地探索着能够表现自己诗情的最佳形式，当"他在写成《雨巷》的时候，已经开始对诗歌底他所谓'音乐的成分'勇敢地反叛了"。[①]《我底记忆》一诗，便标志着诗人在新的艺术探索中诗风的转变。此后，诗人以内在的韵律取代了外在的韵律，字句的节奏也为情绪的节奏所代替，日常语言的自然流动，自创一格的叠加意象的大规模运用，以及散文化的抒情方式，使一种易于表达复杂情感的艺术手段得到了充分的发挥。

> 我的记忆是忠实于我的，
> 忠实甚于我最好的友人。
> 它生存在燃着的烟卷上，
> 它生存在绘着百合花的笔杆上，
> 它生存在破旧的粉盒上，
> 它生存在颓垣的木莓上，
> 它生存在喝了一半的酒瓶上，
> 在撕碎的往日的诗稿上，在压干的花片上，
> 在凄暗的灯上，在平静的水上，
> 在一切有灵魂没有灵魂的东西上，
> 它到处生存着，像我在这世界上一样。

诗人不再经由自然来抒写生活感受，而是通过捕捉灵感，以有声有色的客观事物来曲折地表现自己微妙的内心世界，真正做到了"情绪的抑扬顿挫"。诗成

[①] 杜衡：《望舒草·序》，人民文学出版社2000年版，第5页。

了"不乞援于一般意义的音乐的纯诗"①，创造出了无拘无束的自由之美。并且，语言已看不到典雅的文言语汇，而完全是舒展清新的现代日常口语。将口语入诗，在当时是个大胆的尝试。

抗战爆发后，戴望舒积极投入到抗日救亡宣传活动中。时代的劫难，不仅改变了戴望舒的社会心理定式，而且改变了他诗歌创作的心理定式。他的思想与诗艺都发生了翻天覆地的变化。他曾在给艾青的信中说："诗是从内心深处发出来的和谐，洗练的……不是那些没有情绪的呼唤。抗战以来的诗我很少有满意的。那些浮泛的、烦躁的声音，字眼，在作者也许是真诚写出来的，然而具有真诚的态度未必就能够写出好的诗来。那是观察和感觉的深度的问题，表现手法的问题，个人素养和气质的问题……我认为较好的几个作家，金克木去桂林后毫无消息，玲君到延安鲁艺院后也音讯俱绝，卞之琳听说已去打游击，也没有信。其余的人，有的还在诉说个人的小悲哀，小欢乐……"② 1942年戴望舒被捕入狱。在狱中，诗人写下了《狱中题壁》《我用残损的手掌》《心愿》《等待》等诗篇，表现了崇高的民族气节与炽热的爱国情怀：

> 如果我死在这里，
> 朋友啊，不要悲伤，
> 我会永远地生存，
> 在你们的心上。
> ……
> 当你们回来，从泥土
> 掘起他伤损的肢体，
> 用你们胜利的欢呼
> 把他的灵魂高高扬起，
> ……

---

① 戴望舒：《谈林庚的诗意和"四行诗"》，《新诗》1936年第1卷第2期。
② 转引徐荣街：《戴望舒：留下沉着跫音的夜行者——戴望舒诗歌创作论》，《徐州师院学报》1988年第2期。

从《灾难的岁月》开始，戴望舒的抒情形式又发生了新的变化，即自由体和半格律体并用。并且，诗人已突破了象征派的幽玄、晦暗、枯涩的调子，转向于现实主义，格调明朗雄浑。以往感伤柔丽的诗风不见了，代之而起的是炽烈澎湃的时代激情，这为诗人的创作注入了新的美学特征。

当然，说戴望舒前后思想、艺术的转变，并不意味着戴诗所有前期的诗歌都是感伤凄艳消沉暗淡的，而抗战后的诗歌一定都是开阔昂扬明朗亢进的。前期诗歌如《单恋者》，并不像有的学者所分析的，认为诗人"获得官感的刺激"[①]，其中更显示了"我"不为污浊环境所诱惑的高洁之志。而后期的创作虽然在诗风上发生了很大变化，但依然没有摆脱从《我底记忆》贯穿下来的凄凉、孤寂、烦恼、忧患情调。在《灯》《秋夜思》《小曲》《等待》《萧红墓畔口占》等诗章中，我们依然能感受到那个痛苦愁苦的戴望舒。即使在《狱中题壁》《我用残损的手掌》等这种诗风开阔、昂扬向上的诗篇中，苦恼和忧患也时时跃出激情的边角缝隙，寻找着适当的发泄口。有人说戴望舒的诗歌"像云雀的歌唱，他的声音是触兴即发，不假着意安排的"[②]。这就造成了戴望舒"诗歌情调的杂色"，即"他的同一时期的诗也具有不同的情调，像多变的天气一样，忽阴忽晴，忽明忽暗"。例如，《妾薄命》和《寻梦者》发表的时间接近，但前者表现了希望的破灭感，而后者却坚信"梦会开出娇艳的花来"。甚至"在同一首诗里也呈现出杂色的情绪"，如《断指》《乐园鸟》等诗中，都流露出矛盾的情绪状态。[③] 从戴望舒诗歌的杂色情调里，我们看到的是诗人的赤纯与真挚。面对波谲云诡的社会现实，浮沉不定的个人遭际，敏感的诗人所能做的，就是以纤毫之笔，抒写内心的大动荡大波澜，为自己，为那个特定的时代，作一份诗化备忘录。

[①] 凡尼：《戴望舒诗作试论》，《文学评论》1980年第4期。
[②] 孟实（朱光潜）：《望舒诗稿》，《文学杂志》1937年第1卷第1期。
[③] 吕家乡：《笔写自我 心系风云——评别开生面的政治抒情诗人戴望舒》，《学术月刊》1985年第11期。

第七章　曹禺与三十年代话剧

作为一种艺术"舶来品",中国话剧在经历了"文明戏""爱美剧"的尝试和探索之后,到三十年代前后已开始呈现蓬勃发展之势,并最终走向繁荣与成熟。曹禺是中国话剧史上一个重要里程碑式人物。三十年代前期开始,他以卓越的艺术才华向剧坛陆续奉献了《雷雨》《日出》《原野》等一系列光彩夺目的戏剧精品。"但曹禺的成功并不是一个孤立的现象,许多新老作家的剧作都突破了以往的水平"[①]。田汉、洪深、郭沫若、丁西林、欧阳予倩、夏衍、李健吾等优秀剧作家也创作出了一大批话剧佳作,如《回春之曲》《五奎桥》《上海屋檐下》《这不过是春天》等。这一时期还出现了一批优秀的导演和表演艺术家,如应云卫、唐槐秋、石凌鹤、贺孟斧、焦菊隐、袁牧之、金山、赵丹、陶金、金焰、蓝马、舒绣文、王莹等。话剧的主题也由二十年代的个性解放和思想解放发展为三十年代的阶级斗争、社会革命与民族救亡,左翼戏剧运动得到了迅速发展。话剧的题材、结构、语言及表现形式都得到进一步的拓展与丰富,其现实主义精神有了前所未有的发展。三十年代的话剧在革命化、大众化、职业化等多方面探索中已走出象牙之塔,发展成为民众喜闻乐见的一种文艺形式。

下面,就让我们通过曹禺三十年代的三部杰出剧作《雷雨》《日出》和《原野》进入他的戏剧世界,以领略这位伟大戏剧精魂的迷人魅力。

第一节　说不尽的《雷雨》

《雷雨》是曹禺的处女作,也是中国现代话剧史上的一部经典之作。

---

① 黄修己:《中国现代文学简史》,中国青年出版社1984年版,第248页。

第七章　曹禺与三十年代话剧

1929 年，刚刚从南开中学毕业的曹禺，就开始酝酿《雷雨》中的人物和故事。1933 年夏天，这位清华大学西洋文学系的年轻学子，以夺目的才华与澎湃进飞的激情，创造出他的第一部剧作——《雷雨》。而巴金，则是《雷雨》的发现者，他读《雷雨》时，为作者的戏剧才华所打动。他这样回忆第一次阅读《雷雨》的感受："我感动地一口气读完它，而且为它掉了泪。不错，我落了泪，但是流泪以后我却感到一阵舒畅，同时我还觉得有一种渴望，一种力量在我身内产生了。我想做一件事情，一件帮助别人的事情，我想找个机会不自私地献出我微少的精力。"① 正是在巴金的热情帮助下，《雷雨》于 1934 年 7 月在郑振铎、靳以主编的《文学季刊》第一卷第三期上发表了。

《雷雨》的发表，引起了文坛的关注。而它的公开上演，更是震惊剧坛。在三十年代话剧舞台上，还没有哪一部剧作像《雷雨》那样受到广大观众的空前喜爱。茅盾以"当年海上惊雷雨"的诗句来赞美《雷雨》的演出成功。② 此后几十年来，《雷雨》仍是历演不衰，创造了中国话剧史上的奇迹。

一、丰富复杂的主题

伴随着《雷雨》的成功演出，评论、研究它的文章日益增多。人们从不同角度、运用不同方法对《雷雨》作出不同阐释，正如"说不尽的《哈姆雷特》"一样，《雷雨》也是"说不尽的"。尤其是在对《雷雨》主题的解读上，一直存在着很大的分歧。

1935 年 8 月，《雷雨》在天津上演后，天津《大公报》为此连续发表文章，加以报道和评介，其中多是些印象式批评。对于《雷雨》的主题，有人认为它"指出一个人无论是怎么样在一生里不准有一步的错，如果要是走错了，就是千万个忏悔，也倒转不过来的，立意非常伟大"③。也有人说："这剧本不单是告诉你一个家庭的故事，它潜在的有一个问题，'婚姻制度'的问题，婚姻如何才能成一个健全的形式……"④ 还有人认为"作者无时无刻不意识着它，好像那就是

---

① 巴金：《〈蜕变〉后记》，文化生活出版社 1947 年版。
② 茅盾：《赠曹禺》，《人民日报》1979 年 1 月 28 日。
③ 丁尼：《教育名剧——〈雷雨〉》，《大公报》1935 年 8 月 11 日《本市附刊》。
④ 冯倜：《〈雷雨〉的预演（下）》，《大公报》1935 年 8 月 18 日。

宇宙的隐秘，最高最后在上的存在，指挥牵扯着这些并无罪咎的人们"①。甚至还有人从封建卫道者的立场，指责《雷雨》是"烝母奸妹之剧"，攻击演出此剧者"诚禽兽之不着也，盖此剧一演，在尔等固有钱可得，而在我国家体面上，则已扫地无余"②。当然，其中也不乏艺术见地的评论。例如，一篇介绍"《雷雨》在东京公演"的文章说，作者"是描写一个资产阶级的家庭中错综复杂的恋爱关系及残酷的暴露着他们淫恶的丑态。用夏夜猛烈的《雷雨》来象征着这阶级的崩溃。"③ 与此类似的还有白梅的《〈雷雨〉批判》。它对《雷雨》主题的解读，比较接近作品实际，认为它"暴露了中国资本主义家庭的横断面，将其'金钱'做的烟幕弹所掩饰下的罪恶加以剖析，同时对于社会婚姻和伦理制度，都表示着不满，而实行反抗。《雷雨》的命名，除了由于剧中雷雨声色的穿插，同时也象征着大时代的来临"④。这些批评已涉及一个较重要的问题，即对《雷雨》社会意义的肯定。他们首先认定《雷雨》是社会现实的直接反映，提出了某一方面重大的社会问题，揭示了社会本质的某一侧面。也就是说，他们是把《雷雨》当作一个"社会问题剧"来看待的。至于剧作家本人是否有此创作意向，已不再重要。张庚就指出："是的，作者并没有要想批判什么，可是为了他忠实于他的人物，爱他的人物，他的笔下到底忍不住发挥了痛快的暴露。因此他底剧作竟部分地有了反封建的客观意义。这难道是作者自己所预想的？不，这是他的人物典型——他的环境所给他的。还有，他的现实主义给他的。"⑤ 将《雷雨》与"反封建"的宏大主题正式联系起来，不能不说是个颇具时代性的社会话语表达。而著名左翼理论批评家、"国防文学"的倡导者周扬对《雷雨》的评价，则更具时代印痕。他写道：

在民族解放斗争急切要求文学上的表现的时候，迅速地反映这个斗争的作品，不论是一篇速写，一篇通讯，一首政治诗，一篇尖锐的政论，都是很好的国防文学，是我们所需要的。但是如果有一个作家，他和实际斗争保持

---

① 罗山：《〈雷雨〉的故事思想人物》，《清华周刊》1936年5月27日。
② 《〈雷雨〉的批评》，《杂文》1935年第2号。
③ 宁：《〈雷雨〉在东京公演》，《杂文》1935年第1号。
④ 白梅：《雷雨批判》，《大公报》1935年8月20—23日。
⑤ 张庚：《悲剧的发展——评〈雷雨〉》，《光明》1936年创刊号。

着距离，却有他的巨大的才能，卓拔的技巧，对于现实也并没有逃避，他用自己的方式去接近了它，把握了它，在他对现实的忠实的描写中，达到了有利于革命的结论。这样的作家，我们难道不应当拍手欢迎吗？①

将曹禺剧作与革命联系起来，这还是第一次。周扬的评价，从主流意识形态方面确立了《雷雨》的"规范"性主题，这在很大程度上也影响着后来的批评者。《雷雨》的革命性思想内容已为人们一再强调、重申着，并向纵深进行开掘。王富仁认为，理解《雷雨》的关键在于对周朴园形象的正确把握。他说：

> 周朴园虽然在社会经济关系上已经成为资本家阶级的代表人物，但在家庭伦理关系上，他依然是一个典型的封建家长。通过这一典型形象，曹禺不但深刻揭示了中国产业资产阶级的一个非常重要的本质方面，而且以独特的方式表现了中国封建传统观念的顽固性，中国反封建思想革命斗争的长期性和复杂性。《雷雨》向我们表明：在中国有着两千余年统治历史的封建伦理道德观念，不但会由它的倡导者封建地主阶级不遗余力地维持着它的存在，而且在本质上属于与封建地主阶级对立的资产阶级的许多代表人物仍会在一个相当长的时期维持着它的统治地位，它还会寄存在其他阶级的人们身上继续生存并施展其无形的桎梏力量。②

而正是因为以周朴园为代表的一系列典型人物形象的成功塑造，使得《雷雨》蕴含着十分丰富的思想价值。"《雷雨》的杰出典型意义在于，它是稍后于《呐喊》《彷徨》的一个历史时期中国城市中进行的反封建伦理道德观念的思想斗争的一面镜子。"③

的确，虽然《雷雨》没有高亢的革命音调以及呼喊着革命口号的主人公，但它却从错综复杂的人物纠葛中反映了旧社会的某些现实，描绘出半封建半殖民地社会的典型图画，从而揭示了那个时代的某些本质方面，与中国民主革命历程

---

① 周扬：《论〈雷雨〉和〈日出〉——并对黄芝冈先生的批评的批评》，《光明》1937年第2卷第8号。
② 王富仁：《〈雷雨〉的典型意义和人物塑造》，《文学评论丛刊》1985年第2期。
③ 王富仁：《〈雷雨〉的典型意义和人物塑造》，《文学评论丛刊》1985年第2期。

的某个侧面相契合。所以，接受者沿着既定的"社会问题剧"的思路，对《雷雨》的创作思想、创作意图，以及作品主题所作出的种种冷静、明晰的剖析与概括，也是情理之中的事。但曹禺本人却一直有意抗拒着此种社会话语界定，以为这是将不适合自己的"外衣"强加于他。早在给《雷雨》初演者的信中，他就如此辩护说：

> 我写的是一首诗，一首叙事诗，这诗不一定是美丽的，但是必须给读诗的一个不断的新的感觉。这固然有些实际的东西在内（如罢工……等），但决非一个社会问题剧。①

而此后的《〈雷雨〉序》，就带有更浓重的自我辩护色彩。曹禺说：

> 《雷雨》对我是个诱惑。与《雷雨》俱来的情绪蕴成我对宇宙间许多神秘的事物一种不可言喻的憧憬，《雷雨》可以说是我的"蛮性的遗留"，我如原始的祖先们对那些不可理解的现象睁大了惊奇的眼。我不能断定《雷雨》的推动是由于神鬼，起于命运或源于哪种显明的力量。情感上《雷雨》所象征的对我是一种神秘的吸引，一种抓牢我心灵的魔：《雷雨》所显示的，并不是因果，并不是报应，而是我所觉得的天地间的"残忍"，（这种自然的"冷酷"，四凤与周冲的遭际最足以代表。他们的死亡，自己并无过咎。）如若读者肯细心体会这番心意，这篇戏虽然有时为几段较紧张的场面或一两个性格吸引了注意，但连绵不断地若有若无地闪示这一点隐秘——这种种宇宙里斗争的"残忍"和"冷酷"。在这斗争的背后或有一个主宰来使用它的管辖。这主宰，希伯来的先知们称赞它为"上帝"，希腊的戏剧家们称它为"命运"，近代的人撇弃了这些迷离恍惚的观念，直截了当地叫它为"自然的法则"。而我始终不能给它以适当的命名，也没有能力来形容它的真实相。因为它太大，太复杂。我的情感强要我表现的，只是对宇宙这一方面的憧憬。②

---

① 曹禺：《〈雷雨〉的写作》，《杂文》1935年第2号。
② 曹禺：《〈雷雨〉序》，文化生活出版社1936年版。

· 230 ·

但是，这些辩解，并没有也不可能阻挡人们用"时代的话语"去解读《雷雨》。当然，也并非所有的接受者都只着眼于《雷雨》的革命性社会主题，从对《雷雨》的最初接受中，就存在着另外一种解读，即尽可能地按照剧作者的"个人话语"去解读剧本。早在《雷雨》刚刚上演时，著名评论家刘西渭就发表了评论文章，他紧紧抓住剧本中所表现的"命运""复仇""热情"等要素进行分析，赞扬《雷雨》是"一出动人的戏，一部具有伟大性质的长剧"。文章第一次提到了《雷雨》的"命运观念"问题："这出长剧里面，最有力量的一个隐而不见的力量，却是处处令我们感到的一个命运观念。"①

根据《雷雨》的剧情，以及作者的一些带有神秘色彩的自白，难免会使人得出《雷雨》具有宿命论思想或命运观念。但是，若将此拔高成为作品的主题，却是偏执而片面的，这也是长期以来对《雷雨》的巨大误解。在四十年代吕荧就认为："力量，魔，这主宰是《雷雨》的主题。"② 中华人民共和国成立后仍有人坚持认为作品"带有浓厚的宿命论观点"③。持这种观点的人并不在少数，其中不乏一些权威的评论家，他们形成一股强大的舆论力量，甚至一度对曹禺本人也产生过影响。他说："我把一些离奇的亲子关系纠缠一道，串上我从书本上得来的命运观念，于是悲天悯人的思想歪曲了真实，使一个可能有些社会意义的戏变了质，成为一个有落后倾向的剧本。这里没有阶级观点，看不见当时新兴阶级的革命力量，一个很差的道理支持全剧的思想，《雷雨》的宿命观点，它模糊了周朴园所代表的阶级的必然的毁灭。"④ 作家在这里虽触及自己的某些思想弱点，但更大程度上却是由于外在的巨大舆论压力而陷入了创作迷惘，从而发出了上面的违心之论。经过较长时间的回味，曹禺深感事实并非如此，于是再度重申自己的观点："有人说《雷雨》表现了作者宿命论的思想，这是不对的。……不能认为作品中的人物思想就是作家的思想，不能说祥林嫂的思想就是鲁迅的思想！"⑤ 的确，如果彻底抛开《雷雨》的社会现实意义，而一味只强调其宿命论思想，无论从作品的形象上分析，还是从客观效果上看，这都是不公正的。那么，到底

---

① 刘西渭：《〈雷雨〉——曹禺先生作》，《大公报》1935 年 8 月 31 日。
② 吕荧：《曹禺的道路》，《抗战文艺》1944 年第 9 卷第 3、4 期合刊。
③ 思基：《谈曹禺的"雷雨"和"日出"》，《处女地》1957 年 7 月。
④ 曹禺：《我对今后创作的认识》，《文艺报》1950 年第 3 卷第 1 期。
⑤ 曹禺：《我的生活和创作道路——同田本相的谈话》，《戏剧论丛》1981 年第 2 期。

《雷雨》有没有宿命论的思想？我们又该如何看待这个问题呢？

《雷雨》剧中的八个人物，每一个人都有自己的强烈的意向，各有其所追求的目的，而且都在为各自的目的而行动着。例如，周朴园所追求的是维持自己的尊严和家庭的秩序；繁漪所追求的是要留住周萍，让周萍永远陪伴自己；周萍则想避开繁漪，逃出周公馆；四凤又想跟周萍一起走，想跟周萍结合；周冲在追求着四凤的爱；而侍萍却要把四凤带出周公馆，使她脱离险地；鲁贵想的是能够永远保住他在周公馆的饭碗；鲁大海则要为工人阶级的利益而向周朴园进行坚决的斗争。在这许多相互矛盾着的目的和行动之间，就形成了极端复杂、极端紧张的冲突。那么，这场冲突的结果怎样呢？结果却是，这八个人中的每一个都失败了！繁漪留不住周萍，周萍也走不出去；侍萍带不走四凤，四凤也不能跟周萍结合；周冲得不到四凤的爱，鲁贵也不能重回周家；鲁大海的罢工斗争失败了，而周朴园也完全失去了家庭的秩序和自己的尊严。谁是胜利者呢？谁实现了自己的目的和愿望呢？谁也不是，谁也没有。① 所以，当《雷雨》的悲剧走向结局时，特别是当周朴园最后当场宣布了侍萍的真实身份，几乎在场的所有人物都发出了宿命的浩叹。鲁侍萍原就表现了她的宿命思想，她呼喊着"天"，并不奇怪。繁漪也惊愕周朴园这突然而来的宣布，喊出"天哪！"周朴园把侍萍重新找到周家门上来说成是"天命"。一个老仆人也说这场悲剧是"天意"。四凤向着周萍怪笑着忍不住地喊出："啊，天！"这场戏中笼罩着浓厚的宿命气氛，使《雷雨》的悲剧结局带上了神秘的气息。也正是在这里，暴露出作者思想的局限。当曹禺不能对宇宙里斗争的主宰作出科学的回答时，就觉得这个世界变得有些神秘了，他越是"睁大了惊奇的眼睛"观察到现实斗争的残忍和冷酷，越是对现实探本求源，便越是感到一种"无名的恐惧"，似乎是一种"不可知的力量"在主宰着这一切。当一个作家还不能深刻地科学地把握社会发展的规律时，又怎能指望他对笔下人物的前途和斗争结局作出科学的回答呢？曹禺对宇宙里斗争背后主宰的困惑以及由此而引起的"渺茫不可知的神秘"感便产生了作用，他把这种不可知的神秘感戏剧化了。

但是，从《雷雨》的全部内容和基本倾向看来，作者不是强调不可知的命运力量支配一切，而是处处写社会上人与人之间关系的复杂和矛盾斗争的必然现

---

① 钱谷融：《关于〈雷雨〉的命运观念问题——答胡炳光同志》，《戏剧艺术》1979 年第 1 期。

象。人物的命运和悲剧，不是天命的安排，而是阶级社会的必然法则。事件的发展和矛盾的开展都是以人物的思想性格作依据，不是超现实的力量造成的。所以，《雷雨》虽显露出一些宿命论思想，但该剧作的主要思想主题却不在这儿。

其实，一部作品有命运观念并不就意味着其思想性的落后或低下，有时它倒能透示作品的某种深层意蕴。《雷雨》中的命运观念，某种程度上恰恰体现了作家对人类生存困境的关注。曹禺曾在《〈雷雨〉序》中说道：

> 我念起人类是怎样可怜的动物，带着踌躇满志的心情，仿佛自己来主宰自己的命运，而时常不能自己来主宰着。受着自己——情感的或理智的——捉弄，一种不可知的力量的——机遇的，或者环境的——捉弄；生活在狭的笼里而洋洋地骄傲着，以为是徜徉在自由的天地里，称为万物之灵的人物不是做着最愚蠢的事么？我用一种悲悯的心情来写剧中人物的争执。我诚恳地祈望着看戏的人们也以一种悲悯的眼来俯视这群地上的人们。……在《雷雨》里，宇宙正像一口残酷的井，落在里面，怎样呼号也难逃脱这黑暗的坑。自一面看，《雷雨》是一种情感的憧憬，一种无名的恐惧的表征。

曹禺的这段话大多被评论者引用以证明《雷雨》的"宿命论"和"因果报应"，其实《雷雨》却恰恰不是宿命论的。"宿命论"是指人今生的命运是由前生所决定的，人的活动没有任何自由和主动性，而《雷雨》中的人物，无论是繁漪、侍萍、周萍，还是鲁大海、周冲等，其行动都充满了主动性，他们都力图通过自己的努力来摆脱困境：繁漪想抓住周萍以摆脱目前这种无爱的生活，鲁大海想通过罢工和谈判来结束劳役，周萍则想以和四凤相爱与逃离来摆脱后母的纠缠……这里，既包含了对人无论怎样挣扎终不免失败的生存状态的发现，同时又表明了作者对宇宙间压抑着人的本性、人又不可能把握的某种不可知的力量的无名的恐惧。[①] 也正是对"残忍"与"挣扎"的发现，使我们明白了在《雷雨》曲折的情节背后，蕴含着曹禺对现代人生存命运的关注，对人性深彻的洞察力。正是在这一点上，曹禺与其他伟大的作家一样，达到了文学现代性的高度。

---

① 钱理群等：《中国现代文学三十年》，北京大学出版社1998年版，第414页。

二、最"雷雨的"性格：繁漪

繁漪，是《雷雨》中夺目的一道闪电，她以绚烂的光彩照亮了整个剧本，也点燃了广大读者的心火。她柔弱又强悍，哀静又怨毒，美丽又恐怖，极端不折中的性格燃烧着的灵魂发出令人战栗的美丽火花，激情释放着摧毁一切的能量。

她是作家用心塑造的叛逆的精灵。曹禺格外偏爱这一艺术形象。他同情她的不幸与苦难，也欣赏她的挣扎与抗斗。从繁漪乖戾、阴鸷、极端、矛盾的性格中，从她那令人惊怖的执拗追求中，透射出剧作家深邃辽远的艺术思想。对于繁漪，曹禺曾表达过这样的看法：

> 我算不清我亲眼看见多少繁漪（当然她们不是繁漪，她们多半没有她的勇敢）。她们都在阴沟里讨着生活，却心偏天样的高；热情原是一片浇不息的火，而上帝偏偏罚她们枯干地生长在砂上。这类的女人许多有着美丽的心灵。然为着不正常的发展和环境的窒息，她们变为乖戾，成为人所不能了解的。受着人的嫉恶，社会的压制，这样抑郁终身，呼吸不着一口自由的空气的女人在我们这个社会里不知有多少吧。在遭遇这样不幸的女人里，繁漪自然是值得赞美的。她有火炽的热情，一颗强悍的心，她敢冲破一切的桎梏，做一次困兽的斗。虽然依旧落在火坑里，热情烧疯了她的心。然而不是更值得人的怜悯与尊敬么？这总比阉鸡似的男子们为着凡庸的生活怯弱地度着一天一天的日子更值得人佩服吧。①

这不仅为繁漪的个性特征作了恰当注脚，也揭示了其悲剧命运的深刻渊源，透射出这一艺术典型的崇高悲剧性。

繁漪是封建专制主义的受害者。她被周朴园扔进周公馆这座坟墓里，十八年来过着毫无自由与尊严的地狱般的生活。嫁给周朴园后，她并没有得到丈夫的爱，道貌岸然的周朴园沉迷于对"死去"的侍萍的追忆当中，这极大地挫伤和打击了繁漪作为合法妻子的自尊心。繁漪本是个热爱生活，懂得生活，有思想、有欲望的女人，但命运之神却偏偏让她嫁给了这么一个冷酷、寡情的伪君子。在

---

① 曹禺：《〈雷雨〉序》，文化生活出版社1936年版。

这无爱的感情世界里，繁漪犹如一个活着的"死"人。虽然繁漪在这个家里并不缺少物质生活的享受，但她却遭受着封建专制主义的精神折磨，呼吸不到一口自由新鲜的空气。周朴园刚愎专横，他的话"向来不能改变的，他的意见就是法律"。他长期逼迫没病的繁漪喝下难以下咽的苦药，甚至冷酷而粗暴地命令周萍跪下，"请"繁漪喝药，目的就是让她"替孩子做个服从的榜样"。周朴园还时时宣称繁漪患了精神病，威逼她接受治疗。具有烈火般性格的繁漪，就是"在这个死地方，监狱似的周公馆，陪着一个阎王十八年"，生活的风刀霜剑最终铸成了她的哀怨忧郁，乖戾阴鸷。

然而，在周公馆这个封建专制的压抑环境下生活，繁漪人虽"死"了，但心没有死。她是一个有血有肉，要追求个人幸福自由的女性，"人家说一句，我就要听一句，那是违背我的本性的"。这充分体现了繁漪不甘忍受压迫的心态，她能够被人爱，也需要被人爱，而周萍的出现，无疑给在绝望中挣扎的繁漪以生活的希望。她"如一只饿了三天的狗咬着它最喜欢的骨头"似的爱恋上了周萍。为了爱情，她把自己的性命、名誉全交给了周萍。"她什么都看不见，她就看见热情，热情到了无可寄托的时际，便做成自己的顽石，一跤绊了过去。"探究繁漪的心理，她所渴望"真真活着"的内容只是"以一个独立的人的资格，去追求和享受一种有爱情的生活"。她是在对爱情的热情追求过程中，陷入了"乱伦"这样一种畸形的关系之中，尽管情欲之火烧噬着她的心，但繁漪自身极其突出的热情的性格特征和心态，产生了敢于对抗周朴园的巨大力量，因而她的无畏和抗争得到了人们的怜悯与尊敬。

可惜，周萍并非繁漪所想象的那么美好。他软弱怯懦，害怕繁漪的疯狂爱欲，厌恶她的过分忧郁，更惧怕以其父为代表的封建势力的追责，他不敢承担这份不名誉的爱情。因此，当年轻的、美貌的、纯洁的四凤出现在他的面前时，他便弃繁漪而去了。

绝望中，繁漪那强悍的"雷雨"性格发作了。她决心一不做，二不休，自己得不到的也不让别人得到。她先是利用作为周公馆女主人的一切权利，企图隔断周萍与四凤的爱恋，她威胁周萍说："一个女子，你记着，不能受两代的欺侮"，"不要把一个失望的女人逼得太紧，她是什么事都干得出来的"。为了爱，她还哀求周萍："可怜可怜我，这家我再也忍受不住了。""带我离开这儿。"她甚至还容忍周萍把四凤接来一起住。但周萍明确答复她："如果你以为不是父亲的妻子，我自己还承认我是我父亲的儿子。"繁漪这才完全明白了自己的命运：她被周家两代人给骗了。于是，她开始报复。她不顾自己的体面，在雷雨夜跟踪周萍，窥视周萍与四凤的幽会。她望着那对只顾拥抱的男女，流着泪痉挛地苦笑。失望与怨妒啮噬着她的心，"最残酷的爱"随即化为"最不忍的恨"，她扣死四凤家的窗户，她要彻底暴露这个家庭的一切罪恶。她推出儿子周冲，又叫来一家之主周朴园，想让这个"模范家长"看看他统治下的周家的"良好秩序"。下面就是她雷雨般的控诉：

> 周繁漪（向周冲，半疯狂地）你不要以为我是你的母亲，（高声）你的母亲早死了，早叫你父亲压死了，闷死了。现在我不是你的母亲。她是见着周萍又活了的女人，（不顾一切地）她也是要一个男人真爱她，要真正活着的女人！……（擦眼泪，哀痛地）我忍了多少年了，我在这个死地方，监狱似的周公馆，陪着一个阎王十八年了，我的心并没有死；你的父亲只叫我生了冲儿，然而我的心，我这个人还是我的。（指周萍）就只有他才要了我整个的人，可是他现在不要我了，又不要我了。
>
> 她向着周萍：
>
> 我要你说，我要你告诉他们！
>
> 你告诉他们，我并不是你的后母。

这番话是对封建专制主义最无情的揭露，它撕毁了周朴园仁义道德的假面，撕毁了这个家庭的体面外衣，从而奏响了"雷雨"主题的最强音。繁漪的慷慨陈词不仅是反封建的最勇敢的叛逆宣言，也体现了她女性自我意识的觉醒。

大多数读者喜爱并关注繁漪这个人物形象，是因为她是剧中最具"雷雨"性格的叛逆的精灵。是她，公开抓破了周朴园在伦理道德上的虚伪面皮；是她，揭破了周公馆的罪恶；是她，无情地捣毁了这个"大家庭"的"圆满秩序"；是她，大胆地对封建伦理道德予以贱视。

自《雷雨》诞生以来，对繁漪的赞誉与诋毁一直并存着，就是因为评论者都能从这一形象找到证明其善良或邪恶的依据。要想对繁漪作出客观评价，仅仅局限于对其具体善恶行为的追究是不够的，还必须重视这一形象所透射出来的审美价值。繁漪生活在那样一个具有浓厚封建色彩的资产阶级家庭里，专制压抑的环境逼得她发出了最愤怒的抗议。她抛弃神圣的母亲天职，爱上丈夫前妻的儿子，这些原是丑的和恶的，但是从另一角度来看，繁漪面对周朴园肉体和精神的折磨，她渴望人的正常生活感情，敢于顽强地去争取爱情，则正显示了她最可贵的叛逆性格和最富斗争性的叛逆心理，应该认为是美的和善的，值得人们怜悯和同情。然而繁漪性格、心理的另一面又显示她仅仅为了爱欲而反抗，从妒忌走向破坏。她的性格由纤弱文静转化为执拗热烈，她的心理陷入了爱情至上的乱伦情欲的极端而不能自拔。这种善恶因素的复杂交织正表现在繁漪与周冲、四凤的关系中。周冲是繁漪的爱子，然而为了阻止周萍出走，繁漪毫不顾惜自己的亲生儿子；四凤是繁漪的情敌，为了保住周萍的爱，繁漪曾千方百计想赶走四凤，伤害着四凤的感情。但是当她看到别人比自己更不幸时，首先发现"四凤的样子不大对"，并叫周冲赶快出去看看，显示了内心的善良。总之，正是繁漪善与恶的复杂交织，使这一形象产生解读歧义，但也充满着撼人心魂的艺术张力。

第二节　创新的《日出》

写完《雷雨》后，曹禺就从清华大学西洋文学系毕业了。从校门踏入社会，随着观察视野的急剧扩大，曹禺更深切地体验到了现实的黑暗与残酷：富人们的穷奢极欲，大肆挥霍，醉生梦死，穷人们的食不果腹，衣不蔽体，流离失所，洋楼上的淫笑放荡，地狱里的哀叹啼哭，一件件不公平的血腥事实，刺激着作家敏感的心，引起他无限的悲愤与焦灼。为宣泄满腔的愤懑激情，1935年底，曹禺献出了他的第二个艺术生命——《日出》。

《日出》是一个四幕剧。1936年6月，开始在巴金、靳以主编的《文季月刊》第一期上刊登，直到第四期连载完毕。它一经发表，就轰动了整个文坛。《大公报》文艺副刊还特地为它组织了笔谈讨论，当时的很多知名作家、批评家，如茅盾、巴金、叶圣陶、朱光潜、靳以、沈从文、黎烈文等，都给予它很高的评价。燕京大学西洋文学系主任 H. E. 谢迪克就说："《日出》在我所见到的现代中国戏剧中是最有力的一部。它可以毫无羞愧地与易卜生和高尔绥华兹的社会剧的杰作并肩而立。"① 1937年5月,《日出》与芦焚的《谷》、何其芳的《画梦录》一起获得《大公报》"文艺奖金"。由叶圣陶、巴金、杨振声、靳以等人组成的文艺奖金审查委员会,给《日出》的评语如下:"他由我们这腐烂的社会层里雕塑出那么些有血有肉的人物,责贬继之抚爱,真像我们这时代突然来了一位摄魂者。在题材的选择,剧情的支配,以及背景的运用上,都显示着他浩大的气魄。这一切都因为他是一位自觉的艺术者,不尚热闹,却精于调遣,能够透视舞台效果"。②

一、摄获都市之魂

与《雷雨》不同,《日出》已将笔触从家庭生活内部探入到更为广阔的社会现实当中。作家思索的也不再只是"宇宙里的斗争",而是对"损不足以奉有余"的社会形态的剖示与揭露。当然,《雷雨》写的也不仅仅是一个家庭,它"同时又是那个正在没落的腐朽社会的反映"③,但《日出》对三十年代旧中国社会现实的描摹无疑宽广得多,也深刻得多。正如周扬所说:

> 写《日出》时,作者对于客观社会已有了进一步的认识,他认清了"损不足以奉有余"的社会形态——人剥削人的制度。他已开始意识地"诅咒四周的不公平",对荒淫无耻的人们泄着愤懑,把希望寄托在象征光明的人们身上,而不再有对于隐秘不可知的事物的憧憬和恐惧那种悲天悯人的思想了。他的创作的视线已从家庭伸展到了社会。他企图把一个半殖民地金融资本主义制度下的脓疮社会描绘在他的画布上。所以《日出》无论是在作者的企图上,在题材的范围上,都是一个进步。④

《日出》向人们展示了两种没有太阳的黑夜的生活:一种是陈白露在某饭店

---

① [英] H.E.谢迪克:《一个异邦人的意见》,《大公报》1936年12月27日。
② 《大公报》1937年5月15日。
③ 唐弢:《我爱〈原野〉》,《文艺报》1983年第1期。
④ 周扬:《评〈雷雨〉和〈日出〉——并对黄芝冈先生的批评的批评》,《光明》1937年第2卷第8期。

· 238 ·

的豪华包房中，围绕着交际花所发生的那些不法商人、黑社会势力、洋行买办等骄奢淫逸、寻欢作乐的夜生活；另一种是以翠喜所在的三等妓院宝和下处而展开的夜生活。从上层的糜烂、骚动、混乱和下层的激荡、嘈杂不安中，透露出整个社会崩溃倒塌的消息。请看在交际花陈白露周围萍水相逢凑在一起的人物吧：从银行经理、高级职员、博士、富孀到面首、茶房、流氓、打手，由这些乌七八糟的一群人构成那大饭店里上层社会污浊混乱的生活场景。在甜蜜的笑脸下掩盖着卑鄙的阴谋，在卑躬奉迎中深藏着发狂的贪欲，在"文明"的言行中流露着荒淫的心理。他们勾心斗角、尔虞我诈，在人生的舞台上厮混着、角逐着。夜幕降临时，"只剩下乞怜，讨好，撒谎，骗人，吹牛，捣鬼的夜气"。而在翠喜的周围，也是一个躁动的环境氛围。这里有乞丐、哑巴、卖糖的、卖报的、瘸子、瞎子、卖皮肉的。打情骂俏中掩着深沉的叹息，强颜欢笑下更是一个个惨绝的悲剧。

在《日出》所描写的非人社会中，金钱显示了十足的魔力。潘月亭就把金钱作为自己的生活目的："人不能没有钱，没有钱就不要活着，穷了就是犯罪，不如死。"对金钱的无穷贪欲，促使他要尽手段加入公债投机，与李石清你死我活的勾心斗角，淹没了道德良心的狡诈阴谋，无一不是为了金钱。而有了钱，这个脑满肠肥的老东西就可以占有陈白露的妙龄青春，可以高高在上地享受世间奢华。那个"满脸擦着胭脂粉的老东西"顾八奶奶，就因为有钱，"哪个不说她年轻，好看"，就连"中国的第一美男子"胡四，也向她求婚多到二十次之多。张乔治因为有钱，就可以随意抛弃给他生了三个孩子的妻子，而后向一个又一个女人求婚。还是顾八奶奶一语道破天机："爱情是你甘心情愿地拿出钱来叫他花，他怎么胡花你也不必心痛——那就是爱情！"小东西还是个没有发育成熟的女孩子，因为金八有钱有势，就可以把她当作泄欲工具。她反抗的结果，便是遭毒打而悲惨死去。王福升本是受人驱使的茶房，但他也以金钱为标准来待人，他对有钱人笑脸相迎，极尽殷勤之能事；却看不起淌着汗的小工，对黄省三进行挖苦嘲讽。拼命想发财的李石清，变得卑鄙而残忍。他偷得情报要挟他人，他帮助潘月亭裁员、扣薪，他卑躬屈膝，巴结有钱人，他丢掉一家老小，连儿子的病也不顾，疯狂地扑向金钱。面对黄省三的悲惨遭遇，他侮辱耻笑他，教他去偷去抢，甚至教他去自杀……这是一个被金钱控制灵魂的世界，人已完全丧失了爱的能力，堕入精神荒漠，时时伺机咬杀别人，在自私自利的物质泥淖中扭缠厮打，苟活偷生。

《日出》以浓郁的社会写实色彩而受到肯定。但它并没有局限于对现实社会生活画面的着力展示，也没有停留在对人类思想层面的探索反思上，而是继续深入，对人的生存境遇、人的根本命运和人生的终极价值作出了哲学思考。曹禺在《〈日出〉跋》里说："但我更恨人群中一些冥顽不灵的自命为'人'的这一类的动物。他们偏若充耳无闻，不肯听旷野里那伟大的凄厉的唤声。他们闭着眼，情愿做地穴里的鼹鼠，避开阳光，鸵鸟似的把头插在愚蠢里。"作家在社会批判的内涵之外，也关注着"人"——无论是好人还是坏人——的凄惨遭遇：李石清倾尽全力挣扎着，为了向上爬，活得像个人样，他在上司面前装得像孙子一样；尽管穷困，但宁可当掉衣物，也要让自己的太太陪大人物们打牌；为了升迁，他可以要挟潘月亭，也可以在自己儿子病重的时候，不闻不问……但这并没有改变他的境遇，最终被人玩弄。顾八奶奶为了留住胡四，用尽了一切伎俩，满足胡四的一切要求，甚至寻死觅活，但依然被胡四所抛弃，只不过是她茫然不自知罢了。潘月亭为巩固自己的地位使尽了一切手腕：抵押产业建造大楼，以制造繁荣的假象；为了不使这一秘密泄露，提升李石清为襄理；为了不得罪金八，送回小东西，以推迟金八提款的时间；为了做好公债生意，四处打探消息……但这一切最终于事无补，依然挽救不了破产的命运。陈白露为了过上舒适的生活，告别了纯洁的自我，似乎过上了"人"样的日子，但又有谁能知道她内心的苦衷？那个可怜的黄省三，凭着良心拼命工作，换来的不过是被人辞退的命运；他想为了孩子活下去，但又找不到借以养家糊口的工作；当他丧失了生的希望，转而求死的时候，却又求死不得；尽管他在清醒状态下杀死了自己的孩子，但法庭偏偏认定他是一个疯子，对自己的行为不需负责任……命运真会捉弄人，这正是曹禺在《〈日出〉跋》中所指认的"可怜"的人类！也正是在个意义上，曹禺才对《日出》中的坏蛋们有着憎恶与怜悯"并行不悖"的复杂情感："我深深地憎恨他们，却又不由自主地怜悯他们的那许多聪明（如李石清、潘月亭），奇怪的是这两种情绪并行不悖：憎恨的情绪愈高，怜悯他们的心也愈重，究竟他们玩弄人，还是为人所玩弄呢？"曹禺在这里捕捉到了人类的一种生存状态，即"被捉弄"。《日出》里对于"人"的"被捉弄"的生存状态的发现，与《雷雨》中"人"

· 240 ·

的"挣扎"状态的发现一样,丰富与发展了作者所说的"宇宙"的"残忍"的观念;但所产生的美学效应却不同:由"挣扎"的悲壮美转向"被捉弄"的喜剧性;从"挣扎"到"被捉弄",剧作家对于"人"自身的批判(否定)意识显然是大大加强了的。①

　　无论是从社会层面,还是从思想、哲学层面上把握《日出》的意义价值,我们都不可能绕开一个人物,她就是陈白露。关于陈白露这一形象及其悲剧实质,曾引起过无数争议。有人认为陈白露是一个"伟大人物","她美丽而且活泼,聪明而举止果毅。起初她像是好讥讽而且贪婪,不久我们发现她对不幸者是那样慷慨而且充满了同情心"②。有人说她是一只抗争过、奋飞过,但却"折断了翅膀的鹰","当它挣扎着、终于飞不起来的时候,宁肯结束自己的生命"。"当竹均复活的时候,白露多少年的耻辱、精神上的创伤,就像雷轰电击,高山巨石一齐压倒在她的身上。这时,也只有这个时候,'死'才是唯一的出路,陈白露之死才具有真正悲剧的性质,才能成为对旧制度道德的、人性的抗议。"③也有人说她是一个"玩世不恭、自甘堕落的女人","陈白露的死,并不意味着对旧社会和旧制度的反抗,而仍然是害怕正视现实逃避更尖锐的现实斗争的软弱和妥协的具体表现"④。还有人说陈白露是"堕落了的娜拉或子君","她的悲剧的实质就是小资产阶级脱离人们、脱离时代的个人主义者的悲剧"⑤。……抛开这些莫衷一是的纷纭说法,我们来听一听作者的意见。曹禺说:"方达生、陈白露是所谓的'有心人',一个傻气,一个聪明,他们痛心疾首的厌恶那腐恶的环境,都想有所反抗。然而,白露气馁了,她一个久经风尘的女人,断然地跟着黑夜走了。"⑥ 后来曹禺又说:"陈白露和一般的交际花是不大相同的。她在悲观和矛盾中活着,她任性,表面上有些玩世不恭、自暴自弃。她说混到什么时候就算什么时候。但毕竟她还是一个认真的人。因此方达生的来,可能使她燃起一线希望,但她终于又彷徨起来,因为她在生活中失去了勇气。从诗人那里,她可能听

---

① 钱理群:《大小舞台之间——曹禺戏剧新论》,浙江文艺出版社1994年版,第61—62页。
② 谢迪克:《日出批评》,《月报》1937年第1卷第3期。
③ 陈恭敏:《什么是陈白露悲剧的实质》,《戏剧报》1957年第5期。
④ 徐闻莺:《是鹰还是金丝鸟?——与陈恭敏同志商榷关于陈白露的悲剧实质问题》,《上海戏剧》1960年第2期。
⑤ 甘竞:《也谈陈白露的悲剧实质问题》,《上海戏剧》1960年第5期。
⑥ 曹禺:《〈日出〉跋》,文化生活出版社1936年版。

到过一些投向光明的道理，她却不能那样做，然而她对自己的生活方式和环境又非常不满。"① 这对我们理解陈白露及其悲剧命运都有一定的帮助。

人们在承认陈白露的悲剧性格和悲剧命运是全剧核心的同时，围绕陈白露的命运有两个至关重要的问题尚未引起普遍重视：一是陈白露的命运呈现一种难以挣脱的苦难，而这种无法把握自身命运的悲剧也正是《日出》悲剧主题的重要组成部分；二是陈白露对自身命运的最终醒悟和抉择，实际上也体现出作者对人生终极价值的看法。无论陈白露是一个什么样的人，毕竟有一点是令人震撼的：陈白露从一个"天真可喜的女孩子"，一个"书香门第的小姐"，堕落在人间最"丑恶的生活圈子里"，并且"是一辈子卖给这个地方的"了。所以，曹禺特别诗意化地用"竹均"这个名字来勾起人们对过去的陈白露的记忆。如果说从竹均到陈白露这个堕落的过程已经活生生地展现在人们面前，那么从陈白露到翠喜则强烈地暗示出这个悲剧的结局。这也正是为什么曹禺极其重视《日出》第三幕的原因。② 虽然陈白露在第三幕中没有上场，但她的形象、她的命运已经融汇、重叠在翠喜、小东西的形象及命运当中。认识到这一点，就容易体悟陈白露悲剧命运的必然性与完整性，也更能理解《日出》对人的命运的整体观照。

二、"试探一次新路"

曹禺是一个勇于探索的作家。从《雷雨》到《日出》，作家力图在思想和艺术方面都能有所创新，而在戏剧结构上的探求新路，则充分体现了作家不断探索的艺术精神。他说："写完《雷雨》，渐渐生出一种对于《雷雨》的厌倦。我很讨厌它的结构，我觉出有些'太像戏'了。技巧上，我用的过分。仿佛我只顾贪婪地使用着那简陋的'招数'。不想胃里有点装不下，过后我每读一遍《雷雨》便有点要作呕的感觉。我很想平铺直叙地写点东西，想敲碎了我从前拾得那一点点浅薄的技巧，老老实实重新学一点较为深刻的。"③ 这就是作家写作《日出》时为自己设立的艺术目标与追求。

曹禺之所以"讨厌"《雷雨》的"太像戏"并力图在《日出》中有所改变，

---

① 《曹禺同志谈创作》，《文艺报》1957年第2期。
② 刘勇：《在命运的探幽与把握之间——试论曹禺剧作"对宇宙间神秘事物不可言喻的憧憬"》，《北京师范大学学报》1997年第1期。
③ 曹禺：《〈日出〉跋》，文化生活出版社1936年版。

与俄国戏剧家契诃夫的影响有关。一般戏剧家都很重视戏剧的集中性和动作性，要求有紧张激烈的戏剧冲突和曲折跌宕的情节，而契诃夫却企图抛开那些生活中不常见的、被人为地戏剧化了的事件，而力图从日常生活的表面，追求深刻的生活本质。可以说，把"戏剧化的戏剧"变为"生活化的戏剧"是由契诃夫开始的。这种"生活化的戏剧"不要求曲折离奇的情节和惊心动魄的场面，出现在契诃夫剧本中的都是平凡的人物和生活的琐事，但契诃夫的天才就在于他能在平凡的生活事件中写出真正动人的戏剧来。当曹禺读了契诃夫的戏剧后，立刻被那种别开生面的新思想新手法吸引住了。在《〈日出〉跋》中，作家曾谈到契诃夫的《三姐妹》给予他的震撼：

> 然而在这出伟大的戏里没有一点张牙舞爪的穿插，走进走出，是活人，有灵魂的活人，不见一段惊心动魄的场面，结构很平淡，剧情人物也没有什么起伏发展，却那样抓牢了我的魂魄。我几乎停住了气息，一直昏迷在那悲哀的氛围里。我想再拜一个伟大的老师，低首下气地做个低劣的学徒。

而《日出》已初露曹禺学习契诃夫的端倪。如果说《雷雨》"太像戏"，那么《日出》已经更像生活了。《日出》的情节冲突和人物关系都不像《雷雨》那样集中强烈，也没有贯穿始终的中心事件。它选取人生的零碎，通过日常生活的片断，组成一幅都市生活的图画。这些人物聚在一起只是萍水相逢，没有亲疏远近，也没有宿怨孽根，无所谓谁是主角谁是配角，而是"互为宾主，交相陪衬"[①]，因此也无法形成主要的戏剧冲突。但它确实是一部包括许多生活内容的真实的戏剧，它用许多生活的画面，共同说明着一个"损不足以奉有余"的不合理社会。《日出》人物众多，头绪繁杂，所展示的社会生活面也较为广阔庞杂，这就给戏剧结构提出了一个问题，即如何在有限的舞台空间内表现众多分散的人物、事件，扩大舞台空间的容量。这也要求曹禺在戏剧构思和结构艺术上去"试探一次新路"。他说：

> 在我写《日出》的时候，我决心舍弃《雷雨》中所用的结构，不再集

---

① 曹禺：《〈日出〉跋》，文化生活出版社1936年版。

中于几个人身上。我想用片断的方法写起《日出》，用多少人生的零碎来阐明一个观念。如若中间有一点我们所谓的"结构"，那"结构"的联系正是那个基本观念，即第一段引文内"人之道损不足以奉有余"。所谓"结构的统一"也就藏在这一句话里。《日出》希望献于观众的应是一个鲜血滴滴的印象，深深刻在人心里也成为这一"损不足以奉有余"的社会形态。因为挑选的材料比较庞大，用几件故事做线索。一两个人物为中心也自然比较烦难。无数的沙砾积成一座山丘，每粒沙都有同等造山的功绩。在《日出》里每个角色都应占有相等的轻重，合起来他们造成了印象的一致。这里正是用着所谓"横断面的描写"，尽可能的，减少些故事的起伏，与夫"起承转合"的手法。①

乍一看，这个戏的结构用的是"片断的方法"，所谓"横断面的描写"，显得有些松散。其实，它的结构相当严谨、完整，是一个有机的统一体。作者企图不要主要人物与主要事件，实际上剧中还是存在"中心人物、主要动作"。这乃是戏剧结构得以严谨、完整的一个重要因素。评判《日出》的结构关键是怎样理解第三幕与全剧的关系。

有关第三幕的长期争执可谓《日出》中一个不大不小的谜。《日出》发表之后，英国汉学家谢迪克便说："它主要的缺憾是结构的欠统一。第三幕本身是一段极美妙的写实，作者可以不必担心会为观众视为淫荡。但这幕仅是一个插曲，一个穿插，如果删掉，与全剧的一贯毫无损失裂痕。"② 孟实（朱光潜）的意见似乎更尖锐，在他看来，剧本中"关于'小东西'的一段故事和主要动作实在没有必然的关联，它是一部完全可以独立的戏"，"它在《日出》里只能使人想起骈拇枝指之感"，他甚至认为剧作者是"要把一篇独幕剧的材料做成一幕多幕剧"，因此他建议把"第一幕后部及第三幕"完全删去③。当时的著名评论家张庚也认为："《日出》第一、二、四幕虽是许多零星事件。始终以陈白露做中心而发展。但第三幕却换了小东西做中心，这已经不是一个横断面，而成为两个横

---

① 曹禺：《〈日出〉跋》，文化生活出版社1936年版。
② [英]谢迪克：《一个异邦人的意见》，《大公报》1936年12月27日。
③ 孟实（朱光潜）：《"舍不得"分手》，《大公报》1937年1月1日。

第七章　曹禺与三十年代话剧

断面了。在舞台上所收的效果，恐怕是给观众两个印象而不是一个。"① 评论者比较一致地认为，尽管这一幕内容很重要，但它于整个剧情是一个明显的"游离"，在艺术结构上是失败的。因此在演出时也常常被删去，以求得剧情发展的"紧凑"。

曹禺在观看了由上海戏剧工作社首次公演的《日出》后，对第三幕的被割舍深表遗憾，对别人批评他的结构方法也大喊冤枉。他说："说老实话，《日出》里面的戏只有第三幕还略具形态。在那短短的三十五页里，我费的气力较多，叙述自己的身世。这里有说不尽的凄惨的故事，只恨没有一支 Balzac 的笔记载下来。……这群人我们不应忘掉，这是在这'损不足以奉有余的社会'里最黑暗的一个角落，最需要阳光的。《日出》不演则已，演了，第三幕无论如何应该有。挖了它，等于挖去《日出》的心脏，任它惨亡。如若为着某种原因，必须肢解这个剧本，才能把罪恶暴露在观众面前，那么就砍掉其余的三幕吧，请演出的人们容许这帮'可怜的动物'，在饱食暖衣，有余暇能看戏的先生们面前哀诉一下，使人们睁开自己昏聩的眼，想想人把人逼到什么田地。"②

从客观上来讲，批评家的意见和曹禺的激烈辩说，都有其合理的地方。但是，曹禺作为一个公认的擅长戏剧结构的作家，在刚刚总结了《雷雨》结构上的不足后，却在《日出》中偏偏写出一幕"游离"剧情之外的戏来，这似乎不太合乎情理。联系到前面我们说过的陈白露与翠喜、小东西的形象互补性，理解这一问题就找到了合适的钥匙。在第三幕中翠喜虽然是一个独立的艺术形象，但作者是把她作为陈白露命运的象征来描写的。第三幕陈白露没有上场，也没有必要上场，她的形象、她的命运已经融汇、重叠在翠喜的形象及命运之中。这一幕写的是翠喜的悲惨遭遇，本质上是在交代陈白露的结局。因此，第三幕并不是"游离"，而恰恰是与陈白露的命运有机交织在一起的，是与整个剧情有着内在关联的重要一幕。③

---

① 张庚：《读〈日出〉》，《戏剧时代》1937 年第 1 卷第 1 期。
② 曹禺：《〈日出〉跋》，文化生活出版社 1936 年版。
③ 刘勇：《在命运的探幽与把握之间——试论曹禺剧作"对宇宙间神秘事物不可言喻的憧憬"》，《北京师范大学学报》1997 年第 1 期。

第三节　谜样的《原野》

　　随着《雷雨》《日出》的相继问世，曹禺，一颗中国剧坛新星的名字响彻中国。人们在肯定其创作成功的同时，又对他寄予了更大的希望："作者不应该止于《日出》，就作者的才能来说，他应该有更大的成就在来日"①，"以他那一管伶俐生动的笔，我们有理由盼得更完善的作品出来"②，"我们翘首等待作者第三部充满了丰富想象的新作"③……在大家的期待中，曹禺于1936年开始了《原野》的创作。1937年，剧本在靳以、巴金主编的《文丛》月刊第一卷第二号（4月15日出版）上连载，至第一卷第五号（7月15日出版）续完。同年8月由文化生活出版社刊行了单行本，收入巴金主编的《文学丛刊》第五集。

　　《原野》问世后，评论界众说纷纭，各抒己见，真可谓仁者见仁，智者见智。但大多数评论者都对此剧持否定态度。吕荧说《原野》是"一个纯观念的剧"，"所要表现的是人类对于抽象的命运的抗争——一个非科学的纯观念的主题"④。杨晦也认为"《原野》是曹禺最失败的一部作品"⑤。此后几十年间，持这种观点的评论家、文学史家也为数不少。譬如，有的学者说："《原野》一剧的现实意义，不仅赶不上《日出》，而且还远远逊于《雷雨》。它在作者的许多剧作中，应当是最失败的一个。"⑥ 有的学者虽不是全盘否定，却也认为："但就整体说来，这一作品的现实性是比较薄弱的。"⑦ 在对《原野》持续几十年的批评风潮中，仍有人对它持肯定态度。巴金早就说过："《雷雨》是这样地感动过我，《日出》和《原野》也是。"⑧ 唐弢也认为《原野》是百看不厌的剧本，"几年以来，大江南北，多少剧团演过《原野》，多少人读过《原野》"，因为"这

---

① 荒煤：《还有些茫然》，《大公报》1937年1月1日。
② 孟实（朱光潜）：《"舍不得"分手》，《大公报》1937年1月1日。
③ [英] H. E. 谢迪克：《一个异邦人的意见》，《大公报》1936年12月27日。
④ 吕荧：《曹禺的道路》，《抗战文艺》1944年第9卷第3、4期合刊。
⑤ 杨晦：《曹禺论》，《青年文艺》1944年第1卷第4期。
⑥ 刘绶松：《中国新文学史初稿》（上），作家出版社1957年版，第397页。
⑦ 唐弢主编：《中国现代文学史》（二），人民文学出版社1979年版，第222页。
⑧ 巴金：《蜕变·后记》，文化生活出版社1941年版。

个剧本里有戏,群众看起来过瘾,这个剧本里有生活,顾盼左右,仿佛就在身边,让人看起来恐惧和欢喜"①。尤其是新时期以来,人们从不同角度研读《原野》,给予了它很高的评价。唐弢就旗帜鲜明地宣称:"我爱《原野》!"②演艺界、影视界对《原野》更是情有独钟,自它诞生之日起,多次被搬上舞台和银幕,深受中外观众的青睐。

面对截然相反的两种评价,不能不令人感到困惑:一个思想内容、人物创作、艺术探索都"失败"的作品,为什么能有如此持久的生命力呢?为什么过去几十年后仍能激发起读者、观众以及优秀艺术家、评论家的感情呢?《原野》到底是一部怎样的戏剧呢?它为什么能有如此的魅力?下面,就让我们开始探寻《原野》的艺术世界吧。

一、掘发"心狱"里的搏击

曹禺特别关注"人",在他的心目中,"人"是一个神圣而崇高的字眼。他说:"作为一个创作人员,多年来,我倾心于人物,我觉得写戏主要是写'人',用心思就用在如何刻画人物这个问题上……而刻画人物,重要的又在于揭示人物的内心世界——思想感情。人物的动作、发展、结局,都来源于这一点。"③ 从《雷雨》里对封建大家庭不同人物心理世界的细致描写,到《日出》中对都市社会各色人等精神面貌的淋漓刻画,曹禺在创作《原野》时,又将观察视角转入农村,从黑暗统治下农民血泪挣扎的社会现实中透视他们多维复杂的精神状态。

《原野》写的是农民仇虎复仇而最后自杀的悲剧。仇虎的父亲仇荣,被当过军阀连长的恶霸地主焦阎王勾结土匪活埋了,土地也被焦阎王抢占了。仇虎的妹妹被卖进妓院悲惨死去,未婚妻金子,也被焦阎王霸占去给儿子焦大星做了续弦。为了根除后患,焦阎王又勾结官府,诬告仇虎为土匪,将他投入大牢。在长达八年的囚禁中,仇虎遭受到各种非人折磨,并被打瘸了腿。两代人的血海深仇凝聚成熊熊的复仇烈焰,在仇虎心中燃烧。《原野》序幕揭开时,仇虎刚从监狱里逃出来,受强烈的复仇欲望驱使,他如一尊复仇死神降临焦家。当他得知罪魁

---

① 唐弢:《〈原野〉重演》,《大公报》1947年8月29日。
② 唐弢:《我爱〈原野〉》,《文艺报》1983年第1期。
③ 曹禺:《看话剧〈丹心谱〉》,《人民日报》1978年4月24日。

祸首焦阎王已经死去，遂将"复仇对象"转移到焦阎王的孀妻遗孤身上，尽管他们或眼瞎身残，或懦弱无用，或为褴褛幼婴。因此，一进焦家，仇虎便把大星的妻子——自己过去的恋人金子睡了。他明知大星是"连一个蚂蚁都不肯踩"的"好人"，可就因为"他是阎王的儿子"，于是就想法杀死了他，并假焦氏之手，杀死了大星与前妻的儿子黑子，使罪恶累累的焦阎王断子绝孙，只留下焦氏一个瞎老婆子，在难以承受的心理打击下，精神错乱，活活受罪。然而，复仇后的仇虎并未能领略到复仇成功的快感，相反，却沉浸在滥杀无辜的自责、愧疚与恐惧中。在逃亡途中的黑森林里，侦缉队的紧跟追剿，无休止的良心谴责与悔恨畏惧，使仇虎陷入不能自拔的"心狱"，最终崩溃而自杀身亡。

对这出戏的背景，曹禺曾作过这样的说明："这个戏写的是民国初年北洋军阀混乱初期，在农村里发生的一件事情。当时'五四'运动和新的思潮还没有开始，共产党还未建立。在农村里，谁有枪，谁就是霸王。农民处在一种万分黑暗、痛苦、想反抗，但又找不到出路的状况中。"① 作家无疑是在强调剧作的历史真实性。但是，正如由原野、巨树、森林、阴云等诡谲意象点染成的那股幽暗、怪异氛围笼罩全剧一样，主人公仇虎也因复杂难解的内心世界而弥现着"神秘"色彩。很多人都不禁要问：《原野》所描写的人物和事件是否真实？杨晦早就指出："仇虎是曹禺创作的失败产物，他只是抽象地写出这样一人，并不能具体地叫他成为一个有血有肉的人物。仇虎这样的人，在我们中国的农民里，不大容易找得到。"② 这是对仇虎艺术形象真实性的公开质疑。此后，学界对仇虎的评价也多持此种观点。比如有人认为，"主人公仇虎是一个离开农民气质较远的形象"。③ "他只是一个纯粹的抽象观念的化身。在他身上，集中地体现出来的不是一个社会的人的性格，而是一个原野的人（具有着原始情感与原始力量的原野的人）的空幻的形体。"④ "作者企图把主角农民仇虎写成一个向恶霸复仇的英雄，但这个人物被作者所加的复仇，爱与恨、心理谴责等因素神秘化了。他只是一种与命运抗争的力量的象征，失去了丰富复杂的社会性格。"⑤ 可见，如何理

---

① 张葆莘：《曹禺同志谈剧作》，《文艺报》1957年第2期。
② 杨晦：《曹禺论》，《青年文艺》1944年新1卷第4期。
③ 孙庆升：《曹禺论》，北京大学出版社1986年版，第96页。
④ 刘绶松：《中国新文学史初稿》，人民文学出版社1979年版，第386页。
⑤ 唐弢：《中国现代文学史》（二），人民文学出版社1979年版，第222页。

解仇虎那扑朔迷离的内心世界，是解读《原野》的一个重要突破口。

《原野》选取了复仇这样一个古老的文学母体，但曹禺却没有对这一主题作表现化的处理，而是巧于构思，通过八年前、八年后仇、焦两家实际情境的改变，使剧中人物在复仇前后具有双重身份，既是强者又是弱者，是善的代表又是恶的化身，是杀戮者又是无辜者。这双重身份随着戏剧冲突的推进而相互转换。八年前焦阎王依仗权势将仇家弄得家破人亡，此时的焦家无疑是恃强凌弱的恶者，而仇家则是无辜的受害者。八年后，焦阎王命归西天，仇虎越狱回乡报仇，当他向双目失明的老妪、懦弱的大星和襁褓中的婴儿实施"父债子还"的复仇计划时，复仇便由天经地义逆转为残酷的罪孽。这种善与恶的冲突不仅外化于戏剧情节的进程中，同时也潆流在主人公仇虎的内心世界里。复仇行动的本质变化，以及由此而来的复仇者所陷入的可怕"心狱"，使作品超越了一般的复仇主题，充满着丰富的张力。

在序幕中，仇虎是以复仇死神的形象出现在焦家的。当得知焦阎王已经死了时，他发着狠说："阎王！杀了我们，你们就得偿命。……你想我们会让你在棺材里安得了身！哦，阎王，你想得太便宜了！"仇虎要报两代血海深仇的目的是如此强烈，他绝不会因焦阎王的死而善罢甘休。复仇是他行动的最高信念，并且还是他坚定不移的信念。这时被复仇之火燃烧着的仇虎，虽不会放弃复仇计划，但还未想到具体的复仇方式。当他依照"父债子还"的封建宗法伦理观念，将复仇的首要目标锁定在善良懦弱而又可怜无能的大星身上时，仇虎的复仇计划就直接受到了阻挠，这位儿时伙伴的善良友好使仇虎无法下手。加之金子也再三劝告仇虎："不过大星是个好人"，"虎子，他是你从小的好朋友"，"你不能这样对大星，他待我也不错"。感情与理智的剧烈冲突使仇虎迟疑难决。但谁又让"他是阎王的儿子"呢？为了减少良心的谴责，仇虎故意激怒大星，让大星先动手。他终于杀死了大星，又造成小黑子的惨死。但这时的内心斗争更激烈了。仇虎举着一双颤抖的手："我的手，我的手。我杀过人，多少人我杀过，可是这双手头一次是这么发抖。"作家着意刻画、反复渲染仇虎不愿伤害大星而又必须杀死大星的心理状态，以这种内在的精神对立与人格分裂，昭示仇虎被压抑在心灵深处的善良，这个被仇恨填满胸膛的人，也有着深沉真挚的人性。

仇虎似乎如愿以偿地达到了复仇的目的，但是他却未能获得真正的心理平衡，反而陷入更深的心灵痛苦中。杀死了两个无辜者，仇虎深感罪恶而神智迷乱。是金子用他死去的爹爹和被卖掉的妹妹提醒他，才使他终于清醒过来："嗯，对！我在狱里做苦力，叫人骗了老婆，占了地，打瘸了腿，嗯，对！对！我仇虎是好百姓，苦汉子，受了多少欺负、冤枉、委曲，对！对！对！我现在杀他焦家一个算什么？杀他两个算什么？就杀了全家算什么？对！对！大星死了我为什么要担待？对！他儿子死了，我为什么要担待？对！我为什么心里犯糊涂，老想着焦家祖孙三代这三个死鬼，对！对！我自己那年迈的爹爹，头发都白了，（忽然看见右面昏黑里出现了什么，不知不觉地慢下来）人都快走不动了。"这种近乎慷慨陈词的自我劝说其实正是他内心虚弱的标志，他陷入难耐的精神煎熬中。他痛楚地感到那沾满无辜鲜血的双手，是无论如何也洗不净的。当他带着"原罪"的心理重负，逃进叶声肃杀、黑影乱晃的林莽中，已神思恍惚、惶恐不安。因此，焦母的叫魂声、庙里神秘的鼓声紧紧追随着他，耳边不时响起"大星幽幽的声音"，眼前晃动着小黑子惨死时的幻影。仇虎的幻觉，显然是他在内省中忏悔心理的外化。然而手上的血似乎可以洗掉，但是"这'心'，跟谁能够说得明白呢？"几近崩溃的仇虎禁不住大呼一声："啊，这简直是到了地狱。"——仇虎着实是掉进了一座"心狱"。

　　源于对人的关注，曹禺在情感上，对身受"重重压迫"的仇虎，给予了"高贵的同情"；但是理智上，他却似乎在有意否定那种仇虎式的复仇精神。仇虎逃入黑林子，作者有这样一段介绍："在黑的原野里，我们寻不出他一丝的'丑'，反之，逐渐发现他是美的，值得人的高贵的同情的。他代表一种被重重压迫的真人，在林中重演他所遭受的不公。在序幕中的那种狡恶、机诈的性质逐渐消失，正如花金子在这半夜的磨折里由对仇虎肉体的爱恋升华为性灵的。"这里已隐隐透出作家的态度，即仇虎的复仇具有"狡恶、机诈的性质"，只有当他心受责难，承受无边的愧疚与忏悔时，他的灵魂才得到净化，他"在序幕中的狡恶、机诈的性质逐渐消失"，淳真的本质占据了他的整个人格。正是这种自我道德完善，使仇虎变"丑"为"美"，复归为"真人"。在这里，作家看到，源于人的本能的欲望，对于压迫与束缚，有着巨大的冲击力。但是当它失去理智的规范，与封建意识的精神异化结合，又将极大地破坏人性的建构，成为悲剧发生的一个动力源。因而曹禺似乎认为，步出心灵的黑暗，只有在自我完善中，遵循

"至善"的道德原则，才能复归人性的本真，解除人生的苦难。这个早就显现于《雷雨》中的潜主题，在《原野》中得到了更显豁的表现。

《原野》着力于对人物灵魂的发现和开掘。唐弢为此对《原野》给予了充分的肯定和赞扬。他说："是的，'原野'这个名词意味着多么广阔、多么辽阔、多么厚实的发人深思的含义呵！可是，作为性格戏剧，它的人物比《雷雨》还要少，只有六个。作家尊重创作典型化的法则，再次采用集中描写的手段，突出艺术作品通过个别体现一般的根本规律，在人物创造——尤其是性格刻画和心理描写上取得了惊人的成功。《原野》之引人注意者以此；我喜欢《雷雨》，喜欢《日出》，喜欢《原野》，以为我们同样能够从《原野》学到许多东西，也以此。""我爱《原野》，觉得这无愧是曹禺的作品，它保持了作家一贯的倾向和特点，同时又进行着新的探索。剧本对于人物性格的塑造，以及每个人心理活动的描写，便是今天，也仍然有很多地方值得我们借鉴和学习。"① 的确，曹禺把中国话剧艺术的典型塑造，特别是灵魂刻画的艺术推向一个高峰。他在探索人的灵魂秘密上，堪称戏剧的巨匠，这是他贡献给中国话剧艺术的最宝贵的东西。

二、外来影响与民族传统

在中外戏剧文化，特别是欧美戏剧大师作品的艺术滋养下，曹禺拓展了戏剧审美视野，创作出一系列个性独异的作品。对待外国戏剧，他广采博取、兼容并蓄，称得上是一位名副其实的拿来主义者。

古希腊悲剧家以及莎士比亚、易卜生、契诃夫、奥尼尔等，都曾给予曹禺创作的深刻启迪与影响。《雷雨》就借鉴了易卜生的巧凑剧《群鬼》的构思，接受了讲究强烈的剧场效果的戏剧技巧；《日出》则是受契诃夫现实主义创作精神的吸引，用"片断的方法"来"阐明一个观念"。而《原野》则借鉴了奥尼尔《琼斯皇帝》的一些艺术表现手法。从《雷雨》《日出》到《原野》，曹禺对外国戏剧文学实行着最广泛的借鉴和汲取。但是，他从不简单地模仿与因袭，而是讲究"揉搓塑抹"，在"化"字上下功夫，把借鉴转化为创造。所以，当有人称他是"易卜生的信徒"，说他的《雷雨》是"承袭"了欧里庇德斯的《希彼吕托斯》和拉辛的《费德尔》的时候，他说："我用了力量来思索，我追忆不出哪一点是

---

① 唐弢：《我爱〈原野〉》，《文艺报》1983年第1期。

在故意模拟谁。也许所谓'潜意识'的下层，我自己欺骗了自己；我是一个忘恩的奴仆一缕一缕地抽取主人家的金线，织好了自己丑陋的衣服，而否认这些褪了色（因为到了我的手里）的金丝也还是主人家的。"[1] 这段自剖，形象而又深刻地揭示了曹禺艺术借鉴的经验。而《原野》的创作，就秉承作家这一创作态度，在借鉴奥尼尔《琼斯皇帝》的同时，又有突破与创新。

奥尼尔是美国戏剧史上具有划时代意义的剧作家。他扎根于美国现代生活土壤，向人的内心世界深入发掘作出了独特贡献。在奥尼尔之前，展示人物的内在冲突，主要着眼于表现人与社会的矛盾，揭示现实环境的压迫给人造成的精神苦痛与人生悲剧。而深受现代审美意识影响的奥尼尔，却是从人的自身内在矛盾与剧烈搏斗，即人的"灵魂悲剧"中去考察人的命运与悲剧真谛，从而深化了人们认识悲剧的独特审美视角。曹禺从中学时代就喜爱奥尼尔的剧作，他感到奥尼尔的剧作既具有易卜生戏剧强烈的现实感，更具有一种深入人心灵隐秘的深刻性："他挖掘揭示人物的性格、心理，那样沉厚深透，以至于使我惊叹人原来是这样的复杂……他表现了极端的爱与恨，他写了多面的生活和社会。"他称奥尼尔为"美国话剧的光荣，是美国多少年来罕见的天才"[2]。

《琼斯皇帝》是奥尼尔表现主义的代表作之一。表现主义强调表现自我、审视灵魂，把人深藏内心里的深刻体验、复杂情绪加以"戏剧化"，即运用内心独白、梦境、幻觉、潜台词等表现手段，将复杂的内心世界外化为具体可感的舞台形象。这种艺术方法在发掘现代人的复杂心理活动、反映现实生活上，有现实主义方法不可替代的独到之处。《琼斯皇帝》就是一部描写"灵魂悲剧"的杰作。主人公布鲁托斯·琼斯原是美国的一个黑人逃犯，来到西印度群岛上，用欺骗手段压服土人，爬上了皇帝的宝座。他以白人压榨人的手段剥削、压迫黑人，遭到当地土人的不满。当土人们行动起来反抗他的统治时，他便企图穿过一座森林逃走，由于心情恐慌导致迷路，于是出现了各种幻觉和幻象：被他杀害过的黑人，看牢人鞭打犯人的情景，拍卖奴隶的场面，巫医鬼怪跳舞作法等，这些幻象真真假假、虚虚实实，不断折磨他，使他时而痛苦，时而悔恨，时而恐慌。时间与空间交错，痛苦与恐怖交加，使他最终无法逃出森林，被土人杀死。作品写琼斯的

---

[1] 曹禺：《〈雷雨〉序》，文化生活出版社1936年版。
[2] 曹禺：《我所知道的奥尼尔——为〈奥尼尔剧作选〉写的序》，《外国戏剧》1985年第3期。

巨大精神苦痛及其悲剧，与其说是对他的罪恶的惩罚，毋宁说是对摧残人性的资本主义制度的强烈控诉。这种表现方法较之直接描写琼斯被罪恶社会压迫摧残，更为含蓄，也更发人深思。

曹禺曾透露《原野》受到了《琼斯皇帝》的影响，他说："写第三幕比较麻烦，其中有两个手法，一个是鼓声，一个是有两景用放枪收尾。我采取了奥尼尔氏在《琼斯皇帝》所用的，原来我不觉得，写完了，读两遍，我忽然发现无意中受了他的影响。这两个手法确实是奥尼尔的。我应该在此地声明，如若用得适当，这是奥尼尔的天才，不是我的创造。"①《原野》的创作，在艺术手法的运用上，与《琼斯皇帝》的确有着明显的相似之处。

《琼斯皇帝》全剧共分八场，中间六场是黑林子。每场大约相距两个小时，每一场都有不同的幻觉或幻象，或怨鬼或冤魂或怪物。这六场基本上是琼斯一人的独白。奥尼尔以表现主义的技巧淋漓尽致地将主人公异乎寻常的心理和情绪表达出来。曹禺曾说他最佩服奥尼尔的是"他不断探索和创造能主动地表现人物的各种心情的戏剧技巧。"②《原野》第三幕就明显借鉴了《琼斯皇帝》的表现主义技巧，为表现仇虎复仇后矛盾复杂的心理活动，作者也运用了幻象、独白、直觉等手法。仇虎杀人复仇后欲带情人花金子远走高飞，后有侦缉队追捕，前有黑林子挡路，由于良心的忏悔、内心的紧张，仇虎陷入极度恐惧、迷乱之中，以致产生了各种幻觉和幻象：被他杀死的焦大星，被焦阎王害死的父亲和妹妹，死去的焦阎王，做苦工的囚犯，乃至地狱里的牛头马面、判官小鬼等。面对种种幻象，仇虎被内疚、悔恨、仇恨、悲痛等各种情感灼烧着，内心充满矛盾和痛苦，陷入精神崩溃的状态。在这里，表现主义艺术手段的运用，不仅巧妙地浓缩了作品的内容和篇幅，而且有力地表现了仇虎"惊惧，悔恨与原始的恐怖"相交织的复杂心理状态，深化了仇虎的心理悲剧。

《原野》不仅借鉴和吸收了奥尼尔《琼斯皇帝》的表现主义艺术手法，而且还从中国的传统艺术中汲取营养，使之具有浓郁的中国特色与民族风格。

曹禺从小酷爱我国传统戏曲，他不仅看杨小楼、余叔岩等京剧名家的演出，他也看昆曲、河北梆子、山西梆子，各种曲艺，使他对戏入了迷。《红楼梦》

---

① 曹禺：《原野·附记》，《文丛》1937年第1卷第5号。
② 曹禺：《和剧作家们谈读书和写作》，《剧本》1982年第10期。

《水浒传》《西游记》《三国演义》《封神榜》《聊斋志异》等古典优秀小说,更使他迷醉于文艺的天地。中国传统文化的浸淫,必然会影响到他的戏剧创作。唐弢就指出《原野》的创作得力于传统的文学和戏曲,像京剧和古典诗歌。其中以独白抒写思想感情的传统,不仅古典戏曲里,在古典诗词中也有,如屈原的《离骚》就是一篇伟大的独白。《原野》借以塑造人物性格的不仅仅是独白,更主要的是那些反复暗示的引人注目的行动——作家利用外部动作由表及里地刻画人物的内心世界。在中国古典小说和古典戏曲里,运用动作比运用语言更为普遍,《原野》写仇虎抓金子的手,金子要仇虎捡花,很容易使人想起京剧折子戏《拾玉镯》之类某些场面。①

有人说,《原野》第三幕借鉴了莎士比亚的《麦克白》中的一些情节,笔者以为,与其说曹禺借鉴《麦克白》,不如说借鉴了中国传统戏曲更贴切。第三幕中出现的阎罗王、判官、牛头、马面、青面小鬼,以及焦阎王、仇虎父亲和妹妹的鬼魂,这是作家把中国戏曲舞台上的时空的假定性与表现主义手法融为一体,使《原野》更富有象征意义。虽说《原野》吸收、借鉴了《琼斯皇帝》的一些技巧,在情节安排上也有相似之处,但《原野》却是表现主义手法与中国传统艺术相结合的产物。《琼斯皇帝》从第二场到第七场,描写琼斯独自一人的内心世界,而《原野》的戏至少有二人,在第三幕各场,至少仇虎与金子之间有感情交流,不乏外部动作。《琼斯皇帝》中鼓声运用十分精彩,鼓点一分钟七十二次,恰与人的脉搏跳动相同。随着鼓点变化,不仅表现琼斯对立面不出场的土人存在,还把不连贯的戏融为一体,并从情感上造成剧中人与观众的心理负荷。而《原野》中虽有鼓声,但作用却大大削弱。而设计焦氏似幽灵般不时出现,还不断给小黑子叫魂,这就大大影响场上仇虎,伴随着鼓声和木鱼声,焦氏的出现显得阴森、触目惊心,不仅反衬出仇虎的惊慌、恐惧的心理活动,也使全剧氛围显得玄秘、幽深。还有引路和招魂的"红灯笼"以及反复吟唱的《妓女告状》,都有助于烘托戏剧气氛。这些全是中国传统式的艺术表现。② 由此可见,曹禺在借鉴外国戏剧经验时,不仅以自己的艺术个性为主体去消化它们,而且还注重灌注

---

① 唐弢:《我爱〈原野〉》,《文艺报》1983 年第 1 期。
② 许朝增:《从戏剧发展历程看〈原野〉》,载《曹禺研究论文集》,华山文艺出版社 1998 年版,第 246-247 页。

民族的、本土的东西，使之符合本民族的欣赏习惯。这也是曹禺剧作历久不衰能为一代代观众所喜爱的原因之一。

第四节 话剧艺术的成熟与繁荣

大革命失败后，中国社会的激变、时代大潮的激荡，为三十年代话剧艺术的发展与繁荣提供了良好契机。就在很多人还在为大革命的失败而苦闷彷徨时，一些敏感的革命作家却已开始自觉转向。留日归来的冯乃超等提倡"普罗戏剧"，他指出："中国的民众正挣扎在现代的社会制度之下，炽烈的感情要求着社会的变革。我们的新戏剧的运动——革命戏剧运动，根本地不能不是新的民众的戏剧运动。"他们认为："民众戏剧的革命化只有一条路——反复地说——这就是建设民众自身的戏剧。"①这就要求剧作家必须站到无产阶级的立场上，去熟悉民众的生活，表达民众的愿望。许多革命的剧作家们开始顺应时代大潮，"从巍峨高耸的象牙之塔上而向着群众艺术之路线"②。

在中国共产党的直接领导下，1929年秋，郑伯奇、夏衍、冯乃超、钱杏邨等组织成立了上海艺术剧社，旗帜鲜明地提出了创作"普罗列塔利亚戏剧"（即"无产阶级戏剧"）的口号。该社还规定了明确的任务：一是促成旧剧及早崩坏；二是批判布尔乔亚戏剧，同时积极学得它的成功的技术；三是提高现在普罗列塔利亚文化的水准；四是演剧和大众的接近——演剧的大众化。③ 上海艺术剧社的成立成为左翼戏剧运动发生的重要标志之一，他们强调戏剧的阶级意识和政治意识，主张戏剧要服务于革命、与民众相结合，先后编辑出版了《艺术》月刊、《沙仑》月刊和《戏剧论文集》，成功地进行了两次话剧公演，吸引了大批进步的戏剧工作者，有力地推动了话剧界的转向。1930年4月，艺术剧社被国民党查封，虽然它只存在了半年左右的时间，但它对中国话剧的发展无疑具有深远的影响。1930年3月，艺术剧社、南国剧社、摩登剧社、辛酉社等七个进步剧团

---

① 冯乃超：《中国戏剧运动的苦闷》，《创造月刊》1928年第2卷第2期。
② 叶沉：《演剧运动的检讨》，《创造月刊》1929年第2卷第6期。
③ 郑伯奇：《中国戏剧运动的进路》，载《戏剧论文集》，神州国光社1930年版。

联合成立了上海戏剧运动联合会，8月1日改名为中国左翼剧团联盟。在国民党当局的高压政策下，1931年1月，中国左翼剧团联盟改团体盟员为个人盟员，遂有中国左翼戏剧家联盟（简称"剧联"），领导人有夏衍、田汉、阳翰笙、阿英、洪深等。"剧联"是继"左联"之后成立的又一左翼文学组织，它的建立标志着中国现代戏剧已进入革命的戏剧运动阶段。1931年9月，"剧联"通过了《中国左翼戏剧家联盟最近行动纲领》，提出要"深入都市无产阶级的群众当中，争取本联盟独立表演，辅助工友表演或本联盟与工人联合表演三方式以领导无产阶级的演剧运动"①。在这种精神指导下，他们组织了"大道剧社""春秋剧社"等演出团体深入学校、工厂和农村开展戏剧活动，派出许多骨干成员深入工厂组织工人成立"蓝衣剧团"，自编自演反映工人生活和现实斗争的剧目。"剧联"还联系并领导三十多个学校剧团，组成上海学生剧团联合会。"剧联"还在南通、北平、武汉、广州和南京等地成立分盟，在青岛、杭州、天津等地成立剧联小组。根据形势发展的需要，1935年冬"剧联"自动解散。从1930年的正式成立，到1935年冬的自动解散，"剧联"团结了革命的和进步的戏剧工作者，为现代戏剧的成熟作出了重要贡献。

  "剧联"解散后不久，上海剧作者协会成立，后改为中国剧作者协会。为了配合当时的"国防文学"，他们提出"国防戏剧"的口号，以代替"无产阶级戏剧"口号。1936年2月，上海剧作者协会制定并发表了《国防戏剧纲领》，分为六条，规定国防戏剧创作应以揭露日寇的残暴，歌颂群众的抗日情绪和行动为主要任务，提倡通俗化和大众化的戏剧。因此，所谓"国防戏剧"实际上是左翼戏剧运动在新形势下的转换、延伸和发展。它号召不愿做汉奸、亡国奴、站在民族战线的戏剧工作者，不论他们所属的阶级、思想和流派，都来以戏剧为武器参加抗敌爱国的戏剧活动。随着抗日民族统一战线在戏剧界的逐步形成，学生和工农业余演剧的热潮在全国普遍展开。"国防戏剧"不仅有力地推动了全国群众性的抗日救亡活动，而且也迅速地开创了现代戏剧的新局面，明显加快了中国话剧艺术迈向成熟的历史步伐。这时期出现了大量的国防戏剧作品，如《回声》《汉奸的子孙》《撤退赵家庄》《赛金花》等。1937年7月7日，卢沟桥事变爆发后，随着抗日战争的全面爆发，"国防戏剧"发展为抗战戏剧运动。抗战戏剧在中华

---

① 《中国左翼戏剧家联盟最近行动纲领》，《文学导报》1931年第1卷第6、7期合刊。

民族抗敌救亡的伟大斗争中发挥了巨大的作用,并形成了重庆、上海(孤岛)、延安三个戏剧中心,中国话剧的队伍在战火中也得到了空前的壮大。1937年12月,中华全国戏剧界抗敌协会在武汉成立,成为抗战时期团结广大戏剧工作者进行抗战戏剧运动的统一战线组织。剧作家满怀强烈的政治责任感和历史使命感,以饱满的政治热情和激昂的战斗意志投入到抗日救亡的时代大潮中。

在三十年代的左翼戏剧运动中,涌现出一大批优秀的剧作家。其中比较有代表性的,当数田汉、洪深和夏衍。

田汉"是我国革命戏剧运动的奠基人"①。然而其早期剧作具有强烈的感伤情绪和浪漫唯美的特质。不论是二十年代初期创作的《咖啡店之一夜》《获虎之夜》,还是二十年代末期创作的《古潭的声音》《苏州夜话》《生之意志》《湖上的悲剧》等,都体现了田汉感伤浪漫的抒情特征。他"对于社会运动与艺术运动持两元的见解。即在社会运动方面很愿意为第四阶级而战,在艺术运动方面却仍保持多量的艺术至上主义"。作品"表示(着)青春期的感伤,小资产阶级青年的彷徨与留恋,和这时代青年所共有的对于腐败现状底渐趋明确的反抗"②。然而时代对文艺提出了新的要求,"力的文学""革命的文学"成为时代风尚,"沉湎在艺术世界里"的田汉和他的南国社就必然会遭遇观众的质疑与批评。一位署名"一小兵"的观众给田汉写了一封信,信中说:"最后的《苏州夜话》剧情是诅咒战争与贫穷,这种乞怜声气你们或许以为可以讨得那班吸血鬼似的军阀们的同情罢,他们会要发慈悲心放松那抽紧的索子罢。先生!伟大的先生!你的作品是多么背着时代的要求啊……我所倾慕的先生,莫要自命清高,温柔,优美,我们被饥寒所迫的大众等着你们更粗野、更壮烈的艺术!"③这对一向重视观众反应的田汉震动很大,他开始意识到自己艺术至上的观念已背离了民众和时代的要求,"转向"成为必须要面对的问题。尤其是当他看了艺术剧社演出的《炭坑夫》《梁上君子》《爱与死的角逐》以后,使他受到很大启发。他对南国社的朋友们说:"你们看看,他们搞得比我们好。"从此,他与夏衍、冯乃超、蒋光慈等人交朋友。④ 1930年3月,田汉参加了"左联",4月公开发表了著名的

---

① 《在田汉同志追悼会上茅盾同志致悼词》,《人民戏剧》1979年3月17日。
② 田汉:《我们的自己批判》,《南国月刊》1930年第2卷第1期。
③ 上海戏剧学院戏文系编:《田汉专集》(上),中国当代文学研究资料1980年版,第90页。
④ 刘平:《关于田汉三十年代的"转向"问题》,《艺海》1995年第1期。

《我们的自己批判》，公开表示向无产阶级"转向"。田汉对自己的戏剧创作和所从事的戏剧运动基本上作了否定，态度鲜明地宣告南国社将"不背民众的要求，才有贡献于新时代之实现"，使今后"旗帜来得鲜明，步调来得雄健"①，表明了向无产阶级戏剧转向的态度。

转向后的田汉艺术风格发生了很大的变化，他一扫过去浪漫感伤的情调，创作了一系列反映民众意愿和现实题材的剧作，如《乱钟》《扫射》《扬子江的暴风雨》《战友》《暴风雨中的七个女性》《梅雨》《一九三二年的月光曲》《洪水》等，都是粗犷奔放、气势昂扬之作。作品风格的有意识蜕变，也让这些剧作失去了田汉独特的艺术个性。直到《回春之曲》的出现，又让读者看到了真正的田汉。这部剧作是田汉转向后探索政治和艺术相结合的成功之作，它既富鼓动性和战斗力，又不乏细腻的感情和浓浓的人情味。作品讲述了侨居南洋的青年高维汉回国参加抗日，在"一·二八"战役中受重伤失去记忆，每日高呼"前进！杀敌！"口号三年。他的恋人梅娘拒绝了资本家儿子的求爱，从南洋赶来精心照料高维汉。在过年的鞭炮声中，高维汉被震醒恢复了记忆，听到国难更趋严重时，又急着要去前线杀敌。《回春之曲》以田汉特有的浪漫抒情笔调，把抗日爱国的政治激情与忠贞不渝的爱情故事融为一体，具有强烈的艺术感染力。

洪深于1930年加入"左联"后，"个人的思想，对政治的认识，开始有若干转变"②。他积极参加党所领导的左翼文艺运动，相继创作出了反映农村生活和农民斗争的《农村三部曲》——《五奎桥》《香稻米》和《青龙潭》。这三部戏既各自独立又互相联系，共同构成一幅描绘三十年代中国江南农村社会生活情景的全景式图画。《五奎桥》写出了农民与封建势力的冲突；《香稻米》通过"丰收成灾"的故事写出了农村经济破产的严酷现实；《青龙潭》则通过描写农民的封建迷信思想和小农意识，对农村社会心理展开了剖析和批判。《农村三部曲》是"五四"以来现代戏剧第一次较全面地反映农民的苦难和斗争的作品，是典型的社会问题分析剧。

《五奎桥》一直被视为洪深的代表作。它写的是大旱之年，农民欲租来"洋水龙"（抽水机）灌溉四百亩快要枯死的稻田。因周乡绅家的五奎桥太低，装

---

① 田汉：《我们的自己批判》，《南国月刊》1930年第2卷第1期。
② 洪深：《洪深选集·自序》，载《洪深文集》第1卷，中国戏剧出版社1957年版，第493页。

"洋水龙"的船开不进来，农民便恳求周乡绅拆桥。但周乡绅却为保全风水和乡绅的威严而百般阻挠。这里的五奎桥，具有一定的象征意义。剧作围绕着这座桥的"拆"与"保"，将农村激烈的阶级矛盾呈现出来。周乡绅顽固保守、奸诈狡猾，他勾结官府欺压百姓，农民们被迫无奈，最终在青年农民李全生的带领下拆毁了五奎桥，取得了抗争的胜利。《五奎桥》在人物塑造、戏剧冲突、结构安排和情节设置等方面都体现了作家较为圆熟的技巧。《香稻米》从社会经济的视角写出了农民的悲剧。谷贱伤农、丰收成灾的题材在左翼文学中曾风行一时，如叶圣陶的《多收了三五斗》，叶紫的《丰收》等。洪深则通过这部话剧对产生这一现象的社会政治原因进行分析，剖析了当时中国农村经济的新特点，并为农民的悲惨命运鸣不平。由于对农村生活不够熟悉，洪深就用他的"哲学"来解释当前的社会现象，这导致其剧本"形象化的不够"，表现出一种"机械的现实主义"倾向①。此外，采用阶级斗争的理论模式，自觉不自觉地对农民形象加以美化、理想化，体现了当时左翼戏剧创作的模式化痕迹。在这方面，《青龙潭》倒是一个突破。洪深在《青龙潭》中对农民的愚昧落后进行了审视和批判，这在当时的左翼戏剧界并不多见，以至于在很长一段时间内它都被认为是"作者的思想倒退了"②。实际上，这正是洪深摆脱了极"左"的思想束缚，忠实于自己对生活的深刻体验和独特发现所创作的一部优秀作品。

夏衍是左翼戏剧运动的倡导者之一，他在三十年代前期主要从事电影事业，到三十年代中后期才开始进行话剧创作，代表作有《都会的一角》（1935）、《中秋月》（1935）、《赛金花》（1935）、《秋瑾传》（1936）、《上海屋檐下》（1937）、《一年间》（1938）、《娼妇》（1939）等。

夏衍的剧作有着自己鲜明的特色，他善于从普通平凡的小人物身上去发掘戏剧性，用一些看似微不足道的小矛盾去映现社会的巨大冲突，在日常琐碎的生活中去把捉时代脉搏、透视社会风云变幻。这一特色在他创作的第一部独幕剧《都会的一角》中就有所体现。剧本描写一个十九岁的女孩儿因家境贫困被迫到上海做了一名舞女。她既要供养在乡下的父母和在上海读书的弟弟，还要帮助失业的

---

① 张庚：《洪深与〈农村三部曲〉》，《光明》1936年第1卷第5期。
② 曲六乙：《洪深的剧作———读〈洪深剧作选〉看〈洪深文集〉札记》，《文学书籍评论丛刊》1959年第5期。

男友。虽然她每天出入高级舞场，但实际上生活拮据、债务缠身，甚至连预定的牛奶账、房租都交不起。为了帮男友还清印子钱，她只得去向舞场上认识的一个富商借钱，但这个富商却因躲债而逃跑了。落魄的男友因无法还清欠款而被拘捕，年轻的舞女只得当掉自己的手表进行营救。从这小小的都会一角，夏衍写出了社会的黑暗腐败和下层人民的苦难生活。

此后夏衍又创作了历史讽喻剧《赛金花》，也是为了"在那种政治环境下表达一点自己对政策的看法"，剧作的宣传意味明显。后来夏衍认识到戏剧要感染人，必须写人物、性格、环境，"只让人物在舞台上讲几句慷慨激昂的话是不能感人的"[①]。于是他"丢下英雄人物，拾起那久已活在心头，然而搁置一旁的渺小人物，回到现代，回到他四周的小市民，不见经传的无名无姓之辈，真正的同情基于正确的了解，昼夜厮磨，他可以一直理会到他们的灵魂，充满了人事坎坷的喜怒哀乐的精神存在"[②]。在这种情况下，1937年夏衍创作了《上海屋檐下》，开始了他现实主义创作方法的摸索。这部剧作体现了夏衍的创作个性，标志着他话剧创作的成熟，堪称左翼剧作中的精品。

《上海屋檐下》通过描写上海一普通弄堂里所住的五户人家的生活遭遇，真实地反映了抗战爆发前夕上海小市民的痛苦生活，揭露了社会的黑暗。主线是匡复、林志成、杨彩玉三人之间的感情纠葛。匡复八年前因参加革命被捕入狱，朋友林志成负起了照顾匡复妻女的责任，在得不到丈夫任何消息以及迫于生存的压力，杨彩玉最终和林志成同居了。八年后的一天，匡复出狱来到他们面前，三人陷入难堪的尴尬境地。与他们同住一个屋檐下的另外四家生活也苦不堪言：乐天的小学教员赵振宇和他牢骚满腹的妻子只能勉强度日；施小宝为了填补家用而趁丈夫远航的机会被迫卖淫，却又无法摆脱流氓的控制；儿子被抓壮丁后战死，老报贩李陵碑只能借酒浇愁打发他那孤苦无依的凄惶晚年；黄家楣大学毕业后父亲本以为他有了出息，却不承想失业的他在饥饿线上苦苦挣扎，年迈的父亲悄悄将血汗钱留给孙子回到了乡下。这些故事孤立起来看，似乎都是微不足道的，然而当它们作为剧情的一部分呈现到舞台上的时候，却造成了触目惊心的效果。贫困、失业、侮辱、歧视、监禁……这罪恶的社会给多少家庭、多少善良无辜的人

[①] 夏衍：《谈〈上海屋檐下〉的创作》，《剧本》1957年4月号。
[②] 刘西渭：《上海屋檐下》，载《咀华二集》，文化生活出版社1947年版，第88页。

带来深重的苦难。高尔基对契诃夫表现平凡生活的剧本说过这样的话："这个剧本在我心中所激起的东西,是说不好也说不清楚的,但是我一边看着剧中的人物,一边觉得自己被一把钝的锯子锯着似的。锯齿直接锯到心上,心就在锯齿下收缩、呻吟、撕裂了。"①《上海屋檐下》也给人以类似的感受。它在平凡中舒卷着时代风云,在冲淡里激盈着沸腾的热情,富有浓郁的生活气息,耐人寻味,发人深思。

---

① 转引陈坚:《夏衍剧作的艺术风格》,《中国现代文学研究丛刊》1981年第2期。

参考文献

[1] 李何林编著：《近二十年中国文艺思潮论（1917—1937）》，陕西人民出版社1981年版。

[2] 李何林编：《中国文艺论战》，陕西人民出版社1984年版。

[3] 任访秋：《鲁迅散论》，陕西人民出版社1982年版。

[4] 中国社会科学院文学研究所现代文学研究室编：《"革命文学"论争资料选编》（上、下），人民文学出版社1981年版。

[5] 马良春、张大明编：《三十年代左翼文艺资料选编》，四川人民出版社1980年版。

[6] 温儒敏：《新文学现实主义的流变》，北京大学出版社1988年版。

[7] 艾晓明：《中国左翼文学思潮探源》，湖南文艺出版社1991年版。

[8] 夏衍：《懒寻旧梦录》，生活·读书·新知三联书店1985年版。

[9] 中国社会科学院文学研究所《左联回忆录》编辑组：《左联回忆录》（上、下），中国社会科学出版社1982年版。

[10] 王一川：《中国现代卡里斯马与典型》，云南人民出版社1995年版。

[11] 旷新年：《1928：革命文学》，山东教育出版社1998年版。

[12] 侯成言：《茅盾》，黑龙江人民出版社1982年版。

[13] 邵伯周：《茅盾的文学道路》，长江文艺出版社1979年版。

[14] ［日］松井博光：《黎明的文学——中国现实主义作家·茅盾》（高鹏译），浙江人民出版社1982年版。

[15] 庄钟庆：《茅盾的创作历程》，人民文学出版社1982年版。

[16] 庄钟庆编：《茅盾研究论集》，天津人民出版社1984年版。

[17] 庄钟庆：《茅盾的文论历程》，上海文艺出版社1992年版。

[18] 吴奔星：《茅盾小说讲话》，四川人民出版社 1982 年版。

[19] 李岫编：《茅盾研究在国外》，湖南人民出版社 1984 年版。

[20] 孙中田、查国华编：《茅盾研究资料》（上、中、下册），中国社会科学出版社 1983 年版。

[21] 茅盾：《茅盾论创作》，上海文艺出版社 1980 年版。

[22] 茅盾：《茅盾论中国现代作家作品》，北京大学出版社 1980 年版。

[23] 中国茅盾研究学会编：《茅盾九十诞辰纪念论文集》，作家出版社 1987 年版。

[24] 叶子铭：《论茅盾四十年的文学道路》，上海文艺出版社 1959 年版。

[25] 孙中田：《论茅盾的生活与创作》，百花文艺出版社 1980 年版。

[26] 伏志英编：《茅盾评传》，上海现代书局 1931 年版。

[27] 黄人影编：《茅盾论》，上海光华书局 1933 年版。

[28] 赵园：《艰难的选择》，上海文艺出版社 1986 年版。

[29] 钟桂松编：《永远的茅盾》，浙江文艺出版社 1998 年版。

[30] 王嘉良：《茅盾小说论》，上海文艺出版社 1989 年版。

[31] 孙中田：《〈子夜〉的艺术世界》，上海文艺出版社 1990 年版。

[32] 李标晶：《茅盾文体论初探》，厦门大学出版社 1991 年版。

[33] 邱文治：《茅盾小说的艺术世界》，百花文艺出版社 1991 年版。

[34] 李广德：《茅盾学论稿》，香港正之出版社 1991 年版。

[35] 陈幼石：《茅盾〈蚀〉三部曲的历史分析》，社会科学文献出版社 1993 年版。

[36] 唐纪如：《茅盾的创作个性》，厦门大学出版社 1993 年版。

[37] 丁尔纲：《茅盾的艺术世界》，青岛出版社 1993 年版。

[38] 邱文治：《茅盾研究 60 年》，天津教育出版社 1990 年版。

[39] 茅盾：《茅盾评论文集》，人民文学出版社 1978 年版。

[40] 茅盾：《茅盾文艺评论集》，文化艺术出版社 1982 年版。

[41] 罗宗义：《茅盾文学批评论》，厦门大学出版社 1991 年版。

[42] 丁亚平：《一个批评家的心路历程》，上海文艺出版社 1990 年版。

[43] 温儒敏：《中国现代文学批评史》，北京大学出版社 1993 年版。

[44]［斯洛伐克］玛利安·高利克：《中国现代文学批评发生史》（1917—1937），陈圣生译，社会科学文献出版社1997年版。

[45]［法］明兴礼：《巴金的生活和著作》，王继文译，上海文风出版社1950年版。

[46]［日］山口守、坂井洋史：《巴金的世界》，东方出版社1996年版。

[47] 陈思和、李辉：《巴金论稿》，人民文学出版社1986年版。

[48] 陈思和编：《巴金——新世纪的阐释》，福建教育出版社2002年版。

[49] 谭兴国：《巴金生活与创作》，四川人民出版社1983年版。

[50] 艾晓明：《青年巴金及其文学视界》，四川文艺出版社1989年版。

[51] 陈丹晨：《巴金评传》，河北人民出版社1981年版。

[52] 陈丹晨：《巴金的梦：巴金的前半生》，中国青年出版社1994年版。

[53] 李存光：《巴金民主革命时期的文学道路》，宁夏人民出版社1982年版。

[54] 李存光编：《巴金研究资料》（上、中、下），海峡文艺出版社1985年版。

[55] 李存光：《巴金传》，北京十月文艺出版社1994年版。

[56] 武汉大学中文系三年级巴金创作研究小组：《巴金创作试论》，湖北人民出版社1959年版。

[57] 巴金研究丛书编委会编：《巴金研究论集》，重庆出版社1988年版。

[58] 贾植芳等：《巴金作品评论集》，中国文联出版公司1985年版。

[59] 刘慧英编：《从炼狱走来》，中国工人出版社2001年版。

[60] 张立慧、李今编：《巴金研究在国外》，湖南文艺出版社1986年版。

[61] 张慧珠：《巴金创作论》四川人民出版社1983年版。

[62] 曾光灿、吴怀斌编：《老舍研究资料》（上、下），十月文艺出版社1985年版。

[63] 曾光灿编著：《老舍研究纵览》，天津教育出版社1987年版。

[64] 佟家桓：《老舍小说研究》，宁夏人民出版社1983年版。

[65] 谢昭新：《老舍小说艺术心理研究》，十月文艺出版社1994年版。

[66] 孟广来、史若平、吴开晋、牛运清：《老舍研究论文集》，山东人民出

版社 1983 年版。

[67] 王惠云、苏庆昌：《老舍评传》，花山文艺出版社 1985 年版。

[68] 宋永毅：《老舍与中国文化观念》，学林出版社 1988 年版。

[69] 孟广来：《老舍研究》，文化艺术出版社 1991 年版。

[70] 王润华：《老舍小说新论》，学林出版社 1995 年版。

[71] 关纪新：《老舍评传》，重庆出版社 1998 年版。

[72] 王晓琴：《老舍新论》，首都师范大学出版社 1999 年版。

[73] 李润新、周思源编：《老舍研究论文集》，人民文学出版社 2000 年版。

[74] 王兴平、刘思久、陆文璧编：《曹禺研究专集》（上、下），海峡文艺出版社 1985 年版。

[75] 田本相：《曹禺剧作论》，中国戏剧出版社 1981 年版。

[76] 田本相：《曹禺传》，北京十月文艺出版社 1988 年版。

[77] 朱栋霖：《论曹禺的戏剧创作》，人民文学出版社 1986 年版。

[78] 孙庆升：《曹禺论》，北京大学出版社 1986 年版。

[79] 潘克明：《曹禺研究五十年》，天津教育出版社 1987 年版。

[80] 华忱之：《曹禺剧作艺术探索》，四川文艺出版社 1988 年版。

[81] 钱理群：《大小舞台之间——曹禺剧作新论》，浙江文艺出版社 1994 年版。

[82] 田本相、刘绍本、曹桂芳主编：《曹禺研究论文集》，花山文艺出版社 1998 年版。

[83] 焦尚志：《金线和衣裳——曹禺与外国戏剧》，中国戏剧出版社 1990 年版。

[84] 中国话剧艺术研究会编：《曹禺戏剧研究论文集》，中国戏剧出版社 1997 年版。

[85] 朱栋霖、陈龙编著：《情感的憧憬与发酵》，海天出版社 1999 年版。

[86] [美] 金介甫：《沈从文传》，符家钦译，时事出版社 1990 年版。

[87] 吴立昌：《"人性的治疗者"沈从文传》，上海文艺出版社 1993 年版。

[88] 凌宇：《沈从文传》，北京十月文艺出版社 1988 年版。

[89] 凌宇：《从边城走向世界》，生活·新知·读书三联书店 1985 年版。

[90] 王继志：《沈从文论》，江苏教育出版社1992年版。

[91] [新加坡] 王润华：《沈从文小说新论》，学林出版社1998年版。

[92] 黄献文：《沈从文创作新论》，华中理工大学出版社1996年版。

[93] 许道明：《中国现代文学批评史》，江苏文艺出版社1995年版。

[94] 许道明：《中国现代文学批评史新编》，复旦大学出版社2002年版。

[95] 许道明：《京派文学的世界》，复旦大学出版社1994年版。

[96] 查振科：《对话时代的叙事话语——论京派文学》，春风文艺出版社2005年版。

[97] 郭宏安编：《李健吾批评文集》，珠海出版社1998年版。

[98] 黄健：《京派文学批评研究》，上海三联书店2002年版。

[99] 周仁政：《京派文学与现代文化》，湖南师范大学出版社2002年版。

[100] 许道明：《海派文学论》，复旦大学出版社1999年版。

[101] 尹鸿：《徘徊的幽灵——弗洛伊德主义与中国二十世纪文学》，云南人民出版社1995年版。

[102] 谭楚良：《中国现代派文学史论》，学林出版社1996年版。

[103] 赵凌河：《中国现代派文学引论》，辽宁人民出版社1990年版。

[104] 曾小逸编：《走向世界文学——中国现代作家与外国文学》，湖南人民出版社1985年版。

[105] 艾青：《艾青谈诗》，花城出版社1984年版。

[106] 废名：《谈新诗》，人民文学出版社1984年版。

[107] 罗振亚：《中国现代主义诗歌史论》，社会科学文献出版社2002年版。

[108] 孙玉石：《中国现代诗歌艺术·面对历史的沉思》，人民文学出版社1992年版。

[109] 龙泉明：《中国新诗流变论》，人民文学出版社1999年版。

[110] 蓝棣之：《现代诗的情感与形式》，人民文学出版社2002年版。

[111] 蓝棣之：《现代派诗选》，人民文学出版社1986年版。

[112] 李怡：《中国现代新诗与古典诗歌传统》，西南师范大学出版社1994年版。

[113] 刘绶松：《中国新文学史初稿》，人民文学出版社1986年版。

[114] 王瑶：《中国新文学史稿》，上海文艺出版社1982年版。

[115] 唐弢：《中国现代文学史》，人民文学出版社1979年版。

[116] 钱理群、温儒敏、吴福辉：《中国现代文学三十年》（修订本），北京大学出版社1998年版。

[117] 黄修己：《中国现代文学简史》，中国青年出版社1984年版。

[118] 黄修己：《二十世纪中国文学史》，中山大学出版社1998年版。

[119] 孔繁今：《二十世纪中国文学史》，山东文艺出版社1997年版。

[120] 朱栋霖、丁帆、朱晓进：《中国现代文学史1917—1997》，高等教育出版社1999年版。

[121] 朱寿桐主编：《中国现代主义文学史》（上），江苏教育出版社1998年版。

[122] 刘勇、吴晓东、孔庆东、郜元宝：《中国现代文学史》，中国人民大学出版社2000年版。

[123] 张岩泉、王又平：《20世纪中国文学》，武汉大学出版社2009年版。

[124] 杨义：《杨义文存·中国现代小说史》，人民出版社1998年版。

[125] 严家炎：《中国现代小说流派史》，人民文学出版社1989年版。

[126] 邵伯周：《中国现代文学思潮研究》，学林出版社1999年版。

后　记

2003年，中国社会科学院文学研究所启动了一项重要的学术工程——编写"二十世纪中国文学史通论"。该书系由十卷构成，分别为：清末民初文学史论；1917—1927年文学史论；1927—1937年文学史论；1937—1949年文学史论；1949—1962年文学史论；1962—1976年文学史论；20世纪80年代文学史论；20世纪90年代文学史论；百年回顾与前瞻；大事记。作为该书系第三卷的著作者，我深感荣幸。能与培养我的中国社会科学院文学研究所保持紧密合作，参与这项宏大的学术工程，对于我来说意义重大。

在总主编杨义先生与杨匡汉先生主持下，编委会确立了"整体统一、兼容个性"的编纂原则。第三卷聚焦中国现代文学史上第二个"十年"的文学，即通常所称的三十年代文学（1927—1937年）。这一时期不仅见证了中国现代文学思潮的多元嬗变，更涌现出鲁迅、茅盾、巴金、老舍、沈从文、曹禺等文学巨匠的经典之作。在编委会老师的指导下，我确立了"文学思潮+作家论"的双维架构：既着力呈现左翼文学、京派文学与现代派文学的鼎足之势，又通过代表性作家折射时代精神图谱（鲁迅研究因已由张中良先生在第二卷中专章论述，故本卷不再论及）。

回溯编纂历程，每周往返于工作单位与中国社会科学院之间的学术求索历历在目。在图书馆浩瀚典籍中钩沉索隐，在编委会研讨中汲取智慧，构成了那段时光的学术底色。杨义先生总能在茶叙漫谈间轻松化解理论困局，张中良先生则以其精深的现代文学造诣给予关键指导。这种师徒相承的治学传统，使书系既葆有学术薪火相传的温度，又确保了研究范式的严谨性。

后　记

尽管该工程2004年即获国家社会科学基金项目立项，并于2006年以"优秀"等级结项，但因多方面原因迟迟未能出版。2021年6月，我任职的中国人民公安大学马克思主义学院制定了《成果出版资助试行办法》，再度点燃了我出版此书的愿望。由于之前的书稿是史论的写法，现在由史论改为文学研究后，写作方式就须作出相应的调整。为适应新时代学术范式，我对五十万字初稿进行了历时一年多的系统性修订，最终淬炼为二十万言的专题研究，并于2022年9月通过学院学术委员会审核，获得出版资助。

值此付梓之际，谨以特别篇幅缅怀杨义先生。2023年6月15日先生驾鹤西去，时闻噩耗，内心无比沉痛。当年他从中国社会科学院赴澳门大学任客座教授后，仍心系书系编纂，其宏阔的学术视野至今滋养后学。

张中良先生在项目后期统筹中展现的学术胸襟尤值称道，为使本书不至于太像"作家论"，张中良先生建议我将沈从文专章改为"京派文学"，将曹禺专章改为"曹禺与三十年代话剧"，并提出将自己撰写的"民族主义文学思潮"放进本书以呈现三十年代文学的丰富面貌。虽然本书最终不敢掠美，但张先生提携后进之风范令人感佩。

本书虽经反复打磨，然中国现代文学研究浩瀚如海，疏漏之处在所难免，恳请学界前辈与同仁不吝指正。

王智慧
2024年7月于北京木樨地南里